KISS ME IN SNOWHILL

MR CHRISTMAS IN LOVE

LIV MAXX

»Choose Love,
Choose Love.
Without this beautiful Love,
Life is nothing
but a Burden.«

Rumi

KAPITEL 1

10. DEZEMBER

Smilla

Der Schnee knirschte rhythmisch bei jedem meiner Schritte. Ich mochte das leise Quietschen unter den Stiefeln und auch die herrlich klare Winterluft, obwohl sie rau um meine Ohren fegte. Endlich tief durchatmen, zumindest bis zu der Stelle, an der ein eiserner Ring von Angst um meine Brust lag und sie einschnürte.

Schweigend stapften wir weiter über die schneebedeckte Straße und kämpften uns durch die sanft geschwungenen Hügel der Cotswolds.

Während unseres Marschs hatte ein starker Schneefall eingesetzt. Jetzt kam ein böiger Wind auf und peitschte eine Ladung nadelspitzer Schneeflocken mitten in mein Gesicht, so dass die Kälte mich nach Luft schnappen ließ. Ich senkte den Kopf, vergrub mich tiefer in den Schal und klappte die Kapuze des Daunenmantels nach oben. Zum Glück hatte ich im Zug die kuscheligen Fellboots angezogen, denn der Taxifahrer ließ uns mitten in der Wildnis aussteigen. Obwohl wir vereinbart hatten, dass er uns nach Snowhill brachte.

»Dahinten kann ich nicht wenden. Orientieren Sie sich am

Zaun, Sie können es nicht verfehlen.« Er grinste blöd und fuhr davon. Was für ein Idiot!

Wir mussten den Rest des Weges zu Fuß laufen, durch hohen Schnee und über gefährlich vereiste Wege. An manchen Stellen war die Straße spiegelglatt und zwang uns dazu, seitlich über dicke Eisbrocken zu klettern wie die Gemsen.

»Dauert es noch lange, bis wir in Snowhill sind?« Bei jedem meiner Worte stieg eine weiße Atemwolke aus meinem Mund.

»Keine Ahnung. Ich war hier noch nie«, gab meine Begleiterin schroff zur Antwort.

Sie mochte mich nicht, aber ihre Abneigung beruhte auf Gegenseitigkeit. Mehr noch, ich fand sie von Herzen unsympathisch. Auch wenn ich ihr zu verdanken hatte, dass ich mich auf dem Weg nach Snowhill befand, um dort hoffentlich einen rettenden Unterschlupf zu finden. Sie hatte mich erst auf die Idee gebracht, mich dort als Nanny vorzustellen.

Der Wind brauste, unsere Schritte knirschten im Takt, und meine Gedanken schweiften davon.

Der Beginn meiner Flucht lag nur wenige Stunden zurück, aber es kam mir vor, als wäre alles in einem früheren Leben passiert. Auf einem anderen Kontinent.

Dabei war es in London gewesen, wo ich in letzter Sekunde einen Zug erwischt hatte, ohne zu wissen, wohin er fuhr. Hauptsache weg, das Ziel war zweitrangig.

Nachdem ich vor ihnen davongerannt war, kauerte ich mit fliegendem Atem und rasendem Herzen minutenlang im Sitz des Zugabteils. Es war mir tatsächlich gelungen, ihm zu entkommen? Erleichterung stieg in mir auf, doch sie hielt nicht lange an. Er würde mich mit Sicherheit aufstöbern und zurückbringen lassen. Nein, das durfte nicht passieren! Wenn ich nur wüsste, was ich tun sollte?

Auf dem Vordersitz unterhielt sich ein Paar in einer fremden Sprache. Schwedisch? Zumindest klangen die Brocken so, die ich von ihnen aufschnappte. *Hyggelig. Smyg-*

gelig. Smörrebröd. Was auch immer das bedeutete. Kurz darauf fragten sie mich, ob ich ebenfalls eine Schwedin wäre. Ich sähe so typisch schwedisch aus, mit meinen auffällig blonden Haaren und den blauen Augen, bestimmt hätte ich Vorfahren von dort?

Nein, keinerlei schwedische Ahnen. Sie glaubten es kaum, selbst als ich es mehrmals beteuerte. Doch sie brachten mich auf diese geniale Idee: Ich würde mir eine schwedische Identität zulegen. Ab jetzt würde ich in diesem singenden Tonfall sprechen, ab und zu ein falsches Wort einfügen, und man würde mich für eine Schwedin halten. So könnte ich mich verstecken bis nach Weihnachten, vielleicht auch über Silvester. Das war mein Plan, zumindest der Anfang eines Plans, denn wo ich mich verstecken sollte, wusste ich nicht. Der Ikea-Katalog, der im Gepäcknetz direkt vor meiner Nase klemmte, schien mir wie ein weiterer Fingerzeig des Universums. Versonnen blätterte ich in ihm, um mir ein wenig schwedische Lebensart einzuprägen.

Die Schweden stiegen nach wenigen Stationen aus und eine Frau in einer seltsamen dunkelbraunen Uniform nahm neben mir Platz. Sie wirkte unfreundlich, ihre langen Zähne ließen mich erschaudern, zudem verströmte sie einen muffigen Geruch nach Trockenshampoo und alten Socken. Dumpf schweigend saß sie neben mir, aber ich war froh, dass sie mich in Ruhe ließ. Tausend Gedanken schwirrten durch meinen Kopf.

Dass der Zug aufs Land fuhr, schränkte meine Möglichkeiten für ein Versteck stark ein. Vorerst könnte ich in einer Pension oder in einem Bed & Breakfast unterkommen, aber wie sollte es dann weitergehen? So viel Geld hatte ich nicht dabei. Außerdem würde *er* genau dort nach mir suchen, wo man unkompliziert ein Zimmer buchen konnte. Fieberhaft suchte ich nach einem Ausweg, als mir die Zeitung der Dame in die Augen sprang, die sie in der Hand hielt. Eine Anzeige war mit dicken roten Ausrufezeichen versehen. Unmerklich rückte ich näher und linste ihr über die Schulter.

Dringend gesucht! Freundliches Kindermädchen mit viel Erfahrung, guten Nerven und Liebe zu kleinen Kindern. Dienstantritt unverzüglich, noch vor Weihnachten. Gute Manieren erwünscht. Ein einwandfreier Leumund ist eine Grundvoraussetzung! Taktvolles und charmantes Wesen ein Plus. Verschwiegenheit und absolute Diskretion sollten keine Fremdwörter für Sie sein. Snowhill Manor. Familie Christmas. Wir freuen uns auf Sie! Im Auftrag, C. Miller.

Familie Christmas? Das klang lustig und mein Gefühl sagte mir, es wäre eine gute Idee. Ich könnte mich bei ihnen als Nanny bewerben und wenn alles klappte, in Snowhill Manor ein Versteck finden. Was sonst sollte ich tun? Mir blieb keine andere Alternative. Aber wo lag bloß dieses Snowhill? Die ältere Dame wusste es bestimmt.

Als der Zug in Burford anhielt und sie ausstieg, folgte ich ihr unauffällig. Jedes Mal, wenn sie stehenblieb, stoppte ich. Leider verhielt ich mich nicht unauffällig genug.

»Warum verstecken Sie sich andauernd?«, herrschte sie mich an. »Wenn Sie auch zum Vorstellungsgespräch nach Snowhill müssen, könnten wir uns ein Taxi teilen. Was halten Sie davon?« Unwirsch winkte sie mich zu sich heran. Ihre langen Zähne machten mir fast ein bisschen Angst. Kleine Kinder fanden sie bestimmt unheimlich.

Und so geschah es, dass wir gemeinsam in der Einöde landeten und jetzt nebeneinander her stapften. Sie, entschlossen, diesen Job zu ergattern. Und ich, noch entschlossener. Denn es ging für mich nicht nur um einen Job, sondern um mein Leben.

Es herrschten Temperaturen unterhalb des Gefrierpunkts, doch ich spürte die Kälte kaum, denn meine Gedanken drehten sich unaufhörlich im Kreis. Wäre ich doch bloß in Sicherheit. Es war noch lange nicht geschafft. Hoffentlich klappte es mit dem Job. Welchen Namen sollte ich mir geben? Und noch viel schwieriger: Wie sollte ich meine fehlenden Papiere erklären?

Ängstlich sah ich über meine Schulter, bestimmt schon

zum zwanzigsten Mal, seitdem wir in Burford ins Taxi gestiegen waren. Dabei war weit und breit niemand zu sehen.

»Angst, dass Ihnen jemand den Job wegschnappt? Oder warum schauen Sie sich andauernd um?« Ihr Ton war schroff, selbst ihre Schritte klangen zickig.

»Nein, ich dachte nur, ich hätte jemanden gehört.« Das Gefühl, verfolgt zu werden, ließ mich nicht los, selbst nach über zwei Stunden Zugfahrt nicht. Dabei lag London weit hinter mir, genau wie mein altes Leben. Hoffentlich.

Mit hochmütig näselnder Stimme verkündete sie: »Ich bin eine Norland-Nanny. Und Sie?«

Und da, wie bei einer Eingebung, flossen die Worte aus mir heraus: »Smolland. Ich bin eine Smolland-Nanny. Aus Schweden.«

Sie rümpfte die Nase. »Davon habe ich ja noch nie gehört.«

Ich beschloss, an ihr die Glaubwürdigkeit meiner schwedischen Identität zu testen. »*Jo, jo.* Bei uns in Schweden sind wir bekannter als die Königin Silvia. Meine Ururururgroßmutter war die erste Smolland-Nanny der Familie. Ich stamme in fünfter Generation von den Smolland-Nannys ab.«

Sie hob ihre Augenbrauen, die nur aus zwei dünnen aufgemalten Strichen bestanden. »Eine Schwedin, hab ich es mir doch gleich gedacht. Oho, das klingt beinahe beeindruckend. Auch wenn man hier in England noch nichts von Smolland-Nannys gehört hat, und ich kenne mich wahrlich aus in Nanny-Kreisen.«

»*Tack.* Dankeschön.« Wahrscheinlich arbeitete sie schon seit zweihundert Jahren als Nanny, so verknöchert wie sie aussah. Doch sie hatte mir einen wertvollen Hinweis gegeben. Eventuell hatte ich ein wenig zu dick aufgetragen. Was, wenn Familie Christmas meinen Namen googelte und dann nichts über die angeblich so berühmten Smolland-Nannys fand? Die fünf Generationen von Nannys sollte ich lieber weglassen. Doch mein Nachname stand fest und ein passender Vorname fiel mir auch dazu ein: Smilla. So hatte meine jüngste

Schwester mich genannt, weil sie lange meinen echten Namen nicht aussprechen konnte. Innerhalb der Familie blieb Smilla mein Spitzname, der öfter scherzhaft benutzt wurde.

Endlich erreichten wir unser Ziel, denn vor uns im fast undurchdringlichen Schneegestöber zeichnete sich ein großes schmiedeeisernes Tor ab. Es war verschlossen, aber es gab einen Klingelknopf und ich betätigte ihn.

Ein paar Frauen trotteten uns von der anderen Seite des Tores entgegen, mit eher düsteren Mienen und leise vor sich hin schimpfend. »Sie sind unglaublich anspruchsvoll! Stellt euch vor, ich war ihnen zu unkompliziert. Geradezu leichtsinnig hat der Butler mich genannt.«

»Oh ja, das sind sie«, bestätigte eine zweite Frau. »Ich war ihnen zu umständlich. Auf diese Weise finden sie nie eine Nanny.«

»Ich war ihnen zu unkonzentriert.« Eine der Frauen tippte unablässig auf ihr Smartphone ein, ging in Gedanken versunken weiter und prallte voll gegen den Zaun. »Aua.« Sie hielt sich den Kopf und sah sich verwirrt um.

»Da hatten sie ausnahmsweise mal recht«, murrte eine der anderen. »Du hast keine ihrer Fragen richtig beantwortet und der Butler hat dir eine Fangfrage gestellt: Ob du ein Problem damit hättest, wenn die Kinder sich bei Vollmond in Werwölfe verwandeln. Und du hast Nein gesagt, Elly! Also beschwer dich nicht.« Mit ernsten Mienen nickten sie uns zu. »Der Butler ist der Schlimmste. Hütet euch vor dem Butler.«

»Danke für den Tipp.« Ich rang mir ein Lächeln ab, denn das klang beängstigend.

Ein Summen ertönte, das Tor schwang auf. Sie stapften an uns vorbei und wir betraten das Areal von Snowhill.

»Ein Butler. So habe ich das erwartet. Standesgemäß.« Die Norland-Nanny hob ihre spitze Nase in die Luft. »So gefällt mir das.«

Mir gefiel es weniger. Das Auswahlverfahren lief ganz schön streng ab, aber was hatte ich auch erwartet? Immerhin ging es um ihre Kinder und die vertraute man nicht jeder dahergelaufenen Schwindlerin an. So wie ich eine war. Panik überfiel mich. Es würde nicht klappen mit dem Job, genau hier würde ich scheitern. Nein, das durfte ich nicht zulassen. Ich musste kämpfen, bis zum Schluss.

Wir gingen weiter die schnurgerade Auffahrt entlang, vorbei an weitläufigen Beeten mit dickverschneiten Sträuchern und großen alten Bäumen. Der Wind ließ ein wenig nach und aus dem sich lichtenden Schneegestöber tauchte Snowhill Manor auf. Was für ein wunderschöner Anblick. Geradezu majestätisch thronte das riesige hellrote Gebäude inmitten der verschneiten Wiesen. Ein richtiger Herrensitz, bestimmt stammte er aus dem sechzehnten Jahrhundert, zumindest ließen das die zahlreichen verspielten Giebel und Erker vermuten.

»Allesamt Dilettanten«, murmelte die Nanny neben mir. »Nur eine echte Nanny hat diesen Job verdient.«

O Gott. Mein Mut verließ mich und sank geradezu in meine Stiefelspitzen. Denn sie war die einzige echte Nanny von uns beiden. Und ich nur eine lausige Betrügerin.

SNOWHILL BEEINDRUCKTE NICHT NUR von außen, sondern auch von innen. In der riesigen Eingangshalle lag ein wunderbarer schwarz-weißer Steinboden, zahlreiche Türen zweigten in unzählige Zimmer ab. Im hinteren Bereich der Halle befand sich ein wunderschöner antiker Kamin und von der Decke hingen mehrere prächtige Kronleuchter herab. Eine große graue Steintreppe, mit roten Teppichen belegt, führte aus der Halle in eine von einem Holzgeländer eingefasste Galerie.

Dabei wirkte das Haus gemütlich, kuschelige Teppiche sorgten für eine anheimelnde Atmosphäre. An einigen Stellen lagen Spielzeuge verstreut und ein Bobbycar stand an der Seite.

Wir folgten den Stimmen und nahmen in einem Gang Platz, wo in einer langen Stuhlreihe weitere Bewerberinnen saßen. Zuerst waren es noch drei Mädchen, dann zwei, dann eins, und alle kehrten mit enttäuschten Gesichtern zurück. Dann kam die biestige Norland-Nanny an die Reihe.

Bei ihrem Gespräch stand die Tür einen Spalt offen und ich lauschte ungeniert. Vielleicht konnte ich hilfreiche Informationen aufschnappen und damit meine Chancen verbessern?

Sie beantwortete alle Fragen überzeugend, wenn auch eiskalt und ohne Empathie. So jemanden ließ man auf kleine Kinder los? Wie schrecklich. Insgesamt vermittelte sie einen professionellen Eindruck, kein Wunder, sie war ein Profi. Sollte ich kurz vor Schluss scheitern, weil sie mir den Job vor der Nase wegschnappte? Aber dann erwähnte sie die Sache mit den Klapsen und das war ihr Untergang.

»Meine Methoden sind geradlinig und bestimmend. Ein Klaps zur rechten Zeit hat noch keinem Kind geschadet. Oder auch mehrere. Das sind meine Methoden, auch wenn sie nicht den Richtlinien des Norland-Colleges entsprechen.«

Die bislang gute Stimmung stürzte ins Bodenlose ab. Ein Mann sprach mit strenger Stimme: »Wissenschaftliche Studien über Erwachsene, die als Kinder geschlagen wurden, haben deren erhöhte Gewaltbereitschaft sowie Tendenzen zu Spielsucht und Alkoholismus erwiesen, deshalb …«

Ein anderer Mann fiel ihm ins Wort: »Nein.«

»Wir melden uns«, sagte eine Frauenstimme in frostigem Ton und ein dritter Mann fügte brummend hinzu: »Eher nicht. Kinder klapsen? Ich glaube, es hackt.«

Die Nanny schoss geradezu aus dem Raum an mir vorbei, den Mund zu einem Strich verkniffen, und zischte etwas von »Verweichlichung der Jugend« und »Die werden schon sehen, was sie davon haben!«

Ja, das würden sie. Nämlich eine Nanny wie mich! Zumindest war ich fest entschlossen, alles zu geben, um diesen Job zu ergattern. Und ich war die letzte Bewerberin. Sie mussten mich nehmen!

»O Gott, das gibt's doch alles nicht«, stöhnte einer der Männer auf. »Ich werde Marian sagen müssen, dass es nicht geklappt hat. Dabei geht sie auf dem Zahnfleisch. Gestern ist sie im Stehen eingeschlafen, mit dem Baby auf dem Arm, und in Zeitlupe umgekippt. Ich kam gerade noch rechtzeitig hinzu, um sie aufzufangen.«

Eine Frau antwortete: »Wir helfen alle, wo wir können, John. Zur Not geht es eben ohne Nanny weiter.«

»Eine wartet noch draußen«, brummte ein Mann. »Vielleicht haben wir ja Glück?«

»Mit Glück hat das nichts zu tun.« Wieder diese strenge und kristallklare Stimme, das war bestimmt der Butler. Er jagte mir jetzt schon Angst ein! »Es geht um Professionalität, vollen Einsatz und Liebenswürdigkeit. Es kann doch nicht so schwer sein, unsere Erwartungen zu erfüllen? Aber falls nicht, ist diese Person eben nicht als Nanny geeignet.«

»Miss?«, erklang ein Ruf. »Falls Sie noch da sind, treten Sie bitte ein.«

Schwungvoll, fast schon tänzelnd, betrat ich den Raum, eine riesige Bibliothek, die genauso beeindruckend wie das gesamte Gebäude war.

»*Hej, hej!* Mein Name ist Smilla Smolland und ich komme geradewegs aus dem schönen Schwedenland angereist! *Heja!*« Mit einem gewinnenden Lächeln schritt ich auf die vier Personen zu, die nebeneinander hinter einem großen Schreibtisch saßen. Drei Männer und eine Frau, das hatten mir ihre Stimmen bereits verraten. Ohne es zu wissen, würden sie innerhalb der nächsten Viertelstunde über mein Schicksal entscheiden. Meine Hand zuckte nervös an einen der beiden Zöpfe, die ich mir auf dem Weg hierher geflochten hatte, doch ich behielt mein Lächeln bei.

Schweigend starrten sie mich an.

»Genau genommen aus dem schönen Uppsala!«, fügte ich hinzu und hängte mit einem Lachen an: »Heja, Schweden!« O Gott, sagte man das überhaupt so? Ich hatte keinen blassen Schimmer.

»Smilla Smolland? Das ist ja putzig.« Der Mann ganz links lachte. Er mochte ungefähr Mitte fünfzig sein und trug eine graue Strickmütze auf dem Kopf. Sein gutmütiges Gesicht war mit schwarzgrauen Bartstoppeln bedeckt, warme braune Augen funkelten darin. »Bailey Donovan mein Name. Leider ist er nicht so schön wie Ihrer. Ich bin der Chauffeur und das Mädchen für alles.« Er wirkte sympathisch, fast wie ein großer freundlicher Teddybär.

»Das finde ich auch, dass der Name putzig ist.« Daneben der Mann, breitschultrig und blond, stimmte in das Lachen mit ein. »Ich bin John Christmas, es geht um meine Kinder, die Sie beaufsichtigen sollen. Falls Sie den Job bekämen, wäre ich sozusagen Ihr Boss, aber das klingt so streng.« Wie alt mochte er sein, Mitte dreißig? Auf alle Fälle war er sehr attraktiv mit seinen kantigen Gesichtszügen und seiner athletischen Statur.

Die Frau rechts von ihm, geschätzte Anfang fünfzig, schaute wenig begeistert drein. Sie trug ihr blondes Haar sportlich kurz, passend zu ihrer zierlichen Figur, und besaß ein sympathisches und offenes Gesicht. Aber sie schien mich nicht zu mögen, denn ihre blauen Augen musterten mich eher kühl. »Melanie Fisher, ich bin die Köchin hier auf Snowhill Manor.« Sie nickte knapp.

Rechts neben ihr saß tatsächlich ein Butler mit der typischen Uniform: schwarze Krawatte, perfekt gebügeltes weißes Hemd, darüber eine schwarzgrau gestreifte Weste. Sein graues Haar wirkte wie mit einem Zollstock gescheitelt. Nachdenklich strich er sich über seinen ebenso akkurat gestutzten grauen Schnauzer. »Caspar Miller, meines Zeichens der Butler der Familie. Eine schwedische Nanny? Hm, ich weiß nicht so recht.« Seine klugen grauen Augen fixierten mich.

Verflixt! Sofort bereute ich meine Entscheidung, dass ich mich als Schwedin ausgegeben hatte. Vermutlich kamen Mr Miller bei einer Schwedin eher vollbusige und sexy Playmates in den Sinn, die sich lasziv an den Boss schmiegten und ihn verführen wollten. Dabei würde ich das nie tun! Verheiratete Männer waren tabu, Familienväter fielen unter die Kategorie

›unberührbar‹ und in meiner Situation war ein Techtelmechtel ohnehin das Letzte, was ich gebrauchen konnte. Beinahe hätte ich die Fassung verloren und sie händeringend um Hilfe angefleht. *Bitte, ich suche doch nur ein Versteck! Ich tue alles, damit ich hierbleiben kann.*

»Sind alle schwedischen Nannys so hübsch, mit strahlend blauen Augen und diesen lustigen Zöpfen?« Mr Donovan lachte.

»Überaus hübsch.« Mr Christmas schmunzelte.

»Gefährlich hübsch?«, meinte Mrs Fisher.

»Definitiv zu hübsch.« Der Butler schüttelte den Kopf. »Nein.«

»Nein? Wie meinen Sie das bitte, Sir?« Vor Schreck gaben meine Knie unter mir nach und ich tat so, als würde ich einen Knicks machen.

Der Knicks schien Mr Miller zu erfreuen, denn kurz blitzte sein Lächeln auf, aber dann wiederholte er: »Nein, die Stelle ist schon besetzt.« Grummelnd schob er nach: »Wenn's sein muss von mir.«

Sofort mischte Mr Donovan sich ein. »Wie bitte? Ist sie nicht, Caspar. Jetzt verwirr das arme Mädchen doch nicht so. Sie ist extra bis nach Snowhill gekommen, und das bei dem Schneefall und dem Glatteis. Also erzähl ihr nicht so einen Unsinn!«

Der Boden schwankte unter meinen Füßen. Es musste klappen mit diesem Job! Tapfer sprach ich weiter: »Das wäre aber überaus schade. Dabei biete ich einen speziellen vierundzwanzig Stunden Röndömm-Service an, das heißt, ich entlaste die armen Eltern auch in den Nächten.«

»Ein Rundum-Service? Das ist genial!«, riefen Mr Donovan und Mr Christmas aus einem Mund.

»Sie hüten die Kinder auch nachts?«, fragte Mrs Fisher und beäugte mich freundlicher. »Das wäre aber schon toll, oder?« In einer nachdenklichen Geste legte sie die Hand an die Wange und schielte zum Butler hinüber.

»Und ob das toll wäre! Geradezu sensationell.« Mr Christmas klatschte begeistert in die Hände.

Der Butler verschränkte jedoch abweisend die Arme. »Stimmt, einen Rund um die Uhr-Service hat bisher noch keine Bewerberin angeboten. Und das klingt alles sehr schön. Aber ich halte das trotzdem für keine gute Idee, dass eine überaus hübsche Person wie Sie …« Er blieb stur. »Nein. Aus verschiedenen Gründen.«

Beinahe wäre ich in Tränen ausgebrochen, doch ich riss mich zusammen. Tapfer lächelnd sprach ich weiter in meinem Fake-Schwedisch-Singsang. »Oh, aber warum denn das? Dabei bin ich extra hierher gereist, um kleine englische Babymäuseken zu trainieren.«

»Zu trainieren?« Mr Donovan prustete. »Was machen Sie mit den Babys? Hundertmeter-Lauf? Weitsprung?« Alle lachten, auch ich.

»Aber nein. Ich praktiziere mit ihnen mein spezielles Einschlaftraining, kombiniert mit einem Durchschlaftraining, plus ein spezielles Beruhigungstraining. Und auch mein *Lycka*-Training.« *Lycka,* so lautete das schwedische Wort für Glück. Vielleicht hieß es auch ganz anders? Mein Gehirn reagierte wie ein Sieb auf schwedische Ausdrücke. Wenn dieser eine hängengeblieben war, dann aus purem Zufall. »Glückseligkeitstraining«, erklärte ich. Was auch immer das sein sollte.

»Wow, das klingt ja toll. Glückstraining für Babys? Was genau ist das?« Mr Christmas hakte sofort nach.

»Nun ja, einige Babys sind durch die Geburt ein wenig schockiert und verärgert. Monatelang verärgert. Sie wären vielleicht lieber im kuscheligen Mamabauch geblieben, was man ihnen nicht verdenken kann. Sie schreien viel, weil sie mit sich selbst, Gott und der Welt ein wenig unzufrieden sind.«

»Ich glaube, so ein Baby haben wir auch.« Mr Christmas lachte.

Der Butler wedelte mit dem Zeigefinger. »Nein, John. Es

sind Koliken, hat der Kinderarzt gesagt. Wegen der Umstellung.«

»Oder ein Schub«, erklärte Mrs Fisher. »Er hat gemeint, es wäre nur eine Phase.«

»Ja, das sagt er schon seit Wochen. Und wann hört diese Phase endlich auf?« Mr Christmas sah mich hilfesuchend an.

»Sie haben es gehört, Miss Smolland. Die kleine Stella hat uns alle ganz schön im Griff.« Mr Donovan schmunzelte. »Wenn sie schreit, kommen alle angerannt und stehen stramm.«

Ich nickte verständnisvoll. »Oh, ein Schreibaby kann sehr anstrengend für seine Umgebung sein. Aber auch für sich selbst. Durch das viele Schreien können sich Blockierungen im winzigen Körperchen einstellen.« Ohne mit der Wimper zu zucken, sprach ich über Dinge, von denen ich keinerlei Ahnung hatte. Über Blockaden hatte ich mal etwas im Internet gelesen. Da ging es allerdings um verspannte Muskeln im Nackenbereich. »Ich löse diese Mikroblockaden. Mit viel Liebe und meinen schwedischen Zauberhänden, *heja!*« Bekräftigend hob ich beide Hände und drehte sie nach allen Seiten.

»Potzblitz, das klingt ja wie ein Wunder!«, entfuhr es dem Butler. Er machte ein beeindrucktes Gesicht. »Können Sie Wunder vollbringen, Miss Smilla?« Er betrachtete mich eingehend, und ich bekam vor Aufregung heiße Wangen.

Gespielt bescheiden winkte ich ab. »Da müssen Sie die Babys befragen, die ich bisher behandelt habe. Aber die kleinen Rackerchen sind halt sehr verschwiegen.«

Wiederum lachten alle.

»Klingt perfekt. Oder?« Mr Christmas sah in die Runde. »Für mich klingt es wahnsinnig verlockend. Wenn ich mir vorstelle, dass Sie meine Tochter mit Ihren Zauberhänden behandeln …«

»Moment, warte.« Mr Donovan legte ihm die Hand auf den Arm. »Ganz wichtig: Was halten Sie von Klapsen?« Er und Mr Christmas stießen sich lachend an.

Die strenge Dame bedachte den Mann mit der Strickmütze mit einem stechenden Blick. »Also wirklich, Bailey!«

»Äh, wie meinen Sie das?«, fragte ich.

»Klapse auf Kinderpopos. Sorry, das klang jetzt seltsam.« Er räusperte sich.

»Klapse gibt es bei Fräulein Smilla nicht«, sagte ich und stemmte resolut die Hände in die Hüften. »Sollte es jemandem nur in seinen kühnsten Träumen einfallen, meine Babys zu klapsen, verwandele ich mich in einen schwedischen Wolf und reiße denjenigen in Stücke. Ich mache aus ihm …« Fieberhaft suchte ich nach einem passenden schwedischen Ausdruck. »Köttbullar. Hackfleischklopse. Oder wie heißt das richtige Wort?«

Alle lachten, sogar Mrs Fisher und der Butler.

»Hackfleisch passt schon«, meinte Mr Donovan und hörte gar nicht mehr auf mit Lachen.

»Das finde ich richtig gut.« Mr Christmas schenkte mir einen warmen Blick aus seinen blauen Augen. Er war wirklich ein überaus attraktiver Mann.

»Darf ich die allgemeine Heiterkeit mal kurz unterbrechen?« Mr Miller sah streng in die Runde und brachte alle zum Schweigen. »Ich habe noch jede Menge Fragen zu stellen. Welche Babys haben Sie bisher betreut?«

»Unter anderem habe ich die klitzekleinen Frühgeborenen einer schwedischen Fabrikantenfamilie versorgt. Jesse, Jolinda und Jesper. So winzig, die armen Babys.« Ich zeigte mit den Händen einen Abstand von höchstens zwanzig Zentimetern.

»Donnerwetter, so klein?« Bailey machte große Augen.

»*Jo jo.* Ich habe die Wichtelchen über Monate aufgepäppelt und sie täglich trainiert. Sanft trainiert natürlich mit meinem Spezialtraining. Weil sie so zerbrechlich waren.«

»Oh, das klingt richtig herzerwärmend.« Mrs Fisher zückte ein Taschentuch und betupfte sich die Augen. »Wie wunderbar, dass Sie so etwas vollbracht haben, Miss Smolland.«

»Mit Ihrem Spezialtraining?«, hakte der Butler nach.

»Oh ja, die kleinen Racker mögen es, sich an meine Boesen zu schmiegen.«

»An wen?« Mr Donovan prustete los.

»Blusen?«, fragte Mrs Fisher mit spitzem Unterton.

»Busen?«, schlug Mr Christmas vor und feixte.

»Busen, ja, genau. Ich lege die Babyleins auf meine nackiche Haut, das mögen die kleinen Schlingel besonders gerne.«

Ein kurzes Schweigen trat ein. Verflixt, ich war übers Ziel hinausgeschossen.

»Sie wachsen dann schneller«, behauptete ich. »Das ist wissenschaftlich erwiesen, laut einer Studie der Universität von Göteborg.«

»Donnerwetter, das hätte ich jetzt nicht gedacht«, murmelte Mr Donovan. »Aber leuchtet einem schon ein, nicht wahr, Mellymaus?« Er zwinkerte Mrs Fisher zu, bis sie lächelte.

»Das klingt ...« Mr Christmas suchte nach einem Wort. »Wundervoll. Mich haben Sie auf alle Fälle überzeugt. Wenn es nach mir geht, haben Sie den Job.« Er fuhr sich an die Stirn und wischte sich über die Augen. »Gott, bin ich übermüdet. Was sage ich denn da? Es geht ja nach mir, obwohl ich ungern ohne die Zustimmung der anderen meine Zusage gebe. Was sagst du dazu, Bailey?«

»Ich bin dafür!« Mr Donovan hob die Hand. »Mich hatten Sie schon, als Sie zur Tür hereinkamen, Miss Smolland. Vielmehr beim ersten Wort: *hej*.« Er und Mr Christmas kicherten wie Teenager und ich musste mir ein Lächeln verkneifen.

Ja, ich kannte meine Wirkung auf Männer. Sie wollten mit mir flirten, mich einladen und mit mir ausgehen. Auch wenn die zwei nur einen harmlosen Flirt im Sinn hatten, konnte es für mich verheerende Konsequenzen haben: dass die anderen beiden Nein zu mir sagten.

Ich warf einen schnellen Blick zu Mrs Fisher und Mr Miller, die hin- und hergerissen schienen. Einerseits fanden sie mich als Nanny kompetent, andererseits machten sie sich vielleicht Sorgen, dass ich mich an Mr Christmas heranmachen wollte. Das würde ich ganz bestimmt nicht tun! Aussprechen konnte ich das allerdings nicht, das würde befremdlich klingen. Aber ich konnte ihnen eine Information geben, die sie für mich einnehmen würde.

»Zwei Ja-Stimmen? Dankeschön, da freue ich mich aber mächtig!« Ich nickte, meine Zöpfe flogen. »Wenn das so weitergeht, kann ich bald eine Nachricht mit dieser frohen Botschaft nach Göteborg senden. An meine Verlobte Josephine. Sie schlägt vor Freude bestimmt zehn Purzelbäumchen.«

»An ihre Verlobte? Oh!« Mrs Fisher schaute verdutzt, dann stahl sich ein Lächeln auf ihr Gesicht. »Dann sage ich ebenfalls Ja! Herzlich willkommen in der Christmas-Familie, Liebes. Nenn mich ruhig Melanie, kurz Mel.«

»Sie sind verlobt?« Auch die Miene des Butlers hellte sich auf. »Das klingt geradezu wundervoll, Miss Smolland. Da schließe ich mich an die allgemeine Begeisterung doch glatt an.« Er sendete Mr Christmas und Bailey ein süffisantes Lächeln, und ihnen fiel es für einen Moment aus dem Gesicht. »Sie erhalten die vierte Ja-Stimme von mir, denn Sie haben mich ebenfalls überzeugt mit Ihrem liebenswürdigen Wesen und Ihren ausgezeichneten Manieren. Ein weiterer dicker Pluspunkt für Sie: Sie haben nicht nach dem Gehalt gefragt. Eine sehr löbliche Einstellung. Man erkennt deutlich, dass es Ihnen in erster Linie um die Kinder geht. Beeindruckend, dieses idealistische Berufsethos, Miss Smilla.« Er nickte anerkennend.

»*Jo, jo,* die kleinen Babys stehen für mich immer an erster Stelle. Geld ist mir nicht so wichtig.«

»Wären Sie mit viertausend Pfund einverstanden, während der vierwöchigen Probezeit? Danach verhandeln wir neu. Es ist mir bekannt, dass tüchtige Nannys bei Weitem mehr verdienen. Ich habe mich diesbezüglich im Internet informiert. Teilweise werden bis zu fünfstellige Summen im

Monat bezahlt. Aber wir sollten uns zuerst besser kennenlernen, bevor wir einen längerfristigen Vertrag abschließen. Was sagen Sie dazu?«

Wow, so viel Geld?! Ich musste mich zusammenreißen, um meine Überraschung zu verbergen. Gleichzeitig beschlich mich ein mulmiges Gefühl. Diese Summe spiegelte die hohen Erwartungen wider, die sie an mich stellten. Ob ich sie erfüllen konnte? Was für eine Frage! Ich musste.

»Oh, sicher. Das ist eine perfekte Lösung. Eine beiderseitige Testphase halte ich für sehr gut. Oder wie wir in Schweden sagen: Man kauft nicht gern den Elch im Sack.«

Bailey lachte. »Das ist witzig. Muss ich mir merken.«

»Prima, dann begrüße ich Sie herzlich als unsere neue Nanny. Lassen Sie uns einen Hausrundgang machen, Smilla. Am besten jetzt sofort, so lange die Kinder schlafen.« Mr Christmas erhob sich und deutete zur Tür.

»Die Kinder schlafen? Ist ja ganz was Neues«, murmelte Bailey. »Ihr solltet euch auf jeden Fall beeilen. In zwei Minuten ist der Spaß wieder vorbei.«

»Danach kann ich gleich Ihre Personalien aufnehmen, Miss Smolland.« Caspar strich seine Butler-Weste glatt. »Ihre Papiere und alles haben Sie dabei?«

Meine Papiere. Das Herz schlug mir bis zum Hals. Auch wenn ich so weit gekommen war, an dieser letzten Hürde konnte ich noch scheitern. »Tja, da gibt es ein winziges Problemchen. In meiner Aufgeregtheit und Vorfreude auf die Christmas-Kinderchen habe ich die Tasche mit sämtlichen Papieren im Zug liegen gelassen.« Ich lächelte ihn treuherzig an. »Ist das schlimm? Es dauert bestimmt Wochen, bis ich alles neu beantragt habe. Oder?«

»Sicher, vor allem jetzt um die Zeit.« Er dachte kurz nach, dann sprach er die erlösenden Worte: »Kein Problem, Miss Smolland. Das regeln wir dann im Januar.«

SMILLA SMOLLAND, die lustige schwedische Nanny. Mein

Name stammte so eindeutig aus dem Ikea-Katalog, eindeutiger ging's nicht. Aber sie hatten mir meine Geschichte abgekauft, der Job war mein. Und das, obwohl ich von Babys noch weniger Ahnung hatte als von Schweden. Unauffällig wischte ich meine angstfeuchten Hände an der Jeans ab und folgte Mr Christmas.

Er stapfte voraus durch den Gang zur riesigen Eingangshalle und bog kurz davor nach links ab. Wir betraten eine modern eingerichtete Landhausküche mit Kochinsel und einem großen Tisch im Eingangsbereich. »Das ist die Küche. Ich heiße übrigens John.« Er lehnte sich mit seinem breiten Rücken an den Kühlschrank und verschränkte die Arme. »Ich hoffe, das ist okay? Wir nennen uns hier alle beim Vornamen und mögen es nicht so förmlich, außer Caspar vielleicht.« Er lachte. »Möchtest du einen Kaffee oder einen Tee? Saft oder lieber ein Wasser? Wenn Mel kommt, macht sie dir bestimmt etwas zu essen, falls du Hunger hast.«

»Danke, ein Saft wäre toll. Natürlich, in Schweden sind wir auch immer so unkompliziert. Wie ich bereits sagte: Smilla.« Und was sollte ich jetzt machen? Panik überfiel mich. Vor Jahren hatte ich mal eine Nanny-Serie im Fernsehen angeschaut. Das war aber auch schon alles, was ich übers Nannysein wusste.

Sicher, durch meine wesentlich jüngeren Geschwister hatte ich Erfahrung im Umgang mit Babys. Oft hatte ich auf meine drei Schwestern aufgepasst, die meine Mutter in zweiter Ehe bekommen hatte. Bei ihrem jüngsten Baby war ich siebzehn gewesen, aber das lag zehn Jahre zurück und ich war so ziemlich das Gegenteil einer qualifizierten Nanny. Trotzdem hatte ich jetzt diesen Job, der eine große Verantwortung mit sich brachte.

John nahm eine Flasche Orangensaft aus dem Kühlschrank hervor, goss ein Glas für mich ein und reichte es mir.

»Dankeschön.« Ich trank zuerst nur einen Schluck, dann leerte ich das ganze Glas. Es war das Erste, was ich seit heute Morgen zu mir nahm und ich spürte, wie viel Kraft mich das alles gekostet hatte. Die ungeheure Anspannung in mir ließ ein wenig nach, mit zitternder Hand stellte ich das Glas ab. Jetzt begann die eigentliche Herausforderung: Ich musste eine richtig gute Nanny spielen und ich hatte keine Ahnung, wie ich das anstellen sollte. In munterem Ton sagte ich: »Und wo stecken die kleinen Baby-Mäuseken? In den Bettchens?«

Er lächelte. »Oben im Bett, bei meiner Frau. Hier steht das Babyfon. Damit kann man sie überwachen. Moment, ich schalte mal den Monitor an, dann kannst du sehen, wie sie schlafen.«

Im gleichen Moment erschallte ein durchdringendes Plärren aus dem Gerät, kurz darauf erklang wütendes Gezeter. Ein Kind schrie: »Ruhe jetzt!«, dann sprach eine Frau: »Bitte, Gabriel …«

»Vielmehr nicht schlafen. Stella ist schon wieder wach.« Er wischte sich übers Gesicht und sah auf einmal sehr erschöpft aus. »Lass uns hochgehen, damit du alle kennenlernst. Darf ich?« Ohne meine Antwort abzuwarten, nahm er die Reisetasche aus meiner Hand und stieg vor mir die breite Steintreppe hoch. Oben auf der Galerie bog er nach links, und wir gingen nebeneinander über die mit wunderschönen Teppichen bedeckten Holzböden. Er deutete seitlich in einen Gang und stellte meine Tasche dort ab. »Dahinten ist dein Zimmer, die zweite Tür rechts. Es ist mein ehemaliges Jugendzimmer. Aber keine Sorge, ich habe vor Kurzem alles renovieren lassen. Es ist fast wie ein Wohnzimmer eingerichtet und hat ein eigenes Bad. Ich hoffe, es gefällt dir.«

»Bestimmt wird es das. Meine Ansprüche sind sehr bescheiden.« Fieberhaft überlegte ich, etwas authentisch Schwedisches hinzuzufügen. »Bei den Fabrikanten habe ich in einem ehemaligen Hühnerstall gewohnt.«

»Oh, im Hühnerstall?« John hob überrascht die Augenbrauen.

»*Jo, jo.* Aber er war sehr geräumig und schön. Ein dunkelrotes Häuschen mit weißen Fenstern. Natürlich wurde es modernisiert und die Hühner sind selbstverständlich vorher alle ausgezogen.«

»Das klingt typisch schwedisch.« Er lachte.

»Ganz genau.« Das war vielleicht etwas übertrieben? »Ich meine, so kenne ich es halt. In Schweden.«

Wir näherten uns einer Tür, hinter der durchdringendes Babygeschrei ertönte, das immer stärker anschwoll.

»Hui, Stella hat ein kräftiges Stimmchen.«

»Oh ja, wem sagst du das.«

Zusätzlich zeterte der kleine Junge: »Ruhe! Ruhe!«

»Das ist unser Sohn Gabriel. Er ist ein bisschen genervt von ihr.« John lachte gezwungen.

»Bestimmt ist er eifersüchtig, der arme Wichtel.« Das war bei meinen jüngeren Schwestern auch so gewesen. Dauernd keiften sie sich an und rissen sich die Spielsachen aus den Händen. Als das dritte Baby zur Welt kam, gab es wochenlang Geheule, bis sie sich an es gewöhnt hatten.

»Das denke ich auch. Hallo Liebling, schau mal, wen ich dir mitgebracht habe.«

Für einen Moment verstummte das Geschrei.

»Wer ist es?« Eine müde Frauenstimme drang aus dem Bett. »Der Weihnachtsmann, der die kleinen Quälgeister mitnimmt oder sie zumindest in liebe Kinder verwandelt?«

»Nein, Schatz, das ist unsere neue Nanny. Stell dir vor, es hat geklappt!«

»Hallo, ich bin die Smilla Smolland.« Ich trat ans Bett und warf einen gespannten Blick hinein. Ein schreiendes Baby, ein kleiner Junge mit blondem Haar, zwischen beiden lag eine wunderschöne Frau mit herrlichem roten Haar und grünen Augen.

Sie lächelte mich an. »Oh, wie schön, wir haben eine Nanny. Smilla, was für ein toller Name. Du siehst aus wie aus einem schwedischen Film. Herzlich willkommen in Snowhill, ich bin Marian.« Wir schüttelten uns die Hände, ich mochte sie sofort.

Sie kam mir so bekannt vor. Hatte ich sie nicht letztens in

einem Werbespot gesehen und im Vorbeifahren auf einer Plakatwand? Ihr rotes Haar schwang wie eine leuchtende Fahne hinter ihr her.

»Das gibt's doch nicht, das Risotto-Girl!« Für einen Moment vergaß ich meinen schwedischen Akzent.

John und Marian lachten. »Ja, mitsamt schreienden Kindern und ganz unglamourös.«

»Lustig, dass man dich sogar in Schweden kennt, Marian.« John schmunzelte.

O Gott, ein schwerer Fehler! Ich musste besser darauf achten, was ich sagte. »Ich habe das Plakat am Flughafen entdeckt, gleich in der Eingangshalle, und den Clip im Internet.«

»Schon klar. Ich glaube, Marian ist überall bekannt.«

»Schön, dass du da bist, Smilla, weil ich ...« Ihre Stimme wurde leiser, ihre Augen fielen zu und fast schien es, als wäre sie eingeschlafen. Mühsam öffnete sie die Augen wieder. »Sorry, ich bin so müde. Ich stille sie unablässig, ich glaube seit ihrer Geburt Ende September durchgehend.«

»Oh, dann solltest du unbedingt eine Pause einlegen.« Um das festzustellen, musste man keine Supernanny sein. Sie wirkte total erschöpft und das Baby machte einen übernervösen Eindruck. Hektisch drehte es den Kopf und schnappte wie ein Minikrokodil nach allen Seiten. Dazu stieß es kleine ungehaltene Laute aus, die allmählich anschwollen und in eine Art Meckern übergingen.

»Aber sie sucht schon wieder.«

»Ja, sie hat sich daran gewöhnt, dennoch muss sie ein wenig pausieren von ihrer Schnapperei. Das Paketchen nehme ich sofort mit und starte mit ihr mein Training.« Vorsichtig hob ich das Bündel aus dem Bett und drückte sie an meine Brust. Sie verströmte diesen typischen süßen Babygeruch und mein Herz flog ihr sofort zu. Das beruhte wohl auf Gegenseitigkeit, denn sie wurde still. »Na, du Zaubermäuseken? Du bist aber ein hübsches Babylein.«

Sie stutzte, öffnete ihre Augen und gurrte.

Und wie hübsch sie war. Dunkelrote Locken rahmten ihr Gesicht ein, das an einen kleinen Apfel erinnerte. Den schön geschwungenen Mund hatte sie von ihrer Mutter, die blauen Augen von ihrem Vater geerbt. *Was für eine süße Maus.*

»Wow, toll. Die Chemie scheint schon mal zwischen euch zu stimmen.« John zog die Schuhe aus und ließ sich neben Marian in die Kissen fallen. »Sorry, das Bett zieht mich wie magisch an. Wäre es schlimm, wenn wir die Hausbesichtigung später fortsetzen? Bailey und Mel sind unten in der Küche, sie helfen dir jederzeit. Brauche dringend eine Mütze voll Schlaf.«

»Sicher, das ist völlig okay. Ich kann Bailey und Mel alles Wichtige fragen.« Ich überlegte rasend schnell. Was würde eine echte Nanny jetzt sagen? »Außerdem benötige ich verschiedene Sachen, um das Mäuseken zu trainieren. Ich brauche ein Tragesäckchen, Farbe egal, eine Milchpömpe und ein Paar Gummitittchens. Plus eine Gefriertruhe für die Muttermilch.«

»Was?« Sie lachten beide. Dann sagte Marian: »Eine Pömpe, du meinst eine Pumpe? Um Muttermilch abzupumpen?«

Sie sahen sich begeistert an. »Gute Idee! Dann kann auch mal jemand anders sie füttern!«

»Genau!« John lächelte. »Aber diese äh, Gummibrüste? Wozu sollen die gut sein?«

»Ja, damit ich die Ersatzmama spielen kann, solange die echte Mama sich ausruht. Wir pumpen die Milch von Marian ab, und ich füttere damit das kleine Schnappi. Und weil sie keine Flasche kennt, bekommt sie zuerst die Gummitittchens.« Ich nickte und setzte ein allwissendes Gesicht auf, auch wenn mir mulmig zumute war. Das hatte ich mal in einem Film gesehen. Da spielte Robert de Niro einen seltsamen Opa, der sein Enkelkind stillte, warum auch immer, und band sich so seltsame Gummibrüste um. Den Rest hatte ich vergessen. Aber mein gesunder Menschenverstand sagte mir, dass ich das genau so handhaben sollte. Ich würde die

Kleine stillen, mit diesen Gummibrüstchen, damit Marian schlafen konnte.

»Wow, coole Idee«, sagte Mr Christmas. »Da muss man erstmal drauf kommen. Genial!«

»Ja, wirklich«, stimmte Marian zu. »Einfach toll, Smilla.«

»Dankeschön.« Insgeheim gab ich den Dank weiter an den Drehbuchautor dieses Films. Vielmehr ging ich vor ihm auf die Knie und küsste ihm die Füße.

Der Junge setzte sich im Bett auf. Ein niedlicher kleiner Kerl mit blonden Locken und großen blauen Augen. »Da!« Er zeigte auf mich, dann auf seine kleine Schwester. Vermutlich fand er es toll, dass sie nicht mehr schrie.

»Ja, sie ist jetzt ruhig. Ich bin Smilla, deine neue Freundin. Hast du Lust, eine Runde mit mir zu spielen, Gabriel? Bestimmt hast du ein Spielhaus, oder? Möchtest du mir zeigen, wo es ist?« Ich streckte ihm die Hand hin.

»Ja.« Er nickte eifrig und krabbelte aus dem Bett. Dann nahm er meine Hand.

»O Gott, das ist zu schön, um wahr zu sein. Diese Stille. Hörst du sie?« John stieß einen tiefen Seufzer aus.

»Ja, sie hinterlässt ein Echo in meinem vor Schlafmangel leeren Kopf.« Marian lachte. »Dich schickt der Himmel, Smilla.«

»So ist es. Wie ein leibhaftiger Engel ist sie zu uns herabgeschwebt. Lass uns eine Runde schlafen, Süße.« Er schlug die Decke über sich und Marian, so dass nur ein paar Haarsträhnen hervorlugten, ihre roten verschlungen mit seinen blonden.

»Vergiss bitte nicht, die Sachen fürs Baby im Internet zu bestellen, John. Am besten mit Express-Lieferung.«

»Ja, das mache ich sofort«, drang es dumpf unter der Decke hervor. »Sobald ich das Bewusstsein wiedererlangt habe. Schlafen. Ist das nicht herrlich? Komm in meinen Arm, Liebling.«

»Mmh, ja, das mache ich«, murmelte Marian.

Dann vernahm man nur noch ihre tiefen Atemzüge.

Eine weitere Hürde schien geschafft. Zumindest war es mir gelungen, dass beide Kinder nicht mehr schrien. Ein bisschen fiel die Anspannung von mir ab und ich atmete tief durch, als ich mit der kleinen Maus auf dem Arm und Gabriel an der Hand vorsichtig die Stufen nach unten hinabstieg.

Verflixt, warum hatte ich bloß angefangen, mit diesem schwedischen Akzent zu sprechen? Jetzt musste ich das für die Dauer meines Aufenthalts beibehalten. Eben war es mir so wahnsinnig klug vorgekommen, aber jetzt hielt ich es eher für eine dumme Idee – für drei Sekunden.

Nein, es war nicht dumm, sondern notwendig. Nur dank meiner falschen Identität hatte ich den Job bekommen, in dieser abgelegenen Gegend, wo er mich niemals suchen würde.

Im Gegensatz zu den Versuchen davor, bei denen sich alles gegen mich verschwor, hatte ich dieses Mal das Glück auf meiner Seite.

Die unerwartete Hilfe, die mir den ersten Schritt zur Freiheit überhaupt ermöglichte. Die Überraschung meiner Bewacher, als ich heute Morgen im Park losstürmte und in der dichten Menschenmenge verschwand, bevor sie reagieren konnten. Das zufällig am Parkausgang wartende Taxi, in das ich hineinsprang. »Zum Bahnhof, schnell!«

Meine Glückssträhne hielt weiterhin an. Wie durch ein Wunder stand ein Zug zur Abfahrt bereit, als ich zu den Gleisen stürmte. Die Türen schlossen sich gerade. »Stoppen Sie den Zug!« Mein verzweifelter Ausruf war an niemanden gerichtet und die Chance, dass jemand mir half, lag bei null. Doch da spazierte diese Frau am Zug vorbei, offensichtlich eine Touristin, mit einem aufgefalteten Stadtplan in der Hand. Sie betätigte den Türöffner, schob ihren Fuß in die Tür und blockierte sie. Meine Hand streifte ihre Schulter, als ich an ihr vorbei in den rettenden Zug sprintete. »Tausend Dank!«, stieß ich hervor, keuchend und schwitzend vor Angst.

Kurz sah ich ihr Lächeln aufblitzen. »Gerne.«

Im Abteil kauerte ich mich in den Sitz und zwang mich

dazu, nicht hysterisch in Tränen auszubrechen. Bloß nicht auffallen! Nur Sekunden später setzte der Zug sich in Bewegung, zur gleichen Zeit tauchten *sie* am Eingang der Halle auf. Suchend ließen sie ihre Blicke über die Abteilfenster schweifen und näherten sich dem Bahnsteig. Mir blieb fast das Herz stehen! Schnell duckte ich mich nach unten weg. Eine Mütze verbarg mein auffälliges Haar und vielleicht übersahen sie mich? Ich schickte ein Stoßgebet zum Himmel. *Bitte, lass es mich schaffen. Bitte, lass sie mich nicht entdecken. Bitte, lass mich ihm entkommen.*

Mit jeder Meile, die der Zug zurücklegte, fiel meine Anspannung ab und ich fasste allmählich Zuversicht. Wenn ich es bis hierher geschafft hatte, war mir das Glück bestimmt weiterhin hold.

Und so war es auch gewesen.

Das ältere Paar, das mich auf die Idee brachte, eine Schwedin zu sein. Die biestige Nanny, die mir den Weg nach Snowhill ebnete, ohne es zu wissen.

Alles das hatte dazu geführt, dass ich als schwedische Nanny Smilla Smolland zur Familie Christmas gekommen war. Es war das Ergebnis einer Aneinanderreihung von glücklichen Zufällen in Kombination mit einer spontanen Eingebung. Vielleicht war es auch das Resultat einer wie auch immer gearteten Bestimmung, wenn man an so etwas wie Bestimmung glaubte. Aber das tat ich kein bisschen.

Nein, mein seltsamer Akzent war wichtig. Er verschaffte mir eine perfekte Tarnung, damit niemand mich hier entdeckte. Denn für mich stand so viel mehr auf dem Spiel: meine Freiheit.

»Ah, da seid ihr ja!« Mel war in die Halle getreten und winkte uns zur Küche herein. »Wie schön, du hast die Kleinen schon bei dir. John und Marian schlafen oben?«

»Ja, sie wollten ein Nickerchen halten.«

Sie lachte. »Ich denke, sie sind eher vor Müdigkeit in

Ohnmacht gefallen. Bestimmt bist du hungrig, wenn du schon den ganzen Tag auf den Beinen bist. Wir essen erst später zu Abend, aber ich habe dir schnell ein Champignon-Süppchen zubereitet und Baguette gebacken. Es gibt auch Rotweinkuchen.« Sie musterte mich eingehend. In den letzten Tagen vor meiner Flucht hatte ich vor Anspannung kaum etwas essen können und meine Jeans saß locker. Das entging ihrem besorgten Blick nicht. »Ich werde dir Sahne dazu schlagen und einen schönen Kakao kochen. Magst du Kakao aus echter Schokolade?«

Ihre Fürsorge ließ mich fast in Tränen ausbrechen. »Ja, das wäre perfekt. *Tack, tack,* liebe Mel. Dankeschön.« Schnell blinzelte ich die aufsteigenden Tränen weg. »Isst du auch ein wenig Suppe mit mir, Gabriel? Und danach spielen wir ein Ründchen?«

»Ja.« Er zeigte auf den großen, runden Tisch und kletterte auf seinen Hochstuhl. Dann deutete er auf den Stuhl neben sich und klopfte darauf. »Smilla!«

»Ja, ich setze mich zu dir.« Ich legte die Kleine vorsichtig in die Wippe, die auf dem Tisch stand, und deckte sie mit einer Kuscheldecke zu. Ihre Augen fielen zu, als ich die Wippe ein wenig antippte. Immer wieder wollte sie sie aufreißen, aber das rhythmische Wippen brachte sie schließlich zum Einschlafen.

»Hach, ist das schön!« Mel lächelte in die Runde und stellte einen dampfenden Teller vor mir ab. »Die Kinder mögen dich. Kein Wunder, du verbreitest eine wunderbare Stimmung. Ich habe das untrügliche Gefühl, dass wir mit dir das große Los gezogen haben.«

»Oh, das habe ich mit euch auch.« Ich lächelte sie an. Und zum ersten Mal an diesem Tag kam mein Lächeln von Herzen und war fast völlig unbeschwert.

SPÄT AM ABEND war ich endlich allein in meinem Zimmer, nur Stella war bei mir. Zögerlich schaltete ich mein Telefon ein, ein älteres Modell mit teilweise lockeren Tasten, das ich anstatt meines neuen Handys mitgenommen hatte. Die Nummer von diesem hier kannte er nicht, zumindest nicht, dass ich es wüsste. Von daher konnte er mich darüber auch nicht orten. *Hoffentlich nicht.*

Die ganze Nacht las ich im Internet über Babypflege und dem Umgang mit Kleinkindern, bis ich auf den Blog einer berühmten Supernanny aus den USA stieß: Fanny Oleander. Man konnte über das Kontaktformular Fragen an sie richten und ich bombardierte sie regelrecht damit. Natürlich unter unzähligen verschiedenen Namen, damit ihr nicht auffiel, dass es die ein und dieselbe Person war. Dann informierte ich mich umfassend über Schweden, Land, Leute, kurze Redewendungen, und versuchte, mir alles einzuprägen. Aber irgendwie schien mein Gehirn nicht auf Schwedisch anzuspringen. Kaum hatte ich einen Satz gelesen, war er schon wieder weg.

Zwischendurch musste ich mich um die Kleine kümmern. Ich beruhigte sie, trug sie herum und brachte sie alle zwei Stunden zu ihrer Mama, damit sie trinken konnte. Aber das kräftezehrende Dauernuckeln der letzten Wochen war beendet, und das tat beiden gut.

Wenn Stella bei mir im Stubenwagen schlief, den John in mein Zimmer geschoben hatte, duschte ich. Immer wieder. Beim ersten Mal liefen rote, lila und grüne Farbbäche von meinem Rücken an meinen Beinen entlang und verschwanden gurgelnd in der Duschtasse. Mit jedem Mal wurden die Bäche kleiner, aber sie versiegten nicht. Es würde Tage dauern, alles abzuwaschen. Ich versuchte, meinen Rücken zu scheuern, aber ich konnte nicht genug Druck ausüben. Es ging einfach nicht. Sie hatte die Farben extra so dick aufgetragen, um mir Zeit zu verschaffen. Und jetzt war es so schwierig, alles abzubekommen. Vielleicht bliebe in der Mitte etwas zurück, für immer?

Ich schluckte die aufsteigende Panik hinunter. Nein, das wollte ich auf keinen Fall! Jede Spur musste getilgt werden.

Sonya, die Tätowiererin, hatte mir gesagt, ich bräuchte jemanden, der mir dabei helfen würde. »*Er wird kommen. Soll ich dir sein Gesicht beschreiben?*«

Was für ein Unsinn!

Dass ich hier war, verdankte ich auch diesen Farben. Denn ohne den Beschluss, mich zu seiner *Drachenfrau* zu machen, wie *er* es genannt hatte, hätte ich meine Flucht nur weiter aufgeschoben. Obwohl ich schon so lange dafür trainierte, fast ein ganzes Jahr. Zuvor hatte ich ein paar halbherzige Versuche gestartet, spontan und ohne jeden Plan, die schon im Ansatz zum Scheitern verurteilt waren. Aber in den vergangenen Monaten trainierte ich verbissen und mit jedem Tag wuchs meine Entschlossenheit. Es würde mir gelingen, vor ihm davonzulaufen, ich brauchte nur eine gute Gelegenheit und ein bisschen Glück.

Doch dann erhöhte sich der Druck auf mich. Ich hatte nur diese eine Chance. Dieser Versuch musste einfach funktionieren, denn wenn ich es dieses Mal nicht schaffte, würde etwas Schreckliches geschehen. Diese wirklich grauenhafte Idee, auf die er verfiel, zwang mich zum Handeln. Ich durfte mich nicht länger von ihm einlullen lassen! Weder von seinen strengen Worten und Verboten, noch von seinen Komplimenten, seinen Zärtlichkeiten und seinen teuren Geschenken. Zuckerbrot und Peitsche – wenn jemand dieses Prinzip beherrschte, dann er. Denn wenn ich weiterhin bei ihm blieb, würde Sonya mir diesen hässlichen Drachen auf den Rücken tätowieren. So wie er es angeordnet hatte.

Dass ausgerechnet die Tätowiererin mir zur Flucht verhalf, das nannte man wohl die Ironie an der Geschichte.

Ab und zu trat ich ans Fenster, mit klopfendem Herzen, und hielt Ausschau nach den Scheinwerfern eines sich nähernden Wagens. Bestimmt hatte er längst meine Spur aufgenommen wie ein witternder Bluthund. Er ahnte, wohin ich geflüchtet war, denn er war klug und hatte längst gelernt, so wie ich zu denken. Oder etwa nicht? Die Vorstellung, dass er mich wieder mit sich zerrte, ließ mich fast in Tränen ausbrechen. Um mich zu beruhigen, presste ich die Kleine an mich und meine Umarmung beruhigte auch sie.

Alles blieb dunkel, kein Lichtstrahl näherte sich in der schwarzen Nacht und mit jeder Minute wuchs meine Zuversicht. Im Gegensatz zum trubeligen London war es hier so still. Als läge Snowhill unter einer dicken Glasglocke, die es von der Außenwelt abschottete. Fast tröstlich rieselte der Schnee herab und verschluckte die Welt dort draußen, vermittelte mir die Illusion, ich hätte mich auf eine einsame Insel gerettet. Hier war ich sicher, wenigstens heute Nacht. Hatte ich es wirklich geschafft, ihm zu entkommen? Ich konnte es kaum glauben.

»Süßes, süßes Baby.« Sie war der erste Mensch, den ich nach dieser schlimmen Zeit berührte, und ich hätte mir keinen besseren aussuchen können, so warm und weich wie sie war und so unsagbar schön. Sie verströmte diesen unwiderstehlichen Babygeruch, nach Milch und Honig. Immer wieder küsste und herzte ich sie, manchmal patschte sie sanft in mein Gesicht und vergrub ihre Händchen in meinem Haar. Gleich in dieser ersten Nacht wurden wir dicke Freunde.

Gegen Morgen klingelte mein Handy. Die Supernanny hatte mir eine E-Mail geschrieben.

Ich weiß, dass du alle diese Fragen stellst, Helena-Conny-Isobel-Tina-Martinique. Warum ich mir so sicher bin? Du verwendest immer ein und dieselbe IP-Adresse, da nützen dir auch alle diese verschiedenen Namen nichts. Was genau willst du?

Mist, erwischt! Kurz zögerte ich, aber meine Aufgabe war zu verantwortungsvoll, als dass ich mir Fehler erlauben durfte. Wenn ich diesem kleinen Engel aus Unwissenheit Schaden zufügte, würde ich mir das nie verzeihen. Bestimmt würde Mrs Oleander nicht von den USA die Polizei in England um Hilfe rufen, oder etwa doch? Ich sendete ein Stoßgebet zum Himmel, dann schrieb ich ihr zurück.

Entschuldigung! Ich heiße Smilla und brauche dringend Hilfe im Umgang mit zwei Babys. Eins ist drei Monate alt und eins zwei

Jahre. Ich möchte unbedingt lernen, gut mit ihnen umzugehen. Aber ich weiß zu wenig.

Nach wenigen Minuten traf ihre Antwort ein.

Hi Smilla. Zuzugeben, dass man zu wenig weiß, ist ein guter Anfang. Ich helfe dir.

❄

KAPITEL 2

14. DEZEMBER

Matt

»DAHINTEN KANN ich nicht wenden.« Der Taxifahrer trat unvermittelt auf die Bremse und der Wagen kam schlingernd zum Stehen. »Sie müssen hier aussteigen.«

Er wollte mich allen Ernstes mitten in der Wildnis aussetzen? Ich trug nicht einmal richtige Winterschuhe, und es schneite wie verrückt. Bis Snowhill Manor war es fast eine Meile Fußmarsch und das durch den stellenweise hüfthohen Schnee. Er wollte mich wohl veralbern?

Hier aussteigen am Arsch! Ich holte tief Luft, um ihm eine von zwanzig Flüchen gespickte Antwort zu geben, doch dann zügelte ich mich. »Jetzt passen Sie mal gut auf. Ich habe ein Taxi bis Snowhill bestellt und Sie haben zugestimmt, unter Kenntnis der Witterungsverhältnisse. Also fahren Sie mich auch gefälligst bis nach Snowhill. Als Motivationshilfe für Sie: Ich lasse Ihnen die Taxi-Lizenz entziehen, wenn Sie mich nicht bis zum Tor bringen! Kleine Korrektur: bis vorne an die Haustür, exakt bis zum überdachten Eingang. Haben wir uns verstanden?«

»Alles klar, Meister.« Er grinste verlegen und setzte den Wagen wieder in Gang. Beim Anfahren drehten die Räder zuerst durch, dann rumpelten wir weiter.

»Na also, geht doch«, knurrte ich. Minutenlang tuckerten wir in Schrittgeschwindigkeit durch die verschneite Landschaft und ich kämpfte gegen die Übelkeit an, die mich befallen hatte, seitdem ich sein versifftes Taxi bestiegen hatte. Nein, ich trug sie seit ein paar Tagen in mir, aber in diesem nach Fish und Chips stinkenden Wagen verstärkte sie sich noch. Schließlich erreichten wir das große schmiedeeiserne Tor, die einzige Passierstelle im meterhohen Zaun, der das riesige Areal eingrenzte. »Halten Sie kurz.« Ich stieß die Wagentür auf, stapfte ein paar Schritte durch den tiefen Schnee und bekam prompt nasse Füße. Schnell tippte ich die Zahlenkombination ein. Wie ich John kannte, hatte er sie nicht geändert, selbst nach sechs Jahren nicht. Und genau so war es. Das Tor schwang auf, und ich ließ mich wieder auf den Rücksitz fallen. »Einfach geradeaus.«

»Sicher.« Der Fahrer zockelte die Auffahrt entlang. »Schön geräumt alles. Hier liegt kaum Schnee. Das klappt ja besser, als ich dachte.«

Ja, ja, tu nicht so. Ich antwortete ihm nicht. Meine Blicke schweiften über die sanft geschwungenen, verschneiten Rasenflächen, auf denen wir früher Fußball gespielt hatten. John und ich, zusammen mit den Jungs aus dem Dorf. Dort hinten am Bachlauf, hoch oben in der alten Weide, hatten wir uns ein Baumhaus gebaut. Vielmehr hatten wir ein paar Bretter zusammengenagelt und es großspurig so genannt. Bis Bailey uns half und ein richtiges Häuschen für uns zusammenzimmerte. Dort oben hatten wir unsere ersten Rauchversuche gestartet, unser erstes Bier getrunken und zum ersten Mal ein Mädchen geküsst.

Es war immer wieder ein erhabener Moment, wenn ich Snowhill zum ersten Mal sah. Geradezu majestätisch lag der zweistöckige rote Sandsteinbau auf der Anhöhe, umgeben von in strahlendem Weiß eingehüllten Wiesen und weißgetüpfelten Wäldern im Hintergrund.

Ich liebte das Herrenhaus aus dem sechzehnten Jahrhundert, das seit 1784 als Stammsitz für die Familie Christmas diente. Im Laufe der Jahrhunderte war es immer wieder erweitert und renoviert worden. An den Hauptbau, den sogenannten Westflügel, baute man den kleineren Ostflügel an, so dass ein großes L-förmiges Gebäude entstanden war. Ein wenig abseits davon befanden sich das ehemalige Kutscherhäuschen und eine winzige Kapelle, beides seit Jahrzehnten leerstehend und ungenutzt.

Nachhause kommen, auch wenn es streng genommen nicht mein Zuhause war, kein anderes Gebäude auf der Welt erweckte in mir dieses Gefühl. Nicht einmal meine Penthousewohnung in London.

Der Fahrer stoppte direkt neben dem überdachten Vorbau. »Wir sind da. Dann wünsche ich Ihnen schon mal fröhliche Weih…« *Bloß nicht!*

»Gleichfalls.« Ich drückte ihm den angezeigten Betrag in die Hand. Kein Trinkgeld, denn er war ein mieser Taxifahrer, noch dazu unfreundlich. Weiß Gott, wie viele Leute er schon mitten in der Einöde abgesetzt hatte, die auf seinen blöden Spruch reingefallen waren. Mein Blick fiel auf die rosa Babyschuhe, die an seinem Rückspiegel baumelten, und zähneknirschend fügte ich einen Zehner hinzu. »Wenden Sie hier. Wenn Sie das Tor vorne erreicht haben, läuten Sie, dann lässt man Sie hinaus.«

Ich nahm meinen Trolley aus dem Kofferraum, stapfte die Stufen zum Eingang hoch und betätigte mit einem mulmigen Gefühl die Klingel.

Sechs Jahre waren eine verdammt lange Zeit. Weder hatte ich zu Geburtstagen, noch an Weihnachten Karten geschrieben, noch mich sonst in Snowhill gemeldet. Die ganze lange Zeit nicht. Als ich von Johns Unfall erfuhr, rief ich seine Eltern an, um auf dem Laufenden zu bleiben. Und als es so schlecht um ihn stand, besuchte ich ihn mehrmals im Krankenhaus, aber davon bekam er vermutlich nichts mit. Doch danach, als er wieder gesund war, meldete ich mich nicht mehr bei ihm – und er sich umgekehrt nicht bei mir. Immerhin hatten wir davor einen üblen Streit und er war fuchsteufelswild, weil ich seine damalige Freundin Sybil eine Goldgräberin genannt nannte.

Dabei wollte ich ihn nur vor ihr warnen. Mein Kollege Bob heiratete nämlich eine dieser Damen, die zu dieser durchtriebenen Clique aus Halsabschneiderinnen gehörte. Die Ehe dauerte gerade mal sechs Wochen, aber sie zog ihn aus bis aufs letzte Hemd. Nach der Scheidung musste er sogar monatelang in seinem Auto wohnen, weil er kein Geld hatte, um ein Appartement zu mieten. Das Auto war alles, was sie ihm ließ, und das auch nur, weil es uralt und verrostet war.

John fühlte sich tödlich beleidigt. Immerhin kratzte ich an seinem Ruf als stadtbekannter Womanizer und das verletzte seinen Stolz. Er war John Christmas, reich und attraktiv, er konnte jede Frau haben, klar. Ausgerechnet ihn sollte jemand ausnutzen und nur an sein Geld wollen?

»Sehe ich etwa aus wie dein Kollege?« Er war stocksauer.

Nein, das tat er nicht. Bob war klein, pummelig, noch dazu mit kaum mehr Haaren auf dem Kopf und das mit fünfunddreißig. Aber dennoch wollte diese Sybil nur Johns Geld, das sagte mir mein Instinkt. Er glaubte mir nicht und wir trennten uns im Streit. Ausgerechnet wir beide, seit unserer Kindheit beste Freunde und Cousins, waren böse zerstritten. Prompt heiratete er diese geldgierige Hexe auch noch! Mein ungutes Gefühl verstärkte sich und leider sollte es sich bewahrheiten. Es nahm ein böses, beinahe sogar ein tragisches Ende.

Sein Unfall hatte mich richtig fertiggemacht. Was, wenn er gestorben wäre, ohne dass wir uns versöhnt hätten? Nächtelang saß ich an seinem Bett, wechselte mich mit seinen Eltern ab, und hielt seine Hand, als könnte ich ihn damit wieder ins Leben zurückziehen. Zum Glück schaffte er es.

Ja, ich hatte später oft an ihn gedacht, aber ich teilte ihm das nie mit. Und eine offizielle Versöhnung zwischen uns gab es auch nicht. Als ich dann vor drei Jahren in dieser schweren Krise steckte, rief ich ihn ein paar Mal an, aber er nahm meine Anrufe nicht entgegen. Abgesehen von einem Mal, das aber wohl versehentlich, denn er war betrunken. Dem Gekicher nach zu urteilen, amüsierte er sich mit ein paar Frauen, und ich drückte das Gespräch weg.

Vor zwei Jahren war es dann tatsächlich zu einem Treffen gekommen, doch wir saßen nur auf den Barhockern nebeneinander, tranken und schwiegen uns an. Dennoch tat seine Anwesenheit mir gut und ihm erging es ähnlich. Ich las es in seinen Augen.

»Danke, Matt. Wir treffen uns bald wieder?«

»Ja, das machen wir.« Wir hielten uns lange in den Armen. Kaum vorstellbar, er sah noch mitgenommener aus als ich.

Doch für ihn ging es danach aufwärts. Eine neue Frau war in sein Leben getreten, erzählte mir meine Mutter. Als er im Frühjahr heiratete, war ich trotz Einladung nicht zu seiner Hochzeit erschienen. Ich steckte beruflich in Schweden fest, so erklärte ich es auch in der Absage. Wobei ich durchaus übers Wochenende nach England hätte fliegen können. Es wäre möglich gewesen, doch ich tat es aus verschiedenen Gründen nicht. Hochzeiten waren eher nicht so mein Fall. Nach Snowhill zu kommen, meine Eltern zusammen mit Johns Eltern zu treffen, dann gäbe es wieder den üblichen Streit um das Erbe wie schon unzählige Male zuvor. Meine Mutter würde mich wieder ausfragen, wie es um meine Ehe stünde und überhaupt … Nein, meine Schwedenreise kam mir gerade recht. Über mein Büro ließ ich ein kostspieliges Geschenk senden, hoffentlich hatten sie etwas Schönes ausgesucht.

Ob John so begeistert wäre, dass ich ausgerechnet bei ihm Unterschlupf suchte, noch dazu über Weihnachten und Silvester? Auf meine E-Mail, in der ich erklärte, dass ich gerne zu Besuch nach Snowhill käme, hatte er reichlich seltsam geantwortet.

Hi Matt, klar kannst du … ich bin so mmmmmzzzt. Sdkhfuisghsd.

Seine E-Mail nahm ein abruptes Ende. Was bedeuteten diese kryptischen Sätze? Das war nicht wirklich die herzliche Einladung, auf die ich gehofft hatte. Trotzdem entschied ich mich dafür, sie als solche zu interpretieren.

Und darum stand ich jetzt hier. Aus dem einfachen Grund, dass mir kein anderer Ort einfiel, an dem ich mich verkriechen konnte. Weihnachten nahte und somit auch Heiligabend, der schlimmste Tag des Jahres. Bloß nicht noch so ein Weihnachten wie die drei Jahre zuvor, an denen ich mich sinnlos betrank, das miserable Essen vom Lieferservice in mich hinein schaufelte und die besorgten Mailboxnachrichten meiner Mutter ignorierte. Ich hatte das alles so satt.

Dazu der Stress mit meiner bevorstehenden Scheidung, der sich in den letzten Wochen massiv verstärkte. Ich konnte die erbosten Anrufe von Lauren, meiner demnächst Exfrau, auf meinem Handy schon nicht mehr zählen.

Vor ein paar Tagen hatte ich zu allem Übel auch noch eine anonyme E-Mail bekommen, die ein mulmiges Gefühl in mir weckte. *Wenn du nicht tust, was wir dir sagen, bist du die längste Zeit Staatsanwalt gewesen, Matt Christmas. Mach dich auf etwas gefasst.*

Zuerst hielt ich diese Drohung für Unsinn, bis gestern Abend eine weitere Mail eintraf, die eine riesige Lawine ankündigte, die über mich hereinbrechen und alles unter sich begraben würde. Inklusive mir selbst. Und diese Mail machte mich nachdenklich, vielmehr regelrecht beklommen.

Ich hatte schon öfter Drohschreiben erhalten, aber dieses war anders. Vielleicht weil es die Namen meiner Vorgesetzten enthielt, an die man zukünftige E-Mails weiterleiten wollte, wenn ich nicht ihre Forderungen erfüllte. So viel Mühe machten sich Schreiber von anonymen Briefen sonst nicht.

Nein, Unsinn! Ich hatte nichts getan, was man gegen mich verwenden könnte. Es gab keinen Grund für Beklommenheit.

Einfach ein paar Tage abschalten. Tief durchatmen und Kräfte sammeln, umgeben von lieben Menschen Weihnachten überstehen. Mehr wollte ich doch gar nicht.

Vielleicht hatte mich auch die Sehnsucht nach Snowhill geführt. Nach früher und all dem Unbeschwerten, das mich mit diesem Ort verband. Nach unbekümmerten Zeiten, frei von den Problemen des Erwachsenseins. Wenn die Gegenwart nur Hässliches enthielt und die Zukunft nur Bedrohliches, blieb einem gar nichts anderes übrig, als sich in die Vergangenheit zu flüchten.

Keine Reaktion. War denn niemand zu Hause? Ich presste den Finger auf die Klingel und hielt sie sekundenlang gedrückt. Da wurde die Haustür aufgerissen, und ich blickte in die blauesten Augen der Welt.

»*Heja!* Könnten Sie bitte mal aufhören, mit dem Klingelknöpfchen herumzuspielen?!« Und auf einen schönen, wenn auch missbilligend verzogenen Mund.

Selbstvergessen starrte ich die Frau an, die ein gutes Stück kleiner war als ich. Vielleicht eins siebzig groß? Goldenes gewelltes Haar reichte ihr bis zum Ellenbogen und umspielte ihr ovales Gesicht. *Das Gesicht eines Engels.* Eine kleine Stupsnase betonte ihren üppigen Mund und diese blauen Augen … Meine Güte. *Ein Stück Sommerhimmel.*

Miss Schweden, nur tausend Mal schöner. Und auch so dermaßen sexy, dass mein Mund zuerst trocken wurde, dann wässrig. *Junge, Junge!* Wirre Gedanken jagten durch meinen Kopf – alle unanständig. Ich hoffte, sie konnte sie nicht lesen. Aber vielleicht konnte sie etwas davon erahnen, denn ihr Blick veränderte sich, ohne dass ich hätte beschreiben können, was auf einmal in ihm lag. Meine Augen schweiften unkontrolliert abwärts. Ihre Figur unterhalb der schwindelerregenden Oberweite sah ein bisschen unförmig aus. Vielmehr verbeult. War sie schwanger? Offensichtlich.

Oh nein! Fuck! War ja auch klar, dass so eine Wahnsinnsfrau vergeben war.

»Ich … Entschuldigung.« Nervös fuhr ich mir durchs Haar.

An der Hand hielt sie einen kleinen blonden Jungen, John in Miniformat. Und da dämmerte mir, wer dieses hinreißende Wesen war: Johns Frau. *Noch mal Fuck!*

Sie lächelte. Vermutlich, weil ich wie ein Trottel dastand und sie nur anstarrte.

»Was willst du hier?« Sie sprach mit diesem süßen Akzent. Russisch? Nein, schwedisch natürlich.

Dich, hätte ich beinahe spontan gesagt. Aber das ging natürlich nicht, dass ich so dummes Zeug redete. Und überhaupt sollte ich das am besten schnellstens vergessen! Diese ganzen Gefühlswallungen … Das war mehr, als ich in meinem desolaten Zustand verkraften konnte. Am liebsten hätte ich auf dem Absatz kehrtgemacht und wäre sofort wieder abgereist.

Dann bewegte sich ihr Bauch und gab ein leises Knattern von sich. Äh, was war das denn? Meine Güte, war ich blind? Sie war überhaupt nicht schwanger, sondern hatte einen Tragesack umgeschnallt, in dem ein Baby steckte. Eins mit rotgelocktem Haar.

Das Baby blinzelte und sah mich mit einem Auge an. Es räkelte sich und machte weiter seltsame Geräusche wie ein stotternder Automotor, der bei Eiseskälte nicht anspringen wollte. Es wirkte ziemlich ungehalten.

»Was für ein hübsches Baby«, murmelte ich, dann starrte ich Miss Schweden wieder an wie ein Geistesgestörter. Ich war wie hypnotisiert von ihr. Von Babys hatte ich null Ahnung, aber dass es hübsch war, erkannte sogar ich. *Ein Baby,* registrierte mein Gehirn mit Verzögerung. Da war doch noch etwas … *Hilfe, Babys waren mein Kryptonit!*

Prompt wurden meine Knie weich, ich trat einen Schritt zurück, stolperte über meine Füße und plumpste rücklings zu Boden. Mitten in einen Schneehaufen. Mein Po wurde nass, dann eiskalt, aber selbst von hier unten starrte ich dieses wunderschöne Mädchen weiter an, während mein Hintern sich in einen Eisklumpen verwandelte. Wann hatte ich mich das letzte Mal dermaßen blamiert? In meiner Pubertät?

Nach einer Minute hilflosen Schweigens und im Schnee Sitzens versuchte ich peinlich berührt, wieder auf die Beine zu kommen. »Gar nicht so einfach!« Ich stieß ein seltsames Lachen aus und kniete mich auf den Boden, was meine Hose auch noch an den Knien durchnässte. Dann rappelte ich mich wieder auf, doch dabei glitten meine Ledersohlen im Schnee nach allen Seiten weg und ich musste wild mit den Armen rudern, um nicht ein zweites Mal hin zu schlagen. Vermutlich sah es aus, als würde ich einen irrwitzigen Tanz aufführen. »Gott, äh, ja.« Endlich gelang es mir, krampfhaft das Gleichgewicht zu halten und nicht wieder hinzufallen wie ein unbeholfener Tölpel. »Verdammt.« Ich keuchte vor Anstrengung. Was für eine Blamage!

Fast schon gespannt sah die Schönheit mir bei meinen hilflosen Bemühungen zu, dann riss sie die Hand vor den Mund. »Oh! Hast du dir weh getan?« Ein Lächeln zuckte um ihre Mundwinkel. Sie prustete ein bisschen. »Ich hoffe nicht.«

Meine Hose klebte nass und eiskalt an meinem Hintern. »Nein, nichts passiert.« Außer, dass es vermutlich aussah, als hätte ich mir gerade in die Hose gemacht? Ich riskierte einen vorsichtigen Blick nach unten. Exakt. »Hm, okay …«

Das Baby blinzelte wiederum, kräuselte die Stirn, dann öffnete es den Mund und fing an zu brüllen. Schrill und durchdringend.

»Oh nein, jetzt hast du das Baby aufgeweckt! Das ist doch wirklich … verflixtes *Smörrebröd!*« Sie fluchte leise vor sich hin, dann trat sie auf der Stelle, immer schneller, bis sie schließlich hüpfte. Und ihre hübschen Brüste hüpften mit. Meine Augen kamen mit Gucken gar nicht mehr hinterher. *Holla! Wow! Wie?*

Smørrebrød? Das war überhaupt kein Fluch, zudem

handelte es sich dabei um Dänisch. Trotzdem lustig, beinahe hätte ich schallend gelacht. Sie war also Dänin?

Das Baby schloss seine müden Augen wieder, dafür fing der kleine Junge an zu schreien. Er zeigte mit dem Finger auf mich. »Nein! Mag ich nicht!« Dazu schob er seinen Unterkiefer vor und bleckte die Zähne wie ein wütender Fuchs.

Schritte drangen durch die Eingangshalle. »Was ist denn das für ein Lärm?« Ein blonder Kopf erschien im Türrahmen. John! Er stutzte, dann lächelte er breit. »Matt! Das gibt's ja wohl nicht. Komm herein! Meine Güte, wir haben uns ewig nicht gesehen.« Er schloss mich in seine warme Umarmung und hielt mich fest. »Mann, ist das schön. Was für eine tolle Überraschung. Ich freue mich so! Das Empfangskomitee hat dich gebührend begrüßt?« Er lachte.

»Ja, bin von allen Seiten angeschrien worden, aber das macht nichts.« Ohne, dass ich es stoppen konnte, lächelte ich seine schöne Frau unentwegt an. »Warum Überraschung? Sorry, ich hatte dir geschrieben, dass ich dich besuchen komme.«

»Wirklich?« Er wirkte verwirrt und kratzte sich am Kopf. Jetzt fiel mir auch auf, dass er total übermüdet aussah.

»Ja, du hast mich sozusagen eingeladen. Also fast«, schob ich nach. »Ehrlich gesagt hat deine E-Mail mitten im Satz aufgehört, aber ich habe sie als Einladung aufgefasst. Wenn ich jetzt ungelegen komme, bin ich aber sofort wieder weg.« Ich griff nach meinem Telefon. »Vielleicht kann ich das Taxi noch zurückrufen?«

»Spinnst du? Nein! Du bleibst natürlich. Ja, ich erinnere mich.« Er lachte und hielt sich in einer verlegenen Geste die Hand vors Gesicht. »Wollte dir ausführlich antworten, dann hat die Müdigkeit mich ausgeknockt und ich bin am Laptop eingeschlafen. Wie so ein Opa. Später hab ich es dann irgendwie vergessen. Sorry, wie peinlich. Sei mir bitte nicht böse! Wie lange kannst du bleiben?«

»Weiß nicht so genau.« Vielleicht war es doch ein Fehler,

hierher zu kommen? Ich starrte wieder seine Frau an, die jetzt den Blick senkte, als wäre sie verlegen.

»Sag jetzt bitte nicht, nur ein paar Tage! Ich hoffe doch über Weihnachten?«

»Ja, das hatte ich eigentlich vor. Natürlich nur, wenn das okay ist.«

»Großartig! Am liebsten wäre mir, du bleibst über Silvester. Ja, sicher geht das. Freue mich, dass du da bist. Du weißt ja, hier ist jede Menge Platz.«

»Toll!«, rief seine Frau. »Ist doch schön, wenn das Büdchen voll wird.«

Ich musste lachen, zum ersten Mal seit langer Zeit. »Und das ist …?« Ich versuchte mich an den Namen in der Einladung zu erinnern. »Marian?« Verdammt, er hatte auch immer die schönsten Frauen, aber mit dieser hier setzte er dem Ganzen die Krone auf.

John stutzte, dann schüttelte er den Kopf. »Aber nein, das ist doch nicht Marian.« Er schmunzelte.

»Nicht Marian? Wer denn sonst?« Ich wendete mich der Blondine zu. Sie war überhaupt nicht seine Frau? Mein Herz schlug plötzlich höher.

Sie lächelte scheu. Und irgendwie lag in ihrem Blick etwas Undefinierbares, aber jetzt vermischt mit Angst. Warum? Kannte ich sie? Kannte sie mich? Ganz verschwommen stieg eine Erinnerung in mir auf. Eine Frau, die ihr total ähnlich sah, in einem Londoner Club. Wir sahen uns an, über die wogende und tanzende Menschenmenge hinweg. Für Sekunden. Dann verschwand die Erinnerung wieder.

»Das ist unser neues Kindermädchen, vor wenigen Tagen frisch aus Schweden eingetroffen. Und sie ist einfach klasse. Jetzt komm doch endlich herein, Matt.« John zog mich am Arm in die Diele und schloss die Tür. Verwundert besah er meinen nassen Hosenboden. »Was ist das? Äh, Matt.« Er prustete los.

»Ja, bin neuerdings inkontinent. Ab dem zarten Alter von

sechsunddreißig muss man sich daran wohl gewöhnen. Nein, ich bin eben nur kurz gestolpert. In den Schnee.«

»Gott sei Dank, hab mir schon Sorgen um dich gemacht.« Wir grinsten beide. Kaum waren wir wieder beisammen, machten wir die gleichen blöden Witze wie früher.

Mit stolzer Geste deutete er auf die blonde Schönheit. »Darf ich dir vorstellen, das ist unsere Supernanny: Smilla Smolland.«

Was für ein Name! Der Mann in mir seufzte: Süß, passt zu ihr. Und der Anwalt in mir sagte: Ach, wirklich? Fast zu schön, um echt zu sein.

John fuhr fort. »Smilla, das ist mein Cousin Matthew Christmas, genannt Matt.«

»Freut mich, Smilla.« Ich streckte ihr meine Hand hin und sie ergriff sie.

»*Tack, tack.*« Sie lächelte, eine sanfte Röte stieg in ihr Gesicht.

Tack? Das hieß Danke. Und sie hatte es gerade als Guten Tag eingesetzt? Das hieß auf Schwedisch *God Dag.* Vielleicht wollte sie sich einfach nur bedanken? Vermutlich sah ich mal wieder Gespenster. Das brachte mein Beruf mit sich, dass man bei allem und jedem Verdacht schöpfte. Als Staatsanwalt war ich für meinen Spürsinn geradezu berüchtigt, dazu eiskalt in meinem Urteil. Meine Hand fühlte sich mittlerweile allerdings an, als wäre sie in Flammen geraten.

Ihr schien es ähnlich zu ergehen, denn sie zog ihre schnell zurück. »Ich gehe mal mit den Babys an den Bülleröfen in die Küche. Ist viel zu kalt hier für die kleinen Mäuseken. Wir sehen uns, Matti.« Sie drehte sich um und schritt davon.

Matti? So hatte bisher niemand meinen Namen ausgesprochen. Nordisch, mit einem klaren A und dem angehängten I. Es gefiel mir.

»Alter Schwede«, murmelte ich beim Anblick ihrer strammen Pobacken, die in den hautengen Jeans wippten. Ganz schön aufregende Kurven.

Auch John sah ihr versonnen hinterher. »Da sagst du was.«

»Sag mal, verheiratet und so.« Ich stieß ihm in die Rippen, er stieß prompt zurück.

»Gleichfalls.« Er grinste. »Keine Sorge, ich bin sehr glücklich mit meiner Frau.« Er fuhr sich übers Gesicht. »Wenn auch müde momentan. Die Kleine schafft uns, und Gabriel steckt in einer dicken Trotzphase. Aber seitdem Smilla da ist, geht es aufwärts. Sie hat uns in den wenigen Tagen schon enorm geholfen. Wir kommen wenigstens ein bisschen zum Schlafen und die Kleinen sind wie ausgewechselt. Wobei ich dich enttäuschen muss, Smilla ist verlobt.«

»Verlobt?«

»Ja. Stell dir vor: mit einer Frau.« Er grinste noch breiter.

»Oh.« Ich konnte meine Enttäuschung nicht verbergen. Miss Smilla stand auf Frauen? Das hätte ich jetzt nicht erwartet. Es passte auch überhaupt nicht zu ihr, und mein Gefühl flüsterte mir prompt zu, dass es nicht stimmte. *Das glaube ich einfach nicht.*

»Apropos Frau. Wie geht es deiner?«, hakte John nach.

Sofort wurde mir beklommen zumute. »Frag lieber nicht. Ich wäre dir dankbar, wenn wir das Thema komplett ausklammern könnten. Und meinen Job bitte auch.« Diese beiden Themenfelder hingen leider miteinander zusammen. Meine Frau, vielmehr meine demnächst Exfrau, war meine Kollegin gewesen und hatte ebenfalls als Staatsanwältin gearbeitet. Bis sie sich vor einem Jahr in eine andere Abteilung versetzen ließ, vermutlich um mir auch am Arbeitsplatz aus dem Weg zu gehen. Von zu Hause ausgezogen war sie bereits vor zwei Jahren, aber das hielt ich selbst vor meinen Eltern lange geheim.

»So schlimm? Oh je. Klar, ich sage kein Wort.« Er legte den Arm um meine Schultern und dirigierte mich durch die Eingangshalle links in den Gang.

»Schlimmer, als du dir vorstellen kannst. Hey, wo gehen wir hin?«

»Ich zeige dir gleich das Haus. Hab einiges umgebaut und modernisiert. Bevor ich dir die wahnsinnig tollen Wasserrohre und die Heizungsanlage vorführe, nehmen wir zuerst einen Willkommensdrink in der Bibliothek. So wie früher.«

Wir gingen an der Küche und diversen anderen Räumen vorbei und betraten die geräumige Bibliothek. Dort nahmen wir in den gemütlichen Ledersesseln Platz, mit Sicht nach draußen auf das immer dichter werdende Schneetreiben.

»John, es tut mir leid, dass ich mich so wenig gemeldet habe. Wir haben uns aus den Augen verloren, obwohl wir früher wie Brüder waren.«

»Ja, das haben wir. Sind wir immer noch, Matt. Das alles war auch meine Schuld. Ich habe dir deine Warnung damals übel genommen, dabei hast du es nur gut gemeint. Leider hast du recht behalten.« Sein Lächeln fiel ziemlich schief aus. »In Bezug auf Sybil hätte ich auf dich hören sollen, aber ich war wie vernagelt.«

»Ich hätte lieber Unrecht behalten. Als ich dich im Krankenhaus besucht habe und an deinem Bett saß …« Die Erinnerung daran ließ mich schwer schlucken. »Es war schlimm, dich so zu sehen. Gerade weil wir zerstritten waren.«

»Ich weiß, Mum hat es mir erzählt. Danke, dass du trotz unseres Streits da warst.«

»Später hab ich es nicht mehr hinbekommen. Frag mich nicht, warum. Ich kann nur sagen, dass ich bedauere, wie weit wir uns voneinander entfernt haben. Meine Karriere, ich habe alles drumherum aus den Augen verloren.« Wie zutreffend das war. Alles, was jemals Bedeutung für mich hatte, hatte ich verloren.

Er bedachte mich mit einem prüfenden Blick. »Dir scheint es wirklich mies zu gehen. So emotional warst du früher nie.« Er nahm zwei Gläser aus der Vitrine hervor, dann eine Flasche Whisky, und goss reichlich von der goldgelben Flüssigkeit in beide ein. Dann reichte er mir eines der Gläser.

»Ach, Matt. Ich hätte mich genau so gut melden können und habe es nicht getan. Wir haben uns beide dumm benommen, Schwamm drüber. Bin heilfroh, dass du den ersten Schritt getan hast und hierher gekommen bist. Ich freue mich unbändig auf die Tage mit dir. Und eine derartig lange Pause legen wir nie wieder ein, versprochen?«

»Ja, versprochen.«

Typisch John, darin hatte er sich kein bisschen verändert. Er war der Mann mit dem riesengroßen Herzen, das selbst für kaltherzige Typen wie mich einen Platz bot. Wir stießen miteinander an, die Gläser klirrten.

»Skøl«, sagten wir aus einem Mund und grinsten beide.

Der Whisky rann scharf meine Kehle hinunter und wärmte mich von innen. Erleichtert atmete ich auf und beglückwünschte mich zu meiner Entscheidung, nach Snowhill zu kommen. Ich wusste zwar nicht, wie es nach Weihnachten weiterging, aber Priorität eins war, Weihnachten überhaupt zu überstehen. Auch aus einem anderen Grund freute ich mich, in Snowhill zu sein. *Diese bildhübsche schwedische Nanny …*

»Diese Smilla … Habt ihr sie über eine Agentur eingestellt?« Ich sprach ganz beiläufig.

John grinste, seine Augen funkelten. »Nein, sie schneite plötzlich in die Bibliothek herein. Wir hatten eine Anzeige für ein Kindermädchen geschaltet, das heißt, Caspar kümmerte sich darum. Ein paar Frauen stellten sich vor, ich sage dir, die reinsten Katastrophen waren dabei.« Er winkte vielsagend ab. »Wir wollten schon aufgeben, doch dann kam Smilla.«

»Doch dann kam Smilla«, wiederholte ich geistesabwesend. Sie hatte mich im wahrsten Sinne des Wortes umgehauen. Da fiel mir auch mein kalter Hintern wieder ein.

»Genau. Lass uns einen Rundgang durchs Haus machen. Danach bringe ich dich in dein Zimmer. Du bekommst dein altes von früher, direkt neben meinem ehemaligen Zimmer. Keine Sorge, es wurde ebenfalls renoviert. In einer Stunde gibt es Abendessen, und du solltest dich vorher moralisch auf das Chaos einstellen.« Er zwinkerte mir zu. »Äh ja, ich sollte dich vorwarnen. Wenn du Ruhe gesucht hast, wirst du sie hier mit Sicherheit nicht finden. Es wird chaotisch und laut, einer ist immer am Heulen, wir haben noch keinen Weihnachtsbaum und nichts ist geschmückt. Marian ist todmüde, ich gehe eigentlich auch auf dem Zahnfleisch, aber irgendwie …« Er atmete tief durch und strahlte übers ganze Gesicht. »Es ist großartig, und ich liebe es.« So sah er auch aus: beneidenswert glücklich.

»Klingt perfekt. So lange ich keine Plätzchen backen oder Weihnachtsschmuck aufhängen muss. Oder Gott behüte – mich als Weihnachtsmann verkleiden muss.« Beim Hinausgehen stieß ich an eine Vase, die seitlich auf einem Sockel stand. Lilarot mit goldenen Flecken, als hätte sie ein fieser Ausschlag befallen. Prompt geriet sie ins Schwanken, dann kippte sie herunter. Mit einer schnellen Bewegung fing ich sie auf, bevor sie auf dem Boden zersprang. »Puh, das war knapp. Meine Güte, was ist das denn für ein hässliches Teil?« Vorsichtig stellte ich das Ungetüm auf den Sockel zurück.

»Hey, pass bloß auf!« John lachte. »Ich hänge sehr an diesem guten Stück.«

»Nicht dein Ernst, oder? Du solltest froh sein, wenn ich diese Grausamkeit zertrümmere.«

John prustete nur. »Komm mit zum Hausrundgang.« Sein Blick schweifte über meinen Unterleib. »Vielleicht ziehst du dir vorher lieber eine trockene Hose an? Das sieht wirklich seltsam aus. Außerdem …« Spott schwang in seiner Stimme. »Nicht, dass du dir dein bestes Stück noch verkühlst.«

Ich winkte ab. »Ach, das brauche ich eh nicht mehr. Nicht in diesem Leben.« Er hielt es für einen Witz und lachte schallend, aber ich meinte es durchaus ernst.

Sex, und alles was damit zusammenhing, war für mich komplett abgehakt. Und damit auch so etwas Ähnliches wie Liebe.

Zeit fürs Abendessen. Dem verlockenden Geruch nach zu

urteilen, hatte Mel etwas Köstliches gebrutzelt. So wie sie es immer tat, seit ich sie vor dreißig Jahren kennenlernte.

Als Sechsjähriger hatte ich Snowhill zum ersten Mal besucht, nachdem sich die zerstrittenen Christmas-Brüder, Johns Vater Jeremy und mein Vater Philipp, endlich versöhnten. Auch wenn ihr Streit danach immer wieder aufflammte und für reichlich Stress sorgte. Trotzdem durfte ich von da an jede Woche zu Besuch kommen und fast alle Ferien bei John und seinen Eltern in Snowhill verbringen. Manchmal auch die Weihnachtsfeiertage, was ich besonders mochte.

Als ich das geräumige Esszimmer betrat, waren Caspar, Mel und Bailey schon anwesend und sprangen bei meinem Anblick erfreut auf. Smilla saß mit den beiden Kleinen am riesigen Tisch, der noch der alte von früher war. Mindestens zwanzig Leute fanden an ihm Platz.

»So schön, dich wieder hier zu haben, Matt.« Bailey schloss mich in seine Arme und klopfte mir auf die Schultern. »Hast du es schon gehört? Mel und ich sind jetzt zusammen.« Er strahlte bis über beide Ohren.

»John hat es mir erzählt. Hat ja lange genug gedauert, Bailey. Herzlichen Glückwunsch euch beiden.« Ich boxte ihm spielerisch auf den Arm. Bailey, der alte Frauenheld, war endlich sesshaft geworden.

»Danke, Matt.« Mels gerötete Augen verrieten, dass sie vor Freude geweint hatte. Nicht wirklich erstaunlich für sie. »Ich freue mich so, dass du endlich wieder da bist. Sechs Jahre waren viel zu lang. Leg in Zukunft bitte kürzere Abstände ein.« Sie umarmte und küsste mich auf beide Wangen.

»Diesem Wunsch schließe ich mich ausdrücklich an. Was für eine Freude.« Caspar nickte mir zuerst nur zu. In einem für ihn untypischen Anfall von Gefühlsduseligkeit umarmte er mich ebenfalls. »Ein Christmas gehört nach Snowhill. So muss das einfach sein. Herzlich willkommen, Matt.«

»Danke, Caspar.« Für Sekunden war ich gerührt, eher ein

bisschen länger. Es tat gut, in der Gegenwart von Menschen zu sein, die einen mochten.

»Schau mal, Liebling. Das ist mein Cousin Matt.« John führte seine Frau ins Esszimmer. Wow, sie war bildschön, groß und schlank, mit einer tollen Figur. Faszinierend grüne Augen leuchteten in ihrem klassisch schönen Gesicht. Und diese wunderbar tizianrote Mähne …

Verblüfft starrte ich sie an. »Sag mal, ist das nicht …? Das Risotto-Girl! Ich fasse es nicht, du hast das Risotto-Girl geheiratet?«

»Ja, habe ich. Vom Fleck weg.« John strahlte vor Stolz.

Das Risotto-Girl hatte vor einem Jahr in einem wirklich lustigen Werbespot mitgespielt und war berühmt geworden. Kurz vor Weihnachten kam er heraus, brach alle Rekorde und führte wochenlang die Charts im Internet an. Der Spot war auch echt süß, eine herrliche Mischung aus Witz, Selbstironie und entwaffnender Erotik. Verwirrt rührte sie in einem Risotto-Topf herum und verhaspelte sich andauernd während des Sprechens, dann aß sie den ganzen Topf leer. Danach tauchte sie in mehreren Aufsehen erregenden Kampagnen auf. Kein Wunder, sie war wunderschön und in natura noch atemberaubender als auf den Werbefotos. Fast hätte ich laut aufgeseufzt. John bekam auch immer die tollsten Mädchen ab, früher wie heute.

Mein Blick fiel geradeaus, wo Miss Schweden mir direkt gegenüber saß. Sie hatte etwas an sich, das mich noch mehr faszinierte. Und wenn ich ehrlich zu mir war: Diese Blondine war genau mein Typ. Ich erhob mich, um Marian zu begrüßen.

»Freut mich sehr, dich kennenzulernen, Matt. Sorry, falls ich beim Essen einschlafe und mit dem Gesicht in den Teller falle. Es liegt eine kurze Nacht hinter mir.« Sie umarmte mich herzlich und drückte mir Küsse auf beide Wangen.

»Wow, wenn ich das gewusst hätte«, murmelte ich und setzte mich wieder hin. »Freut mich ebenfalls.«

John lachte und nahm neben mir Platz. »Wärst du zur Hochzeit gekommen?«

»Sorry, ich war in Schweden und konnte nicht weg. Berufsbedingt, du weißt.« Ich sendete ihm einen beschwörenden Blick zu. *Sprich bitte nicht über meine Arbeit.* Hoffentlich konnte er es von meinen Augen ablesen.

Er nickte fast unmerklich. »Schon okay. Mit dir wäre es halt noch lustiger geworden. Aber wir können auch heute Abend auf die Hochzeit anstoßen und einen trinken.«

»Ja, machen wir. Wie hat dir mein Geschenk gefallen?«, fragte ich vorsichtig. Leider hatte ich keinen blassen Schimmer, was mein Büro ausgesucht hatte.

»Sehr gut. Es hat einen Ehrenplatz in meiner Bibliothek bekommen. Und du hast es eben fast zerstört.« Er feixte.

»Sag bloß nicht …« Hoffentlich meinte er nicht diese schreckliche Vase? »Das hässliche Ding?!«

»Doch.« Dann fing er an zu lachen und stieß mich an. »Na, komm, ist doch lustig.«

Mein Lachen fiel eher verhalten aus. »Gott, ist das peinlich. Entschuldigung, gleich morgen kaufe ich dir etwas richtig Schönes. Es kann nicht schwer sein, diese Hässlichkeit zu übertrumpfen.«

»Ach was, Matt«, wehrte John ab. »Ist doch alles prima. Die Geste zählt.«

»Ah, es ist so schön, die jungen Sirs wieder beieinander zu sehen.« Caspar setzte sich schräg gegenüber und zwirbelte sein Bärtchen.

»Macht er das immer noch, dieses Butler-Sir-Spiel?« Ich sah John und Bailey fragend an.

»Ich sehe keinen Grund, damit aufzuhören.« Caspar faltete würdevoll die Hände über dem Tisch zusammen.

Bailey gab ein lautes Stöhnen von sich. »Weil es vielleicht nervtötend ist?«

»Nicht umsonst habe ich diese teure Butler-Ausbildung absolviert …« Caspar holte tief Luft für einen seiner elend langen Vorträge über Contenance, Höflichkeit und Gentleman-Benehmen.

John, Bailey und ich sprachen im Chor: »Für die sich meine arme Mutter jeden Penny vom Mund abgespart hat. Gegen den Willen meines Vaters.«

Mel brachte eine große Auflaufform mit Lasagne herein und stellte sie mit einem Lachen auf den Tisch. »Ja, diesen Satz habe ich auch schon ein oder zwei Mal gehört.«

»Sag mal, Matt, vielleicht wart ihr beide, du und Smilla, in Schweden an denselben Orten oder in denselben Restaurants? Das wäre doch witzig, oder? Erzähl doch mal, wo du überall gewesen bist.« Bailey sah mich auffordernd an.

»Ja, das könnte durchaus interessante Erkenntnisse bringen.« Caspar strich seinen Schnurrbart glatt und legte sein Besteck beiseite.

Smilla lauschte dem Gespräch mit einem Lächeln, doch jetzt verkrampfte es sich, als könnte sie es nur mit Mühe aufrechterhalten.

»Sicher, warum nicht.« Ich richtete das Wort an Smilla. »Bestimmt warst du schon mal …« Meine Intuition flüsterte mir auf einmal diese verrückte Idee zu. »Auf dem Kopernikus-Platz, mitten in Göteborg?«

»Oh ja, viele Male.« Sie nickte eifrig, ihre herrlich blonden Haare flogen. »Ich bin jeden Tag darüber spaziert und habe dort so oft Kaffee getrunken und den Sonnenuntergang bewundert, das kann ich gar nicht an den Händen abzählen.«

»Ah, schön.« Ich hob die Augenbrauen. »Bestimmt warst du im *Gammal Strumpa*-Café, das berühmt für seine schwedische Mandeltorte ist?«

»Genau da war ich! So ein Zufall.« Sie zeigte auf mich, dann nahm sie das schlafende Baby aus der Wippe und presste es an sich. »Dort habe ich immer knusprige Mandeltorte gegessen. So viel, dass ich fünf Kilo zugenommen habe und in keine Hose mehr passte. Da bin ich dann nicht mehr hingegangen.« Sie kicherte so süß, dass ich nicht anders konnte, als sie anzulächeln. Obwohl sie nichts als Lügen erzählte.

Tja, Miss Smilla, der besagte Platz existierte nicht und ein Café mit dem Namen ›Alte Socken‹ gab es natürlich auch nicht. Mein Blick verhärtete sich und fixierte sie.

Unvermittelt stand sie auf und ging hin und her. »Mäuseken wird unruhig«, erklärte sie. Dabei schlief das Mäuseken ganz friedlich.

Aber vielleicht hatte sie sich nur vertan? Ich schob noch eine Frage hinterher. »Im *Fisk Förgiftning* kann man ganz ausgezeichneten Fisch essen, nicht wahr?« Ein Lokal mit diesem Namen wäre bestimmt ein Besuchermagnet. Nicht. Denn er bedeutete Fischvergiftung.

»Oh ja, der Lachs schmeckt dort besonders lecker.« Sie wurde immer nervöser und fing an zu schwitzen. Meine Güte, sie war eine lausige Lügnerin. Irgendwie übertrug sich ihre Unruhe auf das Baby und es fuchtelte mit den Ärmchen. Dann brüllte es los, schrill und durchdringend wie eine Sirene.

»Bist du auch öfter in diesen coolen Club *Ingen* gegangen, in der *Ingenstans*-Allee?« Ich musste meine Stimme erheben, um gegen das Geschrei des Babys anzukommen. *Ingen,* das schwedische Wort für ›niemand‹ und *ingenstans* bedeutete ›nirgendwo‹. Mit Sicherheit wurde keine Straße so benannt.

»Oh ja, viele Male.« Sie winkte ab, als wäre sie unbeschreiblich oft dort gewesen. Sozusagen Stammgast. »Die Musik ist immer sehr gut, nicht wahr?«

Tja, Miss Smilla, den Club gab es leider auch nicht.

»Mmh.« Ich sah sie eindringlich an.

Die Kleine schrie mittlerweile wie am Spieß. Smillas Gesicht hatte eine hochrote Farbe angenommen und glänzte vor Schweiß. Unter ihren Achseln zeichneten sich ebenfalls Schweißränder ab, Panik flackerte in ihren Augen. Fast tat sie mir ein bisschen leid, für drei Sekunden. Nein, kein Mitleid mit dieser Lügnerin. Wer wusste, was sie vorhatte. John war immerhin sehr vermögend und wenn sich jemand in seine Familie einschlich …

Auch wenn Smilla nicht wie eine Kriminelle wirkte, sondern wie eine echte Nanny, führte sie vielleicht etwas im Schilde.

»Oh je, Stella lässt sich nicht mehr beruhigen. Das Abendessen wäre dann wohl beendet.« Marian erhob sich mit einem Seufzer. »Sorry, die abendliche Schreirunde hat begonnen. Ich gehe besser hoch mit ihr, bevor sie sich noch hineinsteigert.«

»Aber du hast fast nichts gegessen, Schatz.«

»Ich halte dir für später etwas warm, Liebes«, sagte Mel.

Marian seufzte resignierend. »Dankeschön, Mel. Mal sehen, wann ich dazu komme.« Sie nahm Smilla das Baby aus dem Arm und verließ das Esszimmer.

Smilla warf mir einen teils unsicheren, teils wütenden Blick zu. Ich hatte sie nervös gemacht, und sie hatte mit ihrer Nervosität das Baby angesteckt. Einerseits tat es mir leid, andererseits nicht. Wenn sie eine Betrügerin war, und genau danach sah es aus, musste sie entlarvt werden.

Sie setzte sich mir gegenüber, griff in einer fahrigen Geste nach ihrem Besteck, das Messer entglitt ihrer Hand und fiel klirrend zu Boden. Wir bückten uns gleichzeitig danach und begegneten uns unter dem Tisch. Ich erwischte das Messer vor ihr und hielt es ihr entgegen.

Und dann machte ich den Härtetest. *»Du har vackra bröst. Vill du ha sex med mig ikväll?«* Du hast schöne Brüste. Willst du heute Abend Sex mit mir haben? – Wenn sie wirklich eine Schwedin wäre, müsste sie mir dafür eine schallende Ohrfeige verpassen.

Sie zuckte zusammen und starrte mich entgeistert an. Vermutlich ahnte sie, wegen der ähnlich klingenden Ausdrücke, dass ich eine Unverschämtheit ausgesprochen hatte. Aber sicher war sie sich nicht. Pah, von wegen Schwedin! In dieser Frau befanden sich null schwedische Gene, das war so sicher wie das Amen in der Kirche.

»Danke.« Sie riss mir das Messer geradezu aus der Hand, ihr Kopf verschwand wieder nach oben. Als ich auftauchte, saß sie mit hochrotem Gesicht da, den Blick auf den Teller gesenkt. Später stocherte sie nur in ihrem Essen und war die ganze Zeit in sich gekehrt und still.

»Hey, was ist denn los?«, raunte John mir zu. »Was tust du mit der Nanny? Du machst sie ganz verlegen.«

»Ich? Ach, nichts.« Unsere Blicke trafen sich über dem Tisch, für einen Moment hielt sie meinem stand. Angst und Trotz flackerten in ihrem auf, dann wich sie mir aus.

Wie ein Schemen stieg wieder die Erinnerung an ihr Gesicht in mir auf. Irgendwo, irgendwann. Ich kam einfach nicht drauf. Zu viele Tage, an denen ich rund um die Uhr gearbeitet hatte, denn es hatte mit meiner Arbeit zu tun, auch wenn ich mich in einem Club aufgehalten hatte. Dass ich zum Feiern ausgegangen war, konnte ich zu hundert Prozent ausschließen. Für mich gab es seit drei Jahren keinen Grund mehr zu feiern. Zugleich wallte das Gefühl wieder in mir auf, das ich damals empfunden hatte, beim Anblick dieser schönen Frau, von der ich nicht mit Bestimmtheit sagen konnte, ob Smilla sie gewesen war oder jemand anderes. Ein sanftes Flattern in meiner Magengegend und ein Zusammenziehen in der Herzgegend, fast so etwas Ähnliches wie … Sehnsucht. Ohne zu wissen, warum oder wonach. Sofort schob ich dieses mehr als unpassende Gefühl beiseite. John sollte wissen, woran er mit ihr war.

»Du, John. Was ich dir unbedingt sagen wollte …« Ich holte Luft, um ihn über meine Entdeckung zu informieren.

»Was gibt's?« Er sah mich fragend an.

Doch etwas hielt mich zurück. Vielleicht war es ihr liebevoller Umgang mit den Kleinen oder die Erinnerung an das schöne Gesicht in der Menge. Eventuell auch die Angst, die in ihren Augen aufflackerte und sich in ihrem schockierten Einatmen zeigte. Vielleicht eine Mischung aus alledem? Nein, ich würde vorerst schweigen, auch wenn mein Verhalten nicht gerade konsequent war.

»Ich erwarte später einen Anruf.« Meine Worte waren an Smilla adressiert. Sie wusste, was sie bedeuteten: Ich wollte mit ihr reden, allein. Danach würde ich entscheiden, wie es für sie in Snowhill weiterging.

»Sicher. Warum nicht?« John lachte und knuffte mir auf den Arm. »Du bist witzig, Matt. Du kannst hier so viel telefonieren, wie du möchtest. Musst nicht extra Bescheid geben.«

»Ich gehe mal hoch und sehe nach dem Baby-Mäuseken.« Smilla rang sich ein Lächeln ab, schob den Stuhl zurück und verließ das Esszimmer.

❄

KAPITEL 3

Smilla

NERVÖS TIGERTE ich in meinem Zimmer umher und kämpfte gegen die aufsteigenden Tränen an. Die vergangenen Tage waren geradezu traumhaft verlaufen und ich fühlte mich so wohl hier. Familie Christmas hatte mich mit offenen Armen empfangen und gab mir das Gefühl, als Familienmitglied dazuzugehören und nicht als Arbeitskraft.

Sie benahmen sich alle so süß mir gegenüber. Mel, die morgens einen Kaffee in mein Zimmer brachte oder nachmittags Kakao für mich kochte und Kuchen für mich backte. »*Ich muss dich ein wenig aufpäppeln, Liebes.*« Oder Bailey, der mir sofort half, wenn ich etwas brauchte. John und Marian bedankten sich andauernd bei mir, wenn ich mich um die Babys kümmerte. Und ich war auch froh darüber, dass ich ihnen nützlich sein konnte. Die beiden Kleinen waren so niedlich und meine Nanny-Kompetenzen verbesserten sich täglich.

Auch die Nanny aus den USA bescheinigte mir eine natürliche Begabung im Umgang mit Babys und bestärkte mich darin, dass ich meine Sache gut machte. Sogar Caspar, vor dem ich anfänglich Angst gehabt hatte, bot mir das Du an und bezeichnete mich als wahren Glücksgriff für die Familie Christmas.

Alles war perfekt. Es hätte ewig so weitergehen können. Zumindest bis Januar … Aber jetzt war dieser schöne Traum ausgeträumt, denn Matt Christmas war gekommen, um ihn zu zerstören.

Meine falsche Identität war aufgeflogen, er hatte mich entlarvt. All diese seltsamen Sachen, die er von mir wissen wollte, und ich hatte nur hilflos herumgestottert. Er nahm mich richtiggehend ins Kreuzverhör, wahrscheinlich verzapfte ich lauter blühenden Unsinn. Kein Wunder, denn ich war niemals zuvor in Göteborg gewesen! In einem Anfall von Reue dachte ich, dass ich mich vorher hätte besser informieren sollen. Aber ich konnte ja nicht ahnen, dass dieser blöde Kerl zu Besuch kam! Attraktiv, aber blöd – sogar sehr attraktiv mit seiner Größe von fast zwei Metern, den breiten Schultern und der sportlichen Statur. Dazu hatte er gut geschnittene, kantige Gesichtszüge, einen sinnlichen Mund und tiefdunkelblaue Augen. Matts blondes Haar war etwas kürzer als Johns, aber ansonsten ähnelten die beiden sich so stark, dass sie wie Brüder wirkten. Ungleiche Brüder allerdings. Denn während John die Ausstrahlung eines gut gelaunten Sunnyboys besaß, verfügte Matt Christmas über eine eher strenge, fast schon düstere Aura. Trotzdem fand ich ihn anziehend, genau zwei Minuten lang, bis er mich mit seinen unangenehmen Fragen löcherte und fast zum Weinen brachte.

Was er mir unter dem Tisch zugeraunt hatte … Man brauchte kein Sprachforscher zu sein, um zu erkennen, dass es eine Ansammlung von Unverschämtheiten enthielt. Irgendetwas mit Brüsten und Sex?! Selbst mit fast null Schwedischkenntnissen hatte ich das verstanden.

Vorläufig wollte er mein Geheimnis wohl für sich bewahren, denn zu meiner Überraschung ließ er die Bombe nicht sofort platzen und stellte mich nicht vor allen bloß. *Diese Frau ist alles, aber keine Schwedin. Seid ihr euch überhaupt sicher, dass sie wirklich eine Nanny ist?* Jede Sekunde rechnete ich damit, dass er diese Worte aussprach und mit dem Finger auf mich zeigte. Aber er tat es nicht, sondern sah mich nur aus seinen unergründlichen Augen an. Warum? Die Antwort darauf war nicht schwer: Er wollte für sein Schweigen bezahlt werden. Und womit?

So begehrlich, wie er mich angeschaut hatte, vom ersten Moment an, als er in den Schneehaufen fiel, konnte ich mir denken, wie sein Preis aussähe: *Sex mit mir.* Ich war bereit, diesen Preis zu bezahlen. Hoffentlich nicht heute, das würde mich gerade überfordern, und ich musste mich erst an diesen Gedanken gewöhnen. Aber morgen oder die Tage würde ich mich darauf einlassen, ohne mit der Wimper zu zucken. Auch wenn er ein Fremder war und ich Angst vor ihm hatte. Ich würde alles dafür tun, wenn ich bloß nicht dorthin zurückkehren müsste, wo ich hergekommen war. Und dazu gehörte auch, mit Matt Christmas zu schlafen.

Immer wieder hatte er mich intensiv gemustert, mit fragendem Blick. Schnell wurde mir klar, warum. Er hatte sich an mich erinnert, genau wie ich mich an ihn erinnerte. Als ich ihn bei seiner Ankunft zum ersten Mal sah, war es zuerst nur ein vages Bild gewesen, das ich nicht einordnen konnte. Die verschwommene Erinnerung an das Gesicht eines Fremden, der in einen Club kam, groß, breitschultrig, beeindruckend attraktiv. Nur Minuten später stand der Vorfall wieder klar vor meinen Augen. Wir sahen uns zwar nur sekundenlang an, vor ungefähr einem Jahr, aber für mich zog es weitreichende Konsequenzen nach sich. Es geschah in einem Club von Arkady, der Mann, vor dem ich davongelaufen war. Und er feierte dort seinen Geburtstag.

Mein letzter öffentlicher Auftritt, aber das wusste ich zu diesem Zeitpunkt nicht. Wochen davor benahm Arkady sich mit einem Mal unbegründet eifersüchtig und raubte mir damit die Luft zum Atmen. Er ließ mich nicht mehr allein ausgehen, sondern stellte mir angebliche Beschützer zur

Seite – in Wahrheit meine Bewacher. Ich deutete eine vorübergehende Trennung an und wollte für zwei Wochen meine Familie in Frankreich besuchen, meine Mutter, meinen Stiefvater und meine drei jüngeren Schwestern, aber mit dem Hintergedanken nicht mehr zu ihm zurückzukehren.

Er durchschaute meinen Plan. Und als ich morgens meinen Koffer zur Abreise in die Diele trug, stand er mit gepackten Taschen schon bereit, um mich zu begleiten. Dabei mochte er meinen Stiefvater überhaupt nicht. Auf dem Weg zum Flughagen sagte er plötzlich: *»Lass uns lieber nach St. Barthes reisen, in Frankreich regnet es, mein Engel.«* Er nahm meinen Pass für den Check-in, aber er gab ihn mir nicht wieder zurück. Und ich begriff, dass ich ihn nicht mehr verlassen konnte. Er hatte mich zu seiner Gefangenen gemacht, ohne es auszusprechen.

Für den Blick musste ich teuer bezahlen. Stundenlang diskutierte er mit mir über den Fremden. Ob ich zu ihm wollte? Ob er mein Liebhaber wäre und irgendwo auf mich wartete? Was für ein Unsinn, ich kannte diesen Mann überhaupt nicht! Aber er glaubte mir nicht.

Kurz darauf begann ich mit meinem Training. Und jetzt traf ich diesen Fremden ausgerechnet hier wieder? Was für ein verrückter Zufall. Ich konnte nur hoffen, dass Matt sich nicht vollständig erinnerte. Er durfte niemals erfahren, dass ich als Geliebte von Arkady dort gewesen war.

ZÖGERND VERLIEß ich mein Zimmer und verharrte sekundenlang vor seiner Tür. Nach einem tiefen Durchatmen klopfte ich an und trat ein, ohne seine Antwort abzuwarten.

Mr Matthew Christmas lag auf dem Bett, zum Glück angezogen, und ich atmete erleichtert auf. Ein wenig hatte ich befürchtet, er wäre splitterfasernackt, schon startklar, und würde sich auf mich stürzen. Das hätte mich sofort die Flucht ergreifen lassen. Nein, Unsinn. So etwas würde er nicht tun. Kein normaler Mann würde sich so verhalten und er schien doch halbwegs normal, oder? Er wirkte höflich und kultiviert – wenn er mich nicht gerade mit seinen Fragen löcherte. Angst und Panik ließen mich so seltsame Sachen denken. *Schalt einen Gang runter. Beruhige dich.*

Überrascht setzte er sich auf. »Ich habe mich zwar nicht herein sagen gehört, aber da bist du ja.«

»Ja, da bin ich.«

»Du hast das Baby mitgebracht?« Er deutete verwundert auf den Tragesack, in dem die Kleine friedlich schlief.

»Auf das Baby aufzupassen ist schließlich mein Job.« Falls er enttäuscht über ihre Anwesenheit war, ließ er sich nichts anmerken. Ich hatte das Baby auch zu meinem Schutz mitgebracht, und er war klug genug, das zu erkennen.

»Mach die Tür zu.« Das klang schroff. »Bitte«, fügte er etwas freundlicher hinzu. Mit einer geschmeidigen Bewegung erhob er sich vom Bett und kam auf mich zu. »Setz dich, bitte.« Er deutete zu der Sitzecke mit zwei gemütlichen Sesseln, Tisch und einem Sofa.

Ich nahm in einem der Sessel Platz, so konnte ich die Tür im Blickfeld behalten. »Kann sein, dass ich bald aufstehen und umhergehen muss. Ich will nicht, dass sie aufwacht.«

Er ließ sich mir gegenüber nieder. »Klar, das verstehe ich. Wäre auch besser, dass keiner etwas von deiner Anwesenheit mitbekommt.« Er betrachtete mich eingehend. Nachdenklich stützte er sein Kinn in die Hand und strich mit den Fingern über seine von blonden Bartstoppeln bedeckte Wange. Eine seltsame Situation, wie bei einem Verhör. »Du bist keine Schwedin.« Es war keine Frage, sondern eine Feststellung. Und er traf sie so eindeutig, dass Leugnen zwecklos war.

»Das stimmt.«

»Wenn wir sprechen, lässt du bitte deinen Akzent sein? Auch wenn er …« Er lächelte ein bisschen. »Putzig ist. Aber er irritiert mich, weil ich weiß, dass er gefälscht ist.«

»Ja, sicher.« Ich zuckte mit den Schultern.

»Was willst du hier in Snowhill?« Auch das klang schroff. Seine blauen Augen bekamen einen harten Ausdruck. »Lüg mich nicht an, denn wenn du das tust, werde ich sofort zu John gehen und ihm mitteilen, dass du keine Schwedin bist.«

Herrgott, musste er so unbarmherzig zu mir sein? Ich schluckte hörbar. Dabei hatte ich nichts getan, außer ein bisschen zu lügen. Mein Unbehagen zeichnete sich wohl auf meinem Gesicht ab, denn er schob schnell nach: »Versteh mich nicht falsch, ich will dir nichts Böses. Ich will lediglich sichergehen, dass du nichts im Schilde führst. Spätestens nach Silvester bin ich wieder weg und ich habe keine Lust auf Stress oder dramatische Szenen. Von mir aus kannst du hier so lange als Kindermädchen arbeiten, wie du Lust hast. Du kannst gut mit Kindern umgehen, machst einen liebenswürdigen Eindruck, und du hilfst den beiden sehr. Aber wenn du irgendetwas Kriminelles vorhast, dann lasse ich dich hochgehen, schneller als du *Julklapp* sagen kannst.« Seine Kieferknochen mahlten.

»Schneller als ich was sagen kann?« Ratlos sah ich ihn an.

»*Julklapp,* das schwedische Wort für Weihnachtsgeschenk.« Er verdrehte die Augen, als wollte er ausdrücken: Vielleicht hättest du dir besser ein anderes Land ausgesucht, aus dem du angeblich kommst.

»Ja, ich weiß. Schwedisch ist nicht meine Stärke, aber mein Aussehen geht in diese Richtung, darum Schweden.« Ein wenig kleinlaut strich ich über mein Haar. »Frankreich mag ich viel lieber, mein Französisch ist auch besser, aber ich sehe eben nicht aus wie eine Französin. Etwas Kriminelles?« Ich schüttelte energisch den Kopf. »Nein, ganz bestimmt nicht. Das kann ich dir sogar schwören.«

»Du hast keine Papiere? Bist du illegal im Land? Woher kommst du? Was willst du hier? Wie lautet dein richtiger Name?« Wie in einem Trommelfeuer schoss er seine Fragen auf mich ab. Er holte nicht einmal Luft dabei!

»Ziemlich viele Fragen …«

»Die du mir alle beantworten wirst.«

»Sicher. Nein, ich bin nicht illegal. Ich bin in England geboren, aber ich habe keine Papiere. Denn meine Papiere, die hat jemand anders.« Ich schluckte, um nicht an *ihn* denken zu müssen, denn das ließ mich klein und schwach fühlen, und das konnte ich gerade nicht gebrauchen. »Für ein paar Wochen ein Versteck und in Ruhe auf die Kinder aufpassen, das ist alles, was ich will. Meinen richtigen Namen kann ich dir leider nicht sagen.«

»Warum nicht?«

»Es geht einfach nicht. Ich möchte es nicht. Er tut auch nichts zur Sache.«

»Du versteckt dich. Vor einem Mann.«

Ich nickte. Nicht wirklich schwierig, das zu erraten. Trotzdem trafen seine Worte mich. Ich versteckte mich vor ihm wie ein Angsthase. Kurz fühlte ich mich erbärmlich und noch schwächer.

»Sagst du mir denn seinen Namen?«

»Auch das nicht.« Störrisch schüttelte ich den Kopf, dann würde ich ihm eher noch meinen Namen verraten. Als läge ein besonderer Zauber auf seinem Namen. Wenn ich ihn nicht aussprach, wurde es nicht wahr, dass ich die Geliebte eines schwerreichen Kriminellen gewesen war. Zumindest behaupteten sie das immer und versuchten, ihn zu überführen. Gelungen war es ihnen allerdings nie.

Er sah mich lange an. Sein Blick schweifte von meinem Gesicht über mein Haar, kurz über meine Figur. Aber ohne, dass es etwas Schmieriges an sich hatte. Eher wirkte es so, als hätte er sich für ein paar Sekunden nicht unter Kontrolle. Sofort heftete er seine Augen wieder auf meine. »Sein Name ist nicht weiter wichtig, für heute Abend will ich das so hinnehmen. Aber deinen wirst du mir nennen. Bald. Damit ich dich bei deinem richtigen Namen ansprechen kann, wenn du hier bei mir bist.«

Mein Gesicht wurde heiß. Das klang irgendwie zweideutig, auch wenn ich nicht genau benennen konnte, was in seinen Worten mitschwang. Er hatte nichts dergleichen gesagt, aber in meiner Vorstellung hörte ich mich seinen

Namen rufen und ihn meinen. Beim Sex. Meine Röte vertiefte sich. »Ich denke darüber nach.«

»Tu das.«

»Ich soll öfter zu dir kommen?«

Er nickte. »Ich will sichergehen, dass du, wie ich es eben erklärt habe, kein Verbrechen ausheckst.«

»Schon klar.« Wir maßen uns mit Blicken, aber er startete keinerlei Annäherungsversuch, sondern saß nur ganz ruhig da und betrachtete mich. Trotzdem wurde ich immer nervöser. Meine Unruhe übertrug sich auf die Kleine und prompt fing sie an, sich zu bewegen.

Hastig stand ich auf, auch um seinem Blick auszuweichen. »Ich muss mit ihr auf und ab gehen, sonst fängt sie an zu schreien.« Ich machte ein paar Schritte und wiegte sie ein wenig.

»Ganz schön laut für eine so kleine Person. Beim Abendessen habe ich mein eigenes Wort nicht verstanden.« Er lachte leise, und ein Teil der Anspannung fiel von mir ab.

»Oh ja, das ist sie. Energisch und temperamentvoll, aber so süß.« Ich strich über ihr Köpfchen.

»Du magst sie wirklich.«

»Ja, natürlich. Genau wie Gabriel. Sie sind beide so goldig.« Ein Lächeln stahl sich auf mein Gesicht, er war ein netter Kerl. Ein sehr attraktiver netter Kerl. Auch wenn er eine gefährliche Ausstrahlung besaß, er würde die Situation nicht ausnutzen und mich zu etwas zwingen, das ich nicht wollte. »Du wirst mich nicht verraten? Hab ich das richtig verstanden?«

»Ja, das hast du. So lange mir nichts Ungewöhnliches an dir auffällt, das mir Sorgen bereiten würde, schweige ich.«

Das bestätigte mich darin, dass ich ihm niemals erzählen durfte, vor wem ich weggelaufen war. Denn Arkady würde nicht zögern, mich zurückzuholen, wenn nötig mit Gewalt. »Danke, darf ich jetzt gehen?«

»Sicher darfst du das. Wir haben alles geklärt.« Er nickte bedächtig, dann zwinkerte er mir auf einmal zu.

»Fast alles. Nur nicht den Preis, den du dafür bezahlen wirst.«

Mir gefror das Blut in den Adern. Er wollte doch eine Gegenleistung für sein Schweigen? Mir fiel nur diese eine ein, über die ich nachgedacht hatte: dass ich mit ihm schlief. »Ich … ich habe die Kleine dabei, ich kann jetzt nicht …« Ängstlich machte ich ein paar Schritte rückwärts.

»Du kannst jetzt was nicht?« Er erhob sich ebenfalls.

»Mit dir schlafen. Heute geht es nicht, aber morgen. Sehr wahrscheinlich. Ich muss dafür in Stimmung sein, also irgendwie … so was in der Art.« Ich lachte nervös. »Nicht so in Stimmung wie normalerweise beim Sex, sondern eher moralisch darauf vorbereitet. Und darum … heute bitte nicht. Aber morgen.« Auch wenn ich nicht wusste, wie das gehen sollte. Sex mit ihm.

»Wie bitte?« Er schüttelte ungläubig den Kopf, seine Gesichtszüge entgleisten. »Du denkst, ich erpresse dich mit meinem Wissen und zwinge dich dazu, mit mir zu schlafen?« Seine anfängliche Verblüffung schlug in Verärgerung um.

Verärgerte Männer machten mir Angst. Ich stakste weitere zwei Schritte rückwärts. »Ja … nein … ich weiß nicht. Ich dachte, du meinst das damit. Eben unter dem Tisch hast du auch so etwas Ähnliches gesagt, stimmt's?« Ich biss mir auf die Lippen und versuchte, meine Beklemmung zu verbergen. »Ich dachte, das ist deine Bedingung für dein Schweigen.«

»Das war doch nur ein Scherz! Ich habe noch nie eine Frau zu so etwas gezwungen und wegen dir, Smilla Smolland«, er sprach meinen Namen auf total lächerliche Weise aus, »werde ich ganz bestimmt nicht damit anfangen.«

Ich drehte mich auf dem Absatz um und hastete zur Tür. »Entschuldigung.«

»Meine Güte, wirke ich etwa so auf dich? Wie ein jämmerlicher Erpresser, der seine Machtposition ausnutzt, um eine wehrlose Frau …« Er ließ den Satz unvollendet, als wollte er damit ausdrücken: Ich mag es nicht einmal aussprechen.

Ich schluckte nervös, kämpfte gegen meine aufsteigenden

Tränen an. Diese Situation ängstigte mich mehr und mehr. Erinnerungen überfielen mich, eine schlimmer als die andere. Endlose Diskussionen. Stundenlange Wortklaubereien. Verzerrte Wahrheiten. Und am Ende stand immer meine Erniedrigung oder meine Selbstaufgabe, was so ziemlich auf das Gleiche hinauslief. Schnell lenkte ich ein. »Ich … nein. Verzeihung.«

»Gut. Du wirst jeden Abend zu mir kommen. Mit Preis meinte ich lediglich, dass du mir eine Information über dich gibst. Mehr nicht.« Sein Gesicht wirkte wie versteinert. Seine Stimme zeigte, dass er immer noch eingeschnappt war wegen meiner falschen Schlussfolgerung.

»Ja, ist gut. Welche willst du heute haben?« Ich wagte kaum, ihm in die Augen zu schauen.

Er zögerte ein paar Sekunden, als müsste er sich etwas ausdenken. »Äh … dein Geburtsdatum. Tag und Monat.«

Das war wichtig für ihn? Seltsam. »Siebter Juli. Bin im Sommer siebenundzwanzig geworden.«

»Danke. Moment, lass mich zuerst schauen, ob die Luft rein ist.« Er kam auf mich zu und ich hielt den Atem an. Doch er stapfte geradewegs an mir vorbei, öffnete fast geräuschlos die Tür und reckte den Kopf in den Gang. »Keiner da, du kannst gehen.«

Als ich mich an ihm vorbei presste, stieß ich an seinen muskulösen und festen Körper. Sein Duft stieg mir in die Nase, männlich und anziehend, und ließ mich für einen Moment schwindeln. Trotzdem war ich froh, dass ich sein Zimmer verlassen konnte. »Gute Nacht. Und … danke.« Unsere Blicke kreuzten sich. In meinem sah er vermutlich die nackte Angst. In seinem erkannte ich Abwehr und Distanz, aber auch leises Bedauern und so etwas wie … Sehnsucht?

»Gute Nacht.«

ICH HASTETE in mein Zimmer und legte das schlafende Baby in sein Körbchen. Die Tür zum Bad ließ ich offen, dann drehte ich mit zitternden Händen die Dusche auf. Noch immer hinterließ ich beim Duschen Farbspuren. Lila, rot und grün.

Die Farbbäche verringerten sich mit jedem Mal Duschen. Aber es würde mir nie gelingen, alle Farbe zu entfernen und der Gedanke, dass ich diese Spuren für immer auf meiner Haut tragen müsste, brachte mich zum Weinen.

❄

KAPITEL 4

Matt

DIE TÜR SCHLOSS sich hinter Smilla, und ich atmete tief durch. Gut, dass sie weg war! Allein in einem Raum mit einer derartig verführerischen Frau, da konnte man durchaus auf dumme Gedanken kommen. Vor allem, als sie gesagt hatte, dass sie nicht heute mit mir schlafen würde, sondern morgen. Zuerst dachte ich, ich hätte mich verhört? Aber sie hatte ihr Angebot ernst gemeint und ihre Worte hatten mich wie ein Blitz von Kopf bis Fuß durchzuckt und ganz besonders in der Körpermitte. Obwohl das natürlich niemals passieren würde, Sex mit ihr. Weder heute, noch morgen oder an einem anderen Tag. Das stand fest. Felsenfest sogar! Etwas in mir seufzte sehnsüchtig. *Warum eigentlich nicht?*

Sofort rief ich mich zur Ordnung. *Stopp!* Bei dieser Sache ging es nicht um sonderbare Wünsche oder Begierden, die sie in mir weckte, sondern um etwas Wichtigeres: die Wahrheit herauszufinden und die Familie meines Cousins zu schützen.

Was wollte Smilla, oder wie auch immer ihr Name lautete, hier in Snowhill Manor?

Mein Gefühl hatte mich nicht getrogen, ihre Identität war gefälscht. Meine Intuition flüsterte mir ebenfalls zu, dass sie nichts Kriminelles vorhatte, sonst hätte ich umgehend John verständigt.

Sie wirkte harmlos, eher verängstigt. Sie hatte nichts Kaltblütiges oder Raffiniertes an sich, wie ich es von Berufs wegen von Damen aus eher zwielichtigen Kreisen kannte. Deren aalglattes Taktieren zeigte sich im kalten Glanz ihrer Augen und in ihrem berechnenden Verhalten.

Miss Smilla dagegen wirkte warmherzig und süß, wie ein niedliches blondes Bambi. Geradezu hilflos, wenn man etwas härter mit ihr umsprang. Sie war lediglich auf der Suche nach einem ruhigen Plätzchen, genau wie ich. Zumindest erschloss sich mir gerade kein anderes Motiv. Aber vielleicht beeinflusste mich die Wirkung, die sie auf mich ausübte, in meinem analytischen Denken? Ich zwang mich zur Konzentration, setzte meine ganze Erfahrung ein, die ich im Umgang mit Verbrechern hatte und schaltete alle Gefühle aus.

War irgendetwas an ihr oder an ihrem Verhalten besorgniserregend? Mein Verstand gab mir ein klares und eindeutiges Nein.

Sie war vor jemandem davongelaufen, und er jagte ihr gewaltige Angst ein, auch jetzt noch, obwohl sie sich außerhalb seiner Reichweite befand. Alles an ihrem Verhalten deutete darauf hin, dass sie sich aus einer toxischen Beziehung befreit und in Snowhill in Sicherheit gebracht hatte. Etwas anderes steckte vermutlich nicht dahinter.

Dennoch würde ich sie im Auge behalten und ihr für die Dauer meiner Anwesenheit jeden Abend auf den Zahn fühlen. Das war ich John schuldig. Sollte ich nach Silvester nur die geringsten Zweifel an der Harmlosigkeit ihrer Absichten hegen, würde ich sie hochgehen lassen. Ich würde John Bescheid geben, die Polizei verständigen und Smilla würde im Gefängnis landen wie alle Betrüger.

Wenn der ominöse Erpresser seine Drohungen wahrmachte, begegneten wir uns dort vielleicht beim Hofgang?

Ein sarkastischer Gedanke, der mir ein schwaches Lächeln abrang. Wäre ja nett, wenn wir uns wiedersehen würden …

Uns wiedersehen. Unter diesen Umständen. *Geht's noch, Matt?* Wenn es einen Preis für den blödesten Gedanken aller Zeiten gäbe, hätte dieser ihn gewonnen. Doch hinter diesem abwegigen Gedanken verbarg sich etwas. Auch wenn ich es mir kaum eingestehen wollte, sie interessierte mich. Und das nicht nur, weil es zu meinem Job gehörte, hinter Fassaden zu schauen und Menschen zu durchleuchten.

Wer war sie? Wieder tauchte diese vage Erinnerung in mir auf, ihr Gesicht in einem Club, inmitten von Menschen, Musik dröhnte und jemand legte besitzergreifend den Arm um sie … Bloß wer? Ich kam einfach nicht drauf. Aber bald wüsste ich es, und das würde mir einen weiteren Hinweis auf ihre Identität liefern.

Alles andere würde ich schön bleibenlassen. Keine Küsse, keine heißen Spielchen. Das wäre völlig deplatziert. Bei dem Ärger, den ich am Hals hatte, konnte ich nur einen Hauch mehr davon nicht bewältigen. Und Miss Smilla roch nach gewaltigem Ärger. Sie hatte buchstäblich ein Schild mit der Aufschrift *Gefahr* um den Hals hängen. Sah das außer mir denn keiner? Und warum zog sie mich dennoch wie magisch an? Nein, nicht *Gefahr* stand auf ihrem Schild, sondern *Versuchung*. Aber das war so ziemlich dasselbe.

Ich zog mich aus und ließ mich ins Bett fallen. Sanft schien der Mond ins Zimmer, malte lange gelbfingrige Strahlen auf meine Bettdecke. Hier hatte ich immer geschlafen, wenn ich bei John übernachtete und er schlief im Zimmer neben meinem. Als Jugendliche lagen wir oft lallend in einem Bett nebeneinander, wenn wir mal wieder in den Pubs bis frühmorgens getrunken hatten. Nach der Versöhnung unserer Väter war ich in Snowhill ein und aus gegangen, hatte meine halbe Kindheit in diesem Haus verbracht und auch meine Jugend. Dann studierten John und ich in verschiedenen Städten und unsere Wege trennten sich, wobei wir in den Semesterferien wieder hier zusammenkamen.

Jetzt schlief Smilla nebenan. Ihre schönen Lippen küssten bestimmt wunderbar. Und wie wohl ihr Haar roch? Unversehens legte sich ein Lächeln auf mein Gesicht und ich seufzte leise auf. In einem Anfall von Übermut wollte ich sie um einen Kuss bitten, es sollte ein harmloser Spaß sein. Aber nur die Andeutung einer Bezahlung ließ sie kreidebleich werden. Als wäre ich ein Monster, das über eine wehrlose Frau herfiel, die ihm einen Gefallen schuldete. Nach ihrer Reaktion tat ich dann so, als wollte ich eine Information von ihr. *Ihr Geburtsdatum, ganz toll.* Auf die Schnelle fiel mir nichts anderes ein.

Ein Kuss von ihr. *Du hast doch einen Knall, Matt!* Ich hatte schon genug angerichtet mit meinen Küssen. Genau genommen hatte ich damit eine Katastrophe ausgelöst.

Dass meine Frau mich seitdem hasste, war verständlich. Dennoch hatte ich lange gedacht, wir würden wieder zueinander finden. Dass diese große und wunderbare Liebe vorbei sein sollte … Ich konnte es nicht glauben. Nein, ich wollte es nicht wahrhaben, obwohl ich wusste, dass es vorbei war. Lange schon.

Schon unzählige Male hatte sie mich um die Scheidung gebeten. Das erste Mal vor anderthalb Jahren, wenige Monate nach ihrem Auszug. Dann regelmäßig alle paar Monate, zuletzt im wöchentlichen Rhythmus. Ich lehnte immer ab. Aus Egoismus, denn eine Scheidung würde mich auf meinem geradlinigen Weg an die Spitze aufhalten. Sah nicht gut aus in meinem Lebenslauf. Nein, das war nur der Grund, den ich vor mir selbst vorschob, um den wahren Grund zu verleugnen: Wenn ich ihrem Wunsch nachgäbe, müsste ich allein mit meinem Scheitern leben.

Uns verband nur noch die Erinnerung an unsere Liebe und ein Meer von Tränen und Schuldgefühlen.

Sie stresste mich immer mehr mit diesem Thema und sprach mir letztens wütend auf die Mailbox. »Matt, ein allerletztes Mal! Ich will die Scheidung noch vor Weihnachten! Es ist wichtig für mich. Melde dich umgehend bei mir. Zwing mich nicht, schärfere Maßnahmen anzuwenden.« Danach hatte ich sie blockiert.

Zwingen? Das passte zu ihr. Vor Monaten wollte sie mich zu diesem Treffen drängen, das einer einvernehmlichen Scheidung voranging. Aber ich war nicht erschienen und gab ihr gegenüber vor, ich hätte es vergessen. Als sie mir vor wenigen Wochen die Dokumente per Post zustellen lassen wollte, war ich spontan verreist, um dem Ganzen aus dem Weg zu gehen.

Und jetzt wollte sie mir mit ominösen Drohungen Angst einjagen? Damit würde sie rein gar nichts erreichen. Wenn man mich zu etwas zwingen wollte, schaltete ich auf stur. Der Unbestechliche. Der harte Hund. Der Eiskalte. Nicht umsonst nannte man mich so. Ich war schlichtweg nicht erpressbar.

Auch wenn die Scheidung auf Dauer unumgänglich war und ich Lauren nachgeben musste. Ja, ich würde mich scheiden lassen. Dann, wenn ich es für richtig hielt. Auf keinen Fall noch in diesem Jahr. Nicht im Winter und ganz bestimmt nicht vor Heiligabend.

Nächstes Jahr im Sommer wäre ich eventuell bereit zur Scheidung. Von ihr geschieden sein, wegen des schlimmen Fehlers, den ich begangen hatte. Nur der Gedanke daran ließ den riesigen Berg aus Schmerz und Schuldgefühlen in mir weiter anwachsen.

Eine weitere schlaflose Nacht lag vor mir. Nebenan ging Smilla auf und ab, dabei summte sie ein Kinderlied.

Ich stand auf und öffnete den großen viertürigen Kleiderschrank, der an der Wand zu Smillas Zimmer stand. Was sie nicht wusste: Es gab einen geheimen Durchgang von meinem Zimmer zu ihrem. Die Schränke standen einander genau gegenüber und verdeckten eine breite Tür, die es zwischen den beiden Zimmern gegeben hatte. Die Tür war ausgehängt worden und man hatte der Einfachheit halber Schränke vor die Türöffnung gestellt. Was außer John und mir niemand wusste: Man brauchte nur zwei Bretter aus der Schrankrückwand zu schieben und konnte dann durch den Schrank ins jeweils andere Zimmer steigen. Unser Geheimversteck. Als Teenager hatten wir die Bretter herausgenommen und unter unsere Betten geschoben. Manchmal rauchten wir heimlich im Schrank, saßen von dichten Rauchschwaden umnebelt da, redeten über Mädchen und blätterten in unseren zerfledderten Playboy-Heften. Wir erzählten uns großspurig, was wir später alles mit unserem Mädchen anstellen würden – falls wir mal eins abbekämen.

Für einen Moment war ich versucht, den Durchgang zu benutzen. Durch die Schränke zu Smilla zu klettern, mich vor sie hinzustellen und zu rufen: Komm, lass uns etwas tun, das uns durch die Nacht bringt und uns gegenseitig trösten. Denn wir sind beide vor etwas davongelaufen, dem wir vermutlich nicht entkommen können. Lass uns diese Nacht miteinander verbringen und zusammen schlafen, nur dieses eine Mal. Denn morgen reise ich wieder ab.

Oh ja, wow. Tolle Idee, Matt. Ich stieß ein grimmiges Lachen aus. Vermutlich würde sie einen hysterischen Schreikrampf bekommen, mir eine scheuern und kreischend aus dem Zimmer rennen. So schreckhaft, wie sie war. Außerdem hatte ich nicht den Eindruck, dass sie mich mochte.

Und überhaupt … Was für ein Blödsinn. Ich hatte so lange keinen Sex mehr gehabt, eine halbe Ewigkeit nicht mehr, dass es vermutlich nicht einmal funktionierte. Und das war auch gut so.

Aber mit einer Sache lag ich richtig: Ich sollte wieder abreisen, gleich morgen früh. Das alles führte zu nichts, außer dass sich das Gefühl der Leere in meiner Brust mit jeder Minute verstärkte.

❄

KAPITEL 5

15. DEZEMBER

Matt

Der anonyme Schreiber hatte geblufft und keine weitere E-Mail gesendet – wusste ich es doch, alles nur heiße Luft. Nach zwei läppischen Mails war ihm bereits die Lust vergangen.

Auch von Lauren war keine wütende Nachricht mehr gekommen. Ach, Moment, das könnte damit zusammenhängen, dass ich sie blockiert hatte, eben damit sie mir keine erbosten Nachrichten mehr schickte.

Ich hatte mich von meinem gestrigen emotionalen Absturz erholt und entschied mich, doch in Snowhill zu bleiben. Für eine überstürzte Abreise gab es genau genommen keinen Grund. Vielleicht hatte ich Glück und man ließ mich einfach in Ruhe? Das war alles, was ich mir wünschte. In Frieden Weihnachten an mir vorüberziehen lassen und den schlimmsten Tag des Jahres, den Heiligabend, mit lieben Menschen verbringen.

Beschwingt lief ich die Treppe nach unten und rief in der Küche ein fröhliches »Guten Morgen« in die Runde.

Doch meine gute Laune bekam einen kleinen Dämpfer, als

ich alle im Raum Anwesenden erfasste. John, Caspar, Mel und Bailey. Alle da, außer Marian und Smilla. Für einen Moment befiel mich ein ungutes Gefühl, nein, eher ein Schlag in die Magengrube: Smilla war weg! Mitten in der Nacht abgereist, weil ich ihr mit meinen Fragen so zugesetzt hatte. Ich hatte ihr gewaltige Angst eingejagt und sie war auf Nimmerwiedersehen verschwunden. Ja, so war es bestimmt. Verdammt, das wollte ich aber nicht!

»Wo … wo ist die Nanny?« Ich wollte unbeteiligt klingen, aber das Gegenteil war der Fall. Es wühlte mich auf, dass sie weg war und das hörte man meiner Stimme an. Ich hätte sie nicht so streng behandeln sollen. »Ist sie weg?«, stieß ich hervor. Um meine Frage weniger auffällig zu machen, schob ich schnell nach: »Und wo ist eigentlich Marian?«

»Guten Morgen, Matt. Weg? Wie meinst du das? Nein, Smilla ist oben und stillt die Kleine.« John zuckte verwundert mit den Schultern und aß von seinem Spiegelei. »Marian und Gabriel sitzen gemütlich in der Badewanne, dank Smilla. Dem Himmel sei Dank, dass er diese überaus kluge Nanny zu uns geschickt hat. Es ist einfach wunderbar, dass sie bei uns ist.«

Gott sei Dank, sie war nicht weggelaufen. Moment, was hatte er gerade gesagt?

»Stillen? Wie geht das denn?«, fragte ich irritiert. »Muss man dafür nicht selbst ein Baby haben?«

»Smilla hat sich …« Er begann zu kichern. »Seltsame Gummibrüste umgeschnallt, die ich im Internet für sie bestellen musste. In diese füllen wir Muttermilch. Und was soll ich sagen? Stella liebt es und trinkt daraus. Es sieht zu witzig aus, wenn sie daran nuckelt.«

»Hm …« Ich stellte mir das Ganze bildlich vor. Trug Smilla die Gummibrüste auf dem Pullover? Oder auf der nackten Haut? Und wo waren dann ihre Brüste? *Stopp!* Ich würgte meine auf rätselhafte Weise ausufernden Gedankengänge ab, die mir eine Vision von Smilla mit vier Brüsten zeigten. Ob die wohl in meine Hände passten? *Gott, also wirk-*

lich! Lass es, Matt! Trotzdem warf ich einen verstohlenen Blick in meine Handflächen.

»Stellst du dir das gerade bildlich vor, Matt?« John feixte.

»Wie bitte? Nein, ich doch nicht!« Verwirrt kippte ich ein paar Teelöffel Zucker in meinen Kaffee, obwohl ich ihn immer schwarz trank, rührte um und trank. Igitt!

Er lachte los. »Glaub ich nicht. Du hast ganz rote Ohren.«

»Pah! Blödsinn. Selber rote Ohren.« Ich nahm einen weiteren Schluck vom verzuckerten Kaffee, um mein Grinsen zu verbergen.

»Ihr wieder, Jungs.« Auch Bailey schmunzelte. »Wenn ihr zusammen seid, macht ihr immer nur Unsinn, genau wie früher.«

Unvermittelt sagte John: »Lass uns gemütlich eine Runde Joggen, bist du dabei?«

»Ich hab leider keine Sportsachen eingepackt.«

»Du kannst meine Sachen nehmen. Schuhgröße 46, oder?«

»Stimmt.«

KURZ DARAUF VERLIEßEN wir das Haus und steuerten den riesigen Wald- und Wiesenbereich an, der zu Snowhill gehörte. Wenn man am Ostflügel vorbeilief, gelangte man zu den Waldwegen, die weniger Schnee aufwiesen.

Einträchtig rannten wir in eher gemäßigtem Tempo nebeneinander her. Bereits nach zehn Minuten fing John an zu japsen. »Mein Gott, bin dermaßen außer Form. Habe schon ewig keinen Sport mehr getrieben. Komme zu nix mehr, seitdem das Baby auf der Welt ist.« Er keuchte. »Habe ich dir schon erzählt, was ihr Name bedeutet? Stella heißt Stern. Weil sie wie ein Stern in unser Leben fiel, unverhofft und strahlend.« Er lachte, trotz seiner Atemnot.

Seine Worte versetzten mir mehr als einen Stich, doch ich ließ mir nichts anmerken. »Schöner Name, gefällt mir. Die Bedeutung auch. Ich gehe ein paar Mal die Woche zum Sport. Na ja, wenn man sonst nichts zu tun hat.« Manchmal war ich um zehn Uhr abends noch zum Sportclub gefahren, hatte mich an die Rudermaschine gesetzt oder aufs Laufband geschwungen. Einsam zog ich meine Runden in der dunklen Schwimmhalle. Was sonst sollte ich tun, wenn ich mal wieder nicht schlafen konnte? Zu Hause gab es niemanden, der auf mich wartete und mit dem ich reden konnte. Und wenn jemand da gewesen wäre, hätte ich nicht geredet.

»Ich wollte allein mit dir sprechen«, keuchte John. »Hier sind wir ungestört, niemand platzt rein oder quatscht dazwischen. Du hast gestern erzählt, es läuft nicht so gut in deiner Ehe?«

Das war die Untertreibung des Jahrhunderts. Trotzdem gab ich nur ein lapidares »Stimmt« von mir.

»Tut mir leid. Schade, ich mochte Lauren.«

»So kann es gehen«, gab ich stoisch zur Antwort.

Lauren hatte mich vor zwei Jahren verlassen, aber davon hatte ich niemandem erzählt, weder bei der Arbeit, noch im Bekanntenkreis oder im Sportclub. Vor wenigen Monaten hatte meine Mutter es bei einem Überraschungsbesuch herausgefunden. Unangemeldet standen meine Eltern vor der Tür und mir fiel keine Ausrede ein, sie abzuwimmeln. Es dauerte keine fünf Minuten, dann baute Mum sich mit geradezu detektivischer Miene vor mir auf. »Laurens sämtliche Sachen sind weg.«

»Nicht nur ihre Sachen«, antwortete ich knapp.

Mein Vater nahm mich ebenfalls ins Visier. »Hast du uns etwas mitzuteilen, Matthew?«

»Nein.« Wenn es um dieses Thema ging, war ich verschlossener als eine Auster.

Mum sagte hörbar enttäuscht: »Da können wir uns Enkelkinder wohl abschminken. O Gott, es ist so traurig. Dabei hab ich mir so gewünscht, dass …«

Ein Blick meines Vaters ließ sie verstummen. »Hör auf, Matt zusätzlich zu quälen, Rosalyn. Ehen scheitern, so ist das nun mal.«

Mit zynischem Unterton sagte ich: »Ihr habt noch Carolyn.

Sie wird euch bestimmt zahlreiche Enkelkinder schenken.« Carolyn, meine zehn Jahre jüngere Schwester, die nur an ihre Karriere dachte. Noch mehr als ich. Bevor sie Kinder bekam und einen dazugehörigen Mann, fror eher die Hölle zu.

»Das glaubst du doch wohl selbst nicht.« Dad seufzte und wechselte zu einem Gespräch über das Wetter.

Verdammt, nicht einmal in Snowhill entkam ich diesem Thema und allem, was damit zusammenhing. Es verfolgte mich überallhin. Schweigend liefen wir eine Weile nebeneinander her.

»Liegt vielleicht auch daran, dass ihr keine Kinder bekommen habt, oder?« Johns Atem ging keuchend.

Sein Satz brachte mich dermaßen aus der Fassung, dass ich nicht mehr weiterlaufen konnte und stehenblieb. Dann verfiel ich in ein lahmes Schlendern. »Kann schon sein. Hab Seitenstechen«, behauptete ich. Obwohl eher mein Herz stach.

»Oder wolltet ihr keine? Sorry, wenn meine Fragen indiskret sind.« John passte sich meinem Tempo an und stapfte neben mir weiter. »Vor Jahren hab ich in der Richtung mal etwas gehört. Es wäre Nachwuchs in Sicht, sagte Mum. Oder verwechsele ich da gerade etwas?«

»Nein, tust du nicht. Ging schief.« Mehr brachte ich nicht hervor.

»Oh sorry, das tut mir leid, Matt.« In einer erschrockenen Geste fasste er nach meinem Arm.

»Schon gut.« Um von mir abzulenken, sprach ich schnell weiter: »Deine beiden sind echt süß. Gabriel ähnelt dir total und Stella sieht aus wie Marian.«

»Ja, das ist wahr. Wobei ich nicht Gabriels leiblicher Vater bin. Marian hat ihn mit in die Ehe gebracht, aber ich bin sein Daddy und nur das zählt.«

»Echt jetzt?« Verwundert sah ich ihn an. »Das ist unglaublich, die Ähnlichkeit ist frappierend.«

Er schmunzelte. »Ja, Marian hat wohl eine Vorliebe für große blonde Männer. Ich finde es gut, dass er mir so ähnlich sieht. Ich liebe meinen kleinen Jungen über alles. Kannst du wieder? Wenn ja, lass uns weiterlaufen.«

Wir trabten wieder los.

»Hat dich das nicht überrascht, mit Bailey und Mel?«, fragte er.

»Nein, ehrlich gesagt nicht. Ich sah ihn vor Jahren einige Male aus ihrem Zimmer schleichen. Morgens früh um fünf.«

»Ich auch. Aber das liegt lange zurück, somit war es eine Überraschung für mich, als sie letztes Jahr verkündeten, dass sie zusammen sind.« John schnappte zwischen den Sätzen nach Luft.

»Sie hat ihn gezähmt. Es wurde auch Zeit, er war ein richtiger Schürzenjäger.«

Der Weg führte ein Stück bergauf und eine Weile trabten wir stumm nebeneinander her.

»Weißt du noch, Matt, diese Sache mit den zwei Frauen, die er aus seinem Zimmer schleuste, damit mein Vater nichts davon mitbekam?«

»Klar. Wir haben wochenlang herumgerätselt, was er mit ihnen gemacht hat.«

»Ja, vor allem ich.« John lachte.

Wir waren fünfzehn Jahre alt gewesen und hatten mit Erstaunen die beiden Frauen aus Baileys Zimmer kommen sehen, morgens um halb fünf. Wir standen beide im Gang, ich mit Pickelcreme im Gesicht, John mit seiner überdimensionalen Zahnspange, als sie an uns vorbeihuschten.

Bailey erschrak bei unserem Anblick. »Ihr habt nichts gesehen, Jungs. Kann ich mich darauf verlassen?«

Wir nickten und gingen wieder zurück ins Bett.

»Iff kafier daff einfaff nifft!«, zischelte John. »Er fat nur einen Fenif! Unf ef find fwei Fauen!«

»Nimm die Zahnspange raus, ich versteh kein Wort.«

Umständlich zog er das Ungetüm hervor. »Wie kann ein Mann allein zwei Frauen glücklich machen?«

»Keine Ahnung. Das werden wir wohl nie erfahren!«

Wochenlang hatten wir uns den Kopf darüber zerbrochen, was er mit den beiden angestellt hatte.

John packte meinen Arm und prustete los. »Baileys Gesicht!«

»Deine Zahnspange!« Ich japste vor Lachen.

»Deine Pickelcreme. In dem einen Sommer hattest du sie ständig im Gesicht. Tag und Nacht.«

»Ja, wir waren die reinsten Mädchenmagnete.«

Vor lauter Lachen konnten wir nicht mehr weiterlaufen. Minutenlang schallte unser Gelächter durch den Wald. John rang nach Atem. »O Gott, es tut so gut, mit dir zu lachen.« Dann zwinkerte er mir zu. »Und, hast du es inzwischen herausgefunden?«

Ich grinste ihn an. »Mag sein. Und du?«

»Wer weiß?« Er legte seinen Arm um mich. »Bin so froh, dass du da bist. Du hast mir echt gefehlt, Matt.«

»Ja, du mir auch, John.«

»Lass uns zurücklaufen. Ich brauche jetzt dringend ein Stück von Mels Schokoladenkuchen, um die fünf abtrainierten Kalorien wieder aufzuholen.«

Wir setzten uns wieder in Gang.

»Päppelt Mel immer noch alle auf, mit reichlich Sahne und Kakao?«, fragte ich.

»Oh ja, und wie. Ein Wunder, dass ich nicht zwanzig Kilo zugenommen habe, seitdem wir dauerhaft in Snowhill sind.« Er warf mir einen Seitenblick zu. »Momentan kümmert sie sich um Smilla, die ihrer Meinung nach viel zu dünn ist.«

»Ah, okay.« Am besten verkniff ich mir jeglichen Kommentar zu Miss Smilla. Sie spukte mir ohnehin viel zu sehr im Kopf herum.

»Findest du das auch?«

»Was?«

»Na, dass sie viel zu dünn ist.«

»So genau habe ich nicht hingesehen«, behauptete ich.

Er lachte wiederum. »Willst du mir einen Bären aufbinden?«

Anstatt seine Frage zu beantworten, deutete ich nach vorne. »Wer zuerst am Zaun ist. Wettrennen!« Ein wenig fies von mir, dass ich sofort durchstartete.

»Scheiße, Matt, das war unfair!«, schrie John hinter mir her. »Das hast du früher immer schon so gemacht! Du hast dich kein bisschen verändert.«

Nach wenigen Metern ließ ich ihn zu mir aufschließen.

Doch, leider hatte ich das. Vom unbeschwerten Jungen, der optimistisch in die Zukunft sah und sich eine große Familie wünschte, am liebsten eine ganze Fußballmannschaft, war nicht mehr viel übrig geblieben. *Wünsche kann man vergessen. Man muss sie nur tief genug in sich verschließen und eine dicke Mauer darum bauen. Am besten aus Eis.*

❄

KAPITEL 6

Smilla

MATT HATTE MIR ZUGESICHERT, niemandem von meinen Lügengeschichten zu erzählen. Ich musste darauf hoffen, dass er sich auch daran hielt. Falls er jedoch seine Meinung änderte und mit seiner Enthüllung herausplatzte, was ich ihm durchaus zutraute, hätte ich vermutlich nicht einmal genügend Zeit zum Weglaufen. Mir blieb keine andere Wahl, als auf sein Wort zu vertrauen, auszuharren und Stoßgebete zum Himmel zu senden, dass er mein Geheimnis bewahrte.

Ich setzte eine fröhliche Miene auf, als er und John vom Joggen zurückkehrten. Matt erwiderte mein »Guten Morgen« mit einem gebrummten »Hallo«. Doch wenn er sich unbeobachtet fühlte, streiften mich seine Blicke immer wieder. Vermutlich überlegte er, wo wir uns schon einmal gesehen hatten. Ich betete, dass es ihm nicht einfiel. Am besten ließ ich mir eine Standleitung in den Himmel einrichten, für die vielen Gebete, die ich verrichten musste. Es war kein Spaß, eine Lügnerin zu sein, aber die Umstände zwangen mich dazu.

Apropos Joggen, meine tägliche Runde wartete auf mich.

Auch in Snowhill führte ich mein tägliches Training fort, obwohl ich anfänglich allein im Wald Angst hatte – und noch schneller rannte als sonst. Aber meine gute Kondition zu behalten war wichtig, es musste sein. Falls der Tag X käme und er mich finden würde, musste ich vorbereitet sein. Schnell laufen zu können, hatte mich gerettet und vielleicht müsste ich mich ein zweites Mal in Sicherheit bringen?

ZEHN MINUTEN SPÄTER, die Kleinen schliefen und Mel bewachte das Babyfon, jagte ich durch den Schnee. Meine Schritte knirschten durch den Schnee, mein Atem ging schnell und ich beschleunigte das Tempo, bis ich das Gefühl hatte zu fliegen.

Ich dachte an jenen Morgen vor fünf Tagen zurück, als wir im Park gewesen waren. »*Zu meinen täglichen sinnlosen Laufübungen*«, wie Oleg und Beau es scherzhaft nannten. Sie waren die Anführer der Bodyguard-Truppe und hatten das Sagen. Entgegen der allgemeinen Annahme waren sie keine dumpfen Schlägertypen, sondern sehr höflich und klug. Seltsamerweise mochte ich sie und mehr als einmal fühlte ich ihre mitleidigen Blicke auf mir ruhen, wenn *er* mich wieder einschränkte und ich darüber weinte.

So klug sie auch waren, ich war klüger. Meine angeblichen Trainingseinheiten dienten allein dem Auskundschaften. Bald kannte ich den Park in- und auswendig, wusste, wo die Taxis hielten, und hatte die Zugfahrpläne studiert.

Um die Guards in Sicherheit zu wiegen, tat ich nach zwei Minuten Training jedes Mal so, als würde ich kollabieren. Ich schützte Seitenstechen vor und watschelte wie eine Ente durch den Park, laut jammernd und stöhnend über diese elende Lauferei. Sie schmunzelten darüber und Oleg sagte dann immer: »Vielleicht machst du lieber ein bisschen Pilates?«

Dass ich wie eine Verrückte auf dem Laufband trainierte

und fünf Meilen in einer sehr guten Zeit schaffte, wussten sie nicht.

Als ich an jenem Morgen durchstartete, sah ich kurz das Erstaunen in ihren Augen aufblitzen. Wie ein Pfeil schoss ich über den Kieselweg und rechnete jede Sekunde damit, dass Oleg mich einholte und mir seine riesige Pranke auf die Schulter legte. Er war um einiges trainierter als ich und machte außerdem viel größere Schritte. Aber das passierte nicht.

Ein seltsamer Gedanke kam mir in den Sinn, nicht zum ersten Mal. Als ich weglief, hatte ich keine Schritte hinter mir gehört, so als hätten sie mich überhaupt nicht verfolgt. Ließen sie mich absichtlich entkommen?

»Das werde ich wohl nie erfahren«, murmelte ich und schlug den Bogen zurück nach Snowhill. Zeit zurückzulaufen. Bestimmt wachten die Kleinen bald auf.

Mit einem mulmigen Gefühl im Bauch dachte ich daran, dass Matt heute Abend wieder mit mir sprechen wollte. Ohne, dass ich mir den Grund dafür erklären konnte, mischte sich in meine Beklommenheit eine kaum wahrnehmbare Freude.

❄

KAPITEL 7

Matt

Wie am Abend zuvor wollte ich Smilla ein paar Fragen stellen, weniger streng als gestern, das hatte ich mir vorgenommen. Der Schreck am Morgen, als ich dachte, sie wäre wegen mir davongelaufen, verfolgte mich den ganzen Tag. Nach dem Abendessen, als alle beim Abräumen halfen, hatte ich ihr zugeflüstert, dass ich gegen elf in ihr Zimmer käme. Sie hatte wortlos genickt und mich mit ihren großen babyblauen Augen ängstlich angeschaut.

Jetzt saß ich auf einem der Sessel in ihrer Sitzecke, die mit einem kleinen Tisch, zwei Sesseln und einem Sofa ähnlich eingerichtet war wie meine. Smilla kauerte mir gegenüber auf dem Sofa, doch sie wirkte fahrig, nahm unzählige Male ihr Handy hervor und starrte darauf, um es kurz darauf wieder wegzustecken. Dann ging das Spiel von vorne los. Unvermittelt sprang sie auf und lief zum Fenster.

Verwundert sah ich ihr dabei zu. »Was ist los mit dir? Ist etwas da draußen?«

Erschrocken fuhr sie zu mir herum. »Ich … es ist nichts.«

Ihr Blick wanderte zur Tür, als wollte sie den Fluchtweg im Auge behalten.

»Wie bist du nach Snowhill gekommen. Zufällig?« Ich wollte ihr ein wenig auf den Zahn fühlen. Nein, eigentlich wollte ich mich lieber mit ihr unterhalten, aber sie antwortete nicht. Stattdessen öffnete sie das Fenster und starrte in die Dunkelheit. Sofort blies ein eisiger Wind herein, der die Vorhänge aufbauschte und Schneegestöber ins Zimmer trieb.

»Ist das nicht ein bisschen zu kalt, wenn nachher das Baby kommt?« Ihre Herumlauferei machte mich nervös. Was hatte sie bloß?

»Oh ja, das stimmt.« Hastig schloss sie das Fenster wieder und blieb mit dem Rücken zu mir dort stehen, als wartete sie auf etwas.

»Wenn du Angst in geschlossenen Räumen hast, könntest du die Tür zum Bad öffnen und dort das Fenster ein wenig kippen.«

»Das wäre toll. Wenn ich darf?« Zögernd drehte sie sich um.

»Natürlich darfst du. Warum fragst du?«

»Also weil du … Weil ich …« Sie biss sich auf die Lippe.

»Weil ich Bescheid über dich weiß? Na und? Das bedeutet nicht, dass ich dich in der Hand habe. Du bist ein freier Mensch und kannst tun und lassen, was du willst. Du bist nicht meine Gefangene.«

Beim letzten Wort zuckte sie zusammen. »Ja, trotzdem.«

Ich wollte nicht, dass sie solche Angst vor mir hatte. Ein seltsamer Gedanke stieg in mir auf. *Ich will, dass sie mir vertraut.* »Was ist passiert, dass du wie ein aufgescheuchtes Huhn herumläufst? Willst du es mir nicht sagen?«

Unwillkürlich wanderte ihr Blick zu ihrem Handy. »Ich … ich weiß nicht.« *Ziemlich verräterisch.*

»Er hat dir geschrieben?«

Sie holte tief Luft, dann presste sie hervor: »Nein, aber er war online. Gerade eben. Ich wollte meiner Schwester eine

Nachricht senden, und da sah ich, dass er im Messenger war. Ich bin dann schnell offline gegangen.«

»Und das hat dich so fertiggemacht?« Seine bloße Online-Anwesenheit jagte ihr solche Angst ein? Erschreckend.

»Ja.« Sie nickte.

»Kannst du dich nicht über die Einstellungen unsichtbar machen? Zeig mal bitte.« Ich streckte die Hand nach ihrem Telefon aus und ein ängstlicher Ausdruck trat auf ihr Gesicht. »Nur für einen Moment, ich gebe es dir sofort zurück.«

Stumm kam sie zur Sitzecke und reichte es mir.

»Meine Güte, was hat er nur mit dir getan, dass du solche Angst hast?« Ich hatte das mehr vor mich hingesprochen. »Ich tue dir nichts.« Mit wenigen Klicks scrollte ich durchs Menü und klickte den Status an. Nachdem ich ihn auf unsichtbar gestellt hatte, gab ich das Telefon an sie zurück. »Hier, bitte. Wobei ich denke, du benutzt dein Handy besser nicht. Vorerst solltest du dich auch nicht bei deiner Familie melden.«

»Warum nicht?«

»Wenn er schlau und gerissen ist …«

»Das habe ich mit keinem Wort gesagt«, wisperte sie. Sie ließ sich in den Sessel mir gegenüber fallen.

»Dein ganzes Verhalten deutet darauf hin, dass er klug ist und du darum Angst vor ihm hast. Man kann den Standort eines Handys ermitteln, das weiß er bestimmt. Was, wenn er versucht, dich über die Handy-Ortung aufzuspüren? Du schaltest es besser aus.«

»Er kennt diese Nummer nicht, da bin ich mir ziemlich sicher.«

»Ziemlich sicher ist nicht absolut sicher«, gab ich zur Antwort.

»Aber ich brauche es. Dringend sogar.« Tränen stiegen in ihre Augen, und ich fühlte mich mies. Offensichtlich war sie in Gefahr und ich quälte sie mit meinem sogenannten Verhör. Ich sollte ihr lieber helfen, anstatt sie zusätzlich unter Druck zu setzen.

»Wozu brauchst du es?« Meine Stimme klang fast sanft.

»Ich schreibe die ganze Zeit mit einer richtigen Nanny. Aus den USA. Ich will nichts falsch machen und frage sie darum ständig um Rat. Wenn ich das nicht mehr kann, dann weiß ich nicht, wie ich mich um die Kleinen kümmern soll. Ich will keine Fehler begehen.«

»Verständlich.« Ich dachte kurz nach. Es gefiel mir, dass sie sich trotz ihrer Notlage verantwortungsvoll benahm. Sie wollte ihren Job gut machen und die Kleinen sollten nicht darunter leiden, dass sie sich nicht auskannte. Obwohl sie sich dadurch selbst in Gefahr brachte. Das war tapfer von ihr und in gewisser Weise auch selbstlos. In einem plötzlich auftretenden Anfall von Mitgefühl flossen die Worte aus meinem Mund: »Du kannst dir mein Telefon ausleihen. Nicht die ganze Zeit, aber ab und zu.«

»Wirklich? Das würdest du für mich tun? Aber warum?« Sie schüttelte fassungslos den Kopf.

Ich war ebenfalls fassungslos über mich selbst. So gutmütig war ich selten. Eher nie.

»Warum nicht?«, sagte ich lässig. Vielleicht tat ich das, weil ich eine Schwäche für schöne Frauen hegte. Diese hier war nicht nur schön, sondern auch ziemlich verzweifelt. Ich benahm mich einfach wie ein wahrer Gentleman, redete ich mir ein. So ritterlich, dass Caspar stolz auf mich wäre. Vielleicht wollte ich damit auch nur etwas vor mir verleugnen. Sie hatte etwas an sich, das mich tief in meinem Inneren berührte.

»Danke, Matt.« Sie schniefte und hielt sich die Hand vor die Augen. Eine Träne kullerte über ihre Wange.

»Warum weinst du denn jetzt?«

»Weil du mir hilfst.« Sie verzog das Gesicht und schluchzte laut auf. »Ich bin die ganze Zeit auf mich allein gestellt. Du bist der erste Mensch, der mir hilft, seitdem ich hier bin. Wobei mir die gesamte Familie Christmas hilft, ohne es zu wissen.«

Sie stand die ganze Zeit unter enormem Druck und gerade

ließ die Anspannung ein wenig nach. Darum weinte sie. In mir herrschte das Gefühl, ich würde einem unschuldigen Katzenbaby beim verzweifelten Miauen zusehen und meine letzten Zweifel schwanden. Stattdessen wuchs in mir so etwas Ähnliches wie der Wunsch, sie zu beschützen.

Weine nicht mehr, ich tue dir nichts.

»Ich verstehe.« Ich beugte mich nach vorne. Meine Hand streckte sich nach ihr aus, ohne dass ich es kontrollieren oder stoppen konnte. Mein Daumen wischte ihre Tränen weg, ich strich tröstend über ihr weizenblondes Haar. Wie Seide fühlte es sich an und es verströmte diesen betörenden Duft. Nach Blumen und Sommer. Nach Leichtigkeit und nebeneinander im Gras liegen wie zwei Teenager. Um uns herum das Summen der Bienen, über uns der weitgespannte blaue Himmel. Ihre Hand halten. Mich dann zur Seite drehen und sie sanft küssen. Wie ein wunderschöner Traum stand das Bild vor meinen Augen.

Gebannt sah sie mich an, und auch ich konnte den Blick nicht von ihr lösen. Ihre Wange schmiegte sich an meine Hand. Oder schmiegte sich meine Hand an ihre Wange?

»Du solltest jetzt besser gehen.« Meine Stimme klang rau.

»Ich? Aber warum denn? Das ist mein Zimmer.« Für einen Moment fiel die Traurigkeit von ihr ab. Ihre Augen blitzten auf und ein Lächeln stahl sich auf ihr Gesicht. Sie sah so schön aus, dass es mir den Atem verschlug.

»Ich.« Und die Sprache auch.

»Wie ich?« Ihr Lächeln wurde immer breiter. Meine Verwirrung immer größer.

»Dann sollte *ich* wohl besser gehen.«

Sie erhob sich vom Sessel und gab prustende Geräusche von sich.

»Kicherst du etwa?« Ich wollte meine Beherrschung nicht verlieren, aber beinahe hätte ich ebenfalls gelacht. Ihre Gegenwart machte mich fast ein bisschen übermütig. Rätselhaft, wie sie es anstellte, aber sie lupfte einen Schleier von mir. Als würde sie auf geheimnisvolle Weise die Traurigkeit von mir ziehen, die wie eine schwere Decke über mir lag.

»Nur ein bisschen.«

»Warum?«

Sie atmete tief durch und sah mir unverwandt in die Augen. »Ich hatte solche Angst vor dir, aber jetzt finde ich dich nett. Sehr nett sogar«, fügte sie mit einem schüchternen Lächeln hinzu.

»Aha.« Meine Antwort fiel nicht besonders geistreich aus. Beim Hinausgehen murmelte ich: »Ich mag dich auch.« Weiß der Himmel, warum ich das sagte. Und noch weniger wusste ich, warum mir dabei so flau in der Magengegend wurde.

❄

KAPITEL 8

Smilla

MATTS ANGEBOT, mir sein Handy auszuleihen, hatte mir Mut gemacht. Beinahe hätte ich ihn darum gebeten, ein wenig länger bei mir zu bleiben, denn seine Anwesenheit beruhigte mich. Als er meine Wange streichelte, hatte es sich wunderschön angefühlt, tröstlich und verheißungsvoll.

Für einen Moment ließ mich seine sanfte Berührung alles vergessen und ich wünschte mir, er hielte mich weiter fest. Am liebsten hätte ich seine zweite Hand genommen und auf meine andere Wange gepresst. Alles fiel in diesen Sekunden von mir ab, obwohl mein Herz voller Angst war, weil ich *ihn* im Messenger gesehen hatte. Er hielt Ausschau nach mir, ich spürte es.

Ich will nicht an ihn denken. Ich will alles hinter mir lassen. Ich will ihn vergessen. Mit diesen Gedanken schlief ich ein. Sie führten geradewegs dazu, dass er in meine Träume trat, sie an sich riss und mit gewohnter Dominanz ausfüllte.

• • •

Ich rannte den Weg entlang, der durch den Park führte. Doch meine Füße bewegten sich nicht von der Stelle, gleichgültig wie sehr ich mich abmühte. Immer tiefer sank ich ein, als liefe ich durch Treibsand. Dabei kam er mir immer näher! Hinter mir ertönte sein Fauchen und sein heißer Atem schien meinen Rücken in Flammen zu setzen. Dann packte er mich, der Drachen hatte mich erwischt! Ich taumelte bäuchlings zu Boden, und er war über mir. »Arkady!« Ich schrie seinen Namen. »Nein, bitte tu das nicht.«

Seine große Hand presste mich auf den frostharten Grund. Ich wollte um mich schlagen, aber ich war wie gelähmt. »Wenn sie dich nicht tätowiert, mache ich es!«

Nein! Mich durchzuckte ein stechender Schmerz, als die Nadel mich traf.

Mit einem dumpfen Schrei fuhr ich hoch und spürte mein Herz panisch in meiner Brust schlagen.

Von meinem Schreckenslaut aufgeschreckt, quietschte Stella im Stubenwagen auf, dann verstummte sie wieder. Es dauerte ein paar Sekunden, bis ich mich orientieren konnte und mit Erleichterung feststellte, dass ich in Snowhill war. Und nicht bei ihm. Unwillkürlich fasste ich an meinen Rücken. Nein, er hatte mich nicht tätowiert, das hatte ich nur geträumt.

In Wirklichkeit war es anders gewesen. Unruhig trat ich ans Fenster und starrte in die Dunkelheit.

An jenem Tag Anfang Dezember lag ich lesend auf dem Sofa im Wintergarten, als Arkady hereinkam und diese Frau mitbrachte, klein und zierlich, mit schwarzem, langen Haar. »Das ist Sonya aus Brasilien, die Tattoo-Künstlerin. Du erinnerst dich an sie?«

»Ja, sicher.«

Vor Monaten hatte sie ihm diesen riesigen Drachen auf den Rücken tätowiert, ein fast ausschließlich grauschwarzes Tattoo mit wenigen Farbakzenten. Ein paar feine rote Linien betonten die Konturen, vereinzelt gab es orange Stellen und dort, wo das Herz des Drachens saß, ein flammendes Goldrot. Ein kunstvolles Tattoo, das musste ich trotz meiner Abneigung für große Tattoos zugeben. Wenn er sich bewegte, wirkte der Drache lebendig, bereit zum Sprung und darauf lauernd, einen zu verschlingen. Das Tattoo besaß eine kraftvolle, kriegerische Ausstrahlung und unterstrich sein dominantes Auftreten.

Mich erfüllte es eher mit Beklemmung. Wenn er beim Sex auf mir lag und ich uns im Spiegel an der Zimmerdecke betrachtete, hatte ich manchmal sogar Angst vor ihm. *Unheimlich.* Seitdem er den Drachen auf seiner Haut trug, ging es mit unserem Sexleben stetig bergab, bis es vor drei Monaten komplett einschlief. Wobei die unentwegt in meinem Kopf kreisenden Fluchtgedanken auch dazu beitrugen, dass ich nicht mehr mit ihm schlafen wollte.

Sonya trat an mich heran. »Kann deine Freundin sich auf den Bauch legen?«

Es ging um mich? Mir gefror das Blut in den Adern. Ich wollte kein Tattoo! »Aber ich … nein!«

»Doch.« Er legte beruhigend seine Hand auf meine. »Sie wird dir ein wunderschönes Tattoo machen, mein Vögelchen. Es wird hinreißend an dir aussehen. Leg dich bitte auf den Bauch und zieh dein Shirt hoch.«

Sonya nickte mir zu und ich gehorchte, zitternd vor Aufregung. Ihre Hand fasste meine, mit der anderen strich sie über meinen Rücken. Die Minuten vergingen, schließlich räusperte sie sich. »Wie ich es mir gedacht habe. Nein, es passt überhaupt nicht zu ihr. Das ist nicht das Tattoo, das mir ihr Geist zuflüstert.« Sie ließ meine Hand los und wandte sich an Arkady. »Du weißt, wie ich normalerweise meine Werke bestimme.«

»Ja, das mag sein, aber …«

»Die Intuition lässt mich das Passende auswählen. Nicht das, was Kunden sich aussuchen. Ich bin Künstlerin, keine Auftragsmalerin.«

»Sie soll meinen Drachen tragen!«, befahl er. »So habe ich es entschieden.«

Er wollte, dass ich das gleiche Tattoo trug wie er? Diesen schrecklichen Drachen?

»Nein, ich will das nicht.« Aber ich sprach so leise, dass ich mich selbst fast nicht hörte.

Er vernahm es trotzdem. »Ich will es.« Er brauchte nicht einmal die Stimme zu erheben, trotzdem lag so viel Autorität in ihr, dass es mich innerlich zerbröselte. »Sonya, ich habe dich um die halbe Welt fliegen lassen, du wirst mehr als großzügig bezahlt. Verschone mich mit irgendwelchen Geistern!«

»Sie ist perfekt, ohne Tattoo. Es gibt kein unpassenderes Tattoo für sie als das deine. Es wird sie erschlagen. Es ist dein Krafttattoo, nicht ihres!« Sie sprachen über meinen Kopf hinweg, als wäre ich nicht anwesend. »Bei ihr denke ich an einen Schmetterling, der die Flügel ausbreitet, um wegzufliegen. In zarten Pastellfarben. Dabei tätowiere ich sonst nie solche Motive, aber zu ihr passt es. Ganz klein, an diese Stelle hier.« Sie tupfte auf meine Schulter. »Weil sie zart ist und eine Tänzerin.«

»Ein kitschiger Schmetterling? Niemals!« Er lachte auf. »Sie bekommt das gleiche Tattoo wie ich, Ende der Diskussion. Du täuschst dich, du bist eine Auftragsmalerin.« Seine Stimme klang hart wie Granit. Wenn er so sprach, kam niemand gegen ihn an. »Fang sofort an.«

Ich wimmerte lautlos. *Nein, bitte nicht …*

»Also gut, ich mache es.« Sonya gab nach wie alle anderen. »Ich muss es allerdings vorzeichnen, das kann dauern. Außerdem wird es bunt.«

»Warum vorzeichnen? Das hast du bei mir auch nicht getan. Bunt?«

»Dein Tattoo hat sich aus deiner Aura ergeben. Es trat aus deinen Knochen, Sehnen und Muskeln hervor und stand wie ein Bild vor meinen Augen, so dass ich es nur abmalen musste. Aber wenn ich ihren Rücken betrachte, sehe ich nichts. Darum muss ich es vorzeichnen. Bunt deshalb, weil ich es ein wenig variiere. Sie ist kein Mann, sondern eine Frau, nur zu deiner Erinnerung.«

»Ja, ja«, brummte er. »Dann zeichne es vor, immerhin soll es schön aussehen. Nicht wahr, mein Vögelchen?« Er beugte sich zu mir herab, küsste mich auf die Wange und strich in einer zärtlichen Geste über meine Wange. »Oder soll ich dich lieber meine Drachenfrau nennen? Bis später, meine Schöne.« Er verließ den Raum.

Ein paar Minuten vergingen. Die Frau saß dumpf schweigend da, als müsste sie mit sich ringen. Schließlich öffnete sie ihre Tasche, packte ihre Stifte aus und zeichnete mit großen Strichen auf meinen Rücken herum. Dazu murmelte sie leise in ihrer Sprache vor sich hin, es klang nach Schimpfwörtern und wüsten Verwünschungen.

Seine Drachenfrau? Wie schrecklich! Unablässig strömten Tränen über mein Gesicht und tropften auf die Liege. Ich kämpfte dagegen an, laut aufzuschluchzen. Wenn ich doch nur vor ihm weglaufen könnte. Eine Zeitlang herrschte Schweigen, dann knuffte sie mir an den Arm.

»Ich sollte dir wirklich einen Drachen auf den Rücken tätowieren«, fauchte sie. »Damit du die Kraft bekommst, dich endlich gegen ihn zu wehren!«

»Du … du hast es nicht vor? Du willst mich gar nicht tätowieren?« Ich hob den Kopf und stützte mich ein Stück von der Liege hoch.

»Nein, ganz bestimmt nicht.« Sie drückte mich wieder auf den Bauch zurück. »Halt still und lass mich zeichnen. Ich muss wenigstens so tun, als ob ich es vorhätte.«

»Aber was soll ich tun? Ich kann hier nicht weg, ich habe schon alles versucht.« Spontan vertraute ich mich ihr an. Sie wirkte vertrauenswürdig und mir blieb ohnehin keine andere Wahl.

»Dann versuche es besser, Mädchen. Viele Versuche bleiben dir nicht mehr, der nächste muss gelingen.« Sie pikte mich mit dem Stift.

»Aua.«

»Was denkst du, wie weh es erst tut, wenn ich dich tätowiere?« Sie stieß ein Knurren aus. »Auftragsmalerin? Niemals, für kein Geld der Welt. Darum werde ich dir helfen. Und auch aus anderen Gründen.«

In den folgenden Tagen heckten wir zusammen einen Plan aus. Wobei ich die Idee schon länger hatte, sie aber ohne fremde Hilfe nicht umsetzen konnte. Beim Joggen im Park wollte ich zum Bahnhof rennen und untertauchen, aber ohne Anziehsachen zum Wechseln oder Bargeld käme ich nicht weit. Doch Sonya half mir, nahm jedes Mal ein paar meiner Kleidungsstücke mit und verbarg sie in ihren Sachen. Einmal schmuggelte sie eine lederne Reisetasche aus meinem Zimmer. Darin packte sie alles ein und deponierte die Tasche in einem Schließfach am Bahnhof.

»Hier.« Sie legte den silbernen Schlüssel in meine Hand. »Dieses Mal wird es dir gelingen, ich habe es geträumt. Und ich habe es gesehen.«

»Du hast von meiner Flucht geträumt?«

»Ja. Schon als ich deine Hand nahm, wusste ich, dass du von hier wegfliegen wirst und er dich nicht festhalten kann. Ich habe gesehen, wie du gerannt bist, dein Haar schwang wie eine goldene Fahne hinter dir her. Du bist unglaublich schnell gelaufen, sie konnten dich nicht mehr einholen. Und zum Schluss … Vielleicht haben sie dich entkommen lassen.«

»Das würden sie niemals tun.«

»Wer weiß.« Sie pinselte weiter ihre Farbe auf. »Ich werde heute fertig. Ich muss nur noch die letzten Feinheiten auftragen. Du weißt, was das bedeutet.«

»Ja. Morgen.«

»Denk daran, ich habe es im Traum gesehen. Und es gab noch andere Bilder, sehr schöne, von dir und einem anderen Mann. Er war groß und …«

»Bloß nicht! Von Männern habe ich die Nase voll.«

»Sie sind nicht alle gleich. Auch ich lernte, wieder jemandem zu vertrauen.«

»Du hast so etwas auch erlebt?«

»Was denkst du, warum ich dir helfe, du dummes Huhn?« Sie pikte mich wieder mit ihrem Stift und kicherte. »Die Farben gehen schwer ab, und ich habe sie mehrfach aufgetragen, um dir Zeit zu verschaffen. Es ist eine richtig dicke Schicht entstanden. Du wirst jemanden brauchen, der dir beim Abwaschen hilft, aber er wird kommen. Soll ich dir sein Gesicht beschreiben?« Das Schmunzeln in ihrer Stimme war nicht zu überhören.

»Nein, lass das!« Ich wollte nie wieder jemandem vertrauen, geschweige denn lieben. Wenn Liebe so war, wie er es mir beigebracht hatte, wollte ich damit nichts mehr zu tun haben. Liebe war erstickend. Sie nahm mir die Luft zum Atmen, packte mich im Genick und stieß mich mit dem Gesicht in den Staub.

Das Schlimmste an meiner geplanten Flucht war, dass ein Teil von mir ihn noch liebte. Den Teil von ihm, der zärtlich und großzügig war, witzig und so klug. Der mich auf Händen trug, mir jeden Wunsch von den Augen ablas und mich verwöhnte, nicht nur mit teuren Geschenken, sondern mit leidenschaftlichen Liebesnächten. Wenn er doch nur so geblieben wäre wie am Anfang unserer Beziehung, dann müsste ich jetzt nicht vor ihm fliehen. Aber er hatte sich verändert und jetzt zwang er mich dazu, vor ihm davonzulaufen.

Dabei sehnte ich mich nach jemandem, der mich nicht einsperren wollte. Jemand, mit dem alles leicht war und der mein Herz zum Fliegen brachte. Ich sehnte mich nach Küssen, die mir nicht die Luft nahmen, nach Umarmungen, die mich nicht einengten, sondern stärkten. Nach Liebe, die mich nicht erdrückte und in die Erde presste, sondern in die Luft emporhob, um zu fliegen. Aber so eine Liebe gab es nicht.

Tränen strömten über mein Gesicht, ein leises Schluchzen stieg aus meiner Kehle. Tröstend legte Sonya ihre Hand auf meinen Arm. »Der Fremde wird dich erkennen, wie du wirklich bist. Und nicht wie du sein sollst.«

Ein starker Windstoß ließ das Fenster erzittern und riss

mich aus der Erinnerung. Die grimmige Kälte hatte Eisblumen ans Fenster gemalt, ein Frösteln überlief meinen Körper. Wie lange stand ich schon hier, die halbe Nacht? Alles blieb ruhig da draußen. Er kam nicht, um mich zu holen. Nicht heute, aber bald.

❄

KAPITEL 9

16. DEZEMBER

Matt

»ABREISEN? Aber warum denn?« John machte ein bestürztes Gesicht. »Du bist doch erst vorgestern angekommen.«

»Ja, ich … besondere Vorkommnisse zwingen mich dazu.« Nervös fasste ich an mein Handy, das wie Sprengstoff in meiner Hosentasche glühte. Dieser ominöse Erpresser hatte es tatsächlich getan: Er hatte eine E-Mail an Marcus Stone gesendet, meinen direkten Vorgesetzten, und an mich weitergeleitet. Sie enthielt zwar nur nebulöse Andeutungen, aber das genügte schon, um Stone hellhörig werden zu lassen. Etwas wäre beim Fall Stuart nicht einwandfrei gelaufen, dem Angeklagten wären falsche Beweise untergeschoben worden. Morgen würde er ihm enthüllen, wer dafür verantwortlich wäre.

Mir hatte der Unbekannte eine wohlformulierte E-Mail geschrieben: *Schwing deinen Arsch nach London, Christmas. Treffen heute Abend, genauere Info um 14 Uhr. Wenn du nicht kommst, werde ich morgen aufdecken, dass du für die Sauerei im Falle Stuart verantwortlich bist. Sei klug, Christmas.*

Verflucht, er meinte es ernst und wollte mich ruinieren? Mir wurde beklommen zumute. Mein Chef war ein richtiger Erbsenzähler, nur der leiseste Verdacht einer Unregelmäßigkeit ließ ihn hellhörig werden. An den Fall Stuart konnte ich mich nicht einmal erinnern! Dieser Erpresser spann sich irgendetwas zusammen, um mir zu schaden, und wenn er so weitermachte, würde es ihm auch gelingen. Meine Unterlagen hatte ich natürlich nicht dabei, um den besagten Fall zu überprüfen. Mir blieb also nichts anderes übrig, als nach London zu fahren und mich mit diesem Irren zu treffen.

»Gefällt es dir bei uns nicht? Es war doch vergleichsweise ruhig gestern. Letzte Nacht auch, stimmt's, Liebling?« John zog Marian an sich und küsste sie auf ihr Haar.

»Ja, das stimmt.« Sie lächelten sich verliebt an. Offensichtlich hatten sie die ruhige Nacht für sich genutzt. Zärtlichkeit lag in der Luft – und Liebe. Marian seufzte bedauernd. »Das ist aber schade, Matt. John hat mir so viel von dir erzählt, und wir haben uns noch gar nicht richtig kennengelernt. Du fährst doch hoffentlich nicht wegen unserer kleinen Quälgeister weg?«

Als hätte er nur darauf gewartet, zeigte der kleine Junge auf mich. »Mag ich nicht!«

»Aber Gabriel!« John verkniff sich ein Lachen. »Du darfst nicht so unfreundlich zu Daddys Cousin sein. Er ist mein bester Freund und …«

»Nein!« Gabriel stemmte trotzig das Gesicht in beide Fäustchen. Dann griff er in seine Müslischale und warf ein bisschen Müsli in meine Richtung.

Trotz des beklemmenden Gefühls in der Magengegend musste ich über seine Geste lachen. Zu drollig.

»Doch, natürlich gefällt es mir. Es hat wirklich nur berufliche Gründe.« Ich nahm ein bisschen aufgeweichtes Müsli vom Tisch und tat so, als würde ich davon essen. »Mmh, lecker. Danke, Gabriel.«

»Nein! Meiner!« Gabriel sah mich böse an und fuchtelte wütend mit dem Arm in der Luft.

»Das hast du davon, wenn du mit Essen wirfst, Buddy.« John lachte, dann wandte er sich wieder mir zu. »Na komm, Feiertage und so. Matt, du wirst ja wohl nicht an Weihnachten arbeiten.«

Ich schüttelte den Kopf. »Es geht wirklich nicht.«

Caspar betrachtete mich aufmerksam. »Das finde ich aber überaus schade.«

Da betrat Bailey die Küche, mit vor Kälte rotem Gesicht und schnaufend wie eine Dampflok. Er schüttelte sich eine richtige Schneehaube vom Kopf. »Puh, hab's gerade noch geschafft. Im Radio haben sie einen Schneesturm angesagt, ich wollte es zuerst nicht glauben. Bin schön vor mich her gezockelt, aber dann brach auf einmal der Sturm los. Mit aller Macht! Hab kaum einen Meter weit gesehen und war froh, als ich die Auffahrt erreichte.«

Mel nahm ihn in den Arm. »Wie gut, dass du hier bist, mein Lieber. Magst du einen Kaffee?«

»Das finde ich auch. Oh ja, gerne, Mellymaus.«

Ein Schneesturm? Nacktes Entsetzen erfasste mich. Ich war geliefert. Wenn es mir nicht gelänge, Mister X umzustimmen, würde morgen die nächste Enthüllung folgen. Er würde mir niemals glauben, dass ich nicht wegkonnte.

»Wirklich lustig.« Caspar fuhr sich bedächtig über seinen akkurat gestutzten Oberlippenbart. »Es ist genau wie letztes Jahr. Da gab es auch einen Sturm, und er dauerte drei Tage.«

Drei Tage? Bis dahin war ich tot. Zumindest ohne Job.

»Dieser soll eine ganze Woche anhalten. Mir soll es recht sein, bleib ich halt eine Woche im Bett.« Bailey grinste und stieß Mel an. »Wie sieht's aus, machst du mit, Mel?«

»Aber Bailey!« Mel kicherte in ihre Hand.

John und Marian prusteten, nur Caspar und ich schwiegen. Meine Kaffeetasse landete mit einem Klirren auf der Untertasse, weil meine Hand zitterte. Was sollte ich jetzt tun?

»*Hej-hej* alle miteinander.« Smilla betrat mit dem Baby im Tragesack die Küche und lächelte in die Runde. Sie sah wie eine typische Schwedin aus. Auf ihrem roten Pulli tummelten sich zwei lustig miteinander kämpfende Rentiere, ihr Haar war seitlich zu zwei Zöpfen geflochten, der Rest ihrer Mähne fiel goldglänzend über ihren Rücken. »Jo, es ist gerade so schön *smyggelig* wie an Weihnachten in Schweden. Draußen fällt so herrlich viel Schnee! Ist es nicht wunderbar?!« Lächelnd trat sie neben Gabriel. »Da haben wir genügend Zeit und Ruhe, um den Baum weihnachtsfertig zu machen, nicht wahr, Gabriel?« Sie beugte sich zu ihm herab und strich ihm übers Haar.

Er nickte begeistert. »Strohsterne.«

»Ja, wir basteln welche und die kommen auch an den Baum. Und davor könnten wir ein paar Zimtschnecken backen. Oder, Mel? Damit wir beim Basteln eine kleine Leckerei haben.«

»Sicher, gute Idee.« Mel nickte.

»Was heißt das noch mal auf Schwedisch, Smilla? Zimtschnecken?« Mein Ton war schroff, meine Frage fies. Aber mein Leben ging gerade den Bach runter, und sie freute sich über diesen dämlichen Schnee.

»*Kanelbullar.*« Sie antwortete, ohne mit der Wimper zu zucken. Vermutlich hatte sie diese Frage erwartet und das schwedische Wort vorher gegoogelt. Ganz schön clever. »Warum fragst du, Matti? Willst du mir behilflich sein? Nur zu. Ein Paar geschickte Hände beim Teigkneten könnte ich immer gut gebrauchen. Du darfst gerne mein kleiner Teigwichtel sein.«

Bailey lachte. John ebenfalls. *Kleiner Teigwichtel?* Frechheit! Ich brummelte etwas Unverständliches in meine Bartstoppeln und erhob mich.

»Matt, oder musst du wegen deiner Fra… äh, aus privaten Gründen zurück?« John hatte den Satz gerade noch zurechtgebogen. »Könnte ich durchaus verstehen. Wegen Weihnachten und so.«

»Wegen meiner Frau?«, fragte ich. Plötzlich herrschte Totenstille und alle sahen mich an. Auch Smillas gespannter Blick ruhte auf mir. Ich hatte keine Ahnung, welcher Teufel mich ritt, als ich tollkühn behauptete: »Du meinst wohl meine Exfrau. Bin geschieden.« Ja, im Frühjahr, spätestens im Sommer. Auf Dauer ließ sich das Ganze nicht länger umgehen, wie ich mir eingestehen musste.

Ich würde Lauren endlich loslassen, damit zumindest sie wieder glücklich wurde. Mit diesem Typen, der zehn Jahre jünger war als sie und ich. Ein angeblicher IT-Experte. Die wenigen Male, die ich ihn unfreiwillig traf, trug er Turnschuhe, an den Knien zerrissene Jeans und wirkte wie ein verkrachter Student. War er überhaupt schon aus der Pubertät? Na, nicht meine Angelegenheit. Sie hatte ihn sich ausgesucht und schien seit einem Jahr glücklich mit ihm.

»Oh, das tut mir leid.« John schaute betreten. »Sorry, ich wollte nicht in frischen Wunden stochern. Muss ganz neu sein, oder? Mum hat auf jeden Fall nichts davon erzählt.«

»Ja, ziemlich neu.« Sozusagen ein Blick in die Zukunft. »Schon okay.« Ich winkte ab. Siedend heiß fiel mir ein, dass ein Anruf Johns bei seiner Mutter meine Lüge sofort aufdecken würde. Hätte ich doch bloß den Mund gehalten! Dieser verdammte Erpresser war schuld daran, dass ich so konfus agierte.

»Tröste dich, Matt. Die zweite Ehe läuft immer besser, lass dir das von einem Experten sagen.« Er legte den Arm um Marian und zog sie an sich.

»Bloß nicht!«, entfuhr es mir. »Bin kuriert. Für den Rest meines Lebens.«

»Tja, meine Wenigkeit hat auch nie den Schritt zum Altar gewagt, obwohl es an Angeboten wahrlich nicht mangelte.« Caspar nickte hoheitsvoll. »Manche Menschen sind zum Alleinsein bestimmt. Wie die Alphatiere unter den Wölfen heulen sie allein.«

»Du? Ein Alphatier?« Bailey brach in schallendes Gelächter aus.

»Ja, sie führen das Rudel an, auch wenn das Rudel davon nichts mitbekommt.« Caspar schenkte mir einen seiner typischen allwissenden Blicke. Vermutlich spann er wirklich die

Fäden im Hintergrund, ohne dass es jemand bemerkte. Er arbeitete zwar für Johns Vater, hatte aber immer den Kontakt zu meinem Vater aufrechterhalten, selbst zu Zeiten, in denen die Brüder kein Wort miteinander sprachen. Öfter als einmal vermittelte er zwischen ihnen.

»Ein Alphatier!« Bailey wusste vor lauter Heiterkeit nicht mehr, wo er sich lassen sollte. Tränen kullerten über seine Wangen, er sank zur Seite und fiel mit dem Kopf in Mels Schoß.

Die ganze Runde fing an zu lachen. Auch ich lachte mit, wenn auch verhalten. Sie waren einfach zu drollig.

»Klasse, jetzt musst du doch hierbleiben. Freut mich.« John grinste breit.

»Ja, ich mich auch.« Ich rang mir die Worte eher ab. Aber dann dachte ich, dass er mich in seine Familie aufgenommen hatte und wie großzügig das von ihm war. »Danke, John, dass ich bei euch sein darf.«

»Jetzt bedank dich nicht jeden Tag, Matt. Es ist auch deine Familie und du gehörst dazu.« John zeigte in die Runde.

»So ist es, Matt«, brummte Bailey. »Und wenn Opa Christmas nicht so ein verbohrter Streithammel gewesen wäre, wäre es auch dein Haus, vielmehr eine Hälfte davon. Und die Firma *Christmas Decorations* gehörte dir auch zur Hälfte.«

Kurz herrschte Stille, unterbrochen von Mels leisen Worten: »Bist du wohl still, Bailey!«

»Wenn es doch wahr ist«, murrte er. »Sorry, John. Du kennst meine Meinung dazu. Hab damit nie hinterm Berg gehalten, auch deinem Vater gegenüber nicht.«

Ich winkte ab. »Themenwechsel, bitte.«

Niemand mochte über diesen Familienstreit sprechen. Er hatte die Familie entzweit und für jahrzehntelangen Unfrieden gesorgt. Für Tränen, Enttäuschungen und Anwaltskosten in schwindelerregender Höhe. Er hatte tiefe Wunden geschlagen, die vermutlich nie gänzlich verheilten. Und das alles, weil Opa Christmas wirklich ein alter Griesgram gewesen war und an meinem Vater Philipp ein Exempel statuierte. Dieser hatte zu Studentenzeiten gewaltig über die Stränge geschlagen, getrunken, gekifft, ein paar Autos kaputtgefahren und drei Freundinnen gleichzeitig gehabt. Die er auch noch alle mit nach Hause brachte. An Weihnachten. Und dann klingelte auch noch die vierte an der Tür. Für die Familie ein Skandal. Für einen jungen und dummen Studenten eigentlich ein ganz normales Benehmen. Er war immerhin erst zweiundzwanzig zu dieser Zeit! Und gerade, als er im Begriff war seriös zu werden, er lernte meine zukünftige Mutter kennen, war Opa Christmas mit unserer Oma Lilly tödlich verunglückt.

Zuvor hatte er seinen Sohn enterbt. *Dein Verhalten ist eines echten Christmas' unwürdig.* So stand es im Testament, das mein Vater prompt anfechten ließ. Jahrelang musste er prozessieren, bis er einen Anteil des ihm zustehenden Erbes bekam. Doch der größte Teil des Vermögens, inklusive Snowhill und Christbaumkugel-Fabrik, ging an Johns Vater Jeremy, den mustergültigen Vorzeigesohn. Das wussten alle hier am Tisch, abgesehen von Smilla.

Zu meiner Erleichterung ignorierte John Baileys Bemerkung. »Matt, wenn du etwas Geschäftliches erledigen musst, kannst du eins von meinen Laptops benutzen. Das ist bequemer, als am Handy zu tippen.«

»Ja, gerne. Wo finde ich denn eins?« Ich sollte zumindest versuchen, dem Unbekannten zu erklären, warum ich nicht nach London kam.

»In der Bibliothek liegen ein paar Laptops aus der Firma. Such dir eins aus.«

John gehörte nicht nur *Christmas Decorations,* sondern auch *Xendros,* eine florierende Computerfirma, die ihm zusätzlich jede Menge Geld einbrachte – ich gönnte es ihm von Herzen. Durch das Zerwürfnis unserer Väter hatte ich aus erster Hand erfahren, dass Geld nicht unbedingt glücklich machte. Im Gegenteil, es sorgte für Unfrieden und Streit.

Wir lebten auch nicht gerade in Armut. Meine Mutter

stammte aus einer wohlhabenden Familie, mein Vater arbeitete als Richter und Dozent für Strafrecht. Dennoch wäre mit Dads Hälfte des Erbteils einiges anders abgelaufen. Luxusurlaube in der Karibik und nicht Wanderferien im verregneten Schottland. Ein schnittiger Sportwagen zum achtzehnten Geburtstag, anstatt der alten Familienkarre meines Vaters. Aber vor allem wäre mein Vater nicht so traurig und verbittert gewesen.

Kaum hatte ich in der Bibliothek am Schreibtisch Platz genommen, kam Smilla hinter mir her. Mit Nachdruck schloss sie die Tür.

»Warum hast du das getan?«, flüsterte sie. Mit schnellen Schritten trat sie an mich heran. Ihre blauen Augen schossen Blitze auf mich ab. »Willst du mich blamieren und auffliegen lassen? Vorgestern hast du gesagt, du verrätst mich nicht und eben treibst du mich so in die Enge? Und wenn ich das schwedische Wort für Zimtschnecken nicht gewusst hätte?« Mit jedem Satz klang sie aufgeregter.

Sie hatte recht. Mein Verhalten war nicht gerade konsequent und noch weniger gentlemanlike. Aber ich hatte gerade andere Sorgen, als mich über ein blödes Wort aufzuregen.

»Ich war mir sicher, dass dir schon etwas Passendes einfällt. Bist ja ein schlaues Mädchen«, knurrte ich und drehte ihr den Rücken zu. »Deinem Ikea-Schwedisch sind keine Grenzen gesetzt. Das Wort *smyggelig* gibt es zum Beispiel gar nicht.« Missmutig betrachtete ich das Schneechaos, das sich draußen abspielte. Bailey hatte nicht übertrieben. Tonnenweise fiel der Schnee vom Himmel, als würde jemand dort oben ganze Wagenladungen auskippen.

»Ach, nein? Kann sein, aber mir gefällt es.« Sie atmete tief ein. »Ich habe mich darauf verlassen, dass du dichthältst und jetzt tust du es doch nicht?« Ihre Stimme klang seltsam und ich wandte mich zu ihr um. Tränen schimmerten in ihren Augen und ließen sie noch blauer wirken.

Es war nicht nett von mir, sie derartig auflaufen zu lassen. Zum Weinen bringen wollte ich sie noch weniger. Aber mir stand das Wasser bis zum Hals und das ließ mich wild um mich schlagen. Trotzdem, sie konnte nichts dafür, dass ich in der Klemme saß, und ich sollte meine Nervosität nicht an ihr auslassen. Zeit für eine Entschuldigung, zumindest eine Andeutung davon. »Also ich, es …«

Sie kniff ihre schönen Lippen zusammen. »Wenn das so ist, mache ich mich besser davon. Ich verschwinde. Heute noch.«

»Wie soll das gehen?« Ich zeigte zum Fenster und auf das sich draußen abspielende Schneeinferno. »Keiner kann hier weg. Ich nicht, du auch nicht.« Und ich war geliefert. Ich brauchte dem Erpresser auch keine E-Mail zu schreiben, er würde mir ohnehin nicht glauben, dass ich hier festsaß. Aber meinem Chef sollte ich erklären, was morgen passierte.

»Ja, das stimmt.« Smilla trat näher an mich heran, so dass ihre Körperwärme auf mich abstrahlte. Plötzlich fühlte ich ihre Hand auf meiner Schulter. »Gibt es ein Problem? Du wirkst so angespannt. Matti?«

»Alles okay. Entschuldige, ich muss etwas Wichtiges erledigen.« Ich fuhr mir über die Augen, schon in Gedanken bei der E-Mail an meinen Boss. Wie sollte ich ihm etwas erklären, das ich selbst nicht verstand? Vielleicht sollte ich mich lieber still verhalten und vorerst schweigen? Ja, das wäre vermutlich die bessere Taktik. Wenn der Erpresser bluffte, hätte ich grundlos die Pferde scheu gemacht und meinen Chef in unnötige Aufregung versetzt. Ich entschied mich fürs Abwarten und klappte den Laptop wieder zu.

Smilla stand hinter mir, ich vernahm ihr Atmen und auch das leise Schnarchen des Babys. Beides machte mich nervös, vor allem das Baby. Obwohl ich lieber allein sein wollte, fand ich es schön, dass sie hier war. *Nicht gerade logisch, Matt!* Ohne erklären zu können, woher dieses Gefühl kam, fühlte ich mich mit ihr auf seltsame Weise verbunden. Die leise Traurigkeit, die ab und zu durchschimmerte, verborgen hinter der manchmal so aufgesetzten Heiterkeit. Gerade eben war sie wieder aufgeblitzt, zusammen mit Angst. »Danke, dass du gefragt hast.« Spontan legte ich meine Hand auf ihre. Die Berührung durchfuhr mich wie ein Stromschlag, und auch sie zuckte zusammen.

Meine Hand glühte. Das Blut rauschte nur so in meinen Ohren, während Fantasien durch mein Gehirn schossen, in denen nicht nur meine Hand auf ihrer lag. Sondern mein nackter Körper auf ihrem. Ich steckte tief in ihr drin und sie flüsterte leise meinen Namen. Meine Fantasien wurden immer ausschweifender. Wie ich sie an den Hüften packte und ganz langsam …

Nervös redete ich drauflos. »Ich … nein, keine Angst, ich werde dich nicht verraten. Sorry, ich war eben ein wenig aufgebracht wegen des Schneesturms.« Ich deutete zum Himmel, der sich blauschwarz verdunkelte und von dem die Flocken wie flatternde Unheilsboten herabrieselten. *Bald ist Heiligabend, flüsterten sie.* »Das ist doch alles zum Verzweifeln.« Hatte ich das gerade wirklich gesagt? Nicht sehr klug, ihr etwas so Persönliches anzuvertrauen. »Ich rede ausschließlich vom Schnee«, betonte ich. Aber meine Stimme, mutlos und klein, verriet mich. Sie gab mehr von meinen Gefühlen preis, als mir lieb war.

»Matti, hast du Kummer?«, flüsterte sie. Meine Nackenhaare sträubten sich. Nicht nur, weil ich an heftigen Sex mit ihr dachte, sondern weil jedes ihrer Worte wie ein Pfeil in mein Herz traf. Eine einfache und unschuldige Frage, aber ich konnte mich nicht daran erinnern, wann zuletzt mich jemand so etwas gefragt hatte. Überhaupt schon mal jemand? Irgendwann?

Meinen Kummer machte ich mit mir selbst aus, seit drei Jahren schon. Er hatte bisher niemanden interessiert. Und jetzt fragte sie danach. Herrgott, für einen schrecklichen Moment drängte alles, was ich bisher zurückgehalten hatte, mit Macht an die Oberfläche, und ich konnte mich nur mühsam beherrschen, es nicht herauszuschreien. *Ja, verdammt, ich habe Kummer und was für einen!*

Ihr Griff verstärkte sich, sie schwang mich mitsamt Stuhl langsam zu sich herum. »Matti?«

»Ja?« Unsere Blicke kreuzten sich. Es war, als würde ich in einen Spiegel blicken. In ihren Augen standen Angst und Verzweiflung, vermutlich sah sie das Gleiche in meinen. Aber da war noch etwas anderes. Etwas Flirrendes und Schönes. Und je länger ich sie anstarrte, desto lebendiger wurde es. Als hätten wir es mit unseren Blicken zum Leben erweckt.

Verwirrt deutete ich auf das Telefon in ihrer Hand. »Du solltest dein Handy lieber nicht benutzen. Das habe ich dir gestern schon gesagt.«

»Ich wollte nur schnell etwas nachschlagen und lasse es immer nur kurz an.« Wieder kreuzten sich unsere Blicke und ließen den ganzen Raum flirren. Zumindest kam es mir so vor.

»Lass es lieber ganz aus. Hier.« Ich zog meins hervor und hielt es ihr entgegen.

»Du gibst es mir wirklich?«, flüsterte sie.

»Ja, das sagte ich doch. Ich stehe zu meinem Wort. Immer.«

»Danke.« Ein Lächeln trat auf ihr Gesicht. Mitsamt schlafendem Baby, auf das ich wie gebannt starrte, beugte sie sich langsam zu mir herab. Und dann küsste sie mich. Mitten auf den Mund. Ihre warmen und weichen Lippen fühlten sich wie gepolstert an und ihr Kuss traf mich voll auf die Zwölf, mitten in mein Herz. Es folgte ein weiterer samtweicher Kuss.

Ihre Lippen öffneten sich, da glitt auch schon ihre Zunge in meinen Mund und meine in ihren. Ohne dass ich es steuern konnte, streckten sich meine Arme nach ihr aus, umfassten sie und zogen sie auf meinen Schoß. Während wir uns unablässig küssten, strich ich über ihr Haar, sie über mein Gesicht. Sanfte Berührungen voller Zärtlichkeit.

O Gott, dann geht meine Welt eben unter, aber wenigstens küsse ich sie währenddessen.

Unser Kuss steigerte sich innerhalb weniger Sekunden, wurde immer inniger und wilder. Ich hatte schon so lange keine Frau mehr geküsst, eine halbe Ewigkeit nicht. Und sie schmeckte so gut. Ihre Zunge brachte alle meine Gedanken zum Erliegen. Ich schmeckte und fühlte nur noch, bis mein Verstand wie ein ausgeknockter Boxer am Boden lag und selig lächelnd an die Decke starrte.

Kontrollverlust total. Er befiel nicht nur meine Arme, meine Hände und meine Zunge, sondern auch meinen Penis. Mein Gott, was war das?

Seit drei Jahren machte er, was er wollte. Nämlich nichts. Und jetzt auf einmal feierte er seine Auferstehung von den Toten, mit aller Macht. Das war nicht nur ein Ständer, sondern der Ständer des Jahrtausends. Als fielen Weihnachten, Silvester, Ostern, Geburtstag und sämtliche religiöse Feiertage auf einen Tag. Erregung durchströmte mich, so gewaltig, dass mir schwindelig wurde. Er pochte hart, unter ihrem süßen kleinen Po.

Herrgott, geht es auch ein wenig unauffälliger? Ist ja schön, dass du wieder da bist, aber musst du gleich so herumprahlen? Dieser Gedanke stachelte ihn eher noch mehr an.

Unsere Lippen lösten sich voneinander. Atemlos keuchten wir uns an.

»Oh. Was ist das? Unter mir?« Sie hielt die Hand vor den Mund und kicherte.

»Keine Ahnung«, brummte ich. »Glaube, mein Aufladekabel.«

»Nein, ist es nicht.«

»Warum hast du mich geküsst?« Vielleicht wollte ich eher mich selbst fragen: Warum hat es mir so gut gefallen?

Sie setzte zu einer Antwort an, da drangen Schritte aus der Diele und John öffnete die Tür. »Ganz vergessen: Nimm lieber den silbernen Laptop, der hat den schnelleren Prozessor.«

Wir fuhren auseinander, mit vermutlich knallroten Köpfen, und starrten ihn mehr oder weniger entsetzt an.

»Oh! Sorry.« Er machte große Augen.

Smilla reagierte als Erste. »Ach, kein Problemchen. Wir schunkeln nur ein wenig das Babylein. Sie mag es total gerne auf dem Drehstuhl. Weil es so schön *hyggelig* ist. Nicht wahr?« Sie drehte uns ein wenig hin und her.

»Ja, wir *hyggeln* nur ein wenig auf dem Drehstuhl«, krächzte ich mit belegter Stimme. »Und schaukeln das Baby.«

»Ganz schön *hyggelig* hier.« Smilla lachte, während mein Schwanz verlangend an ihrem Po pochte. Meine Güte!

»Ah, ich verstehe. Na, dann lasst euch nicht stören bei eurem *Gehyggel.*« Mit einem breiten Grinsen zog John die Tür wieder zu.

Ich stöhnte dumpf auf, Smilla ebenso. »Verdammt, jetzt hat er uns erwischt«, sagte sie mit gepresster Stimme. Trotzdem blieb sie auf mir sitzen.

»Macht doch nichts, wir sind beide erwachsen, oder? Du sitzt lediglich auf meinem Schoß, alles ganz unschuldig.« *Poch, poch, poch.* Von wegen unschuldig, mir brach schon der Schweiß aus allen Poren. Was war nur in meinen Penis gefahren? Ich kannte die Antwort: sie.

»Ja, schon. Aber ich habe ihnen erzählt, dass ich verlobt bin. Mit einer Frau«, fügte sie schuldbewusst hinzu. »Und jetzt weiß er, dass ich gelogen habe. Oder?«

»Aber nein, warum denn? Du könntest rein theoretisch bisexuell sein. Ist doch nicht schlimm, mach dir keine Sorgen. Aber für mich ist es schon ein bisschen blöd, weil ich …« *Überhaupt nicht geschieden bin,* wollte ich eigentlich sagen. Aus einem mir unerfindlichen Grund tat ich es nicht. John würde den anderen von unserem Geknutsche erzählen, es würde weiter Kreise ziehen, bis hin zu seiner und meiner Mutter. Und dann käme heraus, dass ich mit meiner Scheidung gelogen hatte. Kommando zurück: kein Techtelmechtel mit der Nanny! Jegliche Gerüchte darüber mussten im Keim erstickt werden. »Weil ich Johns Cousin bin«, beendete ich ziemlich lahm meinen Satz. »Und das ist schon ein wenig … hm, seltsam. Wir könnten so tun, als wären wir uns unsympathisch, um seinen Verdacht sofort zu zerstreuen. Was hältst du davon?«

»Gute Idee. Ja, da mache ich mit.« Sie nickte eifrig, ihre Haare wippten. Ihre Brüste, auf die ich mit einem Auge schielte, wippten ebenso.

»Prima, aber wundere dich nicht, wenn ich dich blöd behandele.«

»So wie eben?« Sie grinste frech, ihre Augen funkelten.

Ich grinste ebenfalls, mein Schoß hatte inzwischen die Temperatur einer kurz bevorstehenden Kernfusion erreicht. »Nein, so richtig blöd. Schroff und unfreundlich.«

»Oho! Ich kann auch sehr blöd sein.«

»Nicht so blöd wie ich.«

»Das werden wir mal sehen. Muss Zimtschnecken backen«, murmelte sie, mittlerweile schon minutenlang auf mir sitzend. Zögerlich erhob sie sich und ging zur Tür. Schade, dass sie nicht mehr auf meinem Schoß saß.

»Tu das.« Die Worte strömten unkontrolliert aus meinem Mund. »Heute Nacht komme ich durch den Schrank in dein Zimmer und dann …« *Schlafe ich mit dir.* Verflucht, wo kam diese verrückte Idee plötzlich her? Klarer Fall, mein Penis hatte gesprochen.

»Durch den Schrank?« Sie drehte sich zu mir um und lächelte. »Wie soll das gehen? Und dann?«

»Exakt. Dann stelle ich dir ein paar Fragen«, sagte ich so kühl wie möglich, obwohl mir vor Hitze fast der Dampf aus den Ohren quoll. »Wie wir es besprochen haben.«

Ihr Lächeln verschwand. »Ach so, natürlich. Ist gut.«

»Der Kuss war einmalig«, fügte ich hinzu.

Sie betastete ihre Lippen, als würde sie den Spuren meiner Lippen nachfühlen, und lächelte wieder. »Stimmt. Sehr sogar.« Dass ich ihr Lächeln nicht erwiderte, ließ sie verunsichert den Kopf schütteln. »Oder wie meinst du das?«

Der kühle und rational denkende Anwalt kickte den sabbernden Mann in mir beiseite und gewann wieder die Oberhand. Wurde auch höchste Zeit. »Es wird keinen weiteren Kuss geben. Du bist das Kindermädchen und ich bin ein Gast. Es wäre ziemlich unpassend, wenn wir herummachen würden.« *Aber auch extrem heiß.* Der sabbernde Mann machte im Weggehen noch schnell eine dumme Bemerkung.

Ihr schönes Gesicht wandelte sich zu einer undurchdringlichen Maske. »Das hatte ich auch nicht vor.«

»Deswegen werden wir so tun, als wäre nichts vorgefallen. Deshalb auch die Sache mit dem Schrank, damit niemand sieht, dass ich in dein Zimmer komme. Ich denke, das ist auch in deinem Sinne, damit deine Tarnung nicht auffliegt. In Gegenwart der anderen werden wir uns nichts anmerken lassen. Wir werden so tun, als wäre nichts gewesen. Damit sie sich nichts Komisches denken. Verstehst du? Schließlich wollen wir ja nicht für Unfrieden sorgen, oder? Das wäre dem allgemeinen Klima nicht zuträglich. Marian ist eh schon so nervös, John auch. Und der Kleine benimmt sich auch recht trotzig, oder?« Meine Erklärung wurde immer weitschweifiger. Und unsinniger. »Und überhaupt ist bald Weihnachten, ein Familienfest. Wir sollten das Fest nicht dadurch stören, dass wir uns wie zwei kleine Unruhestifter benehmen.« Ja, total klasse. Besonders mein Schlusswort.

Mit zweifelnder Miene hatte sie mir zugehört, ihr Kopfschütteln verstärkte sich bei jedem meiner unsinnigen Sätze, dann kam Stirnrunzeln hinzu, bis auf ihrer Stirn groß und breit geschrieben stand: *Was für ein Idiot.*

»Sicher, kein Problem. Warum machst du so viele Worte? Es *ist* ja auch nichts vorgefallen.« Sie warf ihre goldene Mähne in den Nacken und rauschte beleidigt ab wie die Schneekönigin persönlich. Selbst das Baby krümmte sich beleidigt im Tragesack zusammen.

»Fuck!« Mit einem Aufstöhnen barg ich das Gesicht in den Händen. *Gebt mir ein bisschen Romantik und ich mache sie sofort kaputt.*

❄

KAPITEL 10

Smilla

WÜTEND STAPFTE ich aus der Bibliothek und durchquerte den Gang zur Küche. *Was für ein Idiot!* Zuerst küsste mich Matt, als gäbe es kein Morgen, seufzte und stöhnte in meinen Mund, drückte mir seinen riesigen Penis an die Pobacken und dann wollte er so tun, als wäre nichts vorgefallen? Und einen zweiten Kuss schloss er auch noch kategorisch aus? *Oh ja, Wahnsinn! Na, toll!* Ja, das war auch besser so. Ich konnte das alles nicht gebrauchen, ich hatte alle Hände voll zu tun mit meinem nicht vorhandenen Schwedisch und den beiden Kleinen. Und überhaupt hatte ich genug am Hals.

Dumpfe Reue pochte in meiner Brust und überlagerte die freudige Erregung, die ich beim Küssen verspürt hatte. Ich hätte ihn nicht küssen sollen! Gefolgt vom Gedanken: Ich hätte ihn noch viel länger küssen sollen, damit er weniger Gelegenheit hatte, dummes Zeug zu reden. Aber er sah so traurig und verzweifelt aus, wie ein Häufchen Elend kauerte dieser große und stolze Mann am Schreibtisch. Nein, allein aus Mitleid hatte ich ihn bestimmt nicht geküsst. Sondern weil er mir gefiel. Sehr sogar. Obwohl er sich offensichtlich mit Problemen herumschlug, gab er mir sein Handy. In meinem Inneren verursachte seine liebe Geste ein leises *Klick* – und schon war es passiert.

»Alles in Ordnung, Smilla? Was macht unser kleiner Schreibär, äh, unser süßes Engelchen?« John goss sich gerade einen Kaffee ein, als ich die Küche betrat.

Auf der Arbeitsplatte standen Zucker, Mehl und Butter für den Hefeteig bereit, Mel und Gabriel saßen mit gespannten Gesichtern am Tisch. Ich wollte das Rezept für schwedische Zimtschnecken, angeblich seit Jahrhunderten in Besitz der Smolland-Familie, eben heimlich aus dem Internet heraussuchen. Aber zuerst musste ich Matt wegen seines blöden Spruchs zur Rede stellen und prompt funkte mir unser Kuss dazwischen. Sieh mal einer an, hinter seiner eiskalten Fassade verbargen sich lodernde Hitze und Leidenschaft. Beim Gedanken daran, wie seine Zunge gierig in meinem Mund wühlte, bekam ich weiche Knie. *Herrgott, er küsst wie ein Verdurstender!*

»*Jo, jo, tack.* Ja, sicher. Das Babylein schläft tief und träumt bestimmt gerade etwas Schönes.« Ich strich der Kleinen über das Köpfchen. Sie grunzte ein bisschen und räkelte sich.

»Echt toll, wie du das gemacht hast. Du bist eine richtige Babyflüsterin, Smilla.« John zwinkerte mir zu.

Mel lachte. »Oh ja, das ist wirklich ein passender Name. Du hast die Kleine im Handumdrehen gezähmt.«

Ich freute mich total über ihr Lob, winkte als angeblich routinierte Nanny aber lässig ab. »Es ist ganz leicht, mit Babys umzugehen. Man muss nur darauf achten, was sie einem zuflüstern und dann flüstert man zurück. So gesehen ist es gegenseitig.« So war es auch. Nicht nur ich beruhigte Stella, sondern sie auch mich. Wenn ich sie bei mir trug, vermittelten wir uns gegenseitig ein Gefühl von Geborgenheit.

John nahm einen Schluck Kaffee. »Ich gehe mal hoch zu Marian, sie hat sich ein bisschen hingelegt. Könnte auch ein Stündchen Schlaf gebrauchen.«

»*Jo, jo,* wir halten hier die Stellungen.« Scherzhaft schlug ich die Hacken zusammen und salutierte wie ein Soldat. »Schlaft ruhig ein bisschen, ihr zwei. Das Babylein braucht schließlich auch bald ein kleines Brüderchen, oder?«

Mel lachte schallend. Ich musste ebenfalls lachen, vor allem über John, der in einer fahrigen Geste beinahe den Kaffee über seinen Pulli kippte.

»O Gott, bloß nicht! Darüber reden wir frühestens in einem halben Jahr.« Er musste grinsen, stoppte neben mir und flüsterte mir zu: »Dass du meinen Cousin magst, ist mir gleich aufgefallen. Mich stört's nicht, wenn ihr beiden … Nun ja, wenn ihr euch ein bisschen näher kommt? Im Gegenteil, es würde mich freuen, wenn er etwas weniger griesgrämig dreinschaut. Ich glaube, deine positive Art täte ihm sehr gut.«

Verflixt, auch das noch. Dabei wollte ich alles vermeiden, was mich irgendwie auffallen ließ. Seine Idee musste ich im Keim ersticken, genau wie Matt und ich es abgesprochen hatten. »Nein, nein, so ist das nicht. Nur ein wenig Sympathie für einen Freund der Familie. Meine Verlobte Josephine ist mein Ein und Alles. Und Cousin Matti …« Ich stieß ein vielsagendes Hüsteln aus. »Nun, er ist schon etwas speziell, oder? Also im Grunde schon nett, aber doch irgendwie … hm, besonders?« Das klang, als hielte ich ihn für einen unterbelichteten Angeber mit Verhaltensproblemen. Momentan traf das sogar zu, zumindest der Teil mit den Verhaltensproblemen.

»Aha, okay?« John hob verwundert die Augenbrauen. »Oh, da habe ich mich offensichtlich getäuscht. Ich dachte wegen eben, weil ihr beide auf einem Stuhl gesessen und so vertraut miteinander gewirkt habt. Man hätte fast denken können …« Er schmunzelte.

»Ach was! Was für ein *Smörrebröd!*« Mit einem Lachen winkte ich ab. »Nein, wirklich, das war bloß ein kleiner Unfall. Ich bin über seine riesigen Füße gestolpert und im Rückwärtsgang auf ihn drauf geplumpst. Er hat sich mächtig darüber aufgeregt und fast schon hysterisch reagiert. Wirklich total übertrieben. Natürlich würde ich niemals sagen, dass ich ihn nicht leiden kann, aber …« Meine Miene besagte das Gegenteil.

»Ach so, verstehe. Tja, schade. Da kann man wohl nichts machen. Dabei hätte ich mir für ihn etwas Schönes gewünscht. Das hätte er wirklich verdient, nach all seinem …« Er ließ den Satz unvollendet und trabte mit leicht zweifelndem Gesichtsausdruck aus der Küche.

Was wollte er damit sagen? Nach all seinem Stress? Unglück?

»Und was ist jetzt die geheime Zutat für deine speziellen Smolland-Zimtschnecken?« Mel schaute mich fragend an.

»Nun ja, zum einen natürlich Zimt.« Nicht wirklich verwunderlich bei Zimtschnecken. Hilflos lächelnd suchte ich nach einer Zutat, die sowohl originell als auch passend wäre. »Und zum anderen …« Wie nannte man dieses Gewürz, das ich nicht mochte. Anis? Kreuzkümmel? Koriander? Aber das schmeckte doch bestimmt grauenhaft in süßem Gebäck. Ich geriet ins Schwitzen. Hilfe, ich würde doch nicht über blöde Zimtschnecken stolpern?

»*Kardemumma.*« Matt war plötzlich hinter mich getreten.

Karde… was? Wovon redete er? Panik flackerte in mir auf. Legte er mich etwa schon wieder herein, obwohl wir uns gerade so wunderbar geküsst hatten? Das wäre jetzt wirklich gemein von ihm, geradezu infam. Doch er trat lächelnd noch einen Schritt näher an mich heran, so dass ich seine Körperwärme spürte. »Smilla hat es mir eben in der Bibliothek verraten. Kardamom.«

»Kardamom? Das ist ja ungewöhnlich«, sagte Mel und erhob sich im gleichen Moment. Sie öffnete eine der zahlreichen Schubladen, kramte darin herum und nahm ein silbernes Döschen hervor. »Hab ich sogar hier. Perfekt! Wobei ich mir richtig gut vorstellen kann, dass das den besonderen Pfiff ausmacht.«

»Ja, genau. *Kardemumma.* Danke, Matti. Du hast mein Gedächtnis angekurbelt.« Und nicht nur das. Auch meine

Hormone und mein Blut, das heiß in meinen Adern rauschte.

»Immer gern.« Er machte ein unbeteiligtes Gesicht, aber in seinen Augen funkelte es, so dass es mir für einen Augenblick den Atem verschlug. »Stets zu Diensten.«

Und irgendwie klang es, als meinte er damit ganz andere Dienste. Vermutlich bildete ich mir das nur ein, denn vor wenigen Minuten hatte er jegliche weitere Handlungen kategorisch ausgeschlossen. *Mal sehen, ob ich seine Vorsätze erschüttern kann.*

Um ihn zu necken, machte ich einen Schritt nach hinten und stieß ein bisschen an ihn. Er räusperte sich, aber er blieb wie angewurzelt stehen.

Es war schön, seine Körperwärme zu fühlen. Ein winziges Knistern begleitete sie, das meine Nackenhaare sträubte und mich beinahe genüsslich aufseufzen ließ. Für einen Moment ging meine Fantasie komplett mit mir durch. Wenn er jetzt beide Arme um mich legte und mich an sich zöge, wäre es noch viel schöner. Das Knistern würde in einen Funkenregen übergehen, da war ich mir ganz sicher.

❄

KAPITEL 11

Matt

Kurz nach dem Abendessen kam Bailey ins Wohnzimmer, wo John und ich auf den Sofas lagen und lasen. »Wie sieht's aus, Jungs? Lasst uns einen Besuch im Pub machen.« Er war schon wetterfest angezogen, unter seinem Arm klemmten unsere Winterjacken.

»Nach Wingham?«

»Ja, in den Dorfpub.«

»Wie soll das gehen? Ist der Schneesturm etwa vorbei?« Skeptisch sah ich aus dem Fenster. »Es fällt immer noch Schnee.«

»Längst nicht mehr so stark, außerdem sind wir nicht aus Zucker. Wir könnten die Quads nehmen, mit denen kommen wir durch jede Schneeverwehung.«

»Wir haben mehrere?«, fragte John erstaunt.

»Ja, zwei. Hab letztens eins dazu gekauft, weil ich es, äh, dringend brauchte.« Bailey grinste ein bisschen. »Also ihr zwei fahrt zusammen auf einem, okay? Ich nehme dafür das ältere Modell mit weniger PS.«

»Haha, glaube ich nicht. Du, Matt?« John stand auf und schlüpfte in seine Jacke. »Also ich bin dabei. Du?«

»Ich auch.« Ich ließ das Buch fallen und zog die Jacke über. Das klang nach einer netten Abwechslung. Auch wenn ich unbedingt rechtzeitig zurück sein wollte, um Smilla zu besuchen. »Bailey dreht uns bestimmt seine alte Möhre an. Während wir durch den Schnee tuckern, trinkt er im *The lost Lamb* schon den dritten Whisky.«

»Nein, Jungs, das hatte ich echt nicht vor.« Bailey lachte und wir folgten ihm in die Eingangshalle.

»Gib es zu, du Schlitzohr.«

»Also los, zieht die Schuhe an, sonst stehen wir noch Stunden hier herum und reden.«

John zögerte. »Könnten wir nicht lieber in den *Green Dragon* fahren. Nach Batshead?«

»Sicher. Warum? Ach so, wegen …« Bailey nickte.

John wandte sich mir zu. »Marian macht sich Sorgen, wenn ich um diese Jahreszeit am Fluss vorbeifahre. Das weißt du noch gar nicht, Matt. Bin letztes Jahr an Weihnachten schon wieder im Arden gelandet.«

»Doch, mein Vater hat es mir erzählt. Ich konnte es kaum glauben. Sicher, wir halten Abstand zum Fluss.«

NACH EINER RASANTEN Fahrt durch Schneeverwehungen und gewaltige Schneeschauer saßen wir mit vor Kälte roten Nasen am Tresen des *Green Dragon.* Der Pub war brechend voll, wie üblich um diese Zeit, und es floss reichlich Alkohol.

»Das hat echt Spaß gemacht.« Ich prostete den beiden mit einem Whisky zu. »Auf dem Rückweg bist du mit Fahren dran, John.«

»Du kannst ruhig noch mal, ich habe öfter die Gelegenheit dazu. Sag mal, Matt, du und Smilla heute Morgen …« John sah mich forschend an und trank einen Schluck Bier.

»Was ist passiert?« Bailey hob fragend die Augenbrauen.

»Äh, nichts.«

»Tja, das wüsste ich auch mal gern.« Johns Grinsen wurde immer breiter. »Angeblich ist sie über Matts Füße gestolpert, aber für mich sah das ganz anders aus.«

»Was war denn jetzt genau?« Bailey rückte interessiert ein Stück näher.

»Tja, als ich reinkam, saß sie auf seinem Schoß. Angeblich haben sie *gehyggelt* oder wie das heißt.«

»*Gehyggelt?* Was soll das sein?« Bailey prustete vor Lachen. »Na, du gehst ja ran und das gleich am dritten Tag? Gut so, Matt!«

»Ach was, Unsinn. Da war echt nichts.« Fast verlegen sah ich in mein leeres Glas und schob es über den Tresen, damit der Barkeeper es auf mein Nicken wieder auffüllte.

»Matt, warum denn nicht?« Bailey bohrte nach. »Du bist geschieden, kannst tun und lassen, was du willst. Sorry, es geht mich nichts an, aber unsere Smilla, die wäre doch …«

Ich ließ ihn nicht einmal ausreden. »Gott bewahre, bloß nicht! Sie ist ziemlich nervig, kann das sein?«

»Was? Du bist der Erste, der das so sieht.« John und Bailey wechselten vielsagende Blicke miteinander.

»Tja, was soll ich machen? Es ist halt meine Meinung.« Wiederum hielt ich mich an meinem Glas fest und nippte daran.

»Warum denn, Matt? Du hast doch früher immer so auf Schwedinnen gestanden.« Bailey kicherte, nahm ein paar Erdnüsse aus dem Schälchen vor sich und warf sie in seinen Mund. »Zumindest waren die leichtbekleideten Damen in deinen Heftchen allesamt Schwedinnen.« Er deutete mit den Händen einen riesigen Vorbau an. »XXL-Schwedinnen sogar.«

John lachte. »Das kann ich bestätigen. Matt stand total auf Blondinen.«

»Hört bloß auf, das ist zwanzig Jahre her.« Ich wand mich wie ein Aal. Auf keinen Fall würde ich zugeben, dass Smilla mir gefiel. Doch die beiden schienen fest entschlossen, Smilla und mich zu verkuppeln.

»Aber das Mädel ist bildhübsch«, wandte Bailey ein.

»Ja, das stimmt. Hübsch ist sie schon«, gab ich zu. »Aber immer so … hm, fröhlich.«

John tat verständnisvoll. »Ach so, Fröhlichkeit ist dir irgendwie suspekt?«

Ich antwortete mit einem unbestimmten »Hm?«

»Was genau hast du dagegen, wenn eine schöne Frau lächelt und immerzu gute Laune versprüht? Sorry, das ist mir zu hoch.« Er zuckte mit den Achseln.

Bailey blies ins gleiche Horn. »Ja, und wie lieb sie zu den Kleinen ist. Total goldig, wie sie mit ihnen umgeht. Sie hat Humor, lacht auch über sich selbst, ist immer hilfsbereit, kümmert sich Tag und Nacht um die Minis. Sie hat sogar Caspar innerhalb von zwei Tagen um den Finger gewickelt, und das will echt was heißen. Also in meinen Augen: Miss Smilla ist echt ne Wucht.« Er hob beide Daumen nach oben.

Ja, das war sie. Und was für eine. Dabei wusste er nicht einmal, wie gut sie küssen konnte. Im Küssen war sie nämlich eine Wucht hoch zehntausend.

»Hm, nein. Also ihr ganzes Getue, das ist mir viel zu anstrengend. Und sie wirkt schon ein bisschen … einfältig.«

Jetzt sah John geschockt aus. »Also Matt! Nur weil sie eine Nanny ist? Seit wann bist du so ein Snob?«

»Keine Ahnung. Vermutlich bin ich schon immer einer gewesen? Komm, sie ist nun wirklich kein Einstein.« Ich musste ein Lachen unterdrücken. Wenn sie das gehört hätte, würde sie mir bestimmt das Fell über die Ohren ziehen. Dabei dachte ich das nicht mal ansatzweise. Ich hielt sie für warmherzig und klug. Und teuflisch sexy. Aber es schien mir gelungen, die beiden davon zu überzeugen, dass ich null Interesse an Smilla hatte. Zumindest redeten sie nicht mehr von ihr.

»Schade«, brummte Bailey.

»Yep«, machte John resigniert.

»Jammerschade«, fügte Bailey hinzu. »Ihr wärt ein schönes Paar.«

Wir nahmen ein paar Drinks. Zwischendurch sah ich ein paar Mal verstohlen auf meine Uhr. Beim zehnten Mal fiel es natürlich auf.

»Hast du noch etwas vor, Matt?«, fragte Bailey.

»Nein, ich wollte nur früh zu Bett gehen.« Demonstrativ gähnte ich und streckte mich nach allen Seiten. »Gott, bin ich müde. Die frische Landluft schafft mich.«

Sie stöhnten im Chor auf. »Mit dir ist auch nichts mehr los, alter Mann.«

»Ja, das kann schon sein.«

Miss Smilla und ihr Verhör erwarteten mich und ich wollte auf keinen Fall zu spät kommen. Nicht, dass sie schon im Bett lag und schlief, wenn ich kam. Na, dann würde ich sie eben aufwecken. Die Vorfreude darauf, sie bald zu sehen, erzeugte ein winziges Kribbeln in meinem Bauch. Vielleicht auch ein etwas größeres.

Kurz drauf machten wir uns mit den Quads auf den Rückweg nach Snowhill.

VERHÖR, dritter Teil. Meine Vorfreude war inzwischen sogar noch gestiegen, warum auch immer. Und wenn ich ehrlich zu mir war, hatte ich so etwas Ähnliches wie Herzklopfen, als ich vor dem Schrank kniete. Verdammt, es war zu dunkel darin, um die erforderlichen Arbeiten durchzuführen. Die meisten Möbel waren zwar ausgetauscht worden, aber unter dem Fenster stand noch der alte Schreibtisch von früher. Vielleicht lag meine Taschenlampe noch darin? Tatsächlich. Alles Mögliche war im Schreibtisch aufbewahrt worden, meine ganzen Sachen aus Teenagerzeiten.

Ich nahm die kleine silberne Lampe hervor, klemmte sie zwischen die Zähne und schob im Schrank ein paar uralte Jacken und Skihosen beiseite. Zuerst das linke Brett lockern, dann das rechte, dann das gleiche Spiel auf der anderen Seite. Wiederum schob ich ausgemusterte Anziehsachen aus dem Weg und stieß schließlich auf eine Tasche aus edelstem Leder,

Marke Louis Vuitton. Sie musste Smilla gehören, ein ganz schön teures Teil. Eine ähnliche Tasche hatte ich mal für weit über 5000 Pfund gesehen. Auf allen vieren kletterte ich durch den Schrank und klopfte an die Schranktür.

Es dauerte ein paar Sekunden, dann klapperte der Schlüssel im Schloss und wurde umgedreht. Die Tür schwang auf, und ich sah in Smillas überraschtes Gesicht. »Du hast das ernst gemeint, dass du durch den Schrank kommst?«

»Sicher. Hier bin ich.« Mir wurde bewusst, dass ich wie ein Trottel vor ihr kniete. Von unten sah ich zu ihr hoch, meine Blicke glitten über ihre schlanken Beine, die in einer schmalen Jeans steckten. Dann schweiften sie über ihre sanft gerundeten Hüften und ihren flachen Bauch, umhüllt von einem engen Shirt, und landeten schließlich bei ihren schönen Brüsten. *Wow, was für ein Anblick.* Irgendwie geriet ich in Verwirrung. »Ich habe auch meine *Ficklampa* dabei.«

»Wie bitte? Deine was?« Ihre Gesichtszüge entgleisten.

»*Ficklampa.* Das schwedische Wort für Taschenlampe.« Grinsend hielt ich ihr die besagte Lampe entgegen.

»Du nimmst mich doch auf den Arm.« Sie stemmte beide Hände in die Hüften und schnaufte empört. »Das glaube ich dir nicht!«

Ich musste lachen. »Nein, das heißt wirklich so. Kannst du gerne googeln.«

»Oh ja, das werde ich. Und zwar sofort.« Sie machte ein grimmiges Gesicht und zog ihr Handy hervor. Schnell tippte sie darauf herum, las, stutzte, las wieder. »Tatsächlich. Hier steht's.«

»Tja, du solltest mir schon vertrauen. In Bezug auf Schwedisch.«

»Ja, das sollte ich wohl«, sagte sie gedehnt. »Wenn du vielleicht herausklettern würdest. Oder willst du den Abend im Schrank verbringen?«

»Sicher, bin schon fast da.« Ich kroch aus dem Schrank hervor und rappelte mich umständlich vom Boden auf.

»Ich habe eine Kleinigkeit vorbereitet.« Sie deutete auf den Tisch in der Sitzecke, wo sie eine Flasche Wein, zwei Gläser und ein Schälchen mit Crackern bereitgestellt hatte, daneben eins mit Oliven und Käse. Wie aufmerksam von ihr. »Für dein Verhör«, sagte sie mit kaum wahrnehmbaren spöttischen Unterton.

Das Spotten würde ihr noch vergehen. Meine Verhöre waren gefürchtet, selbst die skrupellosesten Verbrecher brachen in deren Verlauf zusammen und legten Geständnisse ab wie am Fließband. »Puh, ganz schön staubig da drinnen.« Ich klopfte mir den Staub von der Hose und musste zuerst husten, dann niesen.

»Gesundheit. Vielleicht benutzt du beim nächsten Mal einfach die Tür?« Sie unterdrückte ein Kichern.

»Nein, so finde ich es besser. Muss keiner wissen, dass wir uns nachts unterhalten. Aber ich könnte morgen mal den Schrank aufräumen, ein bisschen für Ordnung sorgen, Staub wischen und so.« Meine Güte, ich sprach wie eine begeisterte Putzfrau. Der ehemals coole Womanizer, der ich früher gewesen war und dessen klägliche Überreste noch in mir schlummerten, verdrehte mitleidig die Augen und murmelte: *Was für ein erbärmlicher Auftritt, Kumpel.* Leider musste ich ihm recht geben.

»Oh ja, das solltest du unbedingt tun.« In gespieltem Ernst nickte sie mir zu und verbiss sich dabei ein Lachen. Sie deutete zu ihrem Bett, das an der Wand mit der Dachgaube und den Fenstern stand. »Vielleicht könntest du auch meine Fenster putzen und die Kissen ein bisschen aufschütteln? Oder das Bettlaken strammziehen?« Jetzt prustete sie spöttisch.

»Haha, sehr witzig«, knurrte ich. Spontan fiel mir etwas anderes ein, was ich ihr strammziehen könnte. Ihren süßen kleinen Hintern. Bis er glühte. Schnell schob ich diesen verruchten Gedanken beiseite, obwohl er mir gefiel. Was wollte sie damit sagen? Ich sollte mich in ihr Bett legen? Auf keinen Fall, das würde ich mit Sicherheit nicht tun! Außerdem, erinnerte ich mich, war ich hier, um sie einem strengen Verhör zu unterziehen. »Lass uns anfangen.«

»Sicher.« Sie nahm auf dem Sessel Platz, dann goss sie Wein in beide Gläser ein und schob mir eins hin. »Ein leichter Weißwein. Ein Glas darf ich mittrinken, auch wenn ich im Dienst bin.« Sie schlug ihre schlanken Beine im Schneidersitz übereinander. Gelenkig war sie auch noch. Fast wäre meine Fantasie mit mir durchgegangen und ich hätte an eine menschliche Brezel gedacht, die mich mit Armen und Beinen umschlang. Was für ein Glück, dass ich mich so gut im Griff hatte.

Ich setzte mich ihr gegenüber. »Danke, später vielleicht. Ist das Baby nicht da? Die Kleine, nicht der kleine Junge, der mich nicht leiden mag.« Ich grinste schief. Für einen Moment wusste ich nicht, was mir lieber wäre. Dass das Baby da wäre, damit ich nicht auf dumme Gedanken käme, allein mit dieser sexy Nanny, deren wunderbares Lächeln mich verwirrte. Oder dass das Baby nicht da wäre, damit das flaue Gefühl aus meinem Bauch verschwände.

Smilla zeigte wiederum zum Bett. »Doch. Sie schläft.« Tatsächlich sah man rotes Haar zwischen den weißen Kissen aufleuchten.

»Aha, gut.« Vielmehr nicht gut, denn prompt verstärkte sich das mulmige Flattern in meiner Magengegend. »Wir sind nicht allein.«

»Irgendwie schon. Sie wird bestimmt nicht verraten, was wir hier so machen.« Sie lächelte und errötete ein wenig. »Ich meine, ausplaudern, was wir besprechen.«

»Das Sprechen scheint ihr noch ein wenig schwerzufallen.« Es sollte ein Witz sein, aber sofort wurden ihre Augen schmal. Nannys mochten wohl keine Witze über Babys.

»Auch dir ist mit drei Monaten das Sprechen vermutlich schwergefallen, stimmt's? Oder soll ich lieber sagen: exakt?« Ein wenig schnippisch reckte sie ihre Stupsnase in die Luft.

Freches Ding! Exakt war eines meiner Lieblingswörter, das

hatte sie richtig erkannt. »Ich mag eben Wörter, die sagen, wo es langgeht.« Oh, das klang jetzt aber seltsam.

Sie stieg sofort drauf ein. »Wörter, die den Ton angeben?«

»Ja, Wörter, die bestimmend sind und Klartext reden. Aber ich mag auch einschmeichelnde Wörter. Sanfte Wörter. Zärtliche Wörter. Doch dazwischen dann auch wieder …«

»Strenge Wörter?«, flüsterte sie. »Die so richtig zupacken?« Herrgott, flirtete sie gerade mit mir? Und ob!

»Ja, Wörter mit Kraft und Energie, die vorantreiben. Natürlich nicht so, dass sie verletzen, aber schon so, dass sie die Richtung vorgeben und dann unaufhaltsam auf das Eine zustreben.«

»Oh, auf das Eine«, wiederholte sie mit hingerissenem Gesichtsausdruck. »Worauf denn?«

»Auf den Höhepunkt«, entfuhr es mir. Schnell schob ich nach: »Des Satzes. Und der kommt dann mit einem gewaltigen … Bums.«

»Wow!« Sie schluckte und sah mich wie gebannt an.

»Ja.«

Moment, worüber redeten wir eigentlich die ganze Zeit? Keine Ahnung. Irgendwie hatte sich unsere harmlose semantische Analyse in einen verruchten Sextalk verwandelt. Wie war das passiert und vor allem: warum? Ich versank lieber in ihren Augen, als mir diese Frage eindeutig zu beantworten. Etwas schwang zwischen uns, genau wie in der Bibliothek, oder wie bei der ersten Begegnung an der Tür. Eine knisternde Spannung baute sich zwischen uns auf und erfüllte den ganzen Raum. Ließ ihn pochen, vibrieren und die Wände näher heranrücken.

»Es klingt wirklich überzeugend, wenn du über Sprache redest. Gott, ist dir auch so heiß? Ich hab wegen Stella die Heizung höher gedreht.« Sie griff zu ihrem Glas und nahm einen Schluck Wein. Ihre verführerischen Lippen, die sich an das Glas pressten, wie sie den Kopf in den Nacken legte und schluckte … *Geil.* Herrgott, was war bloß los mit mir? Ich benahm mich, als wäre ich gestern noch in der Pubertät gewesen! Ich legte meine Hände auf die Knie wie ein Erstklässler und sah sie beschwörend an. *Konzentration, Matt!*

»Nein, mir ist nicht heiß. Kein bisschen«, behauptete ich, obwohl meine Körpertemperatur vermutlich schon auf fünfundvierzig Grad gestiegen war.

»Und wie lauten jetzt deine Fragen, Matti?« *Matti.* Gott, war das … nett.

»Äh, wie? Meine Fragen?« Ich musste mich konzentrieren, aber es gelang mir einfach nicht. Am besten sollte ich sofort in den Schrank steigen und verschwinden! Stattdessen blieb ich wie festgenagelt sitzen,

»Ja, du wolltest mich verhören. Zu deiner Erinnerung.« Ein amüsiertes Funkeln lag in ihren Augen.

»Hm, also gut. Ja, stimmt. Ich … äh.« Verlegen stotterte ich herum. Ich hätte mir Notizen machen sollen. Hatte ich aber nicht, denn nur blutige Anfänger machten sich Notizen. Aber dann hätte ich wenigstens etwas in der Hand, worauf ich starren könnte und müsste sie nicht länger anglotzen wie ein verlegener Schuljunge. Mein angebliches Verhör wandelte sich allmählich zum größten Fiasko aller Zeiten. »Also ja, meine Fragen … wo bist du hergekommen?«

»Aus London. Aber mehr kann ich dazu nicht sagen.«

»Klar! Verständlich.« Ja, von wegen klar und verständlich. Als eiskalter Staatsanwalt hätte ich sofort nachbohren müssen, da ihre Antwort ausweichend war. Aber ich konnte es einfach nicht. Sie sah so süß und so atemberaubend aus. Dieses wunderschöne Gesicht und ihre herrlichen … Brüste. Herrgott, sekundenlang glotzte ich ihre Brüste an, bis ich mich von ihnen losreißen konnte. Sie saß da wie ein blondes Bambi mit ihren großen blauen Kulleraugen, und ich wollte ihr nicht wehtun mit meinen Fragen.

Ich sollte hart und unbarmherzig zu ihr sein, weil sie sich unter falschem Namen und mit Lügen hier eingeschlichen hatte, aber es ging einfach nicht! Viel lieber wollte ich sie küssen. Schon wieder! Und ihr abwechselnd harte und weiche Worte in die Ohren flüstern. Und auch in ihren Schoß. Verflixt nochmal! »Und, äh, wo willst du hin?«

»Weiß ich noch nicht.« Sie lächelte.

»Aber du hast nichts Kriminelles vor?« Oh ja, ganz tolle Frage, Matt. Wenn ich sie irgendwelchen Ganoven stellte, würden sie sich vor Lachen auf dem Boden wälzen. Aber nein, Herr Staatsanwalt, wir wollten niemals etwas Böses tun. Wir schwören es!

»Nein! Das sagte ich doch gestern schon. Glaubst du mir denn nicht?« Ein ängstlicher Ausdruck trat auf ihr Gesicht und prompt fühlte ich mich so mies, als hätte ich ein süßes Babykätzchen getreten.

»Doch, doch. Natürlich.« Vermutlich dümmlich grinsend fügte ich hinzu: »Ich glaube dir einfach alles.« Verflixt! Mit dieser Taktik konnte ich keinen Blumentopf gewinnen. Smilla machte mich weich wie Butter und ich kam nicht dagegen an. Ich unternahm einen letzten Anlauf, den gewohnt harten Staatsanwalt heraushängen zu lassen. »Allerdings muss ich dich warnen. Ich kann sehr streng sein.«

»Wirklich? Wobei?« Sie wirkte verwirrt.

»Äh, bei allem. So generell.«

»Ah, verstehe.« Sie grinste frech und krauste dabei ihre Nase. »Merkt man gerade nicht so.«

»Hm?« Ich sollte sofort abhauen. So lange ich noch konnte …

»Sind wir dann jetzt fertig? Wenn ja, könnten wir uns einfach ganz normal unterhalten und Wein trinken.« Sie verdrehte die Augen, als wollte sie damit ausdrücken: *und deine seltsamen Verhör-Spielchen beenden.*

»Fast.« Und dann sagte ich etwas wirklich Dummes: »Warum hast du mich heute in der Bibliothek geküsst?«

»Weiß nicht.« Sie lächelte ein bisschen. »Ich hatte einfach Lust dazu.«

»Ah okay. Gute Antwort.« Ich musste ebenfalls lächeln. Es fühlte sich an, als würde es ganz schön heftig zwischen uns knistern. Und nicht nur das. Tiefdunkelrote Hitzewolken waberten zwischen uns. Das musste ich sofort unterbinden. »Muss los. Hab noch zu tun.«

»Oh, jetzt schon?« Sie wirkte enttäuscht, oder? *Yeah, gut so! Nein, nicht gut!*

»Auf wie viel Grad hast du die Heizung gestellt? Fünfzig? Es ist wahnsinnig heiß hier.« Brüsk erhob ich mich und griff nach dem Weinglas wie nach einem Rettungsanker. Um sie nicht länger anstarren zu müssen, leerte ich es auf einen Zug und knallte es auf den Tisch zurück, allerdings so heftig, dass der Stiel abbrach. »Oh, kaputt. Die Gläser sind heutzutage auch nicht mehr …« Der obere Teil des Glases entglitt meiner Hand und fiel mit einem Klirren zu den anderen Scherben. Smilla stand ebenfalls auf, ohne auf das Glas zu achten. »Okay, dann sind wir jetzt fertig. Danke für deine Kooperation.« Doch anstatt zu gehen, blieb ich wie angewurzelt vor ihr stehen. »Erholsamen Schlaf und schöne Träume.«

»So wie jetzt«, flüsterte sie, den Blick fest auf mich gerichtet.

»So wie jetzt? Du schläfst doch jetzt gar nicht?«

Sie verdrehte schelmisch die Augen. »Lust, dich zu küssen. Jetzt. Ich. Habe.«

Ich wollte gerade einen Witz darüber machen, dass sie wie Yoda rückwärts sprach, da kam die Bedeutung ihres Satzes mit Verzögerung in meinen grauen Zellen an. Sie hatte Lust, mich zu küssen?!

»Äh, wie? Nein, ich wollte gerade …« Was wollte ich noch mal? *Gehen!*, schrie mein Gehirn mich stumm an. *Hm, ich würde aber lieber noch ein bisschen bleiben,* murmelte ein anderer Körperteil und ließ meine Hose mächtig eng werden. Herrgott!

»Küssen«, flüsterte sie so verführerisch, dass die Mauer in meinem Inneren zusammenschmolz wie Schnee in der sengenden Augustsonne. Innerhalb von Sekundenbruchteilen brach ich innerlich zusammen und gab jede Gegenwehr auf.

Ich schluckte. »Oh ja. Ich auch. Und wie.«

Da lag sie schon in meinen Armen.

Ihre weichen Lippen landeten auf meinen, sofort schob sie ihre Zunge in meinen Mund und ich stöhnte stumm auf. Das war so gut. Dabei hatte ich mir geschworen, niemals wieder eine Frau … *Halt einfach die Klappe,* schnauzte ich mein Gehirn an und schaltete alle blöden Gedanken aus. Unsere Zungen tanzten miteinander, saugten sich aneinander fest. Das war kein sanftes Küsschen, sondern pure Leidenschaft. Meine Hände landeten auf ihrem Po und packten zu, sie ließ ihre unter meinen Sweater gleiten. Das Gefühl zu verbrennen.

Unablässig küssend zog ich sie heran, um mich mit ihr auf dem Sessel niederzulassen und sie auf meinen Schoß zuziehen. Wir verfehlten ihn, glitten oder taumelten zu Boden und sie lag auf einmal auf mir drauf. Meine Hände tasteten nach ihren Brüsten, schoben ihren Sweater hoch und dann endlich spürte ich ihre nackte Haut unter meinen Fingern. Wunderbare Brüste, fest und prall. Brustwarzen, die sich unter meiner Berührung kräuselten, klein und hart wurden. Unser dumpfes Stöhnen verstärkte sich … Zielstrebig wanderte meine Hand zu ihrer Hose, ertastete den Reißverschluss, öffnete ihn und schob sich in ihr Höschen. Herrgott, wie herrlich. Sie war feucht und geschwollen vor Lust. Ihr lustvolles Wimmern stachelte mich weiter an und ließ mein Blut wie kochende Lava durch meinen Körper rollen.

Gott, was für ein Kuss. Immer höher schlugen die Wogen zwischen uns. Mit aller Macht presste sich mein Penis an ihren Bauch und ich schob sie langsam an ihm auf und ab, eine Hand vorne in ihrer Hose versenkt, die andere auf ihrem halb entblößten Po.

Sie stöhnte auf, murmelte dumpf in meinen Mund. »Matt. O Gott!«

Ja, Baby, ich habe zwar drei Jahre keine Frau mehr angefasst, aber ich weiß noch, wie es geht.

Da war er wieder. Ein Gedanke. Und er riss mich aus dem Taumel, in den sie mich geküsst hatte. Zögernd löste ich meine Lippen von ihren, nahm die Hände aus ihrer Hose. Versank weiter in ihrem vor Erregung benommenen Blick aus halbgeschlossenen Augen und im Gefühlschaos, in das sie mich hineingeschossen hatte mit ihren raketengleichen Küssen. Trotzdem war es an dieser Stelle vorbei. Das wusste sie nur noch nicht.

»Hast du … hast du Lust, weiterzugehen?«, wisperte sie, die goldenen Haare zerrauft, die Lippen angeschwollen von meinen Küssen. »Ich könnte meine Hose ganz ausziehen. Und du deine auch.« *Herrgott, allein die Vorstellung …*

»Das Baby liegt in deinem Bett.«

»Macht nichts. Wir haben ein Sofa. Oder gleich hier im Sessel. Ja?« Sie nickte seitlich zum Sessel und griff nach meiner Hand, um mich hochzuziehen.

»Es ist anwesend. Und Sex in Anwesenheit von Babys … Na ja, ich weiß nicht.« Ich sprach wie der hundertjährige verklemmte Leiter einer Nanny-Akademie.

»Aber sie schläft tief und fest. Mit Sicherheit wird sie nichts davon mitbekommen. Wenn wir leise sind, sowieso nicht. Komm!« Sie presste ihre Lippen wieder auf meine, doch dieses Mal reagierte ich nicht.

»Ich vögele nie beim ersten Date.« Kaum hatte ich die Worte ausgesprochen, ging ich innerlich in die Knie und ohrfeigte mich selbst für meine Blödheit. *Erstes Date.* Hatte ich das wirklich gesagt? Verflucht! Das hier war kein Date, und es würde nie eins zwischen uns geben.

»Ach so. Gut, wie du willst. Aber dann sollten wir lieber sofort aufhören, bevor es total entgleist.« Sie erhob sich mit unverkennbar enttäuschtem Gesicht, zog ihr Shirt zur Taille herunter und die Hose wieder hoch. Ein wenig irritiert machte sie ihren Reißverschluss wieder zu.

»Das ist vermutlich besser so.« Das hatte ich eher zu mir selbst gesagt.

Ein leises Maunzen drang vom Bett und scholl innerhalb von Sekunden zu einem wütenden Schrei an.

»Es wäre ohnehin nicht gegangen, sie ist wach.« Sie seufzte enttäuscht.

»Nicht zu überhören.« Ich rappelte mich vom Boden auf.

Ein Wunder, dass ich mit diesen weichen Knien überhaupt stehen konnte.

Smilla hastete zum Bett und hob die Kleine hoch. »Was hat denn meine Süße? Nicht weinen, ich bin bei dir. Hab keine Angst.« Ihre weiche Stimme stoppte umgehend das Weinen.

Eine günstige Gelegenheit, mich umgehend aus dem Staub zu machen. Ich verschwand mit dem Oberkörper im Schrank. »Bis morgen.« Meine Worte hallten dumpf ins Schrankinnere.

»Warte!« Mit wenigen Schritten war Smilla bei mir und streckte mir das Baby entgegen. »Kannst du sie bitte kurz halten? Ich muss schnell ins Bad. Die nächsten Stunden komme ich vermutlich nicht dazu.« Sie lächelte mich bittend an. »Es ist ganz einfach, nur ein bisschen mit ihr auf und ab gehen, bin sofort zurück.«

Ganz einfach? Mit Sicherheit nicht. Meine Kehle wurde eng. »Nein.« Ich tauchte wieder in den Schrank ab.

»Wie bitte? Warum denn nicht?« Sie packte mich am Ärmel und zwang mich zum Stehenbleiben. Gezwungenermaßen drehte ich mich zu ihr um, unsere Arme berührten sich, und der kleine rotgelockte Kopf kam meiner Brust gefährlich nahe.

»Weil ich … weil ich nicht will.« Wie hypnotisiert starrte ich die Kleine an. Mit wachem Blick betrachtete sie mich. Blaue Augen. Wunderschönstes Babyblau. Genau wie … Das Blut sackte geradewegs in meine Füße und mir wurde schwarz vor Augen. Nichts wie weg. Ich entwand mich Smillas Griff und tauchte ab. »Ciao.«

»Das gibt's ja wohl nicht!«, stieß sie fassungslos hervor. Mit Sicherheit hätte sie die Schranktür hinter mir zugeknallt, wenn sie nicht das Baby auf dem Arm gehalten hätte. Es klirrte. Sie hantierte mit dem Schlüssel und knurrte dabei: »Was für ein blöder …« *Mistkerl? Idiot? Armleuchter?* Dumpf dämmerte mir, dass sie abschließen wollte und dass ich morgen Nacht vor einer verschlossenen Schranktür stände.

Und in allen folgenden Nächten vermutlich auch, bis ich von hier fortging. Obwohl ich doch gerade das nicht wollte!

Zögernd schob ich die Tür wieder auf. »Ich und Babys ... das passt einfach nicht zusammen.« Meine Stimme klang rau. Kein Wunder, meine Kehle fühlte sich kratzig an. Wie wund. »Sorry.«

»Aber warum denn? Nicht einmal für zwei Minuten?!« Irritiert schüttelte sie den Kopf.

»Nicht einmal für zwei Sekunden.« Ich wandte ihr den Rücken zu und kletterte durch das Loch auf meine Seite. Mit routinierten Bewegungen steckte ich die Bretter zusammen, zog die alten Klamotten wieder vor. Nebenan schrie das Baby noch einmal auf, dann Stille.

Langsam sank ich zu Boden. Wie damals. Die Stille war das Schlimmste gewesen.

Wenn ich es eben beim Kuss mit Smilla vergessen hatte, wurde es mir wieder in aller Deutlichkeit bewusst. Ich durfte das alles nicht tun. Nicht küssen, nicht streicheln, geschweige denn mehr. Für das, was ich angerichtet hatte, verdiente ich das alles nicht.

Alleinsein, nie wieder Sex und damit auch keine Liebe mehr. Das war die Strafe, die ich mir selbst auferlegt hatte als mein strengster Richter. Für meinen unverzeihlichen Fehler, den ich niemals wiedergutmachen konnte.

Schwärzeste Gedanken, schon unzählige Male in einer quälenden Endlosschleife gedacht. Sie bereiteten den Weg in eine nachtschwarze Schlucht ohne Sterne, in der Schuldgefühle wie spitze Felsen hervorragten. Mein persönlicher Steinbruch, aus Geröll und Eis, in dem ich mich seit Jahren abarbeitete. Doch heute ließen die Geräusche von nebenan nicht zu, dass ich abstürzte.

Leises Reden war zu vernehmen, dann summte Smilla eine Melodie, um das quengelnde Baby zu beruhigen. Sanft sprach sie mit ihr, lachte dabei. Das Baby gurrte leise zur Antwort wie eine Taube. Smilla antwortete mit einem Gurren, abwechselnd gurrten sie einander zu. Das war wirklich schön.

Ich stand auf und presste das Ohr an die Wand, um bloß nichts zu verpassen. Als könnte ich damit alles an Liebe in mich aufsaugen, die zwischen ihnen schwang.

KAPITEL 12

Smilla

In einer Mischung aus Enttäuschung und Überraschung sah ich Matt hinterher, wie er mit wenigen dürren Worten im Schrank verschwand und die Bretterwand wieder aufbaute. Was zum Teufel stimmte mit diesem Mann nicht? Was für ein Problem hatte er mit Babys, dass er Stella nicht einmal für zwei Minuten halten wollte? Und noch unverständlicher: Warum wollte er keinen Sex?

Ich konnte kaum glauben, dass er abgelehnt hatte, mit mir zu schlafen. Wir hätten einfach ein bisschen Spaß miteinander haben können, aber er hatte Nein gesagt?! Das war eine Premiere für mich, niemals zuvor hatte ein Mann mir einen Korb gegeben. Noch weniger, wenn solche heißen Küsse vorangingen und wenn die Chemie dermaßen stimmte. Von wegen Chemie, er hatte einen lodernden Flächenbrand unterhalb meiner Gürtellinie entfacht. Genau wie ich unter seiner, darauf ging ich jede Wette ein.

Stella jammerte und ich schritt mit ihr im Zimmer auf und ab, bis sie sich beruhigte. Ich beruhigte mich allerdings kein bisschen. Selten hatte ein Mann mich so aufgewühlt wie er.

In meiner Lage hatte ich gewiss andere Sorgen. Ob es mir weiterhin gelänge, mich zu verstecken. Ob ich als Nanny alles richtig machte und Familie Christmas erfolgreich die Schwedin vorspielen könnte. Überhaupt wusste ich nicht mehr, wo mir der Kopf stand, denn ich hatte keine Ahnung, wie es weitergehen sollte. Spätestens im Januar, wenn ich meine neuen Papiere beantragte, würde meine Tarnung auffliegen. Dann musste ich Snowhill verlassen, aber darüber wollte ich gerade nicht nachdenken.

Die Küsse waren einfach so passiert. Und sie waren wunderschön. Meine Finger strichen über meine Lippen, die sich heiß und geschwollen anfühlten. Ganz bestimmt war ich nicht darauf aus gewesen, Matt zu küssen. Doch wie in einem tosenden Sturm hatten meine Gefühle mich überwältigt, bis mein Wunsch, ihn zu küssen, übermächtig wurde. Stärker als jede Vernunft. Ihm war es genauso ergangen. Er wollte sich zuerst wehren und vor mir davonlaufen, aber dann passierte es trotzdem.

Mein Verstand lieferte mir keine Erklärung dafür, wie das alles geschehen konnte. Vorgestern hatte ich noch Angst vor ihm gehabt, heute nicht mehr. Vielleicht weil ich manchmal in seinen Augen wiedererkannte, was ich im Spiegel in meinen sah. Angst, fast schon Verzweiflung.

Als es geschah, fühlte es sich wie das Selbstverständlichste auf der Welt an. Als müsste es so sein, wie bei einer unwiderstehlichen Anziehung, die mich zu ihm führte. Jeder Kuss bestätigte mir, dass es richtig war, ihn zu küssen und verlangte nach einem weiteren. Jede Berührung verlangte nach weiteren, noch leidenschaftlicheren Berührungen. Und ihm erging es genauso – dachte ich.

Darum hatte ich ihn gefragt, ob er mehr wollte. Normalerweise übernahm ich beim Sex nicht die Führung, doch ich wollte ihn. Unbedingt. Aber er wollte mich nicht? Er log! Seine Küsse verrieten mir etwas gänzlich anderes als seine Worte, seine Hände und sein Körper auch. Wahrscheinlich blieben noch tagelang blaue Flecken an meinem Bauch, wo sein Penis sich dagegen gedrückt hatte wie ein Stahlträger. Er begehrte mich, genau wie ich ihn begehrte.

Aber er hatte tatsächlich Nein gesagt und diesen glorreichen Satz ausgesprochen: *Ich vögele nie beim ersten Date.*

Wow, was für ein Spruch! Den sollte ich mir auf ein Leinentuch sticken und einrahmen lassen. Müde vom Herumlaufen ließ ich mich auf dem Bett nieder. Stella lag friedlich in meinen Armen und kuschelte sich an mich. »Na, Mäuschen. Was sagst du dazu? Er ist einfach gegangen.«

Sie machte ein überraschtes Gesicht, mit großen Kulleraugen und einem zum O geformten Mund, so dass ich auflachte. »Ja, er ist im Nullkommanix im Schrank verschwunden. Kannst du das verstehen?«

Sie gurrte zur Antwort und fuchtelte mit den Händchen, als würde sie mir zustimmen. »Siehst du, ich auch nicht. Ach, du süße Maus.« Ich küsste sie auf ihre runden Wangen, und sie zupfte sanft an meinen Haaren.

»Und dich wollte er nicht einmal auf den Arm nehmen? Was das wohl zu bedeuten hat?«

Wiederum gurrte sie und ich gurrte zurück.

»Ja, dabei bist du so goldig. Ich glaube, er hat ein Geheimnis. Aber wir werden es ihm schon entlocken, stimmt's?«

Sie riss den Mund auf und machte ein schmatzendes Geräusch, als wollte sie mir einen Kuss zuwerfen. »Ja, genau so machen wir es. Wir küssen ihn schwindelig und kitzeln alles aus ihm heraus. Ein guter Plan.«

Ich sprach weiter leise auf sie ein, dann sang ich, bis ihre Augen schließlich zufielen. Behutsam legte ich sie in den Stubenwagen und deckte sie zu. Dabei steckte ich die Decke etwas fester um sie, so wie die Nanny es mir erklärt hatte. Babys brauchten das, um sich selbst zu spüren. Es vermittelte ihnen ein Gefühl von Geborgenheit.

Schon zwei Uhr. Müde verkroch ich mich in mein Bett. Kurz vor dem Einschlafen schoss mir ein seltsamer Gedanke durch den Kopf. Ich wollte nicht nur mit Matt schlafen, um

Spaß mit ihm zu haben. Sondern ich suchte seine Nähe, um dieses wunderschöne Flirren zwischen uns zu verstärken. Diese Funken, die zwischen uns sprühten … *Ich mag ihn, mehr als das.* Vielleicht hatte ich mich sogar ein bisschen in ihn verliebt?

❄

KAPITEL 13

17. DEZEMBER

Matt

Nachdem die nächste Keule mich noch im Bett liegend getroffen hatte, brauchte ich ein paar Stunden, um mich davon zu erholen. Mister X hatte in einer Mail an Stone meinen Namen genannt und mich als Verantwortlichen für die gestern erwähnten Unregelmäßigkeiten hingestellt.

Mich bombardierte er mit zahllosen E-Mails, beschimpfte mich dafür, dass ich gestern nicht gekommen sei und drohte mir weitere Stufen der Eskalation an.

Prompt ließ er Taten folgen. Vermutlich leitete er die E-Mail mit meinem Namen auch eine Stufe höher, an den Bezirksstaatsanwalt Roy Benson, einen richtig harten Hund. Oder hatte mein Chef das getan?

Benson reagierte sofort:

Was haben Sie dazu zu sagen, Christmas? Riecht mir ganz nach einem Untersuchungsausschuss! Ziehen Sie sich warm an! Wo stecken Sie überhaupt?

Ich entschied mich zu schweigen, genau genommen fiel mir

keine Antwort ein. Der Unbekannte wollte mich fertigmachen und ich war wie gelähmt von seiner Skrupellosigkeit. Als ich mich wieder halbwegs gefasst hatte, schrieb ich Stone eine Mail mit der Bitte um Aufklärung des Falls, aber er antwortete nicht. Stand ich etwa schon auf der Abschussliste? Offensichtlich.

Erst gegen neun kroch ich aus dem Bett, duschte und ging zum Frühstück nach unten. Dort saßen alle um den Küchentisch versammelt, aber die Stimmung schien ebenfalls gedrückt.

»Na, alles klar? Guten Morgen.« Ich nahm neben John Platz und goss mir einen Kaffee ein. Smilla nickte mir knapp zu. War sie noch sauer wegen meines Korbs? Bestimmt. John verdrehte vielsagend die Augen, Bailey schnaufte. Vor allem die Frauen wirkten ziemlich mies gelaunt. Oder bildete ich mir das nur ein, weil Smilla mir einen tiefgekühlten Blick zuwarf?

»Es ist ein Morgen. Ob er gut ist oder nicht, steht auf einem anderen Blatt.« Typisch Caspar. Um diese kryptische Bemerkung zu entschlüsseln, bräuchte man wahrscheinlich eine Enigma aus dem Zweiten Weltkrieg.

»Was ist an diesem Morgen schlecht?« Ich tastete mich an das Minenfeld heran. Dabei war mein Morgen derartig beschissen, dass ich liebend gern mit jedem der hier Anwesenden getauscht hätte. So schlimme Probleme wie ich konnten sie gar nicht haben!

Dumpfes Schweigen. Das Baby stieß einen seltsamen Laut aus. Der Kleine zeigte auf mich: »Mag ich nicht.« In der Ferne bellte ein Hund.

»Bekommt sie keine Luft?« Ich machte einen Witz, doch er stieß auf wenig Begeisterung.

»Sie hat gelacht.« Smilla sprach in so eisigem Tonfall, als hätte ich das Baby absichtlich in die rosigen Wangen gekniffen.

Merke: Mache niemals Witze über ein Baby, schon mal gar nicht in Anwesenheit der Nanny.

»Hm, ach so. Wie … äh, süß.«

Caspar atmete tief ein und legte die Fingerspitzen beider Hände aufeinander. »Es ist ein Morgen der vergessenen Jahrestage.«

Bailey rollte mit den Augen, in seinem Blick stand geschrieben: Bring dich schnell in Sicherheit, bevor es zu spät ist, Matt! John stöhnte neben mir dumpf auf.

»Aha. Und was bedeutet das?«

»Oh ja, der Jahrestag.« Marians ansonsten liebliche Stimme klang eher wie ein Wolfsknurren.

»Ich sage nichts dazu.« Mel riss den Kühlschrank auf, nahm eine Packung Eier hervor und ging damit zum Herd. Dort warf sie ein paar Eier in die zischende Pfanne. Von hier aus sah es aus, als wären sie noch in der Schale?

»Wer hat den Jahrestag vergessen?« Ich nahm einen Toast, obwohl ich keinen Hunger hatte, und bröselte ein Stück davon ab.

»John«, schnarrte Marian.

»Verstehe. Sonst noch jemand ohne Fahrschein?« Auch jetzt lachte niemand über meinen lockeren Scherz.

Mel knallte vor Bailey einen Teller auf den Tisch, dann kippte sie die Eier hinein. Halbroh und tatsächlich mit Schale.

»Oh. Und Bailey vermutlich auch?« Nein, das war keine Frage. Bemüht fröhlich fügte ich hinzu: »Was ist schon schlimm daran? Wir könnten einen eigenen Jahrestag daraus machen, den Jahrestag der vergessenen Jahrestage.«

Niemand lachte.

Ich schien wirklich an Todessehnsucht zu leiden, denn in das ungemütliche Schweigen hinein warf ich erneut eine Frage: »Und was passierte vor einem Jahr?«

Marian räusperte sich. »Heute vor einem Jahr kam ich nach Snowhill. Durch Glatteis und meterhohen Schnee habe ich mich durch den tosenden Schneesturm gekämpft, mit dem winzigen Gabriel auf dem Arm. Mir sind dabei fast die

Füße abgefroren, es war so bitterkalt. Und jetzt? Hat er es einfach vergessen.« Ihre Augen standen voller Tränen.

»Ach so«, sagte ich lapidar und fing mir damit einen stechenden Blick von Mel ein. Schnell fügte ich hinzu: »O mein Gott, das klingt ja schrecklich!« Dafür rammte John seinen Ellenbogen in meine Seite. Ich unterdrückte einen Schmerzenslaut.

»Oh Baby, es tut mir so leid.« Seine Stimme tropfte wie süßester Honig von seinen Lippen. »Lass es mich bitte wiedergutmachen. Bald gehen wir schick essen und ich bestelle dir etwas Wunderbares im Internet. Du suchst dir etwas aus, was du schon immer haben wolltest. Und heute verwöhne ich dich den ganzen Tag. Lass mich einen Toast für dich schmieren. Oder möchtest du lieber Müsli?« Nach einer kurzen Pause fügte er hinzu: »Ich könnte dich später die Treppe hochtragen und überhaupt trage ich dich heute überall hin. Na, was sagst du dazu?«

»Danke, ich möchte nichts.« Ihre Stimme klirrte wie sprödes Metall. Sie beugte sich nach vorne und sah mich an. »Weißt du, Matt, ich musste ihm am Abend Maronensuppe auftragen. Und er hat mich dabei richtig gequält, mich hin und hergejagt wie ein Feldwebel: Los, Kleine, bring mir die Suppe, mach gefälligst schneller! Vor lauter Angst bin ich dauernd gestolpert und habe bestimmt fünf Mal alles verschüttet. Und er? Hat noch Witze über mich gemacht und mich trotzdem weiter herumkommandiert. Er hat mich richtig schikaniert!« Trotz Marians anklagendem Ton musste John lachen. Ich ebenso.

»Sorry.« Ich tarnte mein Lachen als Husten. »Das hast du getan, John?! Du Monster!« Ein weiterer Stoß landete in meinen Rippen.

»Hab ich nicht, Liebling. Und Kleine hab ich dich erst viel später genannt, nicht wahr? Ich fand dich total süß. Auf den ersten Blick. Weißt du noch, wie ich die Treppe runtergefallen bin bei unserer ersten Begegnung? Ich habe mir fast den Rücken gebrochen.«

Sie prustete ein bisschen. »Als könnte ich das jemals vergessen.« Sofort wurde sie wieder ernst. »Aber du hast anscheinend alles vergessen!«

»Oh, nein, Liebling. Ganz bestimmt nicht.«

Vom Herd prasselte es laut. Schwarzer Rauch stieg auf und ein bestialischer Gestank wehte zum Tisch herüber.

»Mel, du hast die Pfanne versehentlich auf dem Herd stehengelassen.« Ich deutete zur Arbeitsplatte.

»Nein, das passt schon so.« In aller Seelenruhe stapfte sie zum Herd. »Ah, prima, Baileys Speck ist fertig.« Sie kehrte mit der Pfanne vom Herd zurück. »Und du, Bailey Donovan, noch ein bisschen Speck zu deinen Eiern?« Sie sprach wie ein cholerischer General, der seine Truppe in den sicheren Tod schickte. Dann kippte sie den schwarz verkohlten Speck auf die halb rohen Eier.

»Danke, Mel. Das sieht einfach köstlich aus. Wie alles, was du kochst, Schatz.« Bailey zog den Kopf ein, aber um seine Mundwinkel tanzte sein berühmtes charmantes Lächeln.

»Und welchen Jahrestag hast du verbummelt, Bailey?«, fragte ich.

»Ich habe keine Ahnung!« Er reckte die Hände in die Luft und setzte sein Unschuldslamm-Gesicht auf. »Da ist ja das Schlimme! Ich weiß nicht einmal, was ich versiebt habe.«

»Oh, du bist so … so …!« Mel stampfte wütend mit dem Fuß auf. »Mir fehlen die Worte.«

»Süß?« Er kicherte, dann wurde er ernst. »Okay, dann werde ich das jetzt essen und dann ist alles wieder gut, Mel?« Er lächelte sie an und legte den Kopf dabei schief. Charmant wie eh und je.

»Nein!«

Caspar faltete die Hände über seiner Porridge-Schale zusammen. »Puh, ich kann nur sagen: Nie war ich froher, Single zu sein.«

»Da schließe ich mich doch glatt an«, murmelte ich.

»Muss ja etwas höllisch Wichtiges sein«, brummelte Bailey. »Bekomme ich jetzt etwas zu essen oder nicht?«

»Oh ja. Man könnte es durchaus wichtig nennen«, rief Mel aufgebracht. »Du hast mir vor genau einem Jahr versprochen, dass du mir einen Antrag machst und dass wir in Jahresfrist verheiratet sind.«

»Was? Ich? Einen Antrag? Da musst du mich mit jemandem verwechseln«, flachste Bailey. »Gib mal bitte das Müsli rüber, Matt. Hab echt einen Bärenhunger. Und nein, so schwarzverkohlte Sachen esse ich lieber nicht. Krebserregend und so. Sorry, Mel.« Er schob seinen Teller weg, angelte sich eine Schale und kippte Müsli hinein.

»Das ist nicht lustig«, zischte Mel.

»Nein, im Ernst, Mel. Kann mich absolut nicht daran erinnern.«

Ich stöhnte dumpf auf, ebenso John und Caspar.

»Was denn? Wenn ich es doch nicht weiß.« Bailey hob ratlos die Schultern. »Wüsste auch nicht, warum ich das überhaupt tun sollte? Heiraten?« Er stieß ein Prusten aus, goss Milch in seine Schale und löffelte sein Müsli.

Totenstille.

»Äh, aus Liebe vielleicht?« Ja, das sagte gerade der Richtige. Nämlich ich.

»Hm, ach so.« Bailey dachte kurz nach. »Also gut, dann heiraten wir halt.« Er zuckte wieder mit den Achseln. »Obwohl ich den ganzen Stress nicht verstehe. Wir sind doch auch so glücklich, ohne Trauschein. Oder, Melly?«

»Dann heiraten wir halt? Sollte das etwa ein Antrag sein?« John und ich stießen uns gegenseitig in die Seite. »Damit kommt er nicht durch«, feixte John.

»Das glaube ich auch nicht.«

Bailey aß munter von seinem Müsli. »Pass auf, Mel. Spitzenidee!« Er zeigte mit dem Löffel auf sie und kaute mit vollen Backen. »Gleich heute Nachmittag fahren wir beiden Hübschen nach Wingham und gehen da aufs Standesamt. Okay? Und schon heute Abend bist du Miss Bailey oder wie das heißt.«

»Wenn schon, dann Mrs Donovan«, knurrte Mel.

»Miss Bailey und ihr Chauffeur«, sagte ich. John und ich lachten schallend. Das traf vielleicht Baileys Vorstellungen von einer romantischen Hochzeit. Mit dem Quad spontan durch meterhohe Schneeverwehungen fahren, er in seinem blauen, wahlweise natogrünen Arbeitsoverall, Mel mit karierter Schürze und wehendem Kopftuch neben ihm, eine schnelle Unterschrift auf dem Standesamt, und kurz darauf würde er wieder in Snowhill an seinen Autos herumschrauben.

Aber ganz bestimmt entsprach das nicht Mels Wünschen. Sie sah sich im weißen Kleid, mit riesiger Schleppe und eleganter Frisur. Überall Rosenbouquets, dazu ein festliches Essen mit rauschender Feier. Und Bailey trug zum ersten Mal in seinem Leben einen eleganten Anzug, war anständig rasiert und zog zur Feier des Tages sogar seine geliebte Mütze aus.

John hatte wohl die gleichen Gedanken wie ich. »Mit dem Quad?« Wir prusteten beide los.

»Sicher, Jungs. Wird bei dem Schweinewetter das Beste sein. Kann ich jetzt vielleicht mal ein richtiges Frühstück haben, Mel-Süße?« Er zwinkerte uns zu. »Oder soll ich lieber sagen: Misses Bailey? Spiegeleier mag ich viel lieber als Müsli, das weißt du doch, Mellymaus.« Er wähnte sich in Sicherheit und ahnte nicht, wie nah er sich am Abgrund befand.

»Weder Eier noch Misses Bailey«, sprach Mel mit ungewohnter Schärfe in der Stimme.

Tja, das war auch wirklich ein lausiger Antrag.

Da war meiner wesentlich spektakulärer ausgefallen. Lauren und ich, im Urlaub auf den Seychellen, wir beide auf der Terrasse eines Luxushotels. Ich hatte ein Flugzeug gemietet, das über unsere Köpfe flog und einen Wimpel hinter sich herzog. *Heirate mich?!* Dann war ich vor ihr auf die Knie gegangen und hatte den Ring gezückt. Sie hatte sofort Ja gesagt, und alle Gäste hatten applaudiert. Alles wie im Bilderbuch und generalstabsmäßig organisiert. *Nicht wirklich romantisch.* Mit Sicherheit wusste sie vorher, dass ich sie fragen würde, denn nachmittags ging sie zum Friseur und zur Maniküre. Sie trug ein Kleid, das ich vorher nie an ihr gesehen hatte.

Wir waren da auch schon sieben Jahre zusammen und im Nachhinein … Vielleicht kam der Antrag zu spät? Ich hätte sie einfach an der Hand nehmen und mit ihr durchbrennen sollen. Sieben Jahre zuvor, als wir uns Hals über Kopf ineinander verliebten. Aber wir waren beide so vernünftig und besonnen. Wir planten alles. Unsere Karrieren, unser Haus, unser Leben. Nur unsere Liebe vernachlässigten wir und in einem schleichenden Prozess ging alles den Bach hinunter. Die Erinnerung daran legte sich wie Blei auf meine Schultern, meine Fröhlichkeit schlug in Trauer um.

Und auch die allgemeine Stimmung kippte.

»Wie nein?« Bailey winkte großmütig ab. »Wenn Spiegeleier zu viel Arbeit sind, ein Rührei tut's auch, Melly. Mach dir bloß nicht zu viele Umstände.«

»Nein! Weder Eier …« Sie holte tief Luft und stieß hervor: »Noch Hochzeit, Bailey!«

»Was? Du willst mich nicht heiraten? Aber du sagtest doch eben …«

»Aber doch nicht so!« Mel fuchtelte mit dem Pfannenwender vor Baileys Gesicht herum. Dann wandte sie sich an Marian und Smilla. »Dass ich das überhaupt noch erklären muss, unglaublich, oder?«

Smilla nickte ihr eifrig zu. »*Jo, jo!*«

»Oh ja, das ist es.« Marians Stimme zitterte, dann brach sie urplötzlich in Tränen aus. »Wie gemein. Und ihr beiden lacht auch noch so blöd!«, schrie sie zwischen zwei Schluchzern.

»Wer lacht hier blöd?«, fragte John verdutzt.

»Du! Und Matt!« Sie schob den Stuhl heftig zurück, so dass er quietschend über die Fliesen schrammte. Mit einem lauten Aufweinen sprang sie auf und rannte heulend aus dem Zimmer.

»Warum weint sie denn auf einmal?«, fragte ich verdutzt.

»Warum wohl?«, fragte Mel mit einem Ausdruck der Verbitterung.

Smilla wiegte den Kopf hin und her und schaute bedenklich drein. »*Jo, jo,* das ist der Baby-Bloesen.«

»Der was?« Das haarsträubende Wort, das keinerlei Ähnlichkeit mit Schwedisch aufwies, löste bei mir beinahe einen Lachkrampf aus. Jetzt übertrieb sie es aber gewaltig. »Baby-Blues?«

»Sage ich doch. Baby-Bloes, zusammen mit Schlafmangel und vergessenem Jahrestag. Oh je, oh je.« Sie rollte mit den Augen und gab eine ihrer *Ich bin das süße Schwedenmädel*-Vorstellungen.

»Was heißt noch mal Jahrestag auf Schwedisch?« Ich konnte es einfach nicht lassen, sie zu ärgern. Sie reizte mich über die Maßen und verleitete mich ständig dazu. Prompt verdüsterte sich ihr Gesicht, und ich fügte schnell hinzu: »Ach, jetzt fällt es mir selbst wieder ein. *Arsdag,* oder? Mit einem langem O am Anfang.«

Sie nickte knapp. »Manchmal spricht man es allerdings auch *Arschtag* aus. Hörst du? *Arschtag.*« Ihre Stimme klang zuckersüß. Dabei stimmte das gar nicht! Mit übertriebenem Lächeln streckte sie mir das Baby unter die Nase: »Halt doch mal eben das Babylein, Matti. Ich hole mir schnell einen Kaffee.«

Oh, dieses kleine gemeine Biest!

»Kann gerade nicht.« Mit einer Hand klammerte ich mich an der Kaffeetasse fest, mit der anderen an der Müslischale.

»Du könntest sie ruhig mal halten«, brummte John. »Immerhin ist sie dein Patenkind.«

»Mein Paten… was?« Meine Stimme kippte. Das meinte er doch hoffentlich nicht ernst! Ich und Patenonkel? Das bedeutete eine ungeheure Verantwortung und das wiederum bedeutete … Versagen.

»Sicher, dein Patenkind. Marian und ich haben es gemeinsam beschlossen. Wir wollten es dir eigentlich erst an Weihnachten mitteilen, aber du kannst jetzt schon mal üben.

Freust du dich? Bestimmt, oder?« Er klopfte mir aufs Bein und erhob sich. »Ich schaue mal lieber, wie es Marian geht. Kann's nicht ertragen, wenn meine Süße weint.« Mit einem Seufzen ging er zur Tür.

Wie in Schockstarre sah ich ihm hinterher. »Kann ich das auch ablehnen?« Die Worte flossen aus meinem Mund, ohne dass ich sie aufhalten konnte.

John fuhr zu mir herum. »Was hast du gerade gesagt?«

»Ich … mit Babys … kann ich echt nicht so gut.«

Er warf mir einen zutiefst verletzten Blick zu und verließ wortlos den Raum. Sogar das Stampfen seiner Schritte, als er die Treppe nach oben nahm, klang enttäuscht.

Stille.

Smilla schaute schuldbewusst, denn immerhin hatte sie das Ganze ausgelöst. Mel wirkte total perplex. Selbst Caspar zeigte eine für seine Verhältnisse ungewohnte Gemütsregung, ein missbilligendes Augenrollen. Sofort hatte er sich wieder im Griff und setzte sein stoisches Gesicht auf. »Ein echter Gentleman würde niemals so eine Ehre ablehnen.«

»Scheiße, Matt«, brummte Bailey und fuhr sich über die Bartstoppeln. »Warum hast du das gesagt? Ist ja noch schlimmer als mein verkorkster Antrag.«

»Weiß nicht«, murmelte ich.

Vermutlich, weil es die Wahrheit war.

❄

KAPITEL 14

Smilla

Die Stimmung befand sich auf dem absoluten Tiefpunkt, auch durch meine Schuld, und ich verspürte ein schlechtes Gewissen. Matt hatte wirklich Angst vor Babys, ich hätte ihm besser Glauben schenken sollen. Mit meiner Bitte, Stella zu halten, wollte ich ihn nur ein bisschen provozieren. Ich konnte ja nicht ahnen, dass er sich weigern würde und sich daraus der Streit über ihre Patenschaft entspann. Nervös biss ich mir auf die Lippen, es tat mir leid.

»Ich habe zu tun«, schnarrte Mel, deren Miene man durchaus als *angepisst* bezeichnen konnte. »Bailey, du räumst die Küche auf!«

»Hm?« Er blickte ratlos durch die verwüstete Küche, dann sprach er mit lammfrommer Stimme: »Selbstverständlich, liebste Mel.« Kaum war sie gegangen, flüsterte er mir zu: »O Mann, ich hab's komplett vergeigt. Das wird ja ein schönes Weihnachtsfest. Nicht.«

Caspar erhob sich und schob seinen Stuhl an den Tisch. »Du hast deinen Teil dazu beigetragen, Bailey Donovan. Wie konntest du Mel nur einen dermaßen erbärmlichen Antrag machen?«

»Nein? Nicht gut?« Bailey fuhr sich mit einem Ausdruck der Zerknirschung übers Gesicht.

»Völlig indiskutabel!«, schnarrte Caspar. »Lass dir etwas Besseres einfallen. Und damit meine ich etwas wirklich Spektakuläres, worüber man noch in zehn Jahren spricht. Besser in zwanzig. Nun denn, ich wünsche frohes Schaffen. Küchenarbeiten stehen in meiner Stellenbeschreibung nicht drin.« Er verbarg sein Lächeln hinter seiner vorgehaltenen Hand.

»Ach ja? In meiner zufällig auch nicht«, konterte Bailey. »Da steht nur was von Autos!«

»Wie dem auch sei.« Caspar zwirbelte seinen Schnurrbart. »Ich werde Johns Vater anschreiben und ihn fragen, ob es ihm endlich besser geht und wie seine Pläne für Weihnachten aussehen. Viel Vergnügen, Bailey.« Auch Caspar verließ den Raum.

»Oh je. Ist Johns Vater krank? Verzeihung, es geht mich nichts an …«

»Ach was, natürlich darfst du das fragen, Smilla. Es ist nichts Schlimmes. Seitdem die Kleinen da sind, hat er eine Kinderkrankheit nach der anderen bekommen.« Trotz seiner offensichtlichen Niedergeschlagenheit kicherte Bailey leise. »Zuerst eine Form von Mumps, dann Ringelröteln. Und neuerdings hat er Windpocken.«

»Oh je, das klingt ja nicht so gut.«

»Ja, bei Erwachsenen ist das wohl um einiges schmerzvoller als bei Kindern. Sonst wären Johns Eltern längst hier. Sie sind ganz vernarrt in die beiden Minis, aber in seinem Zustand konnte er nicht fliegen.«

Gemeinsam räumten wir den Tisch ab und stapelten Teller und Platten auf der Arbeitsplatte.

»Wo ist denn hier der Kühlschrank?« Bailey öffnete ein paar Türen, bis er die richtige fand. »Ach, hier. Sieh mal einer an.« Dann schob er die gesamte Käseplatte hinein und stellte die Butter dazu.

»Sollen wir den Käse nicht lieber einpacken?«

»Das geht schon so. Eier habe ich immer noch keine bekommen. Könnte mir selbst welche machen. So schwierig kann das doch alles nicht sein.« Er starrte hilflos auf das Ceranfeld des hochmodernen Herds. »Verflixt! Ich weiß nicht einmal, wie man das Ding anschaltet. Ohne meine Mel wäre ich echt aufgeschmissen.«

Ich musste ein Lachen unterdrücken. »Dreh doch mal an den silbernen Knöpfchen, oder?«

»Hm, das könnte schon sein. Aber wie ich dann die Eier in die Pfanne bekommen soll …« Er winkte resigniert ab. »Ach, mir ist ohnehin der Appetit vergangen. Werde draußen mal eine Runde Schneeräumen.« Er blieb neben mir stehen und strich der Kleinen über die runde Wange. »Du bist die Einzige, die mich noch mag, stimmt's?« Wie ein großer trauriger Bär stand er da. »Da werde ich mir für Mel etwas ganz Besonderes einfallen lassen müssen. Wenn ich nur wüsste, was?«

»Bailey, ich mag dich auch.« In einer aufmunternden Geste rieb ich über seinen Arm. »Weißt du, Frauen lieben in solchen Fällen eher große Gesten. Viel Glitzer und Kokolores, Musik im Hintergrund und ein schöner Ring. Und die Hochzeit sollte natürlich auch etwas Besonderes sein. Nicht nur mit dem Quad durch den Schnee fahren wie ein Holzfäller.«

Er stöhnte auf. »Ich fand es lustig, aber bei diesem Thema vertragen Frauen keinen Spaß, stimmt's?«

»Genau. Da werden Frauen schnell wütend.«

»Gut. Dann werde ich mal meinen Gehirnkasten anwerfen und mir etwas Besonderes ausdenken. Bis später.« Mit einem abgrundtiefen Seufzer verließ Bailey die Küche.

Wo steckte Matt? Bestimmt hatte er sich in der Bibliothek verkrochen. Ich sollte mit ihm reden und ihm sagen, dass es mir leidtäte. »Wir schauen mal, wie es Matti geht, ja?«

»Nein. Mag ich nicht.« Gabriel zog einen Flunsch.

»Nur zwei Minütchen, ja? Danach spielen wir in deinem tollen Zelt, einverstanden?«

Brummelnd trottete er neben mir her.

MIT GABRIEL an der Hand betrat ich die Bibliothek. Ich lag richtig mit meiner Vermutung, Matt stand mit dem Rücken zu uns am Fenster und betrachtete das Schneetreiben. Der Schneefall hatte etwas nachgelassen, aber an einigen Stellen lag der Schnee bereits einen halben Meter hoch, in den Schneeverwehungen sogar hüfthoch.

»Matti?«

»Hm?«

»Wir wollten nur mal nach dir sehen.«

»Nein«, sagte Gabriel prompt.

»Doch, das wollten wir. Das haben wir so abgemacht, nicht wahr? Zuerst schauen, dann spielen.«

»Er mag mich nicht. Kein Wunder, ich bin wohl der Kinderschreck.« Matt lachte, aber sein Lachen klang flach und in seiner Stimme schwang etwas anderes mit. Traurigkeit und auch so etwas wie leise Sehnsucht?

»Bist du nicht. Natürlich mag er dich. Nicht wahr, Gabriel?« Ich schenkte Gabriel einen geradezu beschwörenden Blick. *Bitte! Sei nett!*

»Nein.« Störrisch schüttelte er den Kopf, so dass seine blonden Haare nach allen Seiten flogen.

»Gib dir keine Mühe, Smilla. So ist es eben.« Matt nahm am Schreibtisch Platz und starrte auf den Bildschirm. »Wenn die Kleine sprechen könnte, würde sie vermutlich das Gleiche sagen, stimmt's?«

Als hätte Stella es verstanden, gab sie ihre typischen ärgerlichen Geräusche von sich, die bei weiterem Anschwellen meistens in einen Schreianfall übergingen. Ich hüpfte hin und her, um sie zu beruhigen. »Äh, nein, auf keinen Fall.« Vor lauter Hüpfen geriet ich völlig außer Atem. »Da … täuschst du dich … aber … gewaltig.«

Amüsiert sah Matt mir dabei zu. »Ach ja?« Er wandte sich ab und widmete sich wieder dem Bildschirm.

»Es … tut mir leid«, keuchte ich. »Wenn ich gewusst hätte, dass du sie … wirklich nicht halten willst …« Ihre Geräusche verstummten, und ich stellte meine Hüpferei wieder ein. »Hätte ich dich nicht gefragt.«

»Schon gut, ich habe dich zuerst geärgert. Mit dem *Arsdag.*« Er schmunzelte ein wenig. »Somit sind wir quitt. Schön, dass du da bist.«

Seine Worte lösten ein sanftes Vibrieren in mir aus. »Ja?«

»Ja. Ich brauche deine Hilfe. Ich glaube, ich bin gerade heillos überfordert.« Er nickte zum aufgeklappten Laptop und fuhr sich über seine stoppelige Wange.

»Sicher. Wobei denn?« Ich trat näher heran und schaute ihm über die Schulter. Er hatte eine Seite mit Kinderwagen geöffnet.

»Ich wollte einen Kinderwagen bestellen. Zur Wiedergutmachung dafür, dass ich John zur Hochzeit versehentlich etwas richtig Hässliches geschenkt habe. Und außerdem … vielleicht überlege ich mir das mit dem Patenonkel noch mal. Aber ich weiß nicht, Kinderwagen sind eine Wissenschaft für sich. Wie findest du den?« Er zeigte auf ein dunkelblaues Exemplar mit hohen silbernen Rädern. Er sah aus, als wären sämtliche Babys aus Downtown Abbey darin herumkutschiert worden, vielleicht sogar die Queen persönlich. Erzkonservativ und antiquiert.

»Oh ja, mach das. John würde sich bestimmt sehr freuen, wenn du Patenonkel wirst. Hm, ich weiß nicht. Er sieht teuer aus, aber auch unpraktisch. Wie ein Schiff. Darf ich?« Matt rückte ein Stück beiseite, ich griff an ihm vorbei zur Maus und klickte eine Zeitlang herum. Dann wählte ich einen anderen Wagen aus. Cremefarben und modern. »Nimm lieber diesen hier, der ist toll! Den kann man zum Buggy umbauen. Das ist viel praktischer, schön wendig im Gelände. Da kann Stella sehr lange drin fahren und hat bestimmt viel Spaß. Und Gabriel auch, stimmt's?«

Wie erwartet, antwortete Gabriel mit einem störrischen »Nein.«

Matt lachte. »Okay, das bedeutet wohl, dass ich ihn nehmen soll. Braucht man auch noch Zubehör?«

»Ja. Unbedingt. Darf ich?« Ich zeigte auf seinen Stuhl. »Im Sitzen geht das besser.« Matt räumte den Platz und ich ließ mich nieder. Was für tolle Sachen! Sofort schob ich ein paar ungemein wichtige Teile in den Warenkorb. Mit jedem Klick wurde ich begeisterter. »Oh ja, eine Schale fürs Auto, die man auf dem Kinderwagengestell befestigen kann. Das ist total praktisch. Einen Fellsack für den Winter braucht sie natürlich auch. Und einen Schirm für den Sommer. Vielleicht auch eine passende Wickeltasche? Und einen Plüschbären? Gott, ist der süß. Da gibt es auch einen knuffigen, total flauschigen Plüschdackel. Hm, da kann ich mich kaum entscheiden.«

Matt nahm meinen Kaufrausch mit einem Ausdruck der Belustigung zur Kenntnis. »Nimm beide.«

»Wirklich?« Klick, schon lagen beide im Warenkorb.

»Vielleicht sollten wir für Gabriel auch etwas bestellen?«, schlug er vor.

»Nein!«, sagte Gabriel sofort. Doch als ich die Seite mit Spielzeugautos anklickte, bekam er glänzende Augen. Er zeigte auf ein paar Autos. »Mag ich. Mag ich. Mag ich auch.« Dann hielt er inne und deutete mit seinem Finger auf Matt. »Mag ich nicht.«

»Hm, ein eindeutiges Urteil.« Matt flüsterte mir zu: »Bestell sie trotzdem, dann habe ich schon ein paar Weihnachtsgeschenke für ihn.«

Gesagt, getan. Schließlich landete ich auf der Seite, wo man die Kreditkartennummer eingeben musste. »Den Rest musst du erledigen – oh, es ist ein bisschen teuer geworden. Ach herrje, über zweitausend Pfund. Ist das zu viel? Vielleicht sollte ich ein paar Sachen wieder entfernen. Wenn ich bloß wüsste, welche?«

»Nein, schon okay. Lässt du mich wieder auf meinen Platz?« Er legte seine Hand auf meine Schulter und seine Berührung durchzuckte mich wie ein Blitzschlag. »Du hast seltsame Flecken auf deiner Bluse.« Er beugte sich zu mir herab. »Das sieht aus wie Farbe. Vielleicht wurde die Bluse beim Waschen verfärbt?«

Ich erstarrte. Die hässlichen Tattoofarben zeichneten sich ab? Hätte ich bloß keine rosa Bluse angezogen. »Sieht man es stark?« All die Erinnerungen wirbelten in mir hoch und meine Fröhlichkeit war mit einem Mal wie weggeweht.

»Nein, nur ein bisschen zwischen den Schulterblättern und auch nur, wenn man ganz nah herangeht. Wenn deine Haare offen sind, fällt es vermutlich überhaupt nicht auf.«

Sofort entfernte ich die Bänder von den Zopfenden und löste die Zöpfe. Hastig fuhr ich mit den Fingern durch mein Haar, bis es wieder meinen Rücken bedeckte. Mein Herz klopfte vor Aufregung. Wenn das jemand anders bemerkt hätte? *Na und, es ist nur Farbe,* versuchte ich mich selbst zu beruhigen. Auch wenn es für mich mehr bedeutete, jeder andere würde es nicht als schlimm empfinden. Dennoch wollte ich, dass alles verschwand, was mich an ihn erinnerte. Und Matt musste mir dabei helfen. Zögernd sprach ich es aus: »Vielleicht brauche ich heute Nacht deine Hilfe.« Beim Rückenwaschen. Aber das würde ich ihn erst in der Nacht fragen – wenn ich mich dann noch traute.

»Was soll ich tun, dir die Haare kämmen im silbernen Mondlicht wie eine Zofe?« Er lachte. »Ich muss dich allerdings warnen, im Frisuren machen bin ich bestimmt eine Niete.« Er strich in einer zärtlichen Geste über mein Haar. »Hübsch.« Seine Stimme bekam einen warmen Tonfall. »Was ist Euer Begehr, Mylady?« Er schmunzelte und ich musste über seine Worte lächeln.

»Ich sage dir heute Nacht Bescheid, okay?«, antwortete ich ausweichend. Ich wollte mir in Ruhe überlegen, ob ich ihm so weit vertrauen konnte.

»Klingt ja ganz schön geheimnisvoll. Sicher, kein Problem. So, und jetzt lass mich mein Konto plündern. Hast du zufällig auch irgendwelche Wünsche?«

Ich schüttelte den Kopf. »Danke, lieb von dir, dass du fragst.«

Keine Angst mehr haben müssen. Das stand ganz oben auf meiner Wunschliste. Aber diesen Wunsch konnte mir niemand erfüllen.

❄

KAPITEL 15

Matt

Ich beschloss, John aufzusuchen und wegen dieser verunglückten Patenonkel-Sache mit ihm zu sprechen. Wie ich es mir schon gedacht hatte, saß er oben in seinem Arbeitszimmer am Schreibtisch, den Laptop aufgeklappt.

»Störe ich dich? Kann ich kurz reinkommen?«

»Du kannst auch länger reinkommen, Matt.« Er winkte mich zu sich. Gabriel saß neben ihm und malte mit Wachsmalstiften dicke Klumpen auf ein Blatt Papier. »Wow, das sind aber tolle Kühe, Buddy. Richtig klasse.«

»Hab ich gemalt«, verkündete Gabriel stolz und verzierte den dicken Klumpen mit einem kleineren eiförmigen Kringel. »Baby-Kuh«, murmelte er und fügte hinzu: »Schwester. Mag ich nicht.«

Ich musste mir ein Lachen verbeißen, genau wie John. »Natürlich magst du deine Schwester, Gabriel. Schau mal, sie ist noch so klein …«

»Nein!« Mit energischen Strichen kreuzte er die Baby-Kuh

durch. Dann nahm er einen schwarzen Stift und malte eine dicke schwarze Wolke darüber.

»Oh je, was dazu wohl ein Psychologe sagen würde?« John zwinkerte mir zu und nahm Gabriel auf den Schoß. »Du weißt doch, du bist Daddys großer Schatz, egal wie viele Schwestern oder Brüder du noch bekommst. Hab dich lieb, Buddy.« Sie kuschelten miteinander. Ein schöner Anblick, der mich in meinem Innersten berührte. »Komm, wir rufen Oma an, ja?«

»Ja, Oma!« Gabriel klatschte in die Hände.

Ich hatte mir meine Worte schon zurechtgelegt, trotzdem sprach ich sie mit wachsender Beklemmung. »Du, John, sorry, wenn das eben ein wenig schroff klang. Deine Bitte kam für mich überraschend und deshalb habe ich Nein gesagt. Stellas Patenonkel zu werden, ist natürlich eine große Ehre für mich, aber dieses Thema ist für mich nicht einfach. Lässt du mir bitte Zeit, darüber nachzudenken?«

Er sah mich lange an. »Sicher. Ich habe auch darüber nachgedacht.« Er stockte. »Du hast erzählt, es ging damals bei euch schief … diese Babysache. Vielleicht willst du deshalb Abstand halten zu allem, was damit zu tun hat?«

Er hatte den Nagel auf den Kopf getroffen, auch wenn er das ganze Ausmaß der Baby-Katastrophe nicht kannte. »Ja, so in etwa. Ich sage dir Bescheid, innerhalb der nächsten Tage, okay?«

»Lass es dir in Ruhe durch den Kopf gehen. Ich würde mich freuen, wenn du es annimmst. Aber nur, wenn du es wirklich willst.« Er deutete auf den Stuhl neben sich. »Komm, setz dich. Mum freut sich bestimmt total, dass du hier bist.«

»Sicher. Warum nicht.« Mir wurde beklommen zumute, als ich an seiner Seite Platz nahm. Hoffentlich sprach sie nicht das Thema Scheidung an. Aber warum sollte sie das? Vermutlich machte ich mir mal wieder zu viele Gedanken.

John startete die Verbindung.

»Hi Mum, schau mal, wer zu Besuch gekommen ist.« John deutete auf mich. »Tadaaa: Matt!«

»Oh Matt, wie schön, dich zu sehen. Du bist nach Snowhill gekommen, wie mich das freut.« Tante Diane lächelte, klemmte sich ein paar silbergraue Haarsträhnen hinter die Ohren und setzte ihre silberne Nickelbrille auf. »So sehe ich euch besser. Ah, da ist ja auch Gabriel. Huhu, kleiner Mann!« Sie und Gabriel winkten einander zu.

Da betrat Smilla den Raum und stutzte bei unserem Anblick. »Oh, Entschuldigung. Ich wollte mit dir basteln, das machen wir später, Gabriel.« Sie huschte wieder hinaus.

»Smilla, mitkommen!«, rief Gabriel, kletterte von Johns Schoß und rannte ihr hinterher.

»Wer war das?« Johns Mutter hob ihre Brille und sah Smilla mit zusammengekniffenen Augen hinterher. »Und jetzt ist Gabriel weg?! Oh nein, wie schade.«

»Ja, er liebt sie über alles. Smilla ist unsere schwedische Nanny, Mum.«

»Oho. Sie ist aber sehr attraktiv, John.« Sie nickte vielsagend, in ihrer Stimme schwang ein Vorwurf.

»Ja, und? Das macht doch nichts.« Er lachte. »Meine Frau ist auch sehr attraktiv und für mich die einzige Frau, die zählt. Das weiß du doch, Mum. Also mach dir keine Sorgen. Wie geht es Dad und wie sehen eure Pläne für Weihnachten aus?«

Sie verzog das Gesicht und knurrte: »Ach, Pläne! Pläne! Wie soll man mit dieser Katastrophe von Mann Pläne schmieden?«

»Aber Mum, er ist krank geworden. Er kann doch nichts dafür.«

»Na und?«, schnarrte sie. »Wegen ihm kann ich seit Wochen meine Enkelkinder nicht besuchen! Dabei vermisse ich meine beiden Schätzchen so sehr. Wo steckt denn meine süße Stella?«

»Oben bei Marian, sie stillt sie gerade.«

»Ah! Sehr gut.« Sie nickte begeistert. »Stillen ist das Beste für Kinder. Ich hab dich auch eine halbe Ewigkeit gestillt, John. Ich glaube, vier Jahre oder so. Ja, ja, guck nicht so erstaunt, sogar als du längst in den Kindergarten gingst. Da bin ich in den Pausen manchmal zu dir gefahren. Oft genug hast du mir vor allen Kindern die Bluse aufgerissen, um zu trinken.«

»O Gott! Wie bitte?« John machte ein schockiertes Gesicht. »Das glaube ich jetzt nicht, Mum.«

Ich prustete in meine Hand. »Ah, das erklärt deine ausgeprägte Vorliebe für …« *Weibliche Oberweiten.*

»Halt den Rand, Matt.« Mit einem Grinsen verpasste John mir einen Stoß.

»Na ja, gut, vielleicht habe ich ein klein wenig übertrieben.« Sie zeigte mit den Fingern einen Abstand von wenigen Zentimetern. »Aber drei Jahre alt warst du ganz bestimmt.«

Da torkelte im Hintergrund eine Gestalt in einem grünen OP-Kittel durch die Tür. Die Arme nach vorne gestreckt und leise stöhnend, stakste sie auf uns zu. Sie erinnerte mich an eine Filmgestalt. Frankenstein?

»Wer ist das? Sieht aus wie ein Zombie«, flüsterte ich.

»Dad natürlich. Warum ist er so seltsam angezogen, Mum?« John klang beunruhigt. »Er weiß doch hoffentlich, dass wir ihn sehen?«

»Sicher weiß er das. Das heißt, wenn diese dämlichen Windpocken nicht auch noch sein Gehirn befallen haben.« Johns Mutter lachte schrill. Offensichtlich lagen ihre Nerven blank.

Die sich nähernde Gestalt entpuppte sich wirklich als mein Onkel. Sein Gesicht war überall mit weißen Cremetupfern bedeckt, fast jede sichtbare Stelle an Armen und Beinen war weiß.

»Was ist das für ein weißes Zeug?« John ließ den Zeigefinger über seinem Gesicht kreisen.

»Die Tinktur gegen den Juckreiz«, knurrte Tante Diane gereizt. »Ich muss ihn damit mehrmals am Tag einreiben. Und soll ich dir etwas verraten?«

»Nein, danke, lieber nicht, Mum. Deine Geständnisse irritieren mich jedes Mal.«

Sie prustete empört. »Nein, doch nicht so etwas! Ich wollte gar nicht über Sex reden, John.«

»Oh Gott«, flüsterte ich John zu. »Deine Eltern haben Sex? Ich hoffe, meine nehmen sich daran kein Beispiel.«

John lachte gepresst. »Das willst du alles nicht wissen, Matt.«

»Stimmt, will ich nicht. Gruselig, oder?«

»Und ob!«

»Hört ihr jetzt mal auf, Jungs?« Tante Diane schüttelte mit Nachdruck den Kopf. »Wir sind um die sechzig und nicht scheintot! Dein Vater und ich, John, haben auch in unserem hohen Alter noch reichlich ausschweifenden und höchst befriedigenden …«

»O Gott, so fing es das letzte Mal auch an. Und dann kam sein Schleiertanz«, zischte John mir hinter vorgehaltener Hand zu.

»Schleiertanz? Ist es das, was ich denke, was es ist?«

»Ja. Nur zehn Millionen Mal schlimmer. Ich sag's dir, das werde ich mein Lebtag nicht vergessen. Hat sich bis auf ewig in mein Gehirn eingebrannt.« Er murmelte leise vor sich hin: »Eins, zwei Cha-Cha-Cha.«

»Ich höre euch! Tut nicht so, als wäre ich nicht anwesend.« Tante Diane wackelte energisch mit dem Zeigefinger.

»Diane … Diane«, röchelte Johns Zombie-Vater und es klang wie aus einem Horrorfilm. »Du musst meine Tinktur auftupfen, Diane.«

»Keine Zeit«, knurrte sie ihn an. »Ich rede gerade mit John und Matt.«

»Matt?« Onkel Jeremy näherte sich dem Bildschirm. Sein von Creme zugekleistertes, maskenartiges Gesicht verzog sich zu einer furchterregenden Fratze.

Ein Lächeln? Mir lief es eiskalt den Rücken hinunter.

»Schön, dich zu sehen, Matt. Du warst lange nicht in Snowhill. Leider bin ich so krank, ich weiß nicht, ob ich es dieses Jahr zu Weihnachten schaffe.« Er rang nach Atem.

»Du übertreibst maßlos, Jeremy!« Meine Tante schlug mit

der Faust auf den Tisch. »Und allmählich kann ich deine blöden Windpocken nicht mehr sehen! Die stehen mir bis obenhin!«

»Seht ihr, Jungs, was ich alles aushalten muss?«, ächzte er. »Halbtot vor Schmerzen, grauenhafter Juckreiz Tag und Nacht und dann schreit sie mich auch noch an. Wisst ihr, wo diese Dinger überall sind? Wollt ihr es wissen?«

»Nein, lieber nicht«, riefen John und ich im Chor.

»Ich zeig sie euch trotzdem. Momentchen!« Er drehte sich um, wir hielten den Atem an, dann hob er sein Hemdchen und zeigte uns seinen Po. Ich konnte mich nicht entscheiden, was schlimmer war: dass er so behaart war oder so … nackt.

»Gott, Dad!« John schlug die Hände vors Gesicht, dumpf drang es dahinter hervor: »Du hast nicht einmal eine Unterhose an!«

»Ja, weil es juckt wie verrückt, mein Sohn.«

»Du gehst jetzt sofort ins Bett, Jeremy!« Tante Diane schimpfte wie ein Rohrspatz. »Und werd gefälligst gesund! Beeil dich! Wenn du an Weihnachten immer noch krank bist, fliege ich ohne dich nach England.«

Er entfernte sich schleppenden Schrittes. »Das ist alles so furchtbar. Nicht einmal meine Männergrippe war so schlimm wie diese Windpocken.«

Geschockt sahen wir ihm hinterher.

»Tja, da seht ihr, was ich alles aushalten muss. Wenn er sich nicht bald zusammenreißt, lass ich mich scheiden! Zumindest ziehe ich aus. Genauso wie … andere Menschen.« Sie warf einen bedeutungsvollen Blick in meine Richtung. »Sag mal, Matt …«

Oh nein, bloß nicht dieses Thema!

»Hab wahnsinnig viel zu tun, Tante Diane. Bis bald in Snowhill!« Ich winkte ihr zu, sendete ein verkrampftes Lächeln hinterher und stürzte aus dem Raum. So sehr ich den beiden wünschte, dass sie Weihnachten hier feiern konnten, wünschte ich für mich, dass sie erst nach meiner Abreise kämen.

Tante Diane telefonierte öfter mit meiner Mutter, die beiden verstanden sich sehr gut. Von daher wusste meine Tante, dass ich überhaupt nicht geschieden war. Meine angebliche Scheidung würde sich als komplette Luftnummer entpuppen.

Fuck, drehte sich alles immer nur im Kreis, aus dem es kein Entrinnen gab?

Nein, ich selbst drehte mich im Kreis seit nunmehr drei Jahren. Als drückte man bei einem leiernden Kassettenrekorder die Rückspultaste und spielte ständig das gleiche Lied. Wenn ich das alles hinter mir lassen wollte, um wieder glücklich zu sein, musste ich ausbrechen. Doch damit mir das gelänge, musste ich die Wahrheit aussprechen. Und dann? Das Entsetzen in ihren Gesichtern sehen, miterleben, wie sie mich fallenließen. Dazu war ich momentan nicht bereit und ich fragte mich, ob ich es jemals wäre?

Auf keinen Fall bestand die Lösung in heißen Küssen mit Smilla. Sie verschlimmerten meine Lage, denn mit jedem unserer Küsse wuchs die Sehnsucht. Der Wunsch nach einer glücklichen Zukunft flackerte immer stärker in mir auf.

Eine glückliche Zukunft. Wiederum stieß ich gegen die unsichtbare Barriere, die ich in meinem Inneren aufgebaut hatte. Hatte ich sie überhaupt verdient?

❄

KAPITEL 16

Smilla

Beim Abendessen herrschte anfänglich eine angespannte Atmosphäre. Mel setzte eine undurchdringliche Miene auf und sprach mit Bailey in freundlich-distanziertem Ton. Dann verschwand er in der Eingangshalle und kehrte mit einem riesigen Strauß roter Rosen zurück, den er hinter seinem Rücken verbarg.

»Mel, für dich.« Er zückte den Strauß und hielt ihn unter ihre Nase.

Mel schaute perplex. »Ist das ein Antrag?« Sie wischte sich die Hände an der Schürze ab und fuhr ordnend durch ihr Haar. »Meine Güte, ausgerechnet jetzt, da ich so verschwitzt vom Kochen bin. Wie ich wohl aussehe …«

»Bezaubernd wie immer.« Er lächelte sie entwaffnend an. »Nein, das ist kein Antrag, nur meine von Herzen kommende Entschuldigung, meine Liebe.«

»Ach so.« Sie wirkte ein wenig enttäuscht.

»Du tust so viel für mich und für alle, dafür wollte ich dir mein Dankeschön ausdrücken. Ohne dich würde ich glatt verhungern.« Er lachte gepresst, sofort wurde er wieder ernst. »Nein, es ist nicht nur das. Ohne dich bin ich aufgeschmissen, Melly. Es tut mir leid, wenn ich dir das Gefühl gegeben habe, dass ich unsere Hochzeit als etwas Nebensächliches ansehe, das man zwischen Tür und Angel erledigt. Und als wärst du ebenso nebensächlich und nicht von Bedeutung für mich.« Seine Stimme wurde rau und er räusperte sich. »Das ist ganz bestimmt nicht der Fall. Im Gegenteil. Ich verspreche dir, dass unsere Hochzeit etwas ganz Besonderes wird. Nimmst du meine Entschuldigung an, liebe Mel?« Schnell schob er nach: »Du hast den besten Antrag aller Zeiten verdient. Und dafür lasse ich mir etwas richtig Spektakuläres einfallen, einverstanden? Aber innerhalb weniger Stunden konnte ich nichts auf die Beine stellen, was dem gerecht werden würde.«

»Ja, ich nehme deine Entschuldigung an. Danke, Bailey.« Sie nahm die Rosen von ihm entgegen und lächelte. Leise fügte sie hinzu: »Da bin ich aber gespannt.«

»Und ich erst«, antwortete Bailey treuherzig. »Äh, ich meine: Lass dich überraschen, Mel!«

Das war wirklich süß von ihm, dass er sich vor allen entschuldigte. Nach diesen mutigen Worten mochte ich Bailey, den Brummbären mit dem Herzen aus Gold, noch viel lieber.

Kurz darauf wünschte ich allen eine Gute Nacht und zog mich in mein Zimmer zurück.

Es war schon gegen Mitternacht, als ein leises Klopfen aus dem Schrank drang. Endlich, es wurde auch Zeit. Seit Stunden schon wartete ich auf Matt und eben hatte ich gedacht, er käme heute Abend nicht.

Wie gestern öffnete ich die Schranktür und er krabbelte hervor. »Ist ja gar nicht so staubig wie gestern.«

»Ja, ich habe eben Staub gewischt. Damit du nicht in den Spinnweben steckenbleibst wie Dornröschens Prinz in den Dornenhecken.« Auf meinen Witz reagierte er nur mit einem leichten Anheben eines Mundwinkels und erhob sich umständlich vom Boden.

»Du hast gesagt, du brauchst meine Hilfe.« Nervös blickte er zum Bett. »Ist sie da?«

Was hatte er immer mit dem Baby?

»Nein, noch nicht. John bringt sie meistens gegen eins. In einer Stunde.«

»Worum geht es? Was soll ich tun?« Er wirkte distanziert und hielt deutlichen Abstand von mir. Jetzt verschränkte er auch noch abweisend die Arme. Einen Kuss würde es heute nicht geben, so viel stand fest.

Dabei war ich gar nicht aufs Küssen aus, sondern brauchte lediglich seine Hilfe beim Waschen. Angesichts seines abwehrenden Verhaltens geriet mein Entschluss ins Wanken. Sollte ich ihn wirklich darum bitten, mir zu helfen? Wenn ich das Zeug endlich loswerden wollte, blieb mir allerdings keine andere Wahl. »Kannst du … kannst du mir vielleicht den Rücken waschen?«

Er machte zuerst große Augen, dann stieß er ein ungläubiges Lachen aus. »Kannst du das nicht selbst? So gebrechlich siehst du eigentlich nicht aus. Oder sind deine Arme zu kurz?« Wiederum lachte er. Auf seinem Gesicht zeichnete sich Verwunderung ab, dann sogar Misstrauen. Als würde er sich fragen, ob das ein Trick von mir wäre, um mit ihm auf Tuchfühlung zu gehen. Das war es aber nicht. Und überhaupt hatte ich solche Tricks nicht nötig.

»Nein, ich … das ist etwas schwierig zu erklären.« Zögernd drehte ich mich um und lockerte den Gürtel meines Bademantels. Der Mantel rutschte ein wenig über die Schultern nach unten, so dass er ein Stück von meinem Rücken freigab.

»Herrgott, was ist das denn?« Er klang erschrocken, fast schon bestürzt. »Das ist ja selten unpassend.« Leise fügte er hinzu: »Und auch noch so hässlich.«

»Ja, ich weiß. Es ist ein vorgemaltes Tattoo. Wenn es dir unangenehm ist, musst du es nicht machen.« Ich spürte seine

Blicke auf meiner nackten Haut. Auch wenn er den Drachen hässlich fand, wusste ich, dass ihm mein Rücken gefiel. »Allein schaffe ich es nicht und du bist der Einzige, den ich fragen kann.«

»Doch, natürlich helfe ich dir. Was sonst? Lass uns lieber ins Bad gehen.« Er legte seine Hand auf meine Schulter und schob mich in Richtung des Bads. Seine warme Hand auf meiner nackten Haut ließ meinen ganzen Körper prickeln und erschauern. »Ist dir kalt? Du hast Gänsehaut.« Seine Stimme klang belegt.

»Ja. Schon ein wenig.«

Er räusperte sich. »Wie machen wir es am besten? Ich glaube, da muss ich tüchtig an dir herum schrubben. Äh, sorry, das klang ein wenig seltsam.« Er stieß ein nervöses Lachen aus.

Ich musste ebenfalls lachen. »Ich könnte mich unter die Dusche stellen und ...«

»Nein, bloß nicht in die Dusche.« Er hob abwehrend die Hand und verzog das Gesicht. »Dann wärst du ja nicht angezogen!«

»Doch, ich lasse die Jeans an und ziehe nur den Bademantel aus.« Auch wenn ich mich fragte, wie ich das anstellen sollte, ohne dass er meinen nackten Oberkörper zu Gesicht bekäme. »Ich beuge mich nach vorne, halte mir ein Handtuch vor und …«

»Nein, nein, wir beide zusammen unter der Dusche, das ist keine gute Idee.« Er klang immer nervöser, so als würde die Dusche sein Kopfkino mächtig in Gang bringen. Meins lief auf jeden Fall auf Hochtouren und zeigte mir einen richtigen Duschporno. Ich nackt, er nackt hinter mir und dann rubbelte er wild an mir herum und seifte mich tüchtig ein.

Nein, das würde auf keinen Fall passieren! Kein Techtelmechtel! Außerdem hatte ich mir erst gestern einen Korb bei ihm abgeholt. Auf einen weiteren konnte ich dankend verzichten.

Ich zeigte aufs Waschbecken. »Dann eben so: Du drehst

dich um, ich ziehe den Mantel aus, halte mir schnell ein Handtuch vor und du wäschst mir den Rücken.«

»Nein, da hängt doch ein Spiegel!«, wehrte er ab. »Direkt über dem Waschbecken. Da sehe ich doch alles!« Fast schon dramatisch reckte er die Hände in die Luft.

Ich musste über seine Geste kichern. »So hässlich bin ich auch wieder nicht, dass das so schlimm wäre.«

Er lachte ebenfalls. »Das habe ich so nicht gesagt. Vielleicht wäre es aus anderen Gründen schlimm für mich.«

Warum bloß? Weil es ihn schwach machen würde? Hatte er eine Art Gelübde abgelegt?

Ich drehte mich um und sah uns beide im Spiegel. Er hinter mir, groß, breitschultrig und hypernervös. »Es gibt hier überall Spiegel.« Ich deutete im mehr als luxuriösen Bad umher. »Der Designer ist wohl in einen wahren Spiegelrausch verfallen. Überall sind welche. An jeder Wand hat er einen angebracht, fehlt bloß noch einer an der Decke.« Mit einem Lachen fügte ich hinzu: »Ich könnte dir die Augen verbinden, damit du auch bloß kein Fitzelchen von mir siehst.«

Er hob die Augenbrauen. »Nicht sehr logisch, denn dann weiß ich nicht, wo ich waschen muss.« *Gott, wirklich! Diese Spaßbremse!*

»War auch nur ein Witz«, murmelte ich.

Er grinste in meinem Rücken, ich konnte es im Spiegel erkennen – und seinen begehrlichen Blick ebenfalls. »Ah, ich hab's: die Badewanne!« Er zeigte auf die im Boden eingelassene riesige, ovale Wanne. »Da ist kein Spiegel weit und breit. Du setzt dich auf den Rand, lässt die Beine in die Wanne baumeln und ich knie mich hinter dich und wasche dich.«

Meine Güte, wenn es einen Preis für die umständlichste Lösung aller Zeiten gäbe, hätte er ihn gerade gewonnen. Mit Auszeichnung.

»Okay. Wie du meinst.« Ich ließ mich auf dem Wannenrand nieder, öffnete den Bademantel weiter und ließ ihn im Rücken herab, streng darauf bedacht, mich vorne nicht zu entblößen. Wahrscheinlich würde Matt sonst beim Anblick meiner Brüste einen Schock erleiden oder in Ohnmacht fallen. Oder was auch immer mit ihm passierte, falls er ein Stück meiner nackten Haut zu sehen bekäme. »Kommst du so an alles ran?«

Er war noch am Waschbecken und schloss gerade den riesigen Schrank, der ebenfalls verspiegelt war. »Moment, ich habe eine Schüssel gefunden. Ich fülle sie mit Wasser, dann muss ich nicht dauernd aufstehen und den Lappen befeuchten.« Wasser plätscherte, dann kniete er sich mit Schüssel und Waschlappen bewaffnet hinter mich.

»Gut so?«, fragte ich.

»Alles bestens. Soll ich anfangen?«

»Ja, bitte.« In Erwartung eines Kälteschocks durch den eiskalten Lappen hielt ich den Atem an, aber er hatte ihn in warmes Wasser getaucht und vorgewärmt. Wie aufmerksam von ihm.

»Oh, das ist wirklich … Meine Güte, was für eine Scheußlichkeit.« Vorsichtig fuhr er mit dem Lappen über meine Schultern, dann zwischen meine Schulterblätter. »Ein Drache? Und dann noch so riesig. Passt kein bisschen zu dir. Sorry, wenn ich das so sage.«

»Du hast ja recht.« Seine sanften Berührungen fühlten sich angenehm an, und ich entspannte mich ein wenig.

»Wer tut denn so etwas? Sollte das wirklich ein Tattoo werden?« Mit großen, flächigen Bewegungen fuhr er über meinen Rücken.

»Ja.« Ich seufzte ein bisschen, weil es sich so gut anfühlte. Und auch vor Erleichterung darüber, dass endlich dieses hässliche Ding von meinem Rücken verschwände.

Er hielt inne. »Alles okay?«

»Ja, es ist sehr angenehm. Mach weiter.«

»Vermutlich bist du deswegen davongelaufen?«

»Mmh. Ja.«

»Hätte ich an deiner Stelle auch getan. Obwohl, nein. Ich hätte ihn wahrscheinlich verklagt. Versuchte Körperverletzung, Nötigung, Freiheitsberaubung.«

»Als hätte das etwas genutzt.« Die Erinnerung an ihn ließ mich frösteln. Wie war es ihm nur gelungen, dass ich mich bei ihm so machtlos fühlte? Sogar im Nachhinein?

»Hat er …«, er zögerte, »hat er dich auch geschlagen? Entschuldigung, wenn meine Frage indiskret ist. Wenn du nicht darüber reden möchtest, musst du mir das nicht beantworten.«

»Was? Natürlich nicht!« Empört drehte ich mich zu ihm um und sah ihm in die Augen. »Er hat mich niemals geschlagen oder mir auch nur ein Härchen gekrümmt. So ist er nicht! Er ist kein brutaler Frauenschläger, der einer Frau Gewalt antut. Trotz allem war er ein Gentleman.«

»Aha? Schon gut.« Er legte seine Hände auf meine Schultern. »Drehst du dich bitte wieder um? Sonst …« Sein vielsagender Blick wanderte zu meinen Brüsten, dann drehte er mich mit sanftem Griff an den Schultern wieder nach vorne.

»Man sieht doch gar nichts!« Ich regte mich richtig auf. Nicht nur wegen der Ungeheuerlichkeit dieser Vermutung, sondern weil ich gegen jede Vernunft immer noch Gefühle für diesen Mann hegte, der mich eingesperrt hatte. Ganz versteckt, in einem Winkel meines Herzens. Mit einem Blick hatte er mich bezwungen, mit einem Satz hatte er mich regelrecht zerbröselt. Er hatte meine Freiheit massiv beschränkt, bis fast nichts mehr von mir übrig geblieben war. Aber ich verteidigte ihn immer noch. Ich war so dumm! Und dennoch konnte ich nicht aufhören damit. Denn da war auch die Erinnerung an unsere Liebe, die so besonders gewesen war. Von Anfang an. Zuerst besonders leidenschaftlich, dann besonders quälend.

Als wir uns zum ersten Mal begegneten, feierte ich mit Freunden in einem Club. Er schickte einen der Bodyguards, um mich an seinen Tisch zu bitten, doch ich lehnte ab. Das einzige Mal, dass ich mich ihm nicht beugte. Lächelnd kam er zu mir und zog mich mit seiner Ausstrahlung in seinen Bann, ohne viel zu sagen. Schon wenige Tage später zog ich bei ihm ein. Wir waren glücklich, bis er mich nicht nur lieben, sondern besitzen wollte. Von da an kippte es unaufhaltsam, jeden Tag ein Stückchen mehr, bis es unsere Liebe zerstörte.

»Alles okay?« Matts Frage riss mich aus meinen Erinnerungen.

»Ja. Er hat mich vergöttert.« Fast verlegen schob ich hinterher: »Wenn auch auf etwas ungesunde Weise. Es war zu viel.«

»Verstehe, seine Masche war wohl eher subtil.« Er strich weiter über meinen Rücken. Minutenlang hörte man nur das leise Wischen und das Plätschern des Wassers, als er den Lappen auswrang. »Weißt du, jemandem ein Tattoo aufzuzwingen, ist auch eine Form von Gewalt.«

Matt hatte recht, schon wieder! Ich musste schlucken.

»Könnten wir bitte über etwas anderes sprechen? Ich habe dir heute schon genug Fragen beantwortet, oder? Fast wie bei einem Kreuzverhör.« Bei diesen Worten musste ich lächeln. Auch wenn er mich ausfragte, tat es gut, sich mit ihm zu unterhalten. Es fühlte sich erleichternd an, dass ich ihm das alles anvertrauen konnte, fast wie bei einem Geständnis. So lange Zeit war vergangen, dass ich mit jemandem offen sprechen konnte. Das hatte mir am meisten gefehlt, mit jemandem zu reden. Jemand, der mich verstand, der mir nicht aus jedem Wort einen Strick drehte und Eifersüchteleien daraus spann, völlig unbegründet natürlich. Der mich in eine Ecke hinein argumentierte, aus der ich allein nicht mehr herauskam. Bis ich zu weinen anfing. Und der mich dann in seine Arme schloss und mich mit seinen brennenden Küssen alles vergessen ließ.

»Stimmt, das hast du. Genug Fragen für heute.« Bedächtig wusch er weiter. An manchen Stellen rieb er mehrmals herum, dann strich er wieder mit flächigen Bewegungen über meinen Rücken.

»Du solltest einen Beruf draus machen«, sagte ich zum Spaß.

»Äh, aus dem Fragestellen? Nun ja …«

»Nein, aus dem Rückenwaschen. Du machst das sehr gut.«

»Danke.« Er räusperte sich. »Geht vermutlich nicht alles ab bei einem Mal. Da werde ich ein paar Mal an dir herum rubbeln müssen. Äh, ich meine …«

»Schon verstanden. Ist es für dich nicht sehr unbequem, auf den harten Fliesen zu knien?«

»Hm, na ja. Es geht schon«, murmelte er.

»Du könntest dich hinter mich setzen«, schlug ich vor. Nicht ganz uneigennützig. Denn ich mochte das alles. Seine Nähe, seine warmen Hände und dass er mich so behutsam behandelte.

»Und du sitzt dann zwischen meinen Beinen? Hm, besser nicht.« Er wusch eine Zeitlang weiter, dann stieß er ein dumpfes Stöhnen aus. »Wobei es wirklich unbequem ist. Meine Kniescheiben sind vermutlich schon zerbröselt. Ich glaube, ich setze mich doch lieber hin.« Umständlich nahm er hinter mir Platz, dann legte er beide Beine rechts und links von mir ab, streng darauf achtend, mich nicht zu berühren.

»Ist das schon ein Spagat?«, flachste ich, weil er die Beine so weit von mir streckte.

»Freches Ding.« Er quetschte den Lappen auf meinem Rücken aus. Wasser rann in meine Jeans und in mein Höschen.

Ich quietschte auf. »Iiih, meine Hose wird nass.«

»Geschieht dir ganz recht. Ich kann überhaupt keinen Spagat.«

»Aber ich. Habe früher professionell getanzt. Modern Dance.«

»Wirklich? Wundert mich nicht. Du bewegst dich elegant. Äh, nicht dass ich dich beobachten würde …«

»Natürlich nicht.«

»Es ist mir halt aufgefallen. Früher? Du hast damit aufgehört?«

»Ja, verletzungsbedingt, nach zweimaligem Bänderriss. Auf Dauer war die Belastung bei den Sprüngen zu groß und ich musste meine Karriere beenden. Nicht, dass sie wahnsinnig erfolgreich gewesen wäre, aber Tanzen war mir sehr wichtig. Danach fiel ich in eine Depression und da lernte ich *ihn* kennen. Er hat mich aus dem Loch herausgeholt.«

»Aha, verstehe. Bis wohin reicht das Bild überhaupt?«

»Bis zum Steißbein. An manchen Stellen ragt es sogar auf meinen Po hinaus. Dort, wo der Drache seinen Schwanz hat.«

»Oho. Du wirst deine Hose ausziehen müssen. Lieber morgen, oder?« Er stieß ein nervöses Husten aus.

»Ja, lieber morgen, Matt.« Nicht, dass er angesichts meines nackten Pos einen Kreislaufkollaps erlitt. Oder einen schweren Nervenzusammenbruch. »Darf ich dich auch etwas fragen?« Ohne seine Antwort abzuwarten, sprach ich weiter: »Hast du vielleicht ein Gelübde abgelegt oder so etwas in der Art?«

»Was für ein Gelübde denn?«, fragte er verblüfft.

»Na ja, keine Frau mehr anzufassen vielleicht?«

»Zu deiner Erinnerung: Ich habe dich gestern angefasst. Und das nicht zu knapp.« In seiner Stimme lag ein Schmunzeln.

»Ich weiß, aber heute nicht.« Meine Worte klangen verlangend, fast schon sehnsüchtig. Auf einmal knisterte wieder diese Spannung zwischen uns.

»Stimmt, heute nicht. Ist auch besser so.« Er zögerte einen Moment. »Ich hatte schon sehr lange keinen Sex mehr. Und das ist auch gut so.«

Und das ist auch gut so? »Was für ein Unsinn! Sex ist enorm wichtig.« Mit einem leisen Seufzer gestand ich ihm: »Ich hatte allerdings auch eine halbe Ewigkeit keinen Sex mehr.«

»Und das bedeutet?«

»Mehrere Monate nicht. Genau genommen drei.«

»Drei Monate? Ach, das geht ja noch.« Er lachte gezwungen, als dauerte seine Sexpause unendlich viel länger. Vielleicht ein halbes Jahr? Ein derartig attraktiver Mann wie er kam bestimmt kein halbes Jahr ohne Sex aus.

»Hm, das finde ich nicht. Ich mag Sex, die Verbindung, die

dabei zwischen zwei Menschen entsteht. Die Nähe und die Innigkeit.« Um nicht wie eine Romantikerin zu klingen, schob ich schnell nach: »Natürlich auch die Orgasmen und den Spaß.«

»Kann mich dunkel daran erinnern.« Er wollte wohl einen Scherz machen, aber er hörte sich eher sehnsüchtig an, was durch seinen leisen Seufzer noch verstärkt wurde.

Jetzt seufzten wir also beide sehnsüchtig und ich entschied mich dafür, einen Schritt weiterzugehen. »Du, Matt? Ich mag es total, wenn du mich anfasst. Auch wenn ich eigentlich keinen Kopf für so was habe und total viel um die Ohren und überhaupt …«

»Bist du gerade erst vor einem Mann davongelaufen, nicht wahr?« Seine rechte Hand legte sich auf meine rechte Schulter, die linke auf die andere.

»Ja, genau.«

»Geht mir genauso. Dass ich keinen Kopf dafür habe und überhaupt …«

»Ist alles ein bisschen schwierig für dich?«

»Mehr als das. Ich mag es übrigens auch, wenn wir uns küssen und so.«

Ich sank ein Stück zurück und schmiegte mich an ihn. »Wenn für uns beide alles momentan schwierig ist und wir beide es gut finden, dann könnten wir es doch einfach tun.«

»Was denn tun?« Seine Hände strichen langsam bis zu meiner Taille.

»Wozu wir Lust haben.«

»Hm, ich weiß nicht«, murmelte er. Seine rechte Hand bog nach vorne und wanderte langsam meinen Oberkörper hinauf. Seine kratzige Wange schmiegte sich an meine.

»Mmh, das mag ich«, seufzte ich und als seine Hand meine Brust umfasste, stöhnte ich auf.

»Verführerin.« Sein Mund berührte meinen Mundwinkel, ein kleiner Kuss. Plötzlich war auch die zweite Hand vorne und legte sich auf meine Brüste. »Verflixt, schon wieder!«

»Ja, schon wieder.« Ich schob mich näher an ihn heran, als

unsere Lippen sich bereits trafen. Gott, es war so gut, ihn zu küssen. Warm und weich, genüsslich und kurz darauf lodernd heiß, als seine Zunge meine umschlang. Seine Hand strich über meine Brüste, drückte sie zusammen. Vorsichtig zupfte er an meiner Brustwarze und ich stöhnte in seinen Mund.

Der Kuss wurde heftiger, seine Erregung pochte hart in meinem Rücken. Und genau wie gestern schob er zielstrebig seine Hand über meinen Bauch, öffnete geschickt den Reißverschluss und tauchte in meine Hose ab. Herrgott, zuerst zauderte er herum und dann ging er gleich in die Vollen. Seine Finger tasteten sich vor, schoben sich in mein Höschen, berührten mich und brachten mich zum Stöhnen. Er wusste genau, was Frauen wollten. Ein richtiger Womanizer. Wie viele Frauen er wohl schon so geküsst hatte? Für einen Moment loderte ein bislang unbekanntes Gefühl in mir auf. Eifersucht. Rhythmisch bewegte er seine Finger vor und zurück und ließ mich Sterne sehen.

»Magst du das?« Er packte mich fester. Wie in einem Schraubstock klemmte ich zwischen seinen großen Händen, von denen eine meine Brüste streichelte und die andere meinen Unterleib in lodernde Flammen setzte.

»Oh ja, und wie. Hör nicht auf. Bitte …«

»Warum sollte ich damit aufhören, wo du es doch so sehr magst«, raunte er in meinen Mund. O Gott und er sagte auch noch so heiße Sachen. Darauf stand ich total.

»Ja. Gib mir mehr.« Ich gab mich ganz seinen Berührungen hin, räkelte mich ihm entgegen und genoss sein rhythmisches Streicheln.

»Mehr von allem? Du bekommst alles, was du willst. Und noch ein bisschen mehr …«

Wieder ein verschlingender Kuss, der mich zum Seufzen brachte. Und dann drückte er genau auf meinen empfindlichsten Punkt, unerbittlich und doch sanft – ich raste mit Höchstgeschwindigkeit auf einen wahnsinnigen Höhepunkt …

Auf einmal ein Klopfen. Wo kam das her?

Wir schraken zusammen, seine Finger stoppten unvermittelt. »Wer ist das?«

Das Klopfen verstärkte sich. Es drang von meiner Schlafzimmertür.

»John! Er bringt das Baby. Das habe ich total vergessen.« Hastig entwand ich mich aus seinen Armen, zog mein Shirt runter und den Reißverschluss hoch. Dann rief ich betont fröhlich zur Tür: »Momentchen, ich komme sofort! Bin gerade im Bad.«

»Verflixt nochmal«, flüsterte er. »Ausgerechnet jetzt. Schade.«

»Ja, sehr schade.« Im Spiegel strich ich mein verwuscheltes Haar glatt und bannte den Ausdruck der Erregung aus meinem Gesicht. Herrgott, was für heiße Küsse! Meine Knie blieben watteweich, als ich aus dem Badezimmer eilte.

Wir steuerten beide die Tür an. Matt mit einem fast schon starren Ausdruck in den Augen, als wollte er die Tür hypnotisieren, sich nicht zu öffnen.

Er griff nach meinem Arm und legte den Finger über seinen Mund. *Pst, kein Wort.* Stumm bog er zum Schrank ab, stieg hinein und war weg. Er hatte mir nicht einmal ein Gute Nacht zugeflüstert, geschweige denn mich zum Abschied geküsst! Vor Enttäuschung hätte ich am liebsten mit den Füßen auf den Boden gestampft. Draußen vom Gang war keinerlei Babygeschrei zu hören, also schlief Stella. Nachdem ich sie von John übernommen und in den Stubenwagen gelegt hätte, hätten Matt und ich noch weiter herummachen können. Aber er nutzte die Unterbrechung, um abzutauchen, genau wie gestern. Warum tat er das? Ich hatte doch gespürt, wie sehr es ihm gefiel.

Ich würde es schon noch herausfinden. Beim nächsten Mal würde er mir nicht so leicht davonkommen. Und ich war mir sicher, dass es das gäbe: ein nächstes Mal.

❄

KAPITEL 17

18. DEZEMBER

Matt

SCHON WIEDER WAR ES PASSIERT. Diese Frau stellte etwas mit mir an, das ich nicht kontrollieren konnte. Sobald ich in ihre Nähe kam, zerschmolz ich wie Wachs in ihren Händen, fühlte mich machtlos und wollte nur das Eine: sie küssen, ihr noch näher sein, mit ihr schlafen.

Noch Stunden nach der abrupten Unterbrechung spürte ich die Erregung, die heiß durch meine Adern floss. Und nicht nur das, auch das in mir wirbelnde Glücksgefühl, das mir ihre Zärtlichkeit bereitete. Unsere Küsse im Bad bescherten mir die halbe Nacht lang feuchte Träume, die andere Hälfte lag ich wach und kämpfte gegen den Wunsch an, zu ihr hinüber zu gehen und diese Träume wahr werden zu lassen. Das tat ich natürlich nicht.

Eben war ich fast ein bisschen glücklich aufgewacht, mit einem lange nicht mehr empfundenen Gefühl von Wärme und Hoffnung um mein Herz. Bis auf einmal mein Telefon piepste und die Realität mich wieder in ihren Fängen hielt.

Eine weitere üble E-Mail war eingetroffen: *Wir haben einen zweiten Fall aufgetan, in dem du unsauber gearbeitet hast. Und es scheint noch viele weitere zu geben. Zum allerletzten Mal: Komm aus deinem Versteck heraus und schwing deinen Arsch nach London, Christmas. Keine Ausreden! Oder es gibt den Superknall, der das Ende deiner Karriere einläutet. Hier schon mal ein kleiner Vorgeschmack, damit du weißt, dass wir keine leeren Drohungen aussprechen.*

Mich traf fast der Schlag. Sie hatten mehrere Dateien angehängt und den Fall Mason auf den Tisch gebracht. Und bei diesem Fall hatte ich wirklich ein wenig nachgeholfen. Perry Mason, ein brutaler Schlägertyp, dem man Kindesmisshandlung vorwarf. Seine Frau wollte nicht gegen ihn aussagen und ich übte Druck auf sie aus, bis sie ihre Meinung änderte. Die Kollegen nahmen es stillschweigend zur Kenntnis. Manchmal musste man so etwas tun. Besser als ihn nach Hause zu entlassen, zu drei kleinen Kindern.

Wenn wir das an deinen Boss weiterleiten, wird er mit Sicherheit eine Untersuchung einleiten. Du weißt, wie das ausgehen kann: Du verlierst deine Anwaltszulassung und landest im Gefängnis. Zumal wir noch einiges in der Hinterhand haben, das dich belasten kann. Was sagst du dazu?

»Scheiße! Fuck! Verdammt noch mal!«

Die Uhr tickt, Christmas! Mein Finger zuckt nervös über dem Senden-Button! Du allein kannst es verhindern. Heute. London. 18 Uhr.

Verdammt, was sollte ich tun? Ich schwang mich aus dem Bett und starrte aus dem mit Eisblumen überwucherten Fenster. Der Schneefall hatte zumindest für den Moment aufgehört. So lautete auch die gestrige Vorhersage, dass der Sturm zwischen heftigen Schneeschauern und trügerischer Windstille abwechselte. Vielleicht blieb mir eine winzige Chance, in einer Pause zum Bahnhof zu gelangen und mich von dort nach London durchzuschlagen. Wenn ich das vorhatte, musste ich unverzüglich handeln und sofort aufbrechen.

Ohne länger zu zögern, stopfte ich alles in den Koffer und war innerhalb von zwei Minuten geduscht und angezogen.

Ich würde mich der Sache stellen, nach London fahren und retten, was zu retten war. Vielleicht konnte ich meine Entlassung verhindern, dass sich meine Karriere von diesem Schlag erholte, bezweifelte ich allerdings stark.

Ich wollte gerade aus dem Zimmer stürmen, als ich innehielt. *Smilla.* Wenigstens zwei erklärende Zeilen sollte ich ihr hinterlassen. Eben war sie mit dem Baby nach unten gegangen, es bestand also keine Gefahr, ihr in die Arme zu laufen. Die Vorstellung, dass sie enttäuscht wäre, behagte mir nicht und mein Gefühl sagte mir deutlich, dass sie es wäre. *So schwer wird sie es nicht nehmen. Aber vielleicht ja doch?*

Ein Zweizeiler. Leere herrschte in meinem Kopf. Was schrieb man in einer solchen Situation? Ich sollte ausnahmsweise spontan sein und einfach drauflos schreiben.

Liebe Smilla, ich muss leider weg. Es geht nicht anders. Viele Grüße, Matt.

Guter Text. Bisschen kurz, aber alles drin. Doch wie von selbst flog der Stift weiter übers Papier, die Worte strömten nur so aus mir hervor.

Die Küsse mit dir waren wunderschön. Seit langer Zeit habe ich mich in Gegenwart einer Frau wieder gut gefühlt, so unsagbar leicht und ein bisschen verrückt, fast so als wäre ich verliebt. Ehrlich gesagt, noch nie zuvor habe ich mich so frei und leicht gefühlt. Bei einer Frau. Wow, ich muss sagen, du küsst wahnsinnig gut. Genau genommen wie ein kleiner Teufel. Darf gar nicht darüber nachdenken, wie es wäre, mit dir zu schlafen, du heiße (nicht)-schwedische Supersexbombe. Ich glaube, ich würde das ganze Haus zusammenschreien. Und das benachbarte Dorf auch, obwohl es fünf Meilen weit entfernt liegt.

Worüber ich auch nicht nachdenken darf: dein süßes Lächeln, deine Brüste, deinen sexy Po und wie es wäre, mit dir Sex zu haben. Ach so, das schrieb ich oben schon. Bin wohl verwirrt.

Leider muss ich wegfahren, ich erwähnte es bereits. Glaube mir, lieber würde ich bei dir bleiben, mit dir herummachen und mit dir lachen. Und mit dir schlafen natürlich. Deinen sexy Po in meinen Händen halten, deine Brüste auch. Du lässt mich wünschen, dass ich vier Hände hätte. Dein Po weckte die wildesten Vorstellungen in mir. Deine Brüste auch – aber das darf ich alles nicht. Aus Gründen.

Ja, ich habe dir ein oder zwei Mal in dein Höschen gefasst und das tut man nicht, wenn man sich erst so kurz kennt. Aber was soll ich sagen? Ich habe jede Sekunde in vollen Zügen genossen. Ich bereue nichts. Smilla. Ich …

Meine Hand stockte. Ja, ich wollte lieber hierbleiben. Hier bei ihr. Aber das ging nicht.

Verblüfft betrachtete ich die komplett vollgeschriebene Seite. Irgendwie war mir das Ganze ein wenig entglitten, konnte das sein? Mit einem leichten Stirnrunzeln las ich den Text und mit jeder Zeile vertiefte es sich. Hatte ich wirklich drei Mal geschrieben, ich würde gern mit ihr schlafen? Vier Hände? Warum nicht gleich noch zwei Penisse? Nicht so ganz passend für einen kleinen Abschiedszweizeiler. Eher las sich das Ganze wie der erotische Amoklauf eines Sechzehnjährigen, der das alles beim Anblick eines scharfen Nacktfotos geschrieben hatte.

»Mein Gott, was ist nur los mit mir?« Mit einem aufgeregten Keuchen zerknüllte ich meinen geistigen Erguss, stopfte ihn in die Hosentasche und schrieb stattdessen:

Smilla, ich muss in dringenden Angelegenheiten nach London zurück. Vermutlich schaffe ich es nicht, vor Weihnachten zurückzukommen. Pass auf dich auf. Alles Liebe, Matt.

Auf Zehenspitzen schlich ich in ihr Zimmer und deponierte den Zettel auf dem Tisch in der Sitzecke. Dann atmete ich tief durch, nahm meinen Trolley und ging zur Galerie.

Doch mit jeder Treppenstufe verstärkte sich mein schlechtes Gewissen, das ich allen gegenüber empfand. Sie hatten mich mit offenen Armen empfangen, waren lieb und herzlich zu mir. Ganz besonders Smilla gegenüber fühlte ich mich mies. Kaum vorstellbar, immerhin kannten wir uns gerade mal vier Tage und hatten lediglich ein bisschen geknutscht. Ja, gefummelt hatten wir auch. Sie zwar nicht, aber ich umso mehr. *Es war nichts, nur ein bisschen Küssen und so! Kein Grund, sich mies zu fühlen.* Immer wieder hämmerte ich mir diese Worte in meinen Schädel ein. Doch wenn ich darüber nachdachte, dass ich sie vermutlich nicht mehr wiedersehen würde, krampfte sich alles in mir zusammen. Als ließe ich sie im Stich. Sie brauchte mein Telefon, ihr Rücken war immer noch angemalt. Wer sonst sollte ihr helfen, wenn nicht ich?

»Es ist das Beste. Für alle.« Und wenn ich an den nahenden Heiligabend dachte, war es ohnehin das Beste, dass ich mich zurückzog.

Wie in Trance war ich nach unten gegangen und fand mich plötzlich in der Eingangshalle vor, als Bailey mir über den Weg lief.

»Matt, was ist los?« Er machte ein bestürztes Gesicht und deutete auf den Koffer in meiner Hand. »Jetzt sag bloß nicht, du willst fahren? Schon wieder?«

»Doch, es ist besser so. Es gibt einiges, das ich regeln muss. Bevor es zu spät dafür ist.« Ich musste schlucken und wischte mir übers Gesicht. Warum konnte nicht alles leichter sein?

»Klingt nicht gut, Junge.« Er legte seine Hand auf meine Schulter. »Wenn ich dir irgendwie helfen kann … Ein Wort von dir genügt, und ich bin da.«

»Ich weiß. Danke, Bailey.«

»Weglaufen ist keine Lösung.« Caspar trat aus der Küche hinzu und sah mich aufmerksam an.

»Stimmt. Bleiben aber auch nicht«, presste ich hervor. »Auch wenn es schön wäre, an Weihnachten und Silvester bei euch zu sein. Und auch sonst.«

»Ein echtes Dilemma.« Caspar legte seine Hand auf meine andere Schulter. »Aber manchmal geschehen Dinge, die das Dilemma lösen. Nicht behutsam, sondern in einem Riesenknall. Wie Dynamit, das Beton wegsprengt, der einem den Weg versperrt.«

Keine Ahnung, wie er das so treffsicher auf den Punkt bringen konnte, ohne etwas Genaueres zu wissen. Genau das wünschte ich mir: eine gewaltige Explosion, die alle Trümmer der Vergangenheit in die Luft jagen und ins All blasen würde. Damit ich endlich wieder frei sein konnte.

Momentan sah es allerdings eher nach einer Explosion aus, die weitere Trümmer auf mich herabregnen ließ, die mich unter sich begruben.

»Ich kenne viele einflussreiche Personen.« Caspar zwirbelte an seinem Bart. »Egal, in welcher Angelegenheit du Hilfe brauchst, ich könnte bestimmt etwas für dich tun. Oder tun lassen.«

Niemand konnte mir helfen. Das war alles zu verzwickt.

Aus der Küche drang der Klingelton, der eine Person vorne am Tor anzeigte. Kurz darauf der Summer, der beim Öffnen ertönte.

»Wer kann das sein?« Caspar sah fragend zur Küche. »Ah, Mel hat schon geöffnet.«

O Gott, sie kamen, um mich abzuholen! Bestimmt hatte Benson die Untersuchung sofort eingeleitet. Diesem Mann war nichts heilig, nicht einmal Weihnachten.

»Matt, du bist ja kreidebleich. Leg dich vielleicht lieber hin?« Bailey wurde immer besorgter. »Ist dir nicht gut, Junge? Sollen wir einen Arzt rufen?«

»Danke, es geht schon.« Doch der Boden schwankte unter mir. Jetzt war wirklich alles vorbei. Seltsamerweise war mein zweiter Gedanke, dass ich mich nicht mit diesen dürren Worten von Smilla hätte verabschieden sollen. Ich hätte ihr schreiben sollen, dass ich sie sehr mochte und dass sie wunderschön war. Dass ihre Küsse wie Honig schmeckten und ich süchtig nach ihnen war. Genau so wie nach den kleinen Lauten, die sie ausstieß, wenn sie erregt war. Und dass ihre Nähe ein goldenes Flimmern in mir auslöste. In der Herzgegend. Nicht so einen blöden Scheiß von wegen ›Ich muss nach London‹.

Mel rief aus der Küche: »Es ist eine Firma, aber ich hab

den Namen nicht verstanden. Sie kommen wohl mit mehreren Autos.«

Erleichtert atmete ich aus. Keine Polizei – vorläufig nicht. Dann klingelte es bereits vorne an der Eingangstür.

»Wer kann das sein?« Bailey sah fragend zur Tür. »Vielleicht der Paketbote, aber warum kommt er mit mehreren Autos?«

»Ich habe ganz schön viel bestellt. Das sind bestimmt meine Geschenke.« Der Kinderwagen wurde geliefert, zumindest hatte ich ein schönes Abschiedsgeschenk für John und Marian.

Doch als ich öffnete, standen mindestens zwanzig Personen vor mir, von denen manche mit Taschen behängt waren oder andere Utensilien schleppten. Ein Mann trug etwas auf der Schulter. Eine Kamera? In der Einfahrt parkten mehrere Vans, diverse Autos und ein Truck.

»Guten Tag, wir sind's!«, riefen sie fröhlich winkend im Chor.

»Wer ist wir?«, fragte ich.

»Wir, das Team von British Broadcast.«

»Wir drehen das Weihnachts-Special mit Marian«, erklärte ein Mann aus der hinteren Reihe.

»Sag mal, weißt du darüber Bescheid?« Ich drehte mich zu Caspar um, der mir gefolgt war.

Er schüttelte den Kopf. »Mir hat niemand etwas gesagt.«

Jetzt traten auch John und Marian aus dem Wohnzimmer hinzu. Marian starrte die freundlich lächelnden Ankömmlinge sekundenlang an, dann quietschte sie schrill auf und riss die Hand vor den Mund. »O Gott, die Homestory! Die habe ich ja komplett vergessen.«

»Du hast eine Zusage für eine Homestory gegeben?« John wirkte total perplex.

»Ja. Nein. Ich weiß es nicht!« Vor Schreck machte sie kugelrunde Augen und hielt sich an seinem Arm fest. »Ich glaube, das war mein Agent. Im Sommer hatte er mich gefragt und ich muss wohl irgendwie Ja gesagt haben?«

Verlegen lachend drehte sie eine Haarsträhne zwischen den Fingern. »Kann mich ehrlich gesagt nicht mehr richtig daran erinnern. Ich war so schwanger und es war so heiß. Sorry, Babe.«

Immer mehr Leute drängten sich an uns vorbei und bevölkerten die Diele. Aufgeregtes Stimmengewirr ertönte.

»Wow, cooles Haus.«

»Wenn wir hier ein paar Rentiere aufstellen, davor Marian, das würde sagenhaft gut aussehen. Und wenn sie vielleicht auf einem reitet, das wäre genial!«

Jemand wandte sich an Caspar. »Ihr habt nicht zufällig ein paar Rentiere oder Schafe übrig? Ein paar Kühe reichen auch, oder?«

»Kühe sind jetzt nicht so spektakulär, aber wenn wir sie rosa anmalen, warum nicht?«

»Ganz zufällig nicht.« Caspar hatte sich von seiner Verblüffung erholt und ließ den strengen Butler heraushängen. »Zu Ihrer Information: Sie befinden sich nicht in einer Farm, sondern in einem herrschaftlichen Anwesen.«

»Ein Butler, wie cool ist das denn? Wäre es nicht genial, wenn er durch die Szene schreitet und so etwas sagt wie: Madam, Sie haben geläutet?«

»Nein, wäre es nicht.« Caspars Stimme nahm einen strengen Tonfall an. »Wir läuten hier nicht, wir sprechen miteinander. Außerdem bin ich kein Dekoobjekt! Ziehen Sie umgehend Ihre Schuhe aus, Sie verschmutzen das ganze Haus!« Gebieterisch deutete er auf den Boden.

Tatsächlich gehorchten sie ihm und innerhalb von Minuten stapelten sich zwanzig Paar Schuhe in der Halle.

John sah wenig begeistert aus, was Marian sofort registrierte. »O Liebling, ich habe es wirklich total verschwitzt. Bist du mir böse, Schatz?« Sie schlang die Arme um seinen Hals und drückte sich an ihn. »Es tut mir so leid. Ich hätte dich vorher fragen müssen.«

»Hm, nein. Böse nicht, nur ein wenig überrascht«, brummte er. »Meine Privatsphäre ist mir wichtig.«

»Ja, ich weiß. Ich habe keine Ahnung, warum ich das getan habe. Kann ich das wiedergutmachen?« Sie küsste ihn. »Vielleicht fällt dir etwas ein? Du hast ein paar Wünsche frei.«

Seine Gesichtszüge hellten sich auf. »Mmh, Liebling, wenn du so etwas sagst, finde ich dich immer besonders unwiderstehlich.« Sie kuschelten herum und flüsterten sich gegenseitig etwas ins Ohr. Wahrscheinlich lauter unanständige Sachen.

»Schon gut, kommt alle herein.« Mit einem Seufzer winkte er die Personen heran, die noch vor der Tür warteten. »Das Haus ist groß genug. Ein paar von euch können hier übernachten, aber nicht alle.«

»Fantastisch! Die meisten haben sich in einem Gasthof im Nachbardorf einquartiert, aber wenn drei von uns hier ein Zimmer bekämen, das wäre großartig.« Ein großer Mann mit dunklen Locken lächelte John an. »Ich bin übrigens der Aufnahmeleiter, Chef dieser Chaostruppe und …«

Da kam Smilla die Treppe herunter, mit der Kleinen im Tragesack. Der Mann verstummte und wirkte bei ihrem Anblick wie vom Donner gerührt. »Wer ist das?«, stieß er hervor.

»Das ist Smilla, unsere schwedische Nanny«, erklärte John.

»Was für ein wundervoller Name.« Sein Ruf erschallte durch die ganze Eingangshalle: »Könnten Sie das bitte wiederholen, liebe Smilla?«

Sie erstarrte angesichts der Menschen, die die Eingangshalle verstopften, und hielt sich am Geländer fest. »Oh, was ist denn hier passiert? Wiederholen? Was denn?«

Er lächelte sie strahlend an. »Die Treppe herabschreiten, Ihr wunderschönes Haar nach hinten werfen und dabei so göttlich aussehen.«

Was für ein Schleimer!

»Ich … nein.« Smilla wehrte erschrocken ab. »Was ist überhaupt hier los?« Sie suchte meinen Blick und ich sah, dass ihre Augen gerötet waren. Sie hatte geweint?

»Marian dreht eine Homestory. Deshalb sind alle diese Menschen anwesend, die sich hoffentlich gut zu benehmen wissen und nicht das schlafende Baby wecken.« Caspars Machtwort, in Verbindung mit seiner strengen Miene, sorgte dafür, dass sich alle nur noch im Flüsterton unterhielten.

»Aber … ich …« Smilla stotterte hilflos.

»Oh, ich bitte Sie inständig, liebe Smilla«, bat der Mann. »Unsere Zuschauer wären mindestens so hingerissen wie ich, wenn nicht noch mehr. Wobei ich mir eine Steigerung kaum vorstellen kann.«

»Nein, lass mal lieber, Duncan.« Marian entging Smillas Unbehagen nicht. »Es geht ja um mich.«

»Ja, schon, aber es heißt aus gutem Grund Homestory. Der Zuschauer möchte die gesamte Familie kennenlernen. Doch was rede ich und vergesse meine guten Manieren. Darf ich mich dieser bezaubernden Schönheit vorstellen?« Er hob die Hände wie Moses am Roten Meer, woraufhin sich die Menge nach beiden Seiten teilte. Einen Ausdruck des Entzückens auf dem Gesicht, schritt er durch die Lücke zielstrebig auf Smilla zu und reichte ihr die Hand. Verwirrt schüttelte sie seine.

»Dein Taxi kommt, Matt.« Bailey deutete zur Auffahrt, über die sich ein Wagen näherte.

»Ich glaube, ich bleibe!«, stieß ich hervor. Auf rätselhafte Weise hatte ein mir unbekannter, sehr eifersüchtiger Teil meines Gehirns die Oberhand gewonnen. Es war selbstmörderisch. Es war dumm. Und es war … notwendig. So wie er sie anhimmelte, konnte ich doch jetzt nicht fahren?

»Das würde ich an deiner Stelle auch tun.« Bailey grinste, dann fügte er schnell hinzu: »Es fängt jeden Moment wieder an zu schneien. Nur deshalb natürlich.« Er nickte zum schwarzgrau verfinsterten Himmel. »Sieht ganz nach einem Blizzard aus.«

Ein Blizzard, in England? Wohl kaum. Auch wenn ich mir gerade ein heftiges Unwetter wünschte, inklusive Donnergrollen und einem gezackten Blitz, der durch die Wolken schoss und eine ganz bestimmte Person zuerst grillte und sie dann in ein schwarzverkohltes Häufchen Asche verwandelte.

Dieser dämliche Lockenheini hielt immer noch Smillas Hand. »Ich habe ein Haus in den Highlands. Na ja, in aller Bescheidenheit, es ist eher eine mittelgroße Burg. Mögen Sie die Highlands? An Silvester?«

Wie bitte? Wie ging der denn ran? War das ein Spruch aus dem Buch ›Anmachverhalten von Dampfwalzen‹?

»Ich weiß nicht«, murmelte sie, die Augen niedergeschlagen.

Pah, was wollte er als Nächstes tun? Ihr seinen Kontostand zeigen und seine Unterhosen, Größe XXXL? *Lass doch gleich deine Hosen runter, hier vor allen!* Ich konnte mich kaum zurückhalten.

»Sorry, meine Manieren. Ich bin Duncan McAllister, aus dem Geschlecht der McAllisters. In direkter Linie mit den schottischen Königen verwandt. Für dich Duncan. Oder Dunc, wenn du magst.« Dunc? *Honk* würde viel besser zu ihm passen, weil dieser Typ hohl in der Birne war. Oder *Hulk.* Ein flirtender grüner Klotz mit dem Charme eines hässlichen und wulstigen Monsters.

Smilla hatte sich wieder gefasst und sprach in ihrem singenden schwedischen Tonfall. »Ich bin Smilla, die Nanny von den Babymäuseken.«

»Eine Nanny? Wie süß ist das denn?« Er lachte. »Und dann auch noch aus Schweden? Ich weiß jetzt schon, dass die Kamera dich lieben wird.«

Sie riss wiederum erschrocken die Augen auf. »Wie? Ich … nein.« Ihr flehender Blick traf mich.

Mit zwei großen Schritten trat ich dazwischen und riss diesen innigen, viel zu langen Händedruck auseinander. Dann quetschte ich mich zwischen Duncan McDumpfbacke und Smilla, die sofort hinter meinem Rücken in Deckung ging.

Sie wollte das alles nicht. Sie wollte nicht gefilmt werden, genau so wenig wie ich. Das Allerletzte, was sie sich wünschte, war in einem Fernsehbeitrag aufzutauchen, der in ganz England ausgestrahlt wurde, vermutlich am Weihnachtsmorgen zur besten Sendezeit. Das konnte sie ihm natürlich nicht sagen, ohne Verdacht zu erregen. Aber ich konnte es. Und ihre hilflose Angst machte mich wütender, als ich es eigentlich sein sollte.

»Jetzt passen Sie mal gut auf, Mister McAllister. Dass das klar ist, ich wünsche nicht, auch nur mit einem Fitzelchen meiner Person in dieser Homestory aufzutauchen. Ich verweise Sie hiermit ausdrücklich auf meine Persönlichkeitsrechte. Sollte ich dennoch nur eine Millisekunde in Ihrem Beitrag gezeigt werden, sorge ich dafür, dass Sie es nachträglich herausschneiden müssen. Auf die hohe Entschädigungszahlung wegen Verletzung meiner Privatsphäre freue ich mich jetzt schon. Ich kann sehr gerne auf Präzedenzfälle verweisen, wenn Sie diesbezüglich Hilfestellung benötigen. Lassen Sie mich nur eine Minute googeln, dann sage ich Ihnen, wie teuer es ungefähr für Sie wird, wenn Sie sich nicht an meine Aufforderung halten.«

Schlagartig war die gute Stimmung im Eimer. Das Gelächter erstarb, die Gespräche verstummten. Meine Weigerung in ihrem Film mitspielen zu wollen, besaß eine ähnliche Wirkung, als hätte ich ein Babykätzchen mit einem Fußtritt meterweit durch die Luft befördert und es wäre miauend im Tiefschnee versunken. Vorwurfsvolle Blicke von allen Seiten, jemand flüsterte: »Was für ein Arsch.«

Na und? Das ließ mich kalt. Die gingen mir jetzt schon auf den Keks mit ihrem blöden Film!

»Und Sie sind?«, fragte Duncan ziemlich unbegeistert.

»Matt.« Mein vollständiger Name ging ihn nichts an. Immerhin war ich auch hier, um mich zu verstecken.

»Mein lieber Cousin Matt.« John legte einen Arm um meine Schultern und drückte mich an sich, als wollte er mir damit vermitteln: *Nimm deinen Fuß ein wenig vom Gaspedal herunter.* Er klopfte dem Lockenidioten auf die Schultern. »Hi Duncan, willkommen in Snowhill Manor.«

»Cousin? Die Ähnlichkeit ist verblüffend, die äußerliche jedenfalls.« McArmleuchter rang sich ein Lächeln ab. Schon klar, was er damit ausdrücken wollte: John war freundlich, ich nicht. Das interessierte mich aber nicht die Bohne. Sofort versuchte er, mit Smilla wieder Augenkontakt aufzunehmen, doch eisern versperrte ich ihm die Sicht, machte mich sogar noch ein bisschen breiter. Smilla schmiegte sich schutzsuchend an meinen Rücken, was in mir ein sanftes Kribbeln auslöste.

Da fuhr eine riesige schwarze Stretchlimousine heran.

»Oh, der Meister persönlich«, murmelte jemand. »In Deckung.«

»Wow, ist das etwa …?« Sogar ich kannte den Mann, der gerade ausstieg, und ich war bestimmt kein Fan von Kochsendungen. Ich besaß sogar ein Kochbuch von ihm, auch wenn ich es nie geschafft hatte, ein Rezept daraus nachzukochen. Und das nicht nur wegen der 137.000 Zutaten.

»Ja. Jamie Jeopardy.«

Der englische Kochgott. Besitzer von zahlreichen Michelin-Sternen, diversen goldenen Kochmützen und was es sonst noch an Auszeichnungen gab. Er hatte alles gewonnen, was es zu gewinnen gab.

»Neuerdings Sir Jamie Jeopardy. Die Queen hat ihn zum Ritter geschlagen.« Duncan McAngeber verzog das Gesicht, als wollte er damit ausdrücken: was es noch schwieriger macht, mit ihm zu arbeiten.

»Ein echter Sir? Potzblitz! Welch Glanz in unserer bescheidenen Hütte.« War ja klar, dass Caspar davon begeistert war. Und nicht nur das. »Ich bin überwältigt!«

»Und was macht der hier?«, fragte Bailey eher unterwältigt.

»Er ist ein großer Fan von Marian und wollte unbedingt ein bisschen mit ihr im Kochtopf rühren.« Duncan seufzte.

»Verstehe.«

Jamie hatte noch jemanden mitgebracht, der sich gerade

aus dem Auto schälte. Einen großen, dunkelhaarigen Typen im feinen Anzug, Ende dreißig, elegant und attraktiv.

»Wer ist denn das?«, entfuhr es Bailey. »Wie viele Leute steigen noch aus dieser verdammten Stretchlimo aus? Fünfzig?«

»Er ist ebenfalls wegen Marian hier. Das ist Bartolomeo Risiletti. Äh, Roseletti. Rositelli. Verdammt, wie auch immer. Der Name ist unaussprechlich. Er ist der Juniorchef von Risotto-Risotti, äh, Riseletti.« Duncan lachte hilflos und kurz dachte ich, dass er eigentlich ein netter Kerl war.

»Wo steckt denn diese zauberhafte Nanny?« Er versuchte wieder, um mich herumzuspähen. »Sie scheint mir sehr schüchtern. Huhu! Wo bist du, Smilla-Darling?« Uneigentlich war er kein bisschen nett, sondern ein riesengroßes gelocktes Ärgernis.

»Oh ja, das stimmt.« Marian lachte. »Sein Name hat es in sich. Und wie.« Sie dirigierte alle durch die Halle. »Einfach geradeaus, dahinten geht es zum Esszimmer. Mel hat sicher Kuchen und Brötchen da, oder Mel?«

»Klar. Bin für alle Notfälle ausgerüstet. Kann auch was kochen, kein Problem.« Mel wirkte selbst angesichts zwanzig hungriger Menschen unerschütterlich. Und dass dieser englische Superkochgott ihre Küche betrat, schien sie auch nicht zu beeindrucken.

Bailey murmelte: »Mel ist der Wahnsinn. Sie taut einfach eine dieser hundert Kühe auf, die in ihrer Tiefkühltruhe schlummern und kocht ein bisschen Rotkohl dazu. Das macht meine Mel mit links.«

»Und deinen Antrag, machst du den auch mit links?«, gab John zurück.

»Ich bin noch in der Planungsphase«, antwortete Bailey. »Das braucht alles seine Zeit. Außerdem lasse ich mich ungern unter Druck setzen.«

Alle trotteten ins Haus, Smilla und ich blieben zurück. Ebenso der Taxifahrer, der mittlerweile vorne am Eingang angekommen war und mir zuwinkte. Grüßend hob ich die Hand.

»O Gott, was soll ich denn jetzt tun?«, stieß sie hervor. Sie hatte gegen die Kälte eine Decke um sich und das Baby geschlungen. »Danke, dass du ihn unterbrochen hast. Ich hatte solche Angst, er packt sofort seine Kamera aus und legt los.«

Ich hatte ja eher Angst, er würde etwas anderes auspacken, aber das erwähnte ich natürlich nicht.

»Bleib dicht hinter mir«, raunte ich ihr zu. »Oder neben mir. Aber immer in meiner Nähe, okay?«

»Ja, danke, Matt.« Ihre Stimme zitterte, als würde sie jeden Moment in Tränen ausbrechen.

»Dir wird nichts passieren. Sie werden es nicht wagen, dich zu filmen, solange du dich in meiner Nähe aufhältst. Nicht, nachdem ich sie so angeschnauzt habe. Verstanden?« Unauffällig griff ich nach hinten, berührte ihre Hand und drückte sie kurz. Tja, und wie sollte das funktionieren, wenn ich nicht mehr da war?

»Ja.« Sie schnüffelte und zog die Nase hoch. Also weinte sie doch?

Ich drehte mich zu ihr um. Tatsächlich wischte sie sich eine Träne weg. »Warum hast du geweint? Hat dein Ex dich bedroht und dir etwas geschrieben?« Wiederum wallte diese unbändige Wut in mir auf. Er sollte sie in Ruhe lassen!

»Nein, hat er nicht. Du hast mir etwas geschrieben.« Sie verzog das Gesicht zu einem traurigen Lächeln. »Ich habe deinen Zettel gefunden. Du willst wegfahren?« Ihr Blick wanderte zu meinem Koffer, der im Türrahmen stand. Täuschte ich mich, oder machte sie das noch ein bisschen trauriger? »Ja, du willst es wirklich. Aber warum denn?«

»Schlechte Nachrichten.«

»Und darum musst du weg?« In ihrem Gesicht arbeitete es. »Aber die Kameras … Schon gut, wenn es so wichtig ist, kannst du natürlich nicht bleiben.«

Ich wollte nicht weg, verdammt! Jetzt noch weniger als

zuvor. Ich ließ sie im Stich, ausgerechnet jetzt?! Ich zögerte meine Antwort hinaus. Es wäre so ziemlich das Unvernünftigste, was ein Mensch tun könnte. Und mit Abstand das Dümmste, was ich in meinem ganzen Leben getan hatte. Nein, eine Sache war noch dümmer gewesen, aber die zählte gerade nicht.

Der Taxifahrer, der demonstrativ die Hände hob und wieder fallen ließ, und mich damit wohl zum Einsteigen auffordern wollte, ließ die Scheibe herunter. »Wie sieht's aus, Meister? Wird das heute noch was? Verabschieden Sie sich und dann geht's los. Bin auch extra bis vors Haus gefahren.« Er grinste Beifall heischend. »Wir sollten uns allerdings beeilen, wenn Sie vor dem nächsten Schnee noch den Bahnhof erreichen wollen.«

»Tja, das war eventuell umsonst.« Ein letztes Ringen noch, dann warf ich alle Vernunft über Bord. »Ich habe meine Meinung geändert. Ich brauche Sie nicht.«

»Wie jetzt? Nehmen Sie mich auf den Arm?« Er grunzte und rückte seine speckige Mütze zurecht. »Das fällt Ihnen aber früh ein! Und wer bezahlt mir das? Bin mehr als eine halbe Stunde hierher kutschiert und zwei Mal fast im Graben gelandet. Drei Mal!«

»Ich bezahle Ihnen die Anfahrt.« Als sein grimmiges Gesicht sich immer noch nicht aufhellte, fügte ich hinzu: »Die Rückfahrt auch. Und Ihren Aufwand.«

»Gut. Sind Sie sich sicher? Nicht, dass ich zu Hause ankomme und sofort wieder umdrehen muss. Für die nächsten Tage ist das meine letzte Fahrt, das sage ich Ihnen gleich.« Mit entschlossener Geste zeigte er auf mich.

Okay, allerletzte Chance, mein Schicksal noch abzuwenden und Snowhill mehr oder weniger stilvoll in einem verlotterten Taxi zu verlassen. Und nicht in einem Polizeiwagen mit kreischenden Sirenen, verfolgt von einer Schar von Reportern, die eilig hinter ihm her rannten, um ein Foto von mir zu schießen. Der Staatsanwalt in Handschellen. Ein gefundenes Fressen für die Meute.

»Ja, ich bin mir sicher.«

»Du bleibst?«, flüsterte Smilla hinter mir und griff wieder nach meiner Hand.

»Ja, ich bleibe.« Hier bei dir.

»Warum?«

»Warum wohl?« Ich drehte mich zu ihr um. Weil ich tierisch eifersüchtig war und nicht wollte, dass sie mit diesem schottischen Dampfplauderer in seinem Schloss in den Highlands verschwand. Weil ich die letzten Tage meiner Freiheit mit den Menschen verbringen wollte, die mir etwas bedeuteten: mit John und seiner Familie. Und auch mit Smilla, die mir sogar sehr viel bedeutete.

Es gab aber noch einen weiteren Grund. Nicht nur, dass Duncan sie mit dem Plan, sie in der Homestory auftreten zu lassen, indirekt in Gefahr brachte … Es existierte eine konkrete Bedrohung durch einen Mann, der im Hintergrund lauerte wie eine schwarze Spinne, still sein Netz knüpfend. Auch wenn ich mir nicht vorstellen konnte, dass er wirklich nach Snowhill käme. Aber wer konnte schon in das Gehirn eines Irren hineinschauen und wissen, ob er sie nicht bis hierher verfolgte? »Um dich zu beschützen.«

Kaum hatte ich es ausgesprochen, wurde mir bewusst, warum ich das wollte. Sie beschützen. Ich hatte mich Knall auf Fall in sie verliebt. Verliebt? Jesses, Maria und Josef! Und alle Heiligen! Gott bewahre. Ausgerechnet jetzt, da mein Leben in atemberaubendem Tempo den Bach runterging? Mein Timing könnte schlechter nicht sein, genau genommen war es abgrundtief schlecht. Aber was sollte ich machen, wenn es mich so erwischt hatte?

Trotz meiner tausend Probleme fühlte es sich schön an, geradezu atemberaubend in seiner Intensität. Unsere Augen verhakten sich ineinander wie bei unserer ersten Begegnung an der Tür. Ich hätte sie stundenlang anschauen können.

»Beschützen?« Ihr Lächeln fiel wie ein Leuchten in mein Herz, sendete sein Strahlen in jeden noch so entlegenen und dunklen Winkel und erhellte ihn. So lange, bis ein sanftes Leuchten aus ihm heraus auf sie zurückstrahlte.

»Ja. Versprochen.« Gleichzeitig drehten wir die Köpfe und schauten verstohlen zum Haus. Niemand zu sehen.

»Oh, Matt. Danke.« Sie fiel mir um den Hals, zwischen uns das leise schnorchelnde Baby, und ich legte die Arme um sie. Tief atmete ich ein, die Nase an ihrem duftenden Haar. Die Entscheidung war gefallen und sie fühlte sich richtig an. Ihr warmer Körper, der sich an meinen presste, schüttete in mir jede Menge Glückshormone aus, ließ sie wie pinkfarbene Torpedos durch meine Blutbahn schießen. Bis ich mich in einem wahren Glücksrausch befand.

Der Taxifahrer zerstörte den romantischen Moment mit lautem Räuspern und übertriebenem Husten. »Sagen Sie doch gleich, dass Sie lieber bei ihrer Familie bleiben wollen. Wenn ich dann mal eben um vierzig Pfund bitten dürfte?«

»Ja, Moment.« Ich ließ Smilla los und schob sie sanft von mir. »Geht schnell rein, es ist zu kalt für die Kleine. Ich komme sofort nach.«

»Ja, machen wir.« Sie drehte sich von mir weg, nach zwei Schritten stoppte sie. »Ach, übrigens, Matt. Ich habe eben einen weiteren Zettel in meinem Zimmer gefunden. Er lag zerknüllt am Boden.« Sie lächelte breit.

Verdammt, der Liebeserguss-Zettel! Er musste mir aus der Hosentasche gefallen sein! Gott, war das peinlich. »Äh, ich … du hast ihn hoffentlich in den Papierkorb geworfen? Ungelesen?«

Sie grinste mittlerweile wie ein Honigkuchenpferd.

»Drei Mal darfst du raten.« Sie drehte mir wieder den Rücken zu und stapfte ins Haus. Mit beiden Zeigefingern deutete sie auf ihren Po, wackelte aufreizend mit ihm hin und her, und summte: »Yeah, yeah, mein sexy Po.«

Natürlich nicht.

❄

KAPITEL 18

Smilla

Eine Homestory. Selbst Stunden später konnte ich es kaum begreifen. Jetzt hatte ich mich in einen der entlegensten Winkel Englands verkrochen und dann kam ein ganzes Filmteam angereist und brachte mich in Gefahr?! Was für eine Ironie des Schicksals.

Als ich Matts Brief entdeckte, musste ich weinen. Er wollte abreisen und hatte sich nicht einmal persönlich von mir verabschiedet. Das tat so weh. Als ich den zweiten Brief entdeckte, linderte er ein wenig meinen Schmerz und ich schmunzelte über seinen leidenschaftlichen Ausbruch. Dass sich hinter seiner kühlen Fassade brodelnde Leidenschaft verbarg, hatte ich schon bei unseren Küssen gemerkt. Aber dass er sich traute, seine Gefühle aufzuschreiben, hätte ich nicht vermutet. *Fast so, als wäre ich verliebt …* Das war wirklich süß von ihm. Doch dann wurde mir wieder bewusst, dass er Snowhill vermutlich schon verlassen hätte, wenn ich nach unten käme. Und ich brach erneut in Tränen aus.

Vielleicht könnte ich ihm wenigstens Lebewohl sagen? Auf dem Weg in die Küche bekam ich beim Anblick des Filmteams einen riesigen Schreck. Dann stürzte sich auch noch dieser Duncan auf mich und steigerte meine Verwirrung. Er wollte mich filmen? O Gott! Ich wusste nicht mehr ein noch aus, aber dann trat Matt dazwischen, zuverlässig und stark.

Er war geblieben, um mich zu beschützen. Als er diese Worte aussprach, wurden meine Knie weich und mein Herz geriet ins Stolpern. In einer warmen Woge fluteten meine Gefühle für ihn durch meinen Körper, bis sie mein Herz erreichten und zum Leuchten brachten. Wenn ich es nicht schon vorher gewesen wäre, hätte ich mich auf der Stelle in ihn verliebt. Als wir uns umarmten, spürte ich, dass es ihm genauso erging. Einem schönen Tanz ähnlich, verbanden sich unsere Gefühle miteinander und erzeugten einen wunderbaren Energiewirbel.

Vermutlich hatte er einen wichtigen Geschäftstermin abgesagt, damit er bei mir bleiben konnte? Hoffentlich bekam er deswegen keinen Ärger.

Seine Umarmung spendete mir Kraft und Zuversicht. Doch kurz darauf flüsterte meine Angst mir wieder zu, dass niemand mich beschützen konnte. Wie bei einer dunklen Vorahnung stiegen Bilder vor meinem geistigen Auge auf.

Die Uhr tickte. Meine Zeit in Snowhill lief ab. Das Unausweichliche würde geschehen,

Arkady würde mich bei dieser Homestory entdecken und hierher kommen. Am Ende würde ich ihm gegenüberstehen, und ich hätte ihm nichts entgegenzusetzen. Wie all die Male zuvor. Er würde mich mitnehmen. Und niemand konnte ihn daran hindern.

Stunden später hatte die Filmcrew das halbe Haus auf den Kopf gestellt. Sie ließen einen lauten Gong ertönen, daraufhin musste Marian die Treppe zur Eingangshalle hinunter laufen und dabei ganz natürlich wirken. In gespielter Überraschung sollte sie ausrufen *Oh, das ist bestimmt der Weihnachtsmann!* und zur Tür eilen. Ein paar

Mal verhaspelte sie sich, doch dann beherrschte sie ihren Text.

Duncan kritisierte nur an ihr herum. »Nein, du rennst zu schnell. Du musst nicht wie eine Rakete durchs Bild zischen, man sieht dich ja gar nicht. Nein, so langsam auch wieder nicht. Du bist doch keine Schnecke, Marian! Nein, nicht stampfend, eher so tänzelnd.«

Geduldig folgte sie seinen Anweisungen und lief ungefähr zwanzig Mal zur Tür, bis sie auf einmal ausrief: »Jetzt habe ich aber die Nase voll, Duncan! Los, filmt das! Aufgepasst, Stan!« Stan war wohl der Kameramann. Sie schwang ein Bein oben übers Geländer und rutschte mit flatterndem Kleid das Geländer herunter. Unten angekommen sprang sie auf die Füße, ihr Haar umwehte sie wie eine feuerrote Krone, und sie rief ihren Satz. Alle lachten, auch Duncan.

»Großartig, das haben wir im Kasten.«

Daraufhin sollte sie Jamie Jeopardy hereinlassen, den englischen Superkoch. Einen schmalen, eher unscheinbaren Mann, dessen besonderes Markenzeichen seine verwuschelte Frisur war. Stundenlang hatten sie ihn gekämmt und geföhnt, bis die gewünscht lässige Frisur entstanden war und ihm die Haare zu Berge standen. »Nein, viel wilder, als wäre ich aus dem Bett gefallen!«, betonte er immer wieder. »Nein, noch verwuschelter. Sonst erkennt mich ja keiner.«

»Oh, Sir Jamie, Sie sind es! Und ich bin es auch.« Marian fing an zu lachen.

»Nein, stopp!«, rief Duncan. »Dass du es bist, ist ja wohl klar. Jamie muss sagen: Und du bist es, Marian, du süßes Risotto-Girl.«

»Nein, das sage ich nicht.« Jamie ließ sich in seinen Stuhl fallen, den man ins Haus gebracht hatte, und verschränkte die Arme wie ein trotziges Kind. Daneben stand sein spezieller Klapptisch, eine Sonderanfertigung eines berühmten Architekten, darauf seine Trinkflasche aus mundgeblasenem venezianischen Glas. Er legte seine Decke über die Beine, wahrscheinlich bestand sie aus Kaschmir einer vom

Aussterben bedrohten Ziegenart. »Das ist mir zu albern, Marian. Ich kann dir nur dringend davon abraten, dich auf die Rolle des Risotto-Girls reduzieren zu lassen.«

»Hm, ja, aber man kennt mich eben so.« Sie hob verwundert die Schultern.

»Besser als das Nudel-Girl«, sagte John und alle lachten.

Da mischte sich der Risotto-Erbe ein. »Risotto-Girl bleibt.« Er ging auf Marian zu und küsste ihr die Hand. »Ich kann mir nichts Schöneres vorstellen, als dass Sie meinen Namen tragen.«

Eine Zeitlang herrschte Stille, dann erwiderte John: »Sie trägt schon meinen Namen: Christmas.«

Der Risotto-Mann schwieg, sendete Marian aber einen glühenden und ziemlich begehrlichen Blick. Er schien ganz schön verschossen in sie zu sein.

Neben mir lachte Matt leise und Bailey brummte: »Noch so ein Blick und John tunkt ihn eigenhändig in den Schnee. Kopfüber. Bis er keine Luft mehr bekommt.«

»Also bitte, Bailey.« Sofort mischte sich Caspar ein. »Wir sind doch keine Neandertaler. Gewalt ist keine Lösung. Ein wahrer Gentleman …«

Bailey fiel ihm ins Wort. »Haut einem anderen Typen auch mal auf die Nase, wenn er zudringlich wird. So sieht's aus!«

Die Dreharbeiten dauerten den ganzen Tag über an, unterbrochen nur von kurzen Essenspausen, in denen Marian das Baby stillte. Am späten Nachmittag setzten sich Duncan und sein Assistent Lenny zusammen, um die Tagesergebnisse zu besprechen.

»Wir hinken ganz schön im Zeitplan hinterher. Für die Eingangssequenz, die nur zwanzig Sekunden dauert, haben wir acht Stunden gebraucht.«

»Wie lange beträgt die Sendezeit für den fertigen Beitrag?«

»Vier Minuten.«

Alle stöhnten auf. Es würde Tage dauern, den Film fertigzustellen. Hoffentlich schafften sie das vor Weihnachten.

»Wir werden rund um die Uhr arbeiten müssen.« Duncans freundliches Gesicht nahm einen eher angespannten Ausdruck an. »Das war fast der totale Flop, Leute. Wir machen für heute Schluss, morgen früh um acht geht es los. Seid bitte pünktlich, vor allem Livia und Linda.« Er nickte den Make-up-Artisten zu. »Ihr wisst, es dauert drei Stunden, bis Jamies Frisur so aussieht, als hätte er mit einem Rudel Löwen gekämpft.« Seinen Humor schien er nicht verloren zu haben.

Mist, das bedeutete natürlich auch, dass sie tagelang in Snowhill blieben. Aber wenn der Dreh sich so schwierig gestaltete, hatte Duncan alle Hände voll zu tun und kam nicht auf die Idee, mich anzuflirten. Vielleicht vergaß er wieder, dass er mich unbedingt in die Homestory einbauen wollte?

Jetzt schaute er sich suchend im Wohnzimmer um. »Wo steckt denn bloß diese süße Nanny?«

Na ja, die Chancen dafür standen eher schlecht. Ich duckte mich hinter den Türrahmen und bedeutete Gabriel, dass wir ganz leise sein mussten. *Pst!* Mit ihm an der Hand und Stella im Tragesack, schlichen wir auf Zehenspitzen ins Esszimmer. Gabriel kicherte, ihm gefiel unser Versteckspiel. Von dort huschten wir durch die Halle nach oben, um bis zum Abendessen in seinem Zimmer zu spielen.

Stunden später zog ein köstlicher Duft durchs Haus. Es roch nach Rosmarin und Estragon, gemischt mit einem schweren Weinduft. Mel hatte Lammrücken mit Klößen zubereitet und es schmeckte einfach himmlisch.

»Wer hat das gekocht?« Jamie Jeopardy sah fragend in die Runde.

»Ich. Warum?« Mel wirkte fast ein bisschen kampfeslustig. Sie ließ sich von ihm nicht einschüchtern.

»Es schmeckt …« Er suchte nach Worten, fuhr sich durchs

wirre Haar und verdrehte dramatisch die Augen. »Ganz wunderbar. Ich habe selten eine derartig gelungene Gewürzkomposition erlebt.«

»Ja? Danke, das freut mich. Nehmen Sie ruhig einen Nachschlag.«

»Allzu gerne. Sagen Sie, liebe Mel. Haben Sie schon mal über eine eigene Kochsendung nachgedacht?«

»Wie bitte?« Mel machte große Augen und lachte ungläubig. »Ich, im Fernsehen? Nein, habe ich nicht. Was für eine Idee!«

»Eine interessante Idee«, sagte Duncan, der am anderen Ende des Tisches saß. Er ließ mich die ganze Zeit nicht aus den Augen und hob immer wieder sein Glas in meine Richtung. Jetzt lächelte er. Ich sah schnell weg und widmete mich meinen Klößen.

Mir gegenüber saß wie üblich Matt, der auf Duncans Flirtversuche mit einem grimmigen Gesicht reagierte. Wütend stach er mit der Gabel auf seine Klöße ein, als wären es Duncans Augen. Ich würde ihn schon zum Lachen bringen. Unauffällig streifte ich den Schuh ab und rutschte auf dem Stuhl nach vorne, dann tastete ich nach Matts Fuß und rieb an seinem. Keine Reaktion von ihm, doch sein Nachbar, dieser Risotto-König, zuckte zusammen. Oh, da hatte ich mich wohl vertan! Schnell zog ich meinen Fuß wieder zurück.

Mr Rositelli schmunzelte. Rutschte er jetzt nach vorne? Ja, ganz eindeutig. Die Tischdecke wackelte, als zöge er seinen Schuh aus.

Neben mir zuckte Marian zusammen. Oh, das hatte Mr Risotto wohl falsch verstanden. Sie kicherte ein bisschen, dann machte sie die gleiche Bewegung, rutschte fast unmerklich ein Stück nach vorne. Kurz darauf zuckte John zusammen.

Da hatte ich eine schöne Kettenreaktion ausgelöst. Ich sollte schnellstens verschwinden, bevor noch jemand herausbekam, dass ich das gewesen war. »Ich gehe mal lieber in mein Bettchen. Bringst du mir nachher das kleine Mäuseken, John?«

»Ja, sicher.« John starrte irritiert Jamie Jeopardy an, der ihm gegenüber saß und den er vermutlich für seinen Fußstreichler hielt.

»Ich glaube, ich habe zu viele Klöße gegessen. Mein Bauch sieht aus wie nach einer Portion *Poffertjes.*« Ich rieb mir den Bauch und lächelte allen zu. »Das sind so kleine Pfannkuchen, die nennt man in Schweden …« Verunsichert sah ich zu Matt hinüber. Moment mal, *Poffertjes* war ein holländisches Wort, oder?

»*Pannkaka*«, verbesserte Matt. »Und in Holland *Poffertjes.*«

»*Pannkaka* natürlich. Ich habe nur einen Scherz gemacht, um zu testen, ob du auch gut aufpasst, Matti.«

Leises Gekicher von allen, Matt grinste. »Ich passe immer gut auf. Schwedisch ist schwieriger, als manche Menschen es sich vorstellen können.«

»*Hej-hej,* wem sagst du das. In Schweden musste ich einem englischen Austauschstudenten Nachhilfe geben und er hat es fast nicht überlebt.«

»Das kann ich mir gut vorstellen.« Matt hob vielsagend die Augenbrauen.

»Oh, wie schade, dann verpasst du den Nachtisch«, sagte Mel. »Ich habe ein Trifle zubereitet, ein Schichtdessert aus Vanillecreme, Erdbeeren und selbstgebackenem Biskuit.«

»Zu gerne, Mel. Aber ich glaube, ich müsste mich dafür die Treppe hinabkugeln. Mit meinem Klopsbauch. Nicht, dass ich mir noch ein Bein breche.«

»Oder dass eine Stufe zerbricht?« In Matts Augen funkelte ein Lächeln. Ich wusste, dass er mich nur neckte.

»Na, Matt, jetzt aber!«, polterte Bailey sofort los. »Dick ist unsere Smilla ganz bestimmt nicht. Was du auch immer mit ihr hast. Also wirklich …«

»Nicht wahr, Bailey?« Gespielt wütend stemmte ich die Hände in die Hüften. »Er tut so, als würde ich mit meinem Gewicht die ganze Treppe zum Einsturz bringen. Vielleicht sollte ich lieber auf das Dessert verzichten, um nicht aus allen Nähtchen zu platzen? Was denkst du, Matti?«

Matt verbarg sein Lachen hinter einem Räuspern. »Nun ja …« Vor unterdrücktem Lachen konnte er nicht weitersprechen.

Dafür schaltete sich Caspar ein. »Matt, ein wahrer Gentleman bringt eine Dame nicht in eine solche Verlegenheit. Anstatt eine ziemlich unpassende Bemerkung über ihr Gewicht zu machen, die zudem gänzlich aus der Luft gegriffen ist …« Er legte eine vielsagende Pause ein. »Nebenbei bemerkt, ist Smilla eine wahre Augenweide. Du hättest ihr anbieten sollen, das Dessert für sie hochzubringen.« Er führte die Serviette an den Mund und tupfte ihn mit einem Ausdruck der Missbilligung ab. »Manchmal denke ich, ich habe dreißig Jahre lang gegen Windmühlen gekämpft mit meinen Vorträgen über wahres Gentleman-Benehmen. Nichts davon scheint angekommen.«

John und Matt grinsten sich verstohlen an.

»Ich suche noch ein Modell für Nudeln, Miss Smolland.« Die sonore Stimme des Risotto-Erben ertönte. Da er den ganzen Abend über geschwiegen hatte, zuckten alle zusammen. »Meine Familie hat vor Kurzem auch eine Nudelfirma übernommen. Sie wären ein wunderschönes Model für meine neue Spaghetti-Werbung.« Er dachte kurz nach und schürzte die Lippen. »Obwohl mir am liebsten wäre, dass Marian sich um meine Nudeln kümmert.«

Das klang mehr als seltsam. John atmete tief ein und räusperte sich. Marian errötete bis an die Haarwurzeln. »Oh, das ehrt mich, Mr Rositelli.«

In das kurze Schweigen hinein hob Duncan den Finger wie in der Schule und schnipste. »Ich kann dir gerne dein Dessert hochbringen, Smilla.« Er lächelte strahlend und ruckte ein Stück vom Stuhl hoch. Als wollte er an mir vorbei die Treppe hoch sprinten, um noch vor mir das Zimmer zu erreichen und sich mit Anlauf in mein Bett zu werfen.

Matts Augen verengten sich, seine Miene verdüsterte sich.

Kurz dachte ich, er wollte protestieren, aber dann erstach er bloß einen weiteren Kloß und stopfte ihn in seinen Mund. Komplett. Er kaute mit vollen Backen und warf mir nur einen seltsamen Blick zu.

»Ja, gerne, Duncan. Ein bisschen muss mein Kloßbauch allerdings noch warten. Bis später.« Mit einer vielsagenden Geste klopfte ich auf meinen Bauch und verließ das Esszimmer. Ich konnte Duncans Angebot kaum ablehnen, ohne unhöflich zu sein. Auch wenn mir lieber gewesen wäre, er hätte es nicht ausgesprochen.

Auf dem Weg nach oben fühlte ich mich hin- und hergerissen. Einerseits war ich erleichtert über Matts Schweigen. Viel zu lange hatte ich eine Beziehung mit einem krankhaft eifersüchtigen Mann geführt, auf eine Wiederholung konnte ich dankend verzichten. Ich hatte mir bestimmt nicht gewünscht, dass Matt ausgerufen hätte: *Oho, ein Mann! Er bringt etwas in dein Zimmer! Und dann, Smilla? Was passiert dort oben, wenn ihr allein seid? Was bekommt er als Belohnung dafür? Du wirst ihn doch sicher nicht ohne Belohnung wegschicken, oder? Einen Kuss vielleicht oder zwei?* So wie *er* es getan hätte. In einem stundenlangen, zermürbenden Monolog.

Andererseits war ich enttäuscht, dass er Duncan nicht zuvorgekommen war. Ja, wir taten vor den anderen so, als könnten wir uns nicht leiden. Aber dass er dessen Angebot so stillschweigend hingenommen hatte, wurmte mich. War es ihm gleichgültig, dass ein Mann mich in meinem Zimmer besuchte, noch dazu einer, der vom ersten Augenblick an heftig mit mir flirtete?

Doch dann dachte ich daran, dass Matt heute bei mir geblieben war, um mir zu helfen. *Ich beschütze dich.* Er tat das für mich, weil er Gefühle für mich entwickelt hatte. Ich spürte es. Und ich wünschte es mir auch, von ganzem Herzen. Denn ich wusste, was ich für ihn empfand.

❄

KAPITEL 19

Matt

»Ich bringe dir dein Dessert hoch, Smilla.« Mit übertrieben hoher Stimme ahmte ich Duncan nach und schleuderte in einem Anfall von Unbeherrschtheit die Schuhe von den Füßen. »Klar! Am besten serviere ich es dir mit einem winzigen Schürzchen, den Löffel zwischen die Pobacken geklemmt. Affiger Schottentrottel!«

Hätte ich bloß nicht diesen Scherz über sie gemacht, wegen ihres angeblichen Übergewichts. Das war natürlich kompletter Unsinn, aber Duncan nutzte die Gelegenheit und grätschte unfair dazwischen. Dann mischte sich auch noch dieser glutäugige Risotto-Typ ein. »Sie wären perfekt für meine Spaghetti-Werbung«, äffte ich ihn nach. »Blöder Nudel-Heini! Pah, steck dir deine Spaghetti doch sonst wohin. Am besten eine komplette Packung!«

Mit Anlauf warf ich mich aufs Bett, so dass der Lattenrost krachte, und verschränkte missmutig die Arme hinter dem Kopf. Aus Smillas Zimmer drang Gemurmel, ab und zu ein Lachen. Duncan war vor etwa einer Viertelstunde zu ihr hochgegangen, das Erdbeer-Trifle vorsichtig auf einem Tablett balancierend wie ein verliebter Kellner.

Davor hatten Bailey, John und ich uns zu einem Whisky an den Kamin im Wohnzimmer zurückgezogen und die Köpfe zusammengesteckt. Die anderen saßen noch im Esszimmer und aßen die vermutlich fünfzehnte Portion von Mels Nachtisch, denn begeisterte Ahs und Ohs erschallten.

»Habt ihr das mitbekommen, dieser Schotte und Smilla?«, brummelte Bailey wie ein besorgter Vater. »Da ist jemand auf Freiersfüßen unterwegs. Das gefällt mir ja überhaupt nicht!« Er trank einen Schluck Whisky und sprach mit schmalen Augen: »Auf einmal nimmt er sie mit nach London und macht sie zum Filmstar?! Und wir müssen dann ohne sie auskommen?«

»Hmpf«, grunzte ich. Mir gefiel das Ganze noch weniger. Auch wenn ich wusste, dass das nicht passieren würde.

John gab ein zustimmendes Knurren von sich. »Schade, dass ihr beiden euch nicht leiden könnt, Matt. Sonst könntest du mit Smilla flirten und ihn ein bisschen in Schach halten. Mir ist der Typ auch zu glatt. Diese ganze Filmbranche ist mir suspekt.«

»Hmpf.« Was sonst sollte ich dazu sagen? Wir hatten abgemacht, so zu tun als ob wir uns unsympathisch wären, fast schon spinnefeind. Das konnte ich nicht einfach ändern.

»Pass du mal lieber auf diesen Risotto-Fritzen auf, John!«, flüsterte Bailey. »Den solltest du keine Sekunde mit Marian allein lassen.«

»Ach was? Hab ich auch nicht vor«, grummelte John. »Wisst ihr was? Ich schnapp mir jetzt mein Mädchen und geh mit ihr ins Bett.«

»Hmpf.« Mein Mädchen schnappen und mit ihr ins Bett gehen. Das klang verlockend. Aber aus tausend verschiedenen Gründen war es nicht möglich.

Kurz darauf war ich ebenfalls hochgegangen. Als könnte meine Anwesenheit im Zimmer neben ihrem irgendetwas bewirken oder verhindern. Wiederum sah ich auf die Uhr.

Schon zwanzig Minuten waren vorüber und er lungerte immer noch bei ihr herum! Aber wenn sie sich lieber mit diesem aufgeplusterten Schottenkönig abgab …

Ich würde ihr ganz bestimmt nicht verbieten, sich mit anderen Männern zu unterhalten. Obwohl es mich kolossal nervös machte, dass er mit ihr in ihrem Schlafzimmer war. Allein. Eine Einmischung stand mir nicht zu, das sagte ich mir schon zum hundertsten Mal. Auch wenn ich heute wegen ihr vermutlich meine Karriere an die Wand gefahren hatte, als ich beschloss, hier zu bleiben. Trotzdem durfte ich keinerlei Ansprüche an sie stellen. Es war meine freiwillige Entscheidung.

Nebenan war es still geworden.

In mir wurde es auch still. Und dunkel.

Bildete ich mir nur ein, dass intensive Gefühle zwischen ihr und mir schwangen? Bei unserer Umarmung empfand ich es ganz stark, eine geradezu magnetisch wirkende Kraft, verbunden mit einem irren Glücksgefühl. Aber vielleicht täuschte ich mich?

Auf einmal drang ein leises Kratzen aus dem Schrank, dann ein Klopfen. Ich sprang auf und war mit wenigen Schritten an der Tür. Smilla kniete vor mir und sah mich mit ihrem süßen Lächeln von unten herauf an. »Stockdunkel da drin. Du hättest ruhig mal mit deiner *Ficklampa* reinleuchten können.« Sie lachte und krauste dabei ihre Nase. *So süß.*

Ich reichte ihr beide Hände und half ihr beim Aufstehen. Mein Herz klopfte so heftig, dass es mir fast aus dem Brustkorb sprang. »Konnte ja nicht wissen, dass du mich besuchst.« Meine Stimme klang spröde und ließ von meiner Freude nichts durchschimmern. Freude? Am liebsten hätte ich aus dem Stand heraus einen Purzelbaum geschlagen.

Sie glättete ihre zerzauste Mähne und klemmte sich eine goldene Strähne hinters Ohr. »Was denn sonst? Freust du dich, dass ich da bin?« Ohne meine Antwort abzuwarten, schlang sie ihre Arme um meinen Hals und seufzte auf. »Das wollte ich schon den ganzen Tag, aber ständig ist jemand in der Nähe, überall wimmelt es vor Menschen. Keine Sekunde ist man allein.«

»Das stimmt.« Meine Arme schlossen sich um sie.

»Ich konnte Duncan eben fast nicht loswerden, er hat auf mich eingeredet wie ein Wasserfall. Mittlerweile könnte ich als Fremdenführerin auf seinem Schloss arbeiten, so gut kenne ich mich inzwischen dort aus. Und seinen Stammbaum könnte ich auch zeichnen, der eine sagenhafte Anzahl schottischer Könige enthält.« Sie lachte.

»Ist er ein Angeber?« Ich musste grinsen.

»Ja.«

»Gut.« Ich barg meine Nase an ihrem Haar. »Ja, ich freue mich. Sehr.«

Unsere Lippen trafen sich zu einem langen Kuss. Er schmeckte leicht und süß und sommerlich, selbst mitten im kalten Winter. Ein unbeschwerter Kuss wie früher, als ich noch ein Teenager war und nichts von all dem Traurigen ahnte, das einmal passieren sollte. Aber daran wollte ich jetzt nicht denken.

Ihre Lippen lösten sich von meinen. »Könnten wir noch mal eine Runde?

»Küssen?« Ich grinste.

»Ja, nein, das auch. Meinen Rücken waschen.«

»Ja, sicher.«

»Lass uns zu mir rübergehen. Wenn John kommt, möchte ich in meinem Zimmer sein.«

Nacheinander kletterten wir durch den Schrank, ich voraus, die *Ficklampa* zwischen die Zähne geklemmt, sie hinterher. Als wir auf ihrer Seite angekommen waren, flitzte sie zielstrebig Richtung Bad.

»Warte bitte hier, okay? Ich rufe dich gleich.«

Ich setzte mich auf ihr Bett. Etwas führte sie doch im Schilde. Fragte sich nur, was?

»Du kannst jetzt kommen, Matt!«

Nichtsahnend betrat ich das Bad. Mich traf fast der Schlag, denn sie saß in der Badewanne. Nackt! Zwar inmitten von

Schaumbergen, aber eindeutig hatte sie sich ausgezogen. Oder? »Ich hoffe, du hast deine Hose angelassen?« Meine Stimme kratzte.

»Nein, habe ich nicht. Natürlich nicht.« Sie sah mich über die Schulter an und hob die Augenbrauen. »Warum sollte ich das tun? Immerhin sitze ich in einem Schaumbad. Ich bin pudelnudelnackt, was sonst, Matti?« Meine Güte, sie sprach es auch noch aus!

»O Gott, auch das noch! Smilla!« Mein Kopfkino ging sofort mit mir durch.

Sie lachte und planschte mit den Füßen im Wasser herum. »Ich muss die Farbe einweichen, sonst geht das Zeug nie ab. Ah, tut das gut.« Genüsslich seufzend lehnte sie sich zurück und schloss die Augen.

»Guter Trick. Als würde ich dir das glauben.«

»Doch, es stimmt, ich schwöre es! Ich will das Tattoo unbedingt loswerden. Verstehst du, ich muss!« Ihre Stimme klang auf einmal flach, fast schon panisch. »Und eben, als wir durch den Schrank krabbelten, bin ich auf die Idee gekommen, dass man die Farben im warmen Wasser einweichen muss.«

»Hm, okay. Und wie soll ich so an dich rankommen?« Zögernd trat ich näher. Wenn ich mich stark konzentrierte, konnte ich ignorieren, dass sie nackt war. Eine reine Frage von Disziplin und Selbstbeherrschung.

»Wie gestern, indem du dich hinter mich kniest.« Sie wandte sich zu mir um. »Ich hocke mich auf die Fersen und bin somit etwas größer als im Sitzen. Alles ist bedeckt mit Schaum, du siehst rein gar nichts. Also dreh bitte nicht durch, Matt. Okay?« *Leichter gesagt als getan.*

»Stimmt, ich sehe nichts.« Ich kniete mich hinter sie und nahm einen Lappen. Aber ich wusste, dass alles da war. Ihr schöner Körper mit der anmutigen Taille und den langen Beinen. Ihr knackiger Po, die wunderbaren Brüste. Direkt vor mir. Ich brauchte nur meine Hand auszustrecken, um sie zu berühren. Sie hätte nichts dagegen, das spürte ich, aber ich würde es dennoch nicht tun. Tief atmete ich durch. »Okay, dann wollen wir mal loslegen.« Dann fuhr ich mit dem Lappen über ihren Rücken und wusch die Spuren ihres alten Lebens weg.

»Denkst du, das hilft?«, flüsterte sie.

»Ja, es hilft.« Tatsächlich bewirkte das warme Wasser etwas. Natürlich auch meine Berührungen, die nicht zu fest und nicht zu sanft ausfielen. Etwas Hässliches auswischen und mit etwas Schönem ersetzen. Wenn es bei ihr funktionierte, dann vielleicht auch bei mir? Ich rückte näher heran und hockte mich hinter sie, ließ die Beine rechts und links von ihr ins Wasser hängen, obwohl meine Hose nass wurde.

»Sicher?«

»Ja. Alles löst sich leichter.« Immer wieder fuhr ich mit dem Lappen ins warme Wasser, strich über ihren Rücken. Die Farbe lief in Rinnsalen ihren schmalen Rücken hinab und die weißen Schaumkronen verwandelten sich zu Regenbogenschaum. Lila, pink, rot, gelb, blau.

»Schau mal, ist das nicht wunderschön?« Sie lachte leise.

»Ja, das ist es. Ich glaube, ich bade ein Einhorn. Was wohl alles zum Vorschein kommt, wenn ich weiter wasche?« Ich schmunzelte.

»Du könntest in die Wanne steigen und nachsehen.« Sie sprach ganz beiläufig, aber in ihrer Stimme schwang Erregung. Mit beiden Händen schaufelte sie eine Ladung bunten Schaum zusammen und pustete ihn durch die Luft.

»Kann ich nicht.«

»Warum denn nicht? Bist du denn gar nicht neugierig?« Sie drehte sich zu mir um, ein bisschen Schaum perlte von ihren Brüsten ab und gab den Blick frei auf eine vorwitzige rosa Brustwarze.

»Hm? Nein, kein bisschen.« Ich wollte wegschauen. Funktionierte aber nicht. Wie gebannt sah ich auf das kleine rosa Ding, das sich unter meinem Blick kräuselte.

»Lügner.« Jetzt kniete sie sich hin und ihr schaumbedeckter Oberkörper reckte sich aus dem Wasser empor. Ihre

Hand fuhr durch den Schaum, ein paar Wassertropfen spritzten auf meinen Pulli und in mein Gesicht. Sie ließ ein provozierendes Lachen folgen.

»Frechdachs.« Ich musste schlucken, denn langsam tropften die Schaumkronen von ihren Brüsten herab und immer mehr nackte Haut kam zum Vorschein, glänzend vor Nässe.Auf einmal erhob sie sich und stand direkt vor mir. *O Gott!* Gebannt starrte ich auf ihre halbentblößten Brüste, den nackten Bauch und die rosa Schaumkrone zwischen ihren Beinen. Mit dem verführerischen Lächeln einer Wassernixe griff sie wiederum in den Schaum, setzte ihn mir auf den Kopf und als Bart ins Gesicht. Die Schaumbläschen knisterten, als sie auf mir zerplatzten.

»Ho-ho-ho, Mr Christmas.« Mit einem frechen Kichern drängte sie sich zwischen meine Beine. »Du siehst lustig aus, Regenbogen-Santa.«

Wie hätte ich da länger widerstehen können? Im Nu streckten sich meine Hände nach ihr aus und packten sie. »Verflixtes kleines Biest!«

»Ja, das bin ich«, hauchte sie.

Unsere Lippen trafen aufeinander. Bevor ich wusste, wie mir geschah, umschlang sie mich und saß auf meinem Schoß. Als unsere Zungen aufeinander trafen, brannte in mir eine Sicherung durch. Mit einem gehörigen Knall. Hell loderndes Verlangen erfasste mich, ließ meine Hände gierig über sie wandern. Bauch, Brüste, Po, ich wollte das alles! Und noch viel mehr. Ein weiterer verzehrender Kuss – ihre Lippen ließen mich alles vergessen. Sanft zog sie an mir und ich sank zu ihr in die Wanne, mitsamt Klamotten. Teils kniend, teils liegend landeten wir im Wasser.

Meine Hände wollten diesen glitschigen nackten Fisch packen. Gar nicht so einfach. »Gott, Smilla!«, keuchte ich zwischen zwei heißen Küssen, die mich weiter in Flammen setzten.

»Komm, zieh dich aus!«, keuchte sie erregt. Wir rangen miteinander, das Wasser plätscherte, die Schaumwolken flufften. Verdammt, war das heiß. Wie bei einem seltsamen Wasserballett drehten wir uns, mal war sie oben, mal ich. *Oh ja, ausziehen.*

Aber dann wurde mir bewusst, was es bedeutete, wenn ich mich ausziehen würde: Sex mit ihr. Eines käme zum anderen und deshalb stand Sex nicht zur Debatte. Ich kam halbwegs zur Besinnung. »Die Hose bleibt an. Finger weg!«

»Matti! Was soll denn das?« Sie packte mir trotzdem zwischen die Beine. »Gott, ist er riesig. Lass mich ihn rausnehmen.« Mit einem kehligen Lachen nestelte sie an meinem Reißverschluss.

»Nein!« Ich wehrte ihre Hände ab, packte sie an den Handgelenken und hielt sie mit einer Hand fest. Dann legte ich sie quer über meinen Schoß, meine andere Hand griff zwischen ihre Beine. »Aber ich fasse dich an!« Schon wanderten meine Finger ihre Schenkel hoch, streichelten über ihre samtweiche Haut und versanken schließlich in ihrer weichen Mitte.

»Oh, endlich!«, seufzte sie und wand sich unter meinen Berührungen.

Meine Zunge wühlte tief in ihrem Mund und meine Finger ebenso tief in ihr. Herrgott, ich platzte fast vor Erregung. Ein paar leichte Berührungen ihrer Perle genügten und sie zuckte ekstatisch unter mir, hob sich mir entgegen und kam mit einem dumpfen Laut. Minutenlang.

»Gott, ist das gut. Oh ja, mach weiter. Zieh die Hose endlich aus. Bitte, Matt.« Sie legte den Kopf in den Nacken und genoss mein Streicheln, ihr goldenes Haar schwamm wie ein Fächer um sie herum. Und ihre blauen Augen, die sich in meine bohrten … *Sie sieht wunderschön aus.* Noch mehr Küsse, die das Badewasser zum Brodeln brachten und mich fast die Beherrschung verlieren ließen.

»Noch mal?«

»Ja, bitte«, seufzte sie.

Rhythmisch schob ich meine Finger aus ihr rein und raus und brachte sie zum Stöhnen. In diesem Moment wünschte ich mir nichts inniger, als tief in ihr zu stecken und sie mit meinen Stößen zum Schreien zu bringen, die ganze Nacht lang. Aber das war keine Option. *Das hier ist keine Option! Denk daran, was alles passieren könnte …* Wie durch ein Wunder gewann ich die Kontrolle über mich zurück und stoppte meine Finger.

»Ich … ich muss nach Hause.« Abrupt ließ ich sie los, so dass sie strampeln musste, um nicht unterzugehen. Ich drehte ihr den Rücken zu und hievte mich aus der Wanne.

»Du … du gehst? Jetzt?« Aufgebracht klatschte sie mit der flachen Hand aufs Wasser. »Du bist doch schon zu Hause!«

Keuchend stand ich am Rand und sah auf sie herab, wie sie mit ihrer Enttäuschung kämpfte. »Nur teilweise. Nicht in meinem Zimmer.«

In einer Mischung aus Wut und Fassungslosigkeit stieß sie hervor: »Warum tust du das? Du machst mich total an und dann … Ich war so kurz davor!«

»Hm? Sorry, aber es ist besser so. Sex ist nichts für mich.«

Überrascht riss sie die Augen auf. »Wie bitte? Das hat sich aber anders angefühlt! Wir haben nur ein bisschen Spaß. Wovor hast du Angst? Dass ich dich gleich heiraten will?«

Ich zuckte zusammen. Das nicht unbedingt. Davon abgesehen traf sie mit ihrem Satz ziemlich ins Schwarze. Ich hatte Angst, dass es etwas Ernstes werden könnte und ich es durch einen schrecklichen Fehler kaputtmachte. So wie ich alles Schöne zerstörte. Und dass wir darum besser nichts miteinander anfingen. Auch wenn ich mich so stark zu ihr hingezogen fühlte, dass ihre Nähe wehtat. Aber noch mehr schmerzte es, nicht in ihrer Nähe zu sein. So wie jetzt, als ich mit einem Schulterzucken das Bad verließ.

Mist, ich durchnässte alles mit meinen tropfenden Klamotten und würde das Parkett ruinieren. Mit einem Ruck zerrte ich den nassen Pulli über den Kopf, dann streifte ich Hose und Socken ab. Ich überlegte gerade, ob ich die Boxershorts anlassen sollte, als Smilla hinter mich trat. Sie hatte sich ein großes Handtuch umgeschlungen, aber darunter war sie nackt. Höchste Zeit zu verschwinden.

»Wusste ich es doch, du hast Angst. Dabei steht er wie ne Eins.« Sie zwinkerte mir zu und sah mit einem begehrlichen Glitzern in den Augen zu meinen durchsichtigen Boxershorts. »Vielleicht befürchtest du ja …«

Schützend legte ich beide Hände über meine ausgebeulten Shorts. »Was? Dass ich impotent werde? Mittendrin?« Natürlich. Allein die Vorstellung trieb mir die Schweißperlen auf die Stirn. »Ach was.«

Sie leckte sich über die Lippen, als wäre sie hungrig. Hungrig auf mich. *Herrgott!* »Musst du aber nicht. Nicht vor mir.« Wie meinte sie das? Ich glotzte sie vermutlich dümmlich an, während sie unverhohlen auf meinen Schwanz starrte. »Wenn es mal nicht klappt, na und? Kein Grund, Angst zu haben oder gar zu kneifen.«

Ich habe vor so viel mehr Angst, Smilla. Aber diesen Satz konnte ich nicht aussprechen.

»Ich habe mit diesem Thema abgeschlossen«, behauptete ich. »Sex, Frauen, Liebe. Alles, was damit zusammenhängt.« Tja, leider war das gelogen. Auch wenn ich vor vier Tagen wirklich noch dieser Meinung gewesen war. Und so wie wir gerade in der Badewanne herumgetobt hatten, wusste sie auch, dass ich Unsinn redete.

»Was für ein Blödsinn! Glaube ich nicht.« Sie schüttelte den Kopf und lachte. »Nie im Leben!«

»Vielleicht stehe ich einfach nicht auf dich.« Ich musste lächeln, weil das nicht im Geringsten der Wahrheit entsprach. Sie erregte mich dermaßen, dass ich am liebsten über sie herfallen würde.

»Was hast du gerade gesagt?« Ihr ungläubiges Lachen ging in ein wütendes Schnaufen über.

»Ja, vielleicht bist du nicht mein Typ?« Ich machte ein paar schnelle Schritte Richtung Schrank, drehte mich zu ihr um und grinste.

»Oh, ich fasse es nicht, du … du …«

»Mistkerl?«, schlug ich vor.

Erbost griff sie nach einem Kissen und warf es nach mir, doch ich trat beiseite und es verfehlte mich. Woraufhin sie zuerst noch wütender aussah, dann jedoch spöttisch auflachte. »Das glaube ich dir nicht. Und ich werde dir das Gegenteil beweisen, innerhalb der nächsten vierundzwanzig Stunden.« In einer lasziven Geste ließ sie sich aufs Bett sinken. Das Handtuch klaffte auf und rutschte in Zeitlupe von ihrem Körper. »Schau her, damit du weißt, was du verpasst.« Sie räkelte sich provozierend auf dem Bett, umfasste ihre Brüste und spreizte in einer eleganten Bewegung ein Bein nach oben, jeder Zoll eine sexy Tänzerin. Das ganze fiese Programm. »Na, was sagst du dazu?« Sie kicherte.

Kurz war ich versucht, mich auf sie zu stürzen und das mit ihr zu tun, wonach ich mich sehnte. Die ganze verdammte Zeit lang.

Mein Blut brodelte wie Lava, doch meine Stimme klang kühler als Eis. »Versuch's erst gar nicht. Du wirst scheitern. Man nennt mich auch den Meister der Selbstbeherrschung.« War gelogen, klang aber gut. »Gute Nacht, Smilla.« Ich tauchte in den Schrank ab, hinter mir ertönte ein Poltern. Vermutlich hatte sie ein Buch nach mir geworfen. Oder ein Messer.

Es war besser so, dass ich keinen Schritt weitergegangen war. Das wollte ich mir einreden, als ich mich stundenlang schlaflos herumwälzte. Aber eine zweite Stimme in mir tönte immer lauter. *Nein, das war es nicht.*

❄

KAPITEL 20

19. DEZEMBER

Smilla

Alle saßen am Frühstückstisch, aßen, tranken und unterhielten sich, aber mich kitzelte die ganze Zeit ein fast unbezwingbares Lachen in der Kehle. Am liebsten hätte ich laut losgelacht wie eine Irre, aber das ging natürlich nicht.

Etwas war anders an Matt, aber er selbst schien es nicht zu bemerken, und den anderen fiel es auch nicht auf. Gott, ich erstickte fast an meinem unterdrückten Lachen. *Urkomisch!* Das aus mir herausplatzende Prusten tarnte ich als Husten. »Hab ich doch glatt ein Krümelchen in die Kehle bekommen und mich verschluckt. Wie spät ist es?« Damit wollte ich ihn necken. *Die Uhr tickt für dich, Matt.*

Er musste grinsen. »Das hast du gerade erst gefragt, Smolland. Exakt zehn Minuten später als vorhin.«

»Ach, ehrlich? Ist mir gar nicht aufgefallen.« Ich kicherte in mich hinein.

Da endlich schien es jemand zu registrieren. John legte den Kopf schief und betrachtete Matt eingehend. »Sag mal, sieht das nur durch den Lichteinfall so aus oder schimmern deine Haare irgendwie lila?«

Ich hätte vor Lachen schreien können. Mühsam brachte ich hervor: »Oh ja, lila. Stimmt.«

»Äh, wie? Lila? Wirklich?« Matt fasste sich irritiert an den Kopf.

»Ja und ein bisschen blau sind sie auch.« John zupfte an Matts Haaren. »Und an dieser Stelle hier sogar pink.«

»Grün auf jeden Fall auch«, stimmte Bailey zu, der Matt schräg gegenüber saß.

»Seltsam, da muss ich wohl das falsche Shampoo erwischt haben.« Matt fuhr sich in einer verlegenen Geste durchs Haar und sah mich verstohlen an.

Ich musste erneut ein Kichern unterdrücken, denn ich hatte ebenfalls bläulich-pinke Haare mit lila Einsprengseln gehabt, Überreste unserer ausschweifenden Badeorgie von gestern Abend. Wir erinnerten an zwei menschliche Einhörner mit unseren Regenbogenhaaren. Zum Glück war es mir bereits früh am Morgen aufgefallen, als ich mich verschlafen im Spiegel betrachtete und wie eine Ampel in Pastellfarben aufleuchten sah. Sekundenlang konnte ich das Bild vor meinen Augen nicht richtig einsortieren, bis ich begriff: die Tattoofarben! Vor Schreck stieß ich beinahe einen schrillen Schrei aus, den ich nur mit Mühe dämpfen konnte. Stella hatte noch friedlich geschlafen, in einem Affenzahn wusch ich meine Haare ein paar Mal hintereinander, bis die Farbe verschwunden war. Zur Sicherheit setzte ich eine dünne Wollmütze auf, falls an einigen Stellen noch Farbreste übrig geblieben waren.

Tja, ursprünglich wollte ich Matt warnen, aber er war schon unten gewesen. Außerdem geschah es ihm ganz recht, wenn er einen kleinen Schreck erlebte. Dafür, dass er mich schon wieder stehengelassen hatte.

»Erstaunlich!« Bailey schaute verblüfft. »Wo kommt das bloß her?«

Matt widmete sich seinem Frühstücksei und köpfte es. »Vielleicht stimmt etwas mit der Wasserleitung nicht? Kupfer im Wasser färbt Haare grün, oder?«

»Grün schon, aber doch nicht in Regenbogenfarben.« Bailey schüttelte skeptisch den Kopf.

»Die Wasserrohre sind fast nagelneu.« John stieß einen Seufzer aus. »Wenn ein Schaden vorliegt, nach so kurzer Zeit, bin ich nicht gerade froh darüber.«

»Zumindest greift dann die Gewährleistung«, wandte Caspar ein. »Der Schaden ist innerhalb der vertraglich abgemachten Frist entstanden und man kann ihn reklamieren. Alles halb so wild.« Caspar ließ seine Blicke zwischen Matt und mir hin und her wandern. »Aber ungewöhnlich ist es schon.« Er kniff die Augen zusammen und fixierte meinen Pferdeschwanz, dessen Spitze auch ein wenig pink-bläulich schimmerte. Oh, die Haarspitzen waren mir beim Waschen wohl entgangen.

Ich stand vom Tisch auf, um eine Flasche Orangensaft aus dem Kühlschrank zu nehmen. Hinter der aufgeklappten Tür verborgen, ließ ich meinen Pferdeschwanz im Pulliausschnitt verschwinden. Doch als ich wieder auftauchte, traf mich sofort Caspars forschender Blick. Verflixt, diesem Mann entging auch nichts! Zu meiner Erleichterung erwähnte er meine Haare nicht, sondern schnitt seinen gebutterten Toast in akkurate Vierecke, die er mit Orangenmarmelade beträufelte.

Ich hielt die Saftflasche hoch. »Möchte jemand ein paar Vitamine? Du vielleicht, Matti, für deine kranken Haare?«

Alle lachten. Matt ebenfalls, dann setzte er ein ernstes Gesicht auf. »Nein, danke, Smolland. Wirklich rührend, wie besorgt du um mich bist.« Sein Ton war übertrieben spöttisch.

Sofort schritt Bailey ein. »Jetzt lass mal gut sein. Das Mädchen hat nur ganz nett gefragt.«

»Also wirklich, Matt«, schalt auch Caspar. »Ein Gentleman weist keine freundliche Geste zurück.«

Sogar Gabriel trat für mich ein. Als ich mich wieder neben ihn setzte, schlang er vom Hochstuhl aus beide Arme um mich und rief: »Meiner Smilla. Aufhören!« Er fuchtelte erbost mit dem Finger in der Luft und zeigte auf Matt.

Darüber mussten dann alle lachen, und ich konnte endlich meiner Heiterkeit freien Lauf lassen.

AUS DER DIELE drangen die Stimmen des Fernsehteams. Sie hatten schon früh am Morgen damit begonnen, überall Weihnachtsschmuck aufzuhängen und zu dekorieren.

»Ist doch prima«, hatte Mel zuerst ganz pragmatisch gesagt. »Bisher haben wir nichts geschmückt und wenn sie das für uns erledigen, haben wir uns die Arbeit gespart.«

Aber dann wurde alles immer bunter und schriller. Es sah aus, als wäre zuerst eine Kanone mit Christbaumkugeln explodiert, dann eine mit buntem Lametta und jemand hätte zum Schluss massenweise Rentiere, Schlitten, Laternen und Figuren darüber gestreut.

John, der sich das wilde Durcheinander angeschaut hatte, kam mit angespannter Miene in die Küche zurück.

»Was für ein«, mit einem Blick auf Gabriel senkte er seine Stimme zu einem Flüstern, »riesiger Bullshit!« In normaler Lautstärke sprach er weiter: »Als Marian letztes Jahr alles geschmückt hat, habe ich sie angeschrien. Dabei hatte sie wirklich schön dekoriert, mit all den Lichterketten und den Figuren und sich so viel Mühe gegeben. Gott, ich fühle mich mies.« Er ließ sich auf den Stuhl fallen.

»Ja, das wissen wir. Du hast dich aber auch dafür entschuldigt.« Bailey nickte ihm zu.

»Wenn ich dieses schrille Zeug sehe, will ich mich gleich noch ein paar Mal bei ihr entschuldigen. O Gott, mein armer Liebling. Wo steckt sie überhaupt?«

»Bestimmt oben. Sie musste sich ein paar Mal umziehen«, erklärte ich. »Das Kleid hat sich mit der Dekoration gebissen. Es sah ein bisschen *Bullerbü* aus.«

Matt verkniff sich ein Lachen. »*Bullerbü?* Wirklich?«

Ich sendete ihm einen unmissverständlichen Blick: Wage es bloß nicht, mich zu blamieren und das Wort als nicht schwedisch zu entlarven! »*Jo, jo,* so nennt man bei uns in

Schweden das totale Chaos, das kleine Kinder produzieren. Und auch, wenn die Kinderchen sich sehr bunt anziehen.« Ein bisschen fies fügte ich hinzu: »Oder bunte Haare haben.«

Matt hielt sich die Hand vor den Mund und tat so, als hustete er. »Oh, wie interessant. Das sind erstaunliche Einblicke in die schwedische Lebensart.«

Bailey lachte. »Das ist ja witzig. Muss ich mir merken. Matt, dann bist du ja auch *Bullerbü* heute.«

»Hm? Wenn Smilla das sagt, wird es wohl so sein.« Er löffelte von seinem Müsli, seine Augen funkelten.

»Jedes Kleid beißt sich mit dieser Dekoration«, fuhr John düster fort. »Stellt euch vor, sie haben alle Kisten mit Weihnachtsschmuck auf dem Dachboden geleert und ein riesengroßes Durcheinander angerichtet. Das waren bestimmt hundert Stück. Mein Vater hat alles gesammelt, was jemals von *Christmas Decorations* produziert wurde, die Prototypen, weißt du, Matt?«

»Ah, verstehe.« Matt wirkte nicht sonderlich interessiert am Thema Christbaumschmuck. Er hob die Schultern. »Wenn ich dir erzähle, dass ich niemals eine einzige Christbaumkugel gekauft habe und auch nie einen Tannenbaum aufgestellt habe.« Er lachte, es klang angespannt. »Doch, ein Mal. Aber …« Sein Gesicht verdüsterte sich, er brach den Satz ab und schaute ins Leere.

»Nie eine Kugel gekauft? Warum denn das?«, fragte John.

»Warum? Das musst du Opa Christmas fragen.« Wieder stockte Matt, doch dann platzte es aus ihm heraus: »Denkst du, mein Vater hätte an Weihnachten mit Christbaumkugeln dekoriert, noch dazu von *Christmas Decorations*? Nein, Weihnachten war immer das schlimmste Fest von allen, gleich nach seinem Geburtstag. Als Familie haben wir das Beste draus gemacht, aber schön war es nicht. Deshalb war ich auch froh darüber, wenn ich an Weihnachten zu Besuch nach Snowhill kommen durfte. Noch übler war es, wenn Leute uns auf den Nachnamen ansprachen und fragten, ob man mit dieser berühmten Familie und der Firma etwas zu tun hätte. Da ist Dad fast jedes Mal durchgedreht.«

»Oh Mann, das klingt echt schrecklich«, sagte John leise.

»Weißt du, es ging bei der ganzen Geschichte nicht nur ums Geld. Dass man von seinem eigenen Vater verstoßen wurde, das ist etwas, was ich niemandem wünsche.«

»Schon klar, Matt. Tut mir leid.« John legte seine Hand auf Matts Schulter.

»Du kannst nichts dafür. Ich auch nicht.«

Caspar stieß einen tiefen Seufzer aus. »Es ist mir bis heute unverständlich, wie euer Opa seinen jüngsten Sohn enterben konnte. Es passt überhaupt nicht zu ihm. Nicht zu dem Mann, der er geworden war, nachdem sie in sein Leben getreten war: seine Frau Lilly. Zu dem Mann, der er früher war, hätte es schon gepasst. Aber sie hat ihn verändert in so vieler Weise, das hat zumindest mein Vater immer erzählt, der für euren Opa gearbeitet hat.«

»Tja, wenn sie ihn so verändert hat, warum hat er es dann trotzdem getan?« Bailey rührte mit dem Löffel verdrossen in seiner Tasse. »Das würde ich ihn zu gerne mal fragen.«

»Ja, ich auch.« John klang bedrückt.

»Und noch etwas …« Matt atmete tief ein, die Worte sprudelten aus ihm hervor. »Es hat unser Leben in so vielen Bereichen beeinflusst. Dass Dad Richter geworden ist und Professor für Strafrecht, war kein Zufall. Ursprünglich hat er Kunstgeschichte studiert und wollte Lehrer werden. Und ich bin auch in seine Fußstapfen getreten. Warum wohl ausgerechnet Jura? Ich kann es euch verraten: weil man immer auf der Suche nach Gerechtigkeit ist. Aber was soll man tun, wenn eine grundlegende Ungerechtigkeit existiert, die einen nicht loslässt? Selbst nach über dreißig Jahren nicht. Zitat meines Vaters.«

Alle schwiegen betroffen. Mir tat auch leid, dass dieser Familienstreit sein Leben so beeinträchtigt hatte. Durch die Bemerkung über seinen Vater wusste ich, dass Matt als Jura-

Dozent an der Uni arbeitete. Das passte zu ihm, so klug wie er war.

»Entschuldigt bitte meinen Ausbruch.« Er sah mit einem schiefen Lächeln in die Runde, dann starrte er wieder ins Leere. Ich hatte das Gefühl, dass er noch viel mehr Unausgesprochenes in sich eingeschlossen hatte, das dringend rausmusste. Wenn er nicht daran ersticken wollte.

»Schon gut, Matt.« Bailey lächelte ihn verständnisvoll an. »Du musst dir auch mal Luft machen, nicht immer alles in dich hineinfressen. Das hast du als Kind schon getan. Tut dir nicht gut, Junge.«

»Das stimmt.« Mel trat neben Matt und legte den Arm um seine Schultern. »Immer alles für sich behalten, das macht einen traurig und krank.« Sanft fuhr sie über sein buntes Haar.

»Möglich. Es bringt aber nichts, wenn man sich nicht unter Kontrolle hat und lauter dumme Sachen sagt.« Matt lachte gezwungen. »Sorry nochmal. Ich komme hierher und führe mich wie ein Stimmungskiller auf.«

»Blödsinn, Matt. Du hast dich bisher nie dazu geäußert, in all den Jahren nicht. Es wurde höchste Zeit, dass du deinen Standpunkt vertrittst.« Caspar nickte ihm zu. »Und das finde ich sehr gut.«

Ich hätte ihm auch gern durchs Haar gestrichen und ihn am liebsten geküsst. Dieser Erbstreit schien ihn wirklich mitzunehmen. Und noch etwas anderes bedrückte ihn, ich spürte es deutlich.

KURZ DARAUF KLINGELT es an der Haustür. Ein Lieferdienst hatte sich vorne am Tor angekündigt und Mel hatte den Wagen hereingelassen. »Für Matthew Christmas«, schallte der Ruf des Boten durch die Eingangshalle.

Matt brachte den riesigen Karton in die Küche und überreichte ihn John. »Das ist mein Geschenk zur Hochzeit. Ein bisschen verspätet, aber von Herzen.«

»Ach was, du hast uns doch schon diese Vase geschenkt.« John grinste breit.

»Vergiss bloß die Vase, dieses hässliche Teil. Können wir sie nachher vielleicht feierlich zertrümmern und im Garten vergraben?«

»Nein, die Vase bleibt.« John öffnete den Karton und der Kinderwagen kam zum Vorschein. »Oh, was für ein toller Kinderwagen! Und auch noch so viel Zubehör, Marian wird ebenfalls begeistert sein. Vielen herzlichen Dank.« Er umarmte Matt und klopfte ihm auf die Schultern. »Woher wusstest du, dass man das alles braucht?«

Matt grinste in meine Richtung. »Smolland hat mir geholfen. Immerhin ist sie eine Kinderwagenexpertin.«

»Da sind noch andere Sachen dabei«, stellte John fest.

»Ja, für Weihnachten. Die muss ich bis dahin verstauen.«

Gabriel, der das Auspacken gespannt mitverfolgt hatte, wollte sich eines der Päckchen sichern. Er erkannte die Autos, die er sich ausgesucht hatte und schnappte sich eins.

Doch Matt nahm es ihm weg. »Das Christkind bringt die Geschenke«, sagte er in ernstem Ton – zu ernst! – und Gabriel fing sofort an zu weinen. Er flüchtete sich zu mir und klammerte sich weinend an mein Bein.

»Haben!«

»Erst an Weihnachten«, beharrte Matt.

Gabriel heulte noch lauter und ich fuhr ihm tröstend übers Haar.

»Sei doch nicht so streng zu ihm.« Bailey mischte sich ein. »Der arme Kleine. Ich kann mich noch sehr gut daran erinnern, dass du auch immer vorher Geschenke auspacken wolltest. Da warst du neun Jahre alt und keine zwei. Und öfter als einmal hast du heimlich im Schrank gestöbert, wo sie versteckt waren.« Er nickte vielsagend.

Matt machte ein betretenes Gesicht. »Stimmt, du hast recht.« Er hielt Gabriel eines der Päckchen hin. »Möchtest du das?« Aber seine Frage kam zu spät.

»Nein! Mag ich nicht.« Gabriel schlug das Päckchen weg

und weinte umso bitterlicher, wahrscheinlich weil er es gerne gehabt hätte, aber sich selbst im Weg stand.

Matt kniete sich zu ihm hin. »Ich lege es oben in meinem Zimmer auf den Schreibtisch, und wenn du möchtest, kannst du einfach reingehen und es dir nehmen, okay?«

Gabriel schluchzte und verbarg weiter sein Gesicht an meinem Bein. Beruhigend tätschelte ich seinen Rücken. »Sei nicht so streng zu meinem Mäuseken.« Ich blitzte Matt wütend an.

»Vorsicht, geh mal lieber in Deckung, Matt.« Bailey wiegte bedenklich den Kopf hin und her. »Smilla reißt dich sonst in Stücke. Du hast eines ihrer Babys zum Weinen gebracht.«

»Es tut mir leid.« Matt wuschelte durch Gabriels Locken und hielt ihm die Hand hin. »Das war ein wenig barsch von mir. War nicht böse gemeint, Buddy. Haben wir eine Abmachung? Schlag ein.«

Ich redete Gabriel gut zu. »Schau mal, Matt will nicht, dass du weinst. Und er möchte sich wieder mit dir vertragen. Willst du ihm deine Hand geben?« Ohne sich von meinem Bein zu lösen, streckte Gabriel verstohlen sein Händchen nach hinten aus und tippte mit den Fingerspitzen Matts Finger an.

Matt musste sich ein Lachen verbeißen. »Cooler Handschlag, Gabriel.« Er richtete sich wieder auf und murmelte: »Ist er nicht goldig?« Ein seltsamer Ausdruck trat in seine Augen, nicht zum ersten Mal, wenn er die Kleinen betrachtete. Sehnsucht, in die sich leise Trauer mischte.

Wenn er Kinder so mochte, warum hatten er und seine Exfrau keine bekommen?

❄

KAPITEL 21

Matt

Irritiert starrte ich auf den leeren E-Mail-Eingang und rechnete sekündlich damit, dass Benson und Stone mich zur Schnecke machten, aber es kam nichts. Auch nicht vom Unbekannten. Das Schweigen beruhigte mich nicht, eher steigerte es meinen Argwohn, denn ich spürte die Lawine unausweichlich auf mich zurasen. Zumindest heute wollte ich meine Ruhe haben und mir diesen ganzen Mist vom Leib halten. Nein, ich würde nicht ständig wie hypnotisiert auf mein Handy starren und immer nervöser werden. Entschlossen schaltete ich es aus. Ich konnte ohnehin nicht hier weg, solange das Filmteam anwesend war, also Augen zu und durch. Meine Devise der letzten drei Jahre funktionierte auch bei diesem Problem.

Das Team war mittlerweile in die Küche eingefallen wie ein Schwarm wilder Hummeln. Innerhalb weniger Minuten richteten sie ein riesiges Durcheinander an, wenn Mel nicht immer wieder ordnend eingegriffen hätte, wäre wahrscheinlich die ganze Küche abgebrannt.

»Lasst uns etwas kochen. Steinpilzrisotto!«, rief Jamie begeistert, schüttelte seine wilde Frisur und Marian rang sich ein Lächeln ab.

»Immer nur Risotto?«, raunte ich Duncan süffisant zu.

Mit einem Seufzen flüsterte er zurück: »Rositelli ist der Sponsor für den gesamten Film. Was soll ich machen?«

Oh, da ließ sich Mr Rositelli seine Verehrung für Marian aber einiges kosten.

Alle, die nicht in die Szene eingebunden wurden, verließen fluchtartig den Raum. Smilla, Caspar, Bailey, John und ich. Und natürlich die beiden Kleinen.

Im Wohnzimmer spielte Smilla mit Gabriel auf dem Boden. Sie breiteten jede Menge Legos auf einem Teppich aus und bauten ein Haus, währenddessen schlief Stella friedlich im Tragesack an Smillas Brust. Ich sah ihnen beim Spielen zu und meine Gedanken wanderten davon.

Wie schön sie war. Ein paar goldblonde Haarsträhnen lösten sich aus ihrer Frisur und fielen sanft in ihr Gesicht. Und wie lieb sie zu den Kleinen war. Ich mochte ihr herzliches Lachen und ihre liebe Art. Am liebsten würde ich sie küssen und im Arm halten. *Jetzt sofort.* Sie hatte eine tief schlafende Sehnsucht in mir geweckt, von der ich glaubte, dass sie nie wieder an die Oberfläche käme. Vielmehr hatte ich sie solange bekämpft und mit Eisbergen bedeckt, bis ich sie für tot hielt. Aber sie lebte, diese wunderschön vibrierende Energie, ergriff Besitz von mir und wuchs mit jeder Sekunde, die ich mit Smilla verbrachte.

Mit einem Mal erhob sie sich vom Boden und verkündete: »Ich gehe ein wenig spazieren mit den Mäuseken, aber ich brauche Begleitschutz.«

»Wieso denn das?«, fragte Bailey verblüfft.

»Weil mir etwas passieren könnte. Was, wenn ich stürze und mir den Fuß breche? Ich liege dann wehrlos am Boden und die beiden Kleinen sind schutzlos der Kälte ausgeliefert. Wie sollen sie allein nach Hause kommen, die armen Mäuseken?«

»Stimmt, daran habe ich überhaupt nicht gedacht.«

»In Schweden machen wir das immer so«, behauptete die kleine Lügenbaronin. »Nie darf eine Person allein mit Babys spazierengehen. Wir bilden immer Grüppchen zu dritt oder zu viert. Außerdem kann man nie wissen. Vielleicht gibt es auch Wölfe im Wald?«

»Hier gibt es keine Wölfe, höchstens mal ein verirrtes Schaf Aber ich glaube nicht, dass es dich anfällt.« Bailey lachte.

»Hm, trotzdem, ich weiß nicht. Ein wenig fürchte ich mich schon.« Sie wiegte skeptisch den Kopf.

»Das klingt plausibel, bei der Glätte ist schnell etwas passiert.« John nickte zustimmend. »Da braucht man nur unglücklich auszurutschen. Ich kann leider nicht weg, muss bei der Homestory mitspielen.« Er schickte seinen Worten ein dumpfes Stöhnen hinterher. »Duncan hat gesagt, ich soll mich bereithalten.«

»Ich kann auch nicht weg«, sagte Bailey. »Eventuell brauchen die noch einen Tannenbaum, den ich aufstellen soll. Und Caspar fällt selbstredend aus. Er ist für das raue englische Klima einfach nicht geschaffen. Zu zerbrechlich, der Gute.« Er sah mich auffordernd an. »Dann bleibt nur noch Matt.«

»Hm. Wirklich? Also gut.« Smilla sprach in einem leicht genervten Ton, der ausdrücken sollte: wenn es denn nicht anders geht.

»Was meinst du, Matt?« John sah mich bittend an. »Es wäre schön, wenn die beiden Kleinen ein bisschen frische Luft abbekämen. Gabriel ist schon ganz aufgedreht, weil er so lange im Haus sein muss. Nicht wahr, Buddy?«

Gabriel krähte: »Ja! Rausgehen. Mag ich nicht!« Er zeigte auf mich. Was bedeutet das? Ich sollte gefälligst zu Hause bleiben oder ich sollte mitkommen?

Ich stöhnte laut auf, um meinen angeblichen Widerwillen zu demonstrieren. »Also gut, bevor Miss Smolland noch von einem englischen Wolf angefallen wird. Wobei es der erste Wolf in der englischen Geschichte wäre, der nach deren

Aussterben wieder herumläuft. Vielleicht ein untoter Zombie-Wolf?« Dazu lachte ich übertrieben spöttisch.

»Echt, Matt, deine Manieren waren schon mal besser.« Bailey stieß einen vorwurfsvollen Laut aus.

Smilla stöhnte entnervt auf. »Nun gut, dann nehme ich eben Cousin Matti mit. Er muss auch mal wieder an die frische Luft.« Aus ihrem Mund klang es, als wäre ich ein geistig unterbelichteter Verwandter, der nur alle zwanzig Jahre das Haus verlassen durfte. Und das auch nur unter Aufsicht. »Wenn ein Wolf kommt, muss er sich eben opfern. Solange der Wolf an dem zähen Cousin herumkaut, bin ich mit den Kleinen schnell weggelaufen. Nicht wahr, Gabriel?« Sie lachte, Gabriel stimmte mit ein, Bailey und John ebenso. Selbst Caspar kicherte.

»Kann mir nichts Schöneres vorstellen, als mich für dich zu opfern, Smolland.« John warf mir einen strengen Blick zu und ich schob schnell nach: »Ja, ja. Schon gut, ich komme mit. Bevor das schwedische Angsthäschen noch von seinem eigenen Schatten zu Tode erschreckt wird.«

Smilla steckte die beiden Kleinen in dicke Schneeanzüge, als wollten wir zu einer Nordpol-Expedition aufbrechen. Dann schnallte sie sich den Tragesack mit Stella um. »Es wäre besser, sie wäre unter meinem Mantel, aber dann bekomme ich den Reißverschluss nicht zu.«

»Du kannst eine von meinen Jacken anziehen. Hier.« Ich reichte ihr meinen dunkelblauen Dufflecoat aus dickem Wollstoff. Er ging ihr bis zu den Knien und sie versank geradezu darin. *Sah total süß aus.*

»Ausnahmsweise mal eine gute Idee, Matti.« Smilla schmunzelte ein wenig.

Unter den aufmerksamen Blicken von allen verließen wir das Haus.

»Wenn es gar nicht mehr geht und bevor ihr euch noch die Köpfe einschlagt, ruft mich an. Dann hole ich euch ab!«, rief Bailey uns hinterher.

»Das wird mit Sicherheit nicht passieren.« Caspar sprach mit einem süffisanten Unterton. Er besaß immer den richtigen Riecher. Ich war mir sicher, dass er ahnte, was zwischen Miss Smilla und mir lief. Auch wenn er über unsere Badeorgie mehr als schockiert gewesen wäre.

Kaum befanden wir uns in der Auffahrt, die vom Haus wegführte, als Smilla flüsterte: »Hab ich das gut gemacht?«

»Ja, hast du. Sehr gut sogar.« Ich zog den Schlitten mit Gabriel hinter mir her. Er steckte in einem kuscheligen Lammfellsack, nur seine Augen schauten hervor.

Gebieterisch streckte er seinen Arm aus. »Schneller, Mag ich nicht! Lauf!«

Ich musste mir ein Lachen verbeißen. Da hatte er sich einen schönen Namen für mich ausgedacht.

Smilla schritt sofort ein, wie es sich für eine gute Nanny gehörte. »Nein, Gabriel. Das ist Matt. Schau mal, wie lieb er zu dir ist und dich so schön durch den Schnee zieht. Ist das nicht toll?!«

»Nein!«, brummelte Gabriel und kniff die Augen zusammen.

»Entschuldigung, Matt, er ist voll in der Trotzphase. Ich erkläre es ihm später noch mal.« Smilla seufzte leise. »Gott, bin ich froh, dass wir diesem Trubel entkommen und etwas Ruhe für uns haben. Außerdem machen mich diese ganzen Kameras nervös.«

»Ja, ich weiß. Denkst du, man sieht uns noch?« Ich warf einen vorsichtigen Blick über die Schulter.

»Ich weiß nicht. Warum fragst du?« Sie lächelte ein bisschen. Wir bestiegen einen kleinen Hügel, dann ging es abwärts. »Jetzt mit Sicherheit nicht mehr.«

»Gut.« Ich nahm ihre Hand, dann zog ich sie an mich und küsste sie.

Ihr herrlich weicher und warmer Mund in dieser Eiseskälte. Es war wie eine Offenbarung. In einer Woge rauschte das Blut durch meinen ganzen Körper und brachte mein Herz zum Pulsieren. Wie von selbst legte mein Arm sich um sie, während ich mit der anderen Hand das Seil vom Schlitten festhielt. Da war er wieder, dieser wunderbare Funkenregen in meinem Inneren.

Unsere Lippen lösten sich voneinander. In ihren Augen glitzerte es. »Das habe ich jetzt gebraucht.«

»Ja, ich auch. Hab mir die ganze Zeit gewünscht, dass wir allein wären.« Weiß der Himmel, warum ich das offen zugab.

»Ja, ich ebenso. Denk an meine Worte.« Sie kicherte. »Die Uhr tickt für dich, Matt.«

Ich musste über ihre Drohung lachen. »Hm? Ach, darüber mache ich mir überhaupt keine Gedanken.« Meine Lippen näherten sich wiederum den ihren, um ihr noch einen Kuss aufzudrücken, als Gabriel auf dem Schlitten herumzappelte und einen Schrei ausstieß.

»Nein! Mag ich nicht.«

»Das gibt's doch nicht! Dieser wütende Kobold!« Seufzend setzten wir uns wieder in Bewegung. »Jetzt darf ich dich nicht einmal küssen?«

»Sei ihm nicht böse. Er hat es ohnehin schon so schwer. Seine Eifersucht wegen seiner Schwester, dann die Aufregung wegen Weihnachten. Der Zirkus mit dem Filmteam und überhaupt … Dann kommst du noch her und küsst seine heiß geliebte Nanny.«

»Ich bin ihm nicht böse. Er ist noch ein Baby.«

Sofort kam Protestgeschrei von hinten. »Nein! Schon groß!«

Smilla verpasste mir einen Stoß und zischte: »Pst! Bist du wohl still.« Mit honigsüßer Stimme wandte sie sich an Gabriel: »Natürlich bist du schon groß, Gabriel. Viel größer als deine Schwester und so supervernünftig. Und eine richtig tolle Hilfe für mich.«

»Ja, sehr groß«, echote ich, während ich das kleine tobsüchtige Bündel betrachtete, das wie eine wütende Raupe in ihrem Fellkokon dasaß und mir stechende Blicke zuwarf. »Hätte dich trotzdem gern noch mal geküsst«, brummte ich.

Sie lächelte mich von der Seite an. »Vermutlich ist es eh besser für dich, dass wir uns nicht ständig küssen können. Nicht, dass du dich nicht mehr zügeln kannst.« Sie lachte schallend und bog sich geradezu vor Lachen.

»Smilla, kleines Schwedenmädchen, merk dir eins: Ich kann mich immer zügeln.«

»Man wird es sehen. In Schweden heißt es: Man soll den Tag nicht vor dem *Smörrebröd* loben.« Sie grinste frech.

Ich lachte los. »Das heißt ganz bestimmt nicht so! Komm her, du nicht mal im Ansatz Schwedisch sprechende Schein-Schwedin.« Ich legte den Arm um sie, und wir stapften nebeneinander durch den Schnee.

Die Sonne kam hervor, warf lange goldene Strahlen auf die Schneedecke und ließ sie bläulich glitzern, als wäre alles verwunschen und mit Feenstaub bedeckt. Wie in einem Märchen, bei dem am Ende alles gut ausging. Mit Smilla fühlte sich alles schön und so besonders an. Selbst einen Spaziergang durch den Schnee verwandelte sie zu einem funkelnden Highlight. Und mich verwandelte sie auch, langsam und fast unmerklich.

»Dürfen wir wenigstens Händchen halten?«, raunte ich ihr zu.

»Bestimmt. Ich glaube, ihm sind die Augen zugefallen.« Sie warf einen Blick über die Schulter und schmunzelte. »Er schläft.«

»Schnell ausnutzen.« Ich zog sie wieder an mich und kostete ihre Lippen. »Mmh, du schmeckst gut.«

»Du auch. Wie letzte Nacht.« Wir lächelten uns an.

»Warum hast du mir nicht gesagt, dass ich blaue Haare habe? Oder pinkfarbene?«

»Du warst schon nach unten gegangen.« In ihren Augen glitzerte es. »Außerdem dachte ich, du hast eine kleine Strafe dafür verdient, dafür dass du mich hast wieder abblitzen lassen.« Sie strich sanft durch mein Haar. »Du siehst schön aus, wie mit magischem Einhornstaub bestäubt. Schau, da ist der Rest von meinem Regenbogenstaub.« Sie zog ihren Pferdeschwanz hervor und zeigte mir die pink-bläulichen Spitzen.

»Ja. Das ist wirklich magisch.« Und damit meinte ich nicht unsere verfärbten Haare.

❄

KAPITEL 22

Smilla

ALS WIR VOM SPAZIERGANG ZURÜCKKEHRTEN, saßen Jamie, Duncan und Mr Rositelli mit Mel in vertrauter Runde am großen Esszimmertisch. Marian, John, Bailey und Caspar etwas abseits daneben.

»Mel, wir haben ein Angebot für dich. Und zwar eins, das du nicht ablehnen kannst.« Jamie wackelte neckisch mit dem Zeigefinger, seine künstlich aufgebauschte Frisur wippte. »Nein, nein, nein.«

Duncan setzte sein strahlendes Lächeln auf und klatschte in die Hände. »Folgendes: Wir bieten dir eine wöchentliche Kochsendung an. Zum Thema englische Landhausküche.«

»Ich käme eventuell auch als Gast zu Besuch«, warf Jamie ein.

»Ich auch, wenn es um Risotto geht.« Rositelli warf einen schnellen Blick in Marians Richtung. »Und wenn Marian ebenfalls kommt.«

Mel machte vor Überraschung große Augen. »Eine eigene Sendung? Für mich?«

Duncan nickte ihr zu. »Sicher. Es sind nicht nur deine

Kochkünste, sondern die souveräne Art, mit der du alles präsentierst. Selbst im größten Stress bewahrst du die Ruhe. Wir sind davon überzeugt, dass du für eine derartige Sendung wunderbar geeignet bist.«

Mel schüttelte ungläubig den Kopf. »Dabei hasse ich es schon, wenn man mich fotografiert.«

»Gedreht wird natürlich in London«, erklärte Duncan. »Wir können nicht immer mit zwanzig Leuten hierher reisen. Viel zu teuer.«

Baileys Gesichtszüge entgleisten. Ihm fiel geradezu die Kinnlade herunter. »Wie bitte? Habe ich das richtig verstanden? Du gehst nach London, Mel?«

Scherzhaft, wenn auch mit leicht spitzem Unterton antwortete sie: »Ach, ich bin jung und ungebunden. Warum sollte ich das nicht tun?« Sein Gesicht wurde starr vor Entsetzen und sie fügte hinzu: »Nein, ich weiß es nicht. Darüber muss ich eine Nacht oder zwei schlafen. Vielen herzlichen Dank für dieses wirklich schmeichelhafte Angebot.«

»Sicher, überleg dir das in Ruhe«, sagte Duncan. »Die Sendung soll dreißig Minuten pro Folge dauern, das bedeutet, wir würden von Montag bis Samstag drehen. Ausstrahlungstermin wäre jeden Sonntag. Vorerst geplant ist ein Zeitraum von einem halben Jahr, danach sehen wir weiter.«

»Und wann habe ich frei?«

»Äh, im Sommer vielleicht?« Er sah versonnen ins Leere, als würde er sich ebenfalls fragen, wann sie überhaupt einen freien Tag hätte. »Und sonntags natürlich.«

»Hm, aha.« Mel verzog skeptisch das Gesicht.

»Ach, noch etwas nicht Unwichtiges«, fügte Jamie hinzu. »Du müsstest natürlich in London leben, die Dreharbeiten dauern manchmal bis spät in die Nacht.«

»In London leben?«, wiederholte Mel.

»Du willst Snowhill verlassen?« John klang bestürzt.

»O Gott!«, flüsterte Marian.

»Wer weiß, wenn du berühmt bist, wirst du vielleicht auch

geadelt und zu Sir Mel ernannt?« Baileys Bemerkung sollte ein Scherz sein, aber sie klang eher todtraurig.

»Frauen werden kein Sir, sondern eine Dame«, korrigierte Caspar sofort. »Dame Mel. Nicht schlecht.«

Mel winkte lässig ab. »Ach was, auf so etwas lege ich keinen Wert, aber eine eigene Kochsendung wäre schon toll.«

Stille trat ein.

Alle schienen geschockt darüber, dass Mel Snowhill vielleicht verließ. Obwohl ich erst seit neun Tagen hier war, konnte ich das sehr gut nachvollziehen.

»Snowhill ohne Mel – das ist absolut unvorstellbar.« Bailey sprach aus, was alle dachten.

❄

KAPITEL 23

Matt

Kurz darauf nahmen alle im Esszimmer Platz, mehr oder weniger gedämpfter Stimmung. Während unseres Spaziergangs hatte Mel ein tolles Abendessen zubereitet und servierte die Vorspeise. Kürbissuppe, eines meiner Lieblingsgerichte.

»Hui, die Suppe ist ganz schön scharf.« Duncan stippte ein wenig Baguette hinein. »Wirklich grandios, Mel.«

»Ich hätte sie nicht besser machen können«, lobte Jamie. Nach anfänglichen Zickereien erwies er sich als umgänglich und nett. »Der Ingwer bündelt die Schärfe zu einer exquisiten Kopfnote.«

Bailey nickte eifrig. »Oh ja, Mel hat mit dem Ingwer nicht gespart. Scharf und total lecker. Wie alles, was du kochst.«

»Vielen Dank.« Mel freute sich sichtlich und nahm neben ihm Platz.

»Niemand kocht eine derartig köstliche Kürbissuppe wie du.« Bailey legte noch ein Kompliment drauf. »Und sieht dabei noch derartig bezaubernd aus.«

Mel errötete. »Bailey, du Charmeur.«

»Die reine Wahrheit. Oh, du hast nichts zu trinken, lass mich dir etwas einschenken.« Er goss einen Wein für sie ein, dann hielt er ihr den Brotkorb hin. »Baguette gefällig, Mellymaus?«

John dachte wohl das Gleiche wie ich. »Charmeoffensive von Bailey«, raunte er mir zu und ich nickte.

Noch jemand startete eine Offensive. Smilla. Immer wieder sah sie mit seltsam entschlossenem Ausdruck in den Augen zu mir herüber. Irgendetwas schien sie vorzuhaben? Ach ja, ihre Drohung stand im Raum, dass sie mich dazu bringen würde, innerhalb von 24 Stunden mit ihr zu schlafen. Egal, was sie anstellte, es prallte von mir ab. Auch wenn es mir täglich schwerer fiel, ihren Verführungskünsten zu widerstehen, den letzten Schritt würde ich garantiert nicht tun.

Ich wich ihren bohrenden Blicken aus und genoss die Suppe, die nach dem kalten Wintertag richtig guttat und mich von innen wärmte.

Doch was war das? Eine Berührung an meinem Fuß? Ich zuckte zusammen und sah Smilla an. Unter dem Tisch streifte ihr Fuß meinen – und nicht nur das. Langsam kroch er an meinem Bein hoch. Was …?

Sie lächelte unschuldig. »Mmh, die Suppe ist lecker, oder Matti?« Immer höher bewegte sich ihr Fuß. Nein, das würde sie nicht tun, nicht vor allen hier am Tisch, noch dazu in Anwesenheit unschuldiger Babys. Ich sah sie zuerst beschwörend, dann streng an. Aber sie tat es trotzdem. Zielstrebig rutschte ihr Fuß an meinem Oberschenkel entlang und dann … traf er mich voll auf die Zwölf. Auf meinen Penis.

»Herrgott!« Mir fiel der Löffel aus der Hand, etwas Suppe spritzte hoch und kleckerte orange aufs weiße Tischtuch. »Oh, hoppla! Ist mir doch glatt der Löffel in die Suppe …« Ich unterdrückte ein Keuchen.

»Ist etwas mit der Suppe, Matt?«, fragte Mel mit besorgter Miene. »Es ist das Rezept von früher, das hast du doch immer gemocht.«

»Alles okay, Mel.« Ich starrte die Suppe an, die Suppe starrte zurück. Fast wie bei einem Duell. Smillas Fuß lag bewegungslos auf meinem Oberschenkel. Gott sei Dank, sie hatte damit aufgehört. Vorsichtig griff ich wieder zum Löffel und aß weiter.

»Ja, schmeckt dir die Suppe nicht, Matti?«, fragte Smilla scheinheilig.

»Doch, die Suppe schmeckt kö-hö-höstlich!« Ihr Fuß, der nur kurz stillgehalten hatte, bewegte sich und rieb an meinem Schwanz. Und das auf so erregende Weise, dass mir die Luft wegblieb.

Dabei tat sie unschuldig, aß von ihrer Suppe, brach ein Stück Baguette ab, unterhielt sich mit Bailey und John, lachte mit Marian und strich dem schlafenden Baby über den Kopf. Dieses kleine Luder. Ganz nebenbei bereitete ihr Fuß mir die reinsten Höllenqualen, die sich langsam steigerten.

»Heilige Maria, ist das scharf … äh, die Suppe.« Ich konnte kaum mehr essen, weil ich mich darauf konzentrieren musste, nicht lustvoll aufzustöhnen.

»Och, so scharf auch wieder nicht. Hui, du schwitzt aber mächtig, Matt.« Bailey guckte erstaunt.

»Ist dir nicht gut?«, fragte John. »Du bist ganz knallrot im Gesicht?«

»Oh, doch, es geht mir gu-hu-hut.« Beim letzten Wort rutschte ich in ein schrilles Falsett. Smilla war nämlich zu langsamen rhythmischen Bewegungen übergegangen. Mein Penis würde explodieren, wenn sie nicht sofort damit aufhörte! Ich sendete ihr einen wütenden, aber wohl auch ziemlich erregten Blick, denn sie schürzte spöttisch die Lippen. In ihren Augen funkelte ebenfalls Erregung.

»Ja, dir steht richtig der Schweiß auf der Stirn. Was hast du denn bloß, Matti?« Sie kicherte. »Du kennst bestimmt den schwedischen Spruch: Eine scharfe Suppe kann stärker sein als ein Rudel Elche.«

»Ja, ja«, murrte ich. »Was heißt noch mal ›Herzlichen Dank‹ auf Schwedisch?«

»Tack da Mücke«, behauptete sie frech. Dabei hieß es korrekterweise: *Tack så mycket!* Aber das war diesem kleinen fußmassierenden Biest total egal.

»Ah, schön«, stöhnte ich auf. Für einen Moment wusste ich nicht, was ich gerade schön fand. Ihr Lachen, ihren Fuß, meine Erregung. Alles zusammen?

»Gefällt dir mein Schwedisch?« Sie lachte spöttisch.

»Ja, besonders deine Aussprache. Sie ist wahnsinnig ... originell.« Uff, das hätte ich besser nicht gesagt, denn sie legte noch einen Zahn zu und rieb im Akkord an mir herum. »Typisch schwedisch eben, wie ich es dort häufig gehört habe«, beeilte ich mich zu sagen.

»Ah, fein.« Sie verlangsamte ihre Fußfolter.

Herrgott, war das gut. Ich fühlte mich hin- und hergerissen zwischen dem Drang, aus dem Esszimmer zu flüchten oder mir den Footjob meines Lebens verpassen zu lassen. Mal stoppte sie, mal massierte sie. Und jedes Mal, wenn ich dachte, sie hätte aufgehört – leider oder Gott sei Dank! – machte sie weiter. *Ich bleibe. Aber nur noch ein bisschen.*

»Hm, wenn ich dich so anschaue, das könnte eine Allergie sein, Matt«, meinte Bailey. »Siehst echt mitgenommen aus. Zum Glück bin ich frei von Nahrungsmittelallergien. Ich nehme noch einen Nachschlag, wenn ich darf, Mel.«

»Sicher, Bailey.« Mel schöpfte ihm den Teller wieder voll.

Alle aßen munter ihre Suppe. Während ich Höllenqualen erlitt und genoss und erlitt. Irgendwie legte sie ihre Zehen um ihn und schob sie langsam auf und ab. Wie stellte sie das bloß an? Das war die schärfste Suppe aller Zeiten. Am liebsten hätte ich laut stöhnend den Kopf in den Nacken gelegt und es mir so richtig von ihr geben lassen. Ging natürlich nicht. Ich sendete einen flehenden Blick zu ihr hinüber. *Hör auf. Bitte!*

Sie sah umso entschlossener aus. *Nein!* Vielsagend tippte sie auf die Uhr und ihr Fuß rubbelte weiter. Gott, sie wollte es wirklich durchziehen. Nichts wie weg, bevor sie zum großen Finale ansetzte.

»Ich glaube, ich lege mich besser hin. Sorry, Mel. Ich esse

dann morgen etwas vom Hauptgang.« Völlig durchgeschwitzt und bis zum Anschlag erregt, ließ ich den Löffel fallen.

»Ja, sicher, mach dir keine Gedanken, Matt. Den Schmorbraten kann man sehr gut aufwärmen.«

»Vielleicht brütest du eine Erkältung aus?«, meinte John besorgt. »Fiebrig siehst du auf jeden Fall aus.«

Alle starrten mich an, auch Jamie Jeopardy und der Risotto-Erbe.

»Ach was, ja, nein, keine Ahnung, äh, Sorge.« Mit zittriger Hand winkte ich ab. »Morgen bin ich bestimmt wieder auf dem Damm. Jetzt gehe ich lieber ins Bett.« Ich sendete Smilla einen unmissverständlichen Blick. *Und du, Fräulein, mitkommen!*

»Ja, dann ruh dich lieber aus. Wäre nicht schön, wenn du an Weihnachten krank bist.« John klopfte mir auf die Schulter.

Wie gut, dass schummrige Beleuchtung im Raum herrschte. Duncan hatte, wohl um romantische Stimmung zu verbreiten, sämtliche Kerzenleuchter angezündet. Von der Anrichte schnappte ich meine Margaret Thatcher-Biographie, an der ich schon gefühlte zwanzig Jahre las, und war zum ersten Mal froh darüber, dass es ein dicker Wälzer war. Schützend hielt ich Mrs Thatcher vor meinen Unterleib inklusive Mörderständer gepresst.

»Gute Nacht!« Im Schutz der flackernden Kerzenleuchter hastete ich aus dem Raum.

»Gute Nacht und gute Besserung, Matt.« Selbst Duncan war um mich besorgt. Wenn er wüsste …

Als ich oben auf der Galerie ankam, hörte ich Smilla sagen: »Ich schaue mal besser kurz nach Cousin Matti, nicht dass er noch einen Kollaps bekommt. Wenn das ein allergischer Anfall ist, könnte er kollabieren, oder? Mein Onkel Gunnar ist mal wegen einer winzigen Erdnuss im Krankenhaus gelandet.«

»Oh ja, das ist lieb von dir, Smilla. Das habe ich mir auch

gerade gedacht.« Mels Stimme. »Dankeschön, dass du dich um ihn kümmerst. Ich tranchiere gerade den Braten.« Das elektrische Messer surrte.

»Kein Problemchen. Das mach ich doch ganz fix.«

So schnell war ich noch nie in meinem Zimmer gewesen. Und auch Smilla rannte die Treppe hoch. Als sie oben bei mir ankam, war sie völlig außer Atem. Ich zerrte mir gerade den Sweater über den Kopf und öffnete meine Hose. Mit entschlossenem Griff packte ich sie am Handgelenk, zog sie zu mir heran und presste sie ungestüm an die Wand. Mein Fuß kickte die Tür zu.

»Autsch.« In ihren Augen funkelte die Erregung.

»Kleines Biest!« Mit einer Bewegung riss ich ihre Bluse auf, und presste meine Lippen hart auf ihren Mund. Ein verschlingender Kuss, sie schnappte nach Luft, ich ebenso.

»Oh ja, das bin ich.« Sie lachte heiser und schlang ihre Arme um meinen Hals. Noch ein Kuss.

»Hose aus, sofort!«

»Ja!« Mit fahrigen Bewegungen öffnete sie ihre Jeans, streifte sie zu den Füßen und stieg heraus. Als sie ihr Höschen ausziehen wollte, stoppte ich sie.

»Keine Zeit.« Ich riss an den dünnen Bändchen, bis ich es in der Hand hielt.

»O Gott!« Sie biss sich erregt auf die Lippen.

Da packte ich sie schon und hob sie hoch, sie schlang ihre Beine um meine Hüften. Ein langer heftiger Kuss, der uns beide aufstöhnen ließ. Ohne sie zu berühren, wusste ich, dass sie bereit für mich war und ich drang ungestüm in sie ein. Ohne Vorspiel, ohne lange herumzureden. Ohne nachzudenken. Immer tiefer schob ich mich in sie hinein. In diese heiße und feuchte Enge.

Sie wimmerte in meinen Mund. »O Gott! Ja, Matt. Endlich.«

»Oh Gott, ja«, seufzte ich in ihren. Jeder Stoß ließ mich

tiefer in sie eindringen. In diese köstlich engen und sich wunderbar anfühlenden Schoß. »Gott, ist das gut. Himmel! Ich glaube, ich sterbe!«

Sinnloses Gestammel, dumpfe Laute, die nackte und pure Lust. Alle Gedanken zerfielen zu Asche. Alles fiel von mir ab. Und alle Schuld zerfiel. Es gab nur ihre heiße Zunge, die in meinem Mund wühlte und ihre Hände, die sich in meinen Po krallten. So wie sich meine Hände in ihre Pobacken gruben.

Lange hielt ich das nicht aus. Zu viel hatte sich angestaut über zu lange Zeit. Ich stieß fester zu. »Komm, schnell.«

»Ja!« Ein Zucken tief in ihrem Inneren, das mich schier wahnsinnig machte. »Matti!« Sie schrie auf und ich erstickte ihren Schrei mit einem noch wilderen Kuss. Ihre festen Kontraktionen raubten mir die Sinne und schoben mich unerbittlich dem Höhepunkt zu.

»Noch mal! Kann mich nicht lange beherrschen. Komm, Smilla.«

»Ja, jetzt. Du auch!« Unsere Augen verhakten sich ineinander. »Komm!«

»Erlöse mich!« Und als sie sich ein zweites Mal so eng um mich schloss, dass ich fast keine Luft mehr bekam, ließ ich es zu. Ließ mich in den Strudel fallen, der dunkel war und so köstlich, dass sich alles in mir zusammenzog. Aller Schmerz explodierte in einem Schrei. Köstliche Lust, ein Wahnsinnsgefühl, als ich mich in ihr verlor. Immer wieder stieß ich zu, bis ich nicht mehr konnte und das Dunkel in mir dem Blau ihrer Augen wich, in die ich stürzte.

Keuchend hielten wir einander umklammert, ich strich über ihr schönes Gesicht. Ihr Atem flog genauso schnell wie meiner. Langsam ließ ich sie von der Wand herunter gleiten, dabei steckte ich immer noch in ihr drin, unvermindert hart.

»Warum hast du das getan?« Diese Frage hätte ich nicht stellen müssen. Ich kannte die Antwort.

»Damit genau das passiert. Der Knoten ist geplatzt.«

»Ja.« Wie auch immer es mit uns weiterging, dafür war ich ihr auf ewig dankbar. In diesem Moment empfand ich mehr als Dankbarkeit. Ein tiefes, aufwühlendes Gefühl hatte mich befallen und breitete sich in mir wie ein Fieber aus. »Du musst nach unten gehen.«

»Ja, leider. Aber nachher komme ich wieder. Oder?«

»Was für eine Frage. Lass mich nicht zu lange warten.« Ich zog sie an mich und küsste sie noch einmal. Dieses Mal zärtlich.

»Ist gut. Bis später.« Mit einem seligen Lächeln und entrücktem Gesichtsausdruck trabte sie aus dem Zimmer.

Ich fasste sie am Arm und zog sie zurück. »Du solltest dich vorher lieber anziehen. Oder?« Vielsagend deutete ich auf ihren nackten Po.

»Oops.« Sie schlug sich kichernd die Hand vor den Mund und hob ihr Höschen auf. »Na, das ist hin. Hier, schenke ich dir.« Mit einem Lächeln drückte sie es mir in die Hand und schlüpfte in ihre Jeans. »Ich glaube, ich stehe ein wenig neben mir.« Ihre Wangen glühten, ihre Lippen waren angeschwollen von meinen Küssen. »Denkst du, man sieht mir etwas an?«

»Hm, vielleicht.« Ich glättete ihre zerwühlten Haare und knöpfte ihre Bluse zu. »Erzähl ihnen, ich hätte mich mal wieder katastrophal aufgeführt und dich damit zur Weißglut gebracht. Bis du explodiert bist.« Wir lachten leise darüber.

»Ziemlich zutreffend.«

Als sie die Tür hinter sich zugezogen hatte, ging ich zum Bett und ließ mich mit einem Aufstöhnen bäuchlings hineinfallen. »O Gott. Was war das denn?«

Mein Penis bohrte sich unvermindert hart in die Matratze. Er war wieder voll und ganz da, in alter Zuverlässigkeit. Und wenn ich eins mit Sicherheit wusste: Er würde mich nie mehr im Stich lassen. Der Bann war gebrochen. Sie hatte den Bann gebrochen.

❄

KAPITEL 24

Smilla

MIT ZITTERNDEN BEINEN stakste ich nach unten. Was war das denn gewesen, ein menschlicher Hurrikan auf zwei Beinen? Wie ein Tornado war Matt über mich gekommen und hatte mich völlig zerzaust zurückgelassen. Ich hatte geahnt, dass ein wilder und verwegener Liebhaber in ihm steckte, spätestens nach unserer Badewannen-Aktion hatte ich es gewusst. Verborgen hinter seinem umständlichen Gerede, dass wir es besser sein lassen sollten und überhaupt wäre Sex nichts für ihn. Aber was da eben zum Vorschein gekommen war …

Meine Güte, als hätte mich wirklich ein Wolf angefallen! *Der Christmas-Sex-Wolf.* Er hatte mich mit seinen Pranken festgehalten und hemmungslos an die Wand gevögelt. O Gott, ich konnte nicht einmal richtig denken, nach dem, was er mit mir angestellt hatte.

Vor der Küche blieb ich stehen, atmete mehrmals tief durch und trat ein.

»*Heja,* alles prima. Ich glaube, Matti geht es wieder viel besser.« Ich nahm zwei meiner Tücher, die auf der Arbeitsfläche lagen, drehte sie zusammen und band meine vermutlich zerzausten Haare zusammen.

»Ah, das ist gut.« Ohne zu mir aufzusehen, füllte Mel eine schokoladige Creme in Gläser. »Ich dachte schon, wir müssten einen Arzt rufen.«

»Oh ja, und ich erst.« Meine Stimme verrutschte ein wenig. »Äh, ich meine, wegen seiner starken Beschwerden.«

»Was hast du getan, damit es ihm besser geht?« Konzentriert setzte sie mit einer Tülle kleine Sahnetupfer auf die Schokocreme.

»Äh, ich ... habe ein feuchtes Waschläppchen auf seinen Kopf gelegt. Und ihm Luft zugefächelt und beruhigend auf ihn eingesprochen.«

»Trotz eurer Streitigkeiten? Wirklich lieb von dir, Smilla. Ja, ein kranker Mann lässt alles über sich ergehen. Das kenne ich von Bailey auch so.« Sie nahm eine Dose mit Amaretti hervor und steckte jeweils einen Keks in die Sahnetupfer. »Den Hauptgang hast du leider verpasst, aber ich habe die Reste im Herd warmgehalten. Es gibt auch gleich ein Dessert. Mousse au Chocolat.« Zufrieden betrachtete sie ihr Werk.

»Danke, ich kann gerade nichts essen. Später bestimmt.« Unauffällig fächelte ich mir mit einem Geschirrtuch Luft zu, als sie auf einmal die Augen hob und mich eingehend betrachtete. Sie stutzte, ich ließ das Tuch sinken und tat so, als wollte ich die Arbeitsfläche abwischen. »Ich helfe dir ein wenig.«

Bailey und John kamen herein und stellten Teller und Schüsseln auf dem Tisch ab. »Na, wie geht's dem Schwerkranken, ist Matt wieder auf dem Damm?«, fragte Bailey.

»Oh ja, das ist er. Voll und ganz. Und wie.« Ich ging zur Spüle, goss mir ein Glas Wasser ein und trank es auf einen Zug leer. »Das zischt«, murmelte ich. Gleich noch eins. Ich leerte auch ein zweites.

Mel stand auf einmal neben mir und flüsterte mir zu: »Smilla? Deine Bluse ist falsch zugeknöpft.« Sie kicherte leise.

»Oh!« Tatsächlich, total schief geknöpft, dafür stand in der

Mitte ein Knopf offen. »Das ist ja … ähm, also … überaus seltsam.« In einer fahrigen Geste öffnete ich alle Knöpfe und schloss sie in der richtigen Reihenfolge.

»Und überhaupt …« Sie stieß mir den Ellenbogen in die Seite.

Ja, vermutlich sah ich richtig durchgevögelt aus. Mir fiel leider kein guter Spruch ein, wie ich mich herausreden könnte. »Mel, ich …«

»Das bleibt natürlich unter uns.« Sie zwinkerte mir verschwörerisch zu. Dann öffnete sie den Kühlschrank und nahm eine Flasche hervor. »Eierlikör. Selbstgemacht. Darauf gönnen wir uns einen, oder? Du siehst aus, als bräuchtest du dringend etwas Stärkeres.« Sie grinste breit.

»Das wäre toll.« Auch ich konnte mir ein Grinsen nicht verkneifen.

»Wow, das ist … klasse.« Sie freute sich sichtlich und goss uns zwei ordentliche Portionen ein. Mit einem verschmitzten Lächeln hob sie ihr Glas. »Ein wenig verfrüht, aber: Merry Christmas!«

»Merry Christmas«, murmelte ich und wir stießen miteinander an. Mmh, der Likör schmeckte herrlich sahnig.

Zum Glück kommentierte sie ihre Entdeckung nicht weiter und brachte kurz darauf das Dessert ins Esszimmer. Denn sonst hätte ich ihr eine weitere Lügengeschichte auftischen müssen, über meine angebliche Verlobte Josephine, von der ich getrennt war. Und ich hatte all diese Lügen so satt.

Ich verdrängte mein schlechtes Gewissen und den Gedanken, dass es nur eine Frage der Zeit war, bis sie alle ans Tageslicht kämen.

DEN REST des Abends sah ich immer wieder verstohlen zur Uhr. Allzu früh schlafen zu gehen, wäre verdächtig, doch gegen zehn hielt ich es nicht mehr aus. »So, ich gehe dann mal in mein Bettchen. Das Baby Mäuseken hole ich gegen zwei ab, oder?«

»Nein, musst du nicht. Ich bringe sie dir um zwei«, sagte John.

»Ja, das wäre toll, Smilla. Bis dahin stille ich sie ein paar Mal und danach schlafen wir eine Runde, stimmt's?« Marian kuschelte sich an John.

»Schlaft schön alle!«

ICH RANNTE die Treppe hoch und stürmte, ohne anzuklopfen in Matts Zimmer. Er saß im Sessel, bekleidet nur mit Shirt und Boxershorts. *Gott, sah er heiß aus.*

»Da bin ich wieder!«, keuchte ich.

»Da bist du ja. Hast mich ganz schön schmoren lassen.« Er grinste, ich grinste zurück.

»Nicht mit Absicht. Es ging nicht früher, ohne dass …«

»Ja, ich weiß, ohne dass die anderen argwöhnisch werden.«

Ich knöpfte meine Bluse auf, vielmehr riss ich sie mir fast vom Leib, und kickte die Schuhe von den Füßen. Bereit, mich auf ihn zu stürzen. »Ich habe Zeit bis kurz vor zwei. Dann bringt John die Kleine.«

»Ist gut. Warte, bleib bitte da stehen.« Er zog etwas hervor, einen Kassettenrekorder?

»Was hast du vor?« Gespannt sah ich ihn an.

KAPITEL 25

Matt

»Was ich vorhabe? Das hier.« Ich drückte die Taste am Kassettenrekorder und der Song ertönte. »Und jetzt tanz für mich, Schwedenmädchen.« Erwartungsvoll verschränkte ich die Arme hinter dem Kopf und lehnte mich im Sessel zurück.

Sie lachte. »Abba? Dein Ernst? *Dancing Queen?*«

»Mein voller Ernst. Ich dachte, das passt gut zu dir als Tänzerin. Auch wenn der Rekorder ein wenig eiert.«

»Gut. Ich könnte mich dazu ausziehen?« Ihre Augen funkelten verwegen.

»Unbedingt.« Die Erregung raste wie ein Feuer durch meine Adern. Mit jeder Sekunde wuchs mein Wunsch, sie zu nehmen. Schnell und ungestüm wie eben. Aber ich würde mich zurückhalten und jede Sekunde mit ihr auskosten.

Sie zog langsam ihre Bluse aus und wiegte sich in den eleganten Bewegungen einer Tänzerin. Mit einem Lächeln streifte sie ihre Hose ab und da sie kein Höschen trug …

»Gott, ist das heiß!«, entfuhr es mir.

»Ja?« Sie lachte glockenhell und sprang ein bisschen im

Zimmer umher, dann griff sie zum Tuch, das ihr Haar bändigte. Es waren zwei ineinander verschlungene, denn sie teilte sie und hielt ein orangenes und ein pinkfarbenes in den Händen. Sie wirbelte damit herum, drehte sich im Takt der Musik, und ihr nackter Körper bog sich in wunderbar geschmeidigen Bewegungen.

Als der Song stoppte, spulte ich zurück, wieder und wieder, bis ihr Anblick mich in einen glühenden Rausch versetzte. *Das Schönste, was ich jemals gesehen habe.* Das Leuchten in meiner Brust wurde immer stärker und mein Herz stolperte glücklich vor sich hin. Verdammt, sie war so schön, dass es wehtat.

»Gefällt dir, was du siehst?« Sie keuchte und ließ die Tücher durch die Luft flattern. Ihre spitzen Brustwarzen ragten empor und ihr kleiner, fester Po schrie förmlich danach, dass ich meine Hände auf ihn legte. *Einfach göttlich.*

»Oh ja, sehr.« Meine Stimme versagte beinahe.

»Wie sehr?«

»So sehr.« Ich zog meine Boxershorts ein Stück nach unten und zeigte ihn ihr. Er war stahlhart.

»O Gott!« Wilde Erregung zeichnete sich auf ihrem Gesicht ab.

»Komm her. Schnell.«

»Ja.« Mit wenigen Schritten stürzte sie auf mich zu und kletterte rittlings auf meinen Schoß. Langsam sank sie auf mir nieder und sah mich dabei unverwandt an. Ihr goldenes Haar fiel wie ein Vorhang über mir herab. Und wenn es eben schon total erregend war, fühlte es sich jetzt noch heftiger an, als ich in sie eindrang. Tief und immer tiefer, jeden einzelnen Zentimeter auskostend. Denn jetzt hatten wir Zeit.

»Küss mich.« Mir war schwindelig, so eng umschloss sie mich. Heiß pulsierte sie um mich und brachte mich zum Stöhnen. Sie küsste mich ungestüm, ihre Zunge wühlte in meinem Mund, und ihre langsamen Auf- und Abwärtsbewegungen brachten mich schier an den Rand des Wahnsinns. Sterne flimmerten vor meinen Augen, so gut fühlte es sich an.

»Himmlisch«, keuchte ich und packte ihre Pobacken, führte sie und brachte sie zu noch lasziveren Bewegungen. Fast wie in Zeitlupe. »Kaum zum Aushalten.«

»Ja«, stöhnte sie. Ihre seidenweiche Haut fühlte sich wunderbar an, und ihr süßer Duft, nach Lust und Erregung, machte mich ganz benommen.

Mit einer Hand fasste ich ihren Nacken, die andere strich über ihre Brüste, liebkoste ihre Brustwarzen und zupfte an ihnen, bis sie glühten. Ich streichelte ihren Bauch, ließ meine Hand tiefer gleiten und zwischen ihren Beinen verschwinden. Zielstrebig steuerte ich ihre Perle an und berührte sie mit dem Daumen. Sie stöhnte lauter und wölbte ihren Rücken durch.

»Öffne die Augen.« Unsere Blicke verhakten sich ineinander. »Schau mich an, wenn du kommst.«

»Ja, jetzt gleich!«

»So schnell? Gott, ist das heiß!« Beinahe hätte ich die Beherrschung verloren.

»Ja.« Sie biss sich auf die Lippen. Ich umfasste ihre Brüste und zog sanft an ihren Brustwarzen. Erregt stöhnend warf sie den Kopf zurück und kam mit einem dumpfen Laut. Minutenlang.

Ich genoss ihr vor Erregung verzerrtes Gesicht und dass sie sich so eng um mich schloss, dass es mich beinahe mitriss. Und ich ließ nicht zu, dass ihr Orgasmus endete, stieß sie immer wieder zur höchsten Lust, bis sie mit einem langgezogenen Seufzer auf mir zusammensank.

»Oh, das war heftig.« Sie strich sich die Haare aus dem Gesicht und lächelte entrückt.

»Das war erst der Anfang. Wir sind noch lange nicht fertig miteinander.« Ich zog sie an mich und küsste sie leidenschaftlich, bis sie seufzte. »Komm, lass uns ins Bett gehen.«

»Ja. Genau so habe ich mir das mit dir vorgestellt.« Mit einem Lächeln erhob sie sich von mir, dabei stolperte sie über mein Bein und geriet ins Straucheln. Ich griff nach ihr, packte sie am Arm, und sie landete vor mir auf dem Boden. Im Nu kniete ich hinter ihr.

»Mmh, da kann ich nicht widerstehen. Oder gleich hier.« Ich packte sie an den Hüften und rückte sie nah an mich heran.

Sie kicherte erregt. »Was tust du da?«

»Lass dich überraschen.« Meine Hände fuhren über ihren schönen Körper, ließen sie erzittern. Mit sanften Berührungen streichelte ich ihre Brüste, strich über ihren Bauch, dann über ihren Po, den Rücken hoch, wieder herunter, die Schenkel entlang und brachte ihren Körper zum Glühen. Bis sie vor Lust zitterte.

»Oh, bitte, Matt. Nimm mich!«

»Ja.« Ich griff in ihr leuchtend goldenes Haar, wickelte es um meine Faust, und drang langsam in sie ein. Zuerst sanft, dann fester nahm ich sie auf dem Boden, ließ sie so oft kommen, bis sie nicht mehr konnte und ihre Schenkel unkontrolliert zitterten.

»Hilfe, ich brauche eine Pause.« Auf allen vieren krabbelte sie zum Bett und stieß ein heiseres Lachen aus. »O Gott, du bist wie ein Orkan. Meine Knie sind wundgescheuert, glaube ich.«

»Lass mich sie küssen. Leg dich auf den Rücken, du musst dich ausruhen.«

»Ja.« Sie war süß und so folgsam. Ich mochte es, sie herumzukommandieren und sie mochte es, wenn ich den Ton angab. Es passte gut mit uns beiden.

Ich kniete mich zwischen ihre Schenkel, dann küsste ich nicht nur ihre Knie, sondern schmeckte ihre Lust auf meiner Zunge, während sie meinen Kopf in ihren Schoß presste. Ich konnte einfach nicht genug von ihr bekommen und ich hatte so viel nachzuholen. Ihre weichen Arme, die sich um mich schlangen, ihre Beine fest um meine Hüften gepresst. Und ihre süßen Lippen auf meinen. Immer tiefer geriet ich in einen Rausch aus lodernder Erregung und purem Glück.

Das ist magisch. Es ist nicht nur geiler Sex. Die ersten Gedanken tauchten in meinem Kopf auf und brachten mein

Herz zum Stolpern, aber dieses Mal fühlte es sich beunruhigend an. *Nicht denken. Es einfach geschehen lassen.*

Sie schlang ihre Beine enger um mich, ließ mich keinen Millimeter von sich wegrücken. Als spürte sie, was in mir vorging. Ich verdrängte alle Gedanken, gab mich ihr hin, löste mich in ihr auf. Spürte nur sie und schmeckte nur sie. Ein Seufzen entrang sich ihrer Kehle. »Gleich … du … auch.« Rhythmische Kontraktionen, die mich fast zerrissen und mein Herz dahinschmelzen ließen. »Oh ja, jetzt! Matti!« Ihre Augen bohrten sich in meine, rissen mich mit in die Tiefe.

»Smilla!« Endlich die erlösende Explosion in meinem Inneren, die mich beinahe laut aufschreien ließ. Minutenlang. Gemeinsam stürzten wir in den süßen Abgrund, fielen immer tiefer, das Gefühl zu fliegen, bis ich wieder zu mir kam. Eine halbe Ewigkeit lag ich auf ihr, unfähig mich zu bewegen. Und ich wollte mich auch nicht von ihr wegbewegen. Meine Lippen suchten ihre in einem langen Kuss. Ein sanftes Streicheln über ihr Gesicht und ich versank in ihren Augen. Fast widerstrebend rollte ich mich von ihr herunter und lag schließlich neben ihr.

Nach Atem japsend nahm sie meine Hand. »Gott, Hilfe. Was war das denn?«

Gespielt lässig sagte ich: »Hm? Stimmt, bin ein bisschen außer Übung. Aber beim nächsten Mal wird es richtig gut, versprochen.«

Mit einem Kichern versetzte sie mir einen Knuff auf den Arm. »Kann nicht mehr denken. Das war … phänomenal.«

»Ja, das war es.«

»Wie spät ist es, Matt?«

»Viertel vor zwei. Ich bringe dich jetzt nach Hause.«

»Wie meinst du das?«

»Durch den Schrank. Ein Gentleman bringt eine Dame stets nach Hause. Das hat Caspar uns immer gepredigt.«

»Wenn er sie vorher flachgelegt hat?« Sie stieß ein Prusten aus.

»Das hat er zwar nicht so gesagt, aber ich finde: ja, dann

ganz besonders. Lass mich voran klettern, ich schalte bei dir das Licht an.« Als sie aus dem Schrank stieg, reichte ich ihr die Hand und half ihr hoch.

»Er steht immer noch«, murmelte sie mit Blick auf meine Boxershorts.

»Ja, er beruhigt sich gar nicht mehr. Ist alles etwas ungewohnt für ihn.«

»Du hattest lange keinen Sex mehr, sagtest du?«

»Sehr lange nicht. Sozusagen fand mein letzter Sex in einem früheren Leben statt.«

»Das merkt man dir aber nicht an.« Sie lachte leise und schmiegte sich an mich. »Es war sehr schön mit dir.«

Ich strich ihr das Haar aus dem Gesicht. »Ja, das finde ich auch. Wir sehen uns morgen, Agnetha.«

»Agnetha? Und wer bist du?«

»Dein Bewunderer.«

»Das gefällt mir.«

Ein letzter Kuss noch, dann ließ ich sie widerstrebend los, und tauchte in den Schrank ab. In meinem Zimmer ließ ich mich bäuchlings aufs Bett fallen. Die Decke hatte noch unsere Körperwärme gespeichert und verströmte Smillas wunderbaren Geruch. Tief sog ich ihn in mich ein, ihren Duft nach Sommer und Sonnenstrahlen. Nach Glück und nach … Liebe?

»Mein Gott, das gibt's ja wohl nicht«, flüsterte ich in die Kissen. »Dass ich so etwas noch mal erleben darf …« Für einen Moment fühlte ich mich irrsinnig glücklich, geradezu zum Überschnappen. Nicht nur, weil wir tollen Sex miteinander gehabt hatten, sondern weil es sich anfühlte, als hätte ich mich in sie verliebt. Aber wenn ich ehrlich zu mir war, hatte ich dieses Gefühl schon bei unserer ersten Begegnung an der Haustür gehabt.

❄

KAPITEL 26

Smilla

Mit einem Lächeln auf den Lippen starrte ich schlaflos in die Dunkelheit. Vor einer halben Stunde war John mit Stella gekommen, die ich mit leisem Singen und Herumtragen beruhigte. Jetzt schlief sie, nur ihre leisen Atemgeräusche unterbrachen die Stille.

Ich befand mich in einem wahren emotionalen Ausnahmezustand und konnte keinen klaren Gedanken fassen. Immerzu dachte ich an Matts leidenschaftliche Küsse und an seine Zärtlichkeit. Auch daran, wie er mich fest packte mit seinen großen Händen, sich an mich presste und mich geradezu verschlang mit seinem Mund. Und wie es sich anfühlte, als er tief in mir war.

»O Gott, ich glaube, ich bin über beide Ohren in ihn verliebt«, flüsterte ich. Dabei stand Liebe nicht auf meinem Plan. Doch jetzt hatte sie mich schwer erwischt und versetzte mich in eine fiebrig schöne Aufregung. Wie von selbst rückte ich näher an die Wand, an die Stelle, wo er vielleicht schlief, und streckte meine Hand nach ihm aus. Vielleicht tat er das auch und seine Hand presste sich an die gleiche Stelle? *Ich denke an dich. Es war so schön mit dir.*

Auch wenn ich in manchen Momenten etwas in seinen Augen aufflackern sah. *Angst?* Einmal dachte ich, er wollte wieder vor mir flüchten. Aber ich umschlang ihn mit Armen und Beinen und ließ ihn einfach nicht mehr los, bis wir zusammen in einem wahnsinnig intensiven Orgasmus kamen. Seine dunkelblauen Augen bohrten sich in meine, als wollte er bis auf den Grund meiner Seele schauen und mich wissen lassen, dass er etwas für mich empfand.

Es fühlte sich an, als schwebte ich zehntausend Meilen über dem Boden. Als wäre ich total high. So konnte Liebe also auch sein. Intensiv und berauschend, aber auch befreiend.

Das unvermittelte Piepsen meines Handys ließ mich zusammenschrecken. Es war angeschaltet? Bis auf seltene Ausnahmen benutzte ich es nicht mehr und schaltete es sofort wieder aus, so wie Matt es mir empfohlen hatte. Der Ausschaltknopf wackelte, vermutlich hatte ich ihn nicht fest genug gedrückt. Eine Nachricht war eingetroffen.

Für einen Moment dachte ich, Matt hätte mir geschrieben, obwohl er nur wenige Meter entfernt war. Etwas Liebes, was sonst? Mit einem Lächeln klickte ich die Nachricht an, als mir einfiel, dass er mir nicht schreiben konnte – denn er hatte überhaupt nicht meine Nummer.

Wo bist du?

Mehr stand nicht da. Keine Anrede, als Absender nur eine unbekannte Nummer. Sofort drückte ich auf Löschen, blockierte die Nummer und schaltete das Telefon ab. Mit rasendem Herzen verkroch ich mich unter die Bettdecke. Die Nachricht könnte fehlgeleitet sein, redete ich mir ein. Er schrieb mir bestimmt nicht nur einen Satz, noch dazu ohne Namen, das entsprach nicht seinem Stil. Doch mein Gefühl sagte mir, dass sie von ihm stammte: Arkady.

❄

KAPITEL 27

20. DEZEMBER

Matt

Nachdem ich mir gestern einen Tag Pause vom anonymen Erpresser samt damit zusammenhängendem Stress gegönnt hatte, musste ich mir heute anschauen, wie schlimm es um mich stand. Sobald ich das Handy anschaltete, überfluteten mich die schlechten Nachrichten.

Zuerst schrieb der Unbekannte: *Du bist nicht nach London gekommen. Du reagierst nicht auf meine Forderungen. Du hast es so gewollt. Das Dossier ist raus!*

Die Reaktionen per E-Mail folgten prompt.

Von: Marcus Stone

An: Matthew Christmas

Betreff: Dringend!

Christmas, uns liegen schwerwiegende Anschuldigungen gegen Sie vor. Schlampige Ermittlungen, Zeugenaussagen unter Druck und gefälschte Beweise in mindestens 17 Fällen! Haarsträubend, Ihr Verhalten. Kommen Sie unverzüglich in mein Büro, heute noch. Das ist keine Bitte, sondern eine offizielle Dienstanweisung!

Von: Roy Benson
An: Matthew Christmas
Betreff: Unglaublich!
Christmas, wenn diese Vorwürfe nur teilweise stimmen, sind Sie die längste Zeit Staatsanwalt gewesen.

TJA, da diese Mails von gestern stammten und ich nicht reagiert hatte, fielen die von heute wesentlich schlimmer aus.

Disziplinarverfahren eingeleitet … Untersuchungsausschuss … Zulassung verlieren. Untersuchungshaft … Gefängnis.

Ich überflog ein paar, startete einen halbherzigen Verteidigungsversuch und schaltete resigniert mein Telefon wieder aus, ohne meine Nachricht abzusenden. Die Lawine war ins Rollen gekommen, jegliche E-Mail dazu konnte ich mir sparen. Ein Vorwurf traf sogar zu und das würde der Untersuchungsausschuss auch bestätigen. Das sah nicht gut für mich aus. Aber diese anderen Fälle … Woher bezog der Erpresser bloß sein Insiderwissen?

Wie wäre es, wenn ich nicht mehr als Staatsanwalt arbeiten würde? So schlimm auch wieder nicht. Manchmal fühlte ich mich so müde, weil ich nur mit hässlichen Dingen zu tun hatte. Mord, Totschlag, Gewalt. Es machte mich krank und wenn ich ehrlich war, hatte ich immer weniger Lust auf diesen Scheiß. Doch jetzt saß ich in der Falle, wenn ich Pech hatte für die nächsten Jahre.

Als ich nach unten ging, fiel mir ein, dass heute der zwanzigste Dezember war. Nur noch vier Tage bis zum schlimmsten Tag des Jahres: Heiligabend. Am liebsten hätte ich kehrtgemacht und mich wieder ins Bett gelegt. Doch da drang Smillas Stimme aus dem Esszimmer, kurz darauf ihr Lachen, und ich folgte den Geräuschen, die mein Herz höher schlagen ließen.

JAMIE SAß AUF SMILLAS PLATZ, dafür hatte sie meinen neben

John eingenommen. Ich begrüßte alle und quetschte mich zwischen sie und John. »Rutsch mal rüber, Smolland. Das ist eigentlich mein Stammplatz, seit hundert Jahren schon, aber ich will ausnahmsweise darüber hinwegsehen.«

»O Gott, dass ich dieses Gemecker schon beim Frühstück aushalten muss!« Sie stöhnte gespielt entnervt auf. »Verflixtes *Smörrebröd!*«

»Ich hoffe, du hast nicht auch noch mein Lieblingsmüsli aufgegessen.« Demonstrativ schaute ich über den Tisch. »Ein winziger Rest ist noch da. Ansonsten hast du alle Platten geputzt, kann das sein? Kein Käse mehr da, kaum Schinken.«

»Ich muss mit Essen mein Nervenkostümchen stärken. Das ist wegen dir so dünn geworden.«

Unter dem Tisch tastete ich nach ihr, wir fassten uns an den Händen und ich drückte ihre. Sie drückte zurück und ich strich mit dem Daumen über ihre Hand. »Die Nerven werden dünner, die Figur offensichtlich nicht«, gab ich frech zur Antwort.

»Matt, man spricht eine Dame nicht auf ihre Figur an. Vor allem nicht, wenn es sich um eine so zauberhafte Dame wie unsere Smilla handelt.« Caspar machte einen Diener vor ihr.

»Dankeschön, lieber Caspar.« Sie räusperte sich. »Hast du dich von deiner Kürbissuppen-Vergiftung erholt, Cousin Matti? In Zukunft solltest du vielleicht lieber die Finger von so scharfen Sachen lassen, oder?« Scheinheilig täuschte sie Besorgnis vor.

»Ja, habe ich«, brummte ich. »Sozusagen eine Blitzheilung.«

»Wäre auch zu schlimm gewesen, wenn wir einen Krankenwagen hätten rufen müssen. Auf einmal hättest du Weihnachten noch im Krankenhaus verbracht. Traurig, traurig.«

»Wie lautet noch mal der schwedische Begriff für Krankenwagen, Smolland?« Sie kniff mir fest ins Bein und ich zuckte zusammen. »Autsch. Jetzt fällt er mir wieder ein. *Ambulans.*«

»Exakt.«

Ich unterdrückte ein Lachen, von ihrer Seite kam ein leises Kichern. Gott, es war einfach nur schön, bei ihr zu sein. Meine Hand schloss sich wieder um ihre.

»Lass doch mal dein Gezanke sein, Matt. Also wirklich …« Bailey schüttelte tadelnd den Kopf. »Sagt mal, habt ihr das letzte Nacht auch gehört?«

»Was denn, Bailey?«

»*Dancing Queen*, bestimmt zehn Mal hintereinander.« Er stöhnte auf und fuhr sich über die schwarzgrauen Bartstoppeln. »Oder hab ich das nur geträumt?«

»Ich habe nichts davon mitbekommen, hab geschlafen wie ein Stein.« John lächelte auf einmal. »Sag mal, war das früher nicht dein Lieblingslied, Matt? In dem einen Sommer hast du es manchmal hundert Mal hintereinander abgespielt, auf diesem uralten Kassettenrecorder von deinem Vater, der ein Abba-Fan war.«

»Hm? Echt? Kann mich gar nicht so recht daran erinnern.«

»Das weiß ich noch!« Bailey deutete aufgeregt mit dem Messer auf mich. »Du warst total in Agnetha verschossen. Wolltest du sie nicht sogar heiraten?«

Das Blut schoss in einer Welle in mein Gesicht. Ich errötete? Oh ja, wie eine keusche Jungfer bei ihrem ersten Kuss. Das letzte Mal, dass ich rot wurde, lag vermutlich zwanzig Jahre zurück. »Äh, ich …«

»Sicher wollte er das.« John kicherte. »Er hat sogar einen Ring für sie …«

»John!« Ich stieß ihm den Ellenbogen in die Seite und er verstummte. Ja, ich hatte einen Ring für meinen Schwarm gekauft. In dem kleinen Laden im Dorf. Na und? Das hatte bestimmt jeder schon mal getan, oder?! Außerdem waren es sogar zwei, aber das wusste nicht einmal John.

»Daran kann ich mich auch sehr gut erinnern.« Caspar nickte im Sekundentakt. »Du hast eine Zeitlang eine ausgemachte Schwäche für Schwedinnen an den Tag gelegt. Man kann fast schon sagen: eine regelrechte Besessenheit.«

»Oh ja, das stimmt!« Jetzt hieb Mel auch noch in diese

schwedische Kerbe. »Wenn Agnetha im Radio kam, durfte man dich nicht ansprechen. Und wehe einer hat den Sender verstellt.«

O Gott, das wurde ja immer schlimmer! Was sollte Smilla nur darüber denken? Und ich hatte sie gestern auch noch Agnetha genannt. Unsere ineinander verschlungenen Hände glühten vor sich hin. Mein Kopf glühte mit. Und auch ein anderer Körperteil erhöhte seine Temperatur um ein paar Grad ... Mein Herz.

»Tja, scheint so, als hätte ich diese Besessenheit gründlich abgelegt.« Ich hustete.

»Dinge scheinen manchmal nur so.« Caspar, Meister der kryptischen Bemerkungen. »Solche Vorlieben begleiten uns ein Leben lang. Das hängt mit der frühkindlichen Prägung zusammen. So leicht legt man das nicht ab, Matt.«

Ich war noch auf der Suche nach einer guten Antwort, da betraten Duncan und der Kameramann den Raum. Letzterer hielt die Kamera im Anschlag und filmte drauflos.

Duncan wisperte seine Anweisungen. »Fantastisch. Genau draufhalten. Eine idyllische Szene. Familie Christmas beim Frühstück. John und Marian mit verliebten Gesichtern, der stilvolle Butler in seiner Weste, dazu Bailey mit dem raubeinigen Charme eines Cowboys. Und Mel, die gute Seele des Hauses, die Pfannkuchen serviert.« Duncan lachte. Ihn traf mein Blick aus stechenden Augen und sein Lachen erstarb. »Und der schlecht gelaunte Cousin, der die Idylle leider ein bisschen zerstört.« Er stieß einen tiefen Seufzer aus. »Ich mache nur Spaß, Matt«, beeilte er sich zu sagen. »Natürlich respektiere ich deinen Wunsch, dass du nicht in der Homestory auftauchen willst.«

»Wunsch?«, knurrte ich. »Strikte Anordnung.«

Er gab es an den Kameramann weiter. »Hast du es mitbekommen, Stan? Bitte so filmen, dass Matt nicht im Bild ist.«

»Och, Mann, schade!« Stan ließ die Kamera sinken und fuchtelte erbost in der Luft. »Dann habe ich aber diese schnuckelige Nanny nicht mit drauf. Und sie ist so hübsch. Wie ein Engel sieht sie aus mit ihrem goldenen Haar.«

»Ja, ich weiß. Geht leider nicht anders.«

Ich machte mich noch ein bisschen breiter. Smilla schmiegte sich an meine Seite und duckte sich ein Stück nach unten. Verstohlen tastete ich unter dem Tisch wieder nach ihrer Hand. Sie war schweißnass und zitterte. Ich drückte sie und hielt sie in meiner. *Keine Panik.*

»Bitte tut einfach so, als wären wir nicht anwesend. Benehmt euch ganz natürlich.« Nach Duncans Aufforderung setzten die Gespräche wieder ein. Bailey und Caspar unterhielten sich ganz unverkrampft über Orangenmarmelade, welche am bittersten wäre oder wie Caspar es nannte: klassisch englisch. John und Marian prosteten sich scherzhaft mit ihren Kaffeetassen zu und mussten darüber lachen. Da schlang John den Arm um Marians Hals und zog sie an seine Brust. Das war dann wirklich echt – und süß.

Minutenlang blieb der Kameramann stehen, machte ein paar Schritte nach links, dann nach rechts. Schließlich grunzte er zufrieden. »Hab alles im Kasten. Außer den werten Herrn Cousin und damit leider auch die Nanny.«

»Vielleicht wenn sie auf einem anderen Platz säße«, sinnierte Duncan. Smilla umkrampfte meine Hand umso fester.

Sofort würgte ich ihn ab. »Nein, es reicht! Wäre echt nett, ich könnte mal in Ruhe meinen Kaffee trinken. Ciao!« Mein Kopf nickte auffordernd zur Tür und die beiden verzogen sich endlich.

Wobei Stan im Weggehen leise von sich gab: »Ich dachte, diese sogenannten Landadeligen wären alle so wohlerzogen und höflich?«

»Bin kein Adeliger«, rief ich ihm nach. »Wäre ja noch schöner!« Wow, ich füllte meine Rolle als miesepetriger Cousin immer besser aus. Das war eine fast schon oscarreife Darbietung.

»Meine Güte, Matt. Mit welchem Fuß bist du denn heute

aufgestanden?« Bailey biss von seinem Toast ab und kaute. »Was ist nur los mit dir? Du hast dich zu einem richtigen Grinch entwickelt.«

»Ein Grinch, was ist das?«, fragte Smilla.

»Jemand, der über alles meckert«, erklärte Mel.

»Vor allem aber jemand, der Weihnachten hasst«, ergänzte Caspar.

»Na, also. Trifft genau auf mich zu. Nennt mich von mir aus einen Grinch.«

»Matti Grinchmas? Wäre dir das recht?« In Smillas Stimme schwang ein Lächeln und alle lachten. Auch ich.

»Ausnahmsweise muss ich dir zustimmen, Smolland.«

Marian stieß einen tiefen Seufzer aus. »Ich kann dich gut verstehen, Matt. So hast du dir deine Weihnachtsferien bestimmt nicht vorgestellt. Es tut mir leid.« Sie machte ein unglückliches Gesicht. »Alles nur, weil ich meine Zustimmung zu dieser Homestory gegeben habe. Das bereue ich sehr, das könnt ihr mir glauben.«

»Ach, schon gut, Marian. Mach dir keine Gedanken.«

Smillas Hand in meiner entschädigte mich für alles.

DAS FILM-TEAM WAR VÖLLIG außer Rand und Band. Vielleicht lag es am Termindruck? Ich vermutete, sie benahmen sich immer so chaotisch. Ständig kamen sie mit verrückten Ideen, auch als wir uns wieder ins Wohnzimmer zurückzogen. Duncan gönnte sich eine Verschnaufpause und lag stöhnend auf dem Sofa. »Dieser Zeitdruck! Mit einer Deadline arbeiten ist das Schlimmste. Es fehlen noch über vierzig Sekunden und mir fällt partout nichts ein.«

Da trat sein Assistent Lenny neben ihn. »Duncan, wir haben alle Tierparks abgeklappert, aber es gibt keins.«

»Es gibt kein was?«, fragte Duncan mit schwacher Stimme.

»Kein Rentier!« Der Assistent warf die Arme in die Luft. »Das haben wir doch gestern ausführlich besprochen.«

»Ach so, das hatte ich vergessen. Oder eher verdrängt?« Duncan wischte sich übers Gesicht und ächzte.

Caspar mischte sich ein. »Wie soll es hier Rentiere geben? Wir sind nicht in Schweden, auch wenn unsere Smilla aus Schweden stammt.«

Alle Blicke richteten sich auf sie.

Duncans Miene hellte sich auf, entschlossen schwang er die Füße vom Sofa. »Genau, die wunderschöne Nanny kommt zum Einsatz! Smilla, wenn du vielleicht in einem süßen weißen Hemdchen mit einem brennenden Lichterkranz auf dem Kopf durch die Szene schreiten würdest. Dazu singst du ein schwedisches Weihnachtslied? Ich glaube, das wäre traumhaft.« Seine Augen glänzten vor Begeisterung, vielmehr loderten sie. Wahrscheinlich sah er Smilla mit diesem Hemdchen danach auf direktem Wege die Treppe hochsteigen, sich in sein Bett legen und es dann in Flammen setzen.

»Nix da!« Ich fuhr sofort grob dazwischen. »Smilla und ich haben einen wichtigen Termin. Im Wald. Smolland, hast du unseren Termin vergessen?«

»Was? Einen Termin? Äh, wieso? Aber …« Duncan stammelte herum.

»Bestimmt bei irgendwelchen Holzfällern oder ungehobelten Trollen«, grummelte Stan und bedachte mich mit einem tödlichen Blick.

»Stimmt, unseren Termin habe ich fast vergessen«, wisperte Smilla mit gesenktem Kopf. Jeder Mensch mit einem winzigen Funken Einfühlungsvermögen erkannte, wie unangenehm es ihr war, derart im Mittelpunkt zu stehen.

So auch Bailey. »Ach, Jungs, wenn ihr wollt, mach ich euch die Lucia.« Er lachte schallend und stieß Mel an. »Setze mir gern ein paar brennende Kerzen auf meine Wollmütze, aber ob ich ein Kleidchen anziehen soll? Na, ich weiß nicht.« Er warf einen schnellen Blick auf Smilla. »Daran soll es nicht scheitern. Warum nicht? Hab in meiner Jugend schon verrücktere Sachen getan.«

»Oh ja, allerdings«, gab Mel süffisant zurück.

»Sieht bestimmt total stilvoll aus, Bailey.« Caspar räusperte sich. »Nicht. Wenn es hilfreich wäre, könnte ich mich dazu durchringen, ein paar Gläser brennenden Sambucas zu servieren. Auf einem Silbertablett. Natürlich in vollem Butler-Ornat.«

»Ja, das wäre toll!« Duncan schien die Idee mit Smilla abgehakt zu haben und schwenkte auf eine andere um. Er hielt sich die Fingerspitzen an den Kopf, murmelte leise vor sich hin und hatte augenscheinlich eine Vision. »Ich sehe es bildlich vor mir: Marian und Jamie sitzen in der dunklen Küche, eingehüllt in Pelzmäntel, auf dem Herd brodelt ein köstliches Gericht. Von mir aus Milchreis. Sie plaudern über Weihnachten. Dann kommt Caspar mit den brennenden Getränken herein, verbeugt sich und sagt so etwas wie … Hm, was sagt er denn?«

»Ein Heißgetränk, Mylady.« Caspar verbeugte sich, jeder Zoll ein stolzer Butler. »So?«

»Ja, nicht schlecht. Aber es muss etwas richtig Spektakuläres. Nur was bloß?«

»Mylady, mein flammendes Herz.« John grinste. »Oder besser: Mylady, mein Herz steht lichterloh in Flammen für Euch.«

»Oh ja, das wäre toll!« Duncan zeigte auf John. »Aber dann müsstest du das sagen, oder? Der Butler könnte Scones servieren und kleine Sandwiches.« Er wandte sich Mel zu. »Haben wir so etwas da, Mel? Oder müssten wir das schnell einkaufen?«

»Alles da.« Mel winkte lässig ab. Manchmal beschlich mich der Verdacht, sie verfügte über einen geheimen Supermarkt im Keller von Snowhill. Sie hatte alles. Immer!

»Ich könnte das sagen.« Mr Rositelli meldete sich unvermittelt zu Wort, so dass alle zusammenschreckten. Bisher hatte ich ihn gar nicht wahrgenommen. Fast wie ein Chamäleon war er mit der Wand verschmolzen, an die er sich gelehnt hatte, die Arme lässig verschränkt. Das würde John aber nicht gefallen. Er sprach es auch noch aus: »Mylady, mein Herz steht lichterloh in Flammen für Euch.« Ein feuriger Blick in Marians Richtung.

Jemand lachte nervös auf. Marian?

»Abgemacht, Duncan, ich sage das.« John überhörte Rositellis Worte geflissentlich.

Duncan stieg netterweise darauf ein. »Super. Du besitzt nicht zufällig einen Smoking, John? Dann wäre es perfekt.«

»Smoking? Bisschen übertrieben, oder? Ich könnte meinen Hochzeitsanzug anziehen.«

»Dieser Mann im Smoking? James Bond, nur in größer und attraktiver! Wie sehe ich dann dagegen aus?« Jamie zerraufte seinen Haarschopf. »Wie ein Kleinkind. Ich will auch einen Smoking tragen!«

Duncan unterdrückte ein Aufstöhnen. »Hast du denn einen Smoking dabei, Jamie?«

Sie diskutierten miteinander.

Komm! Auffordernd sah ich Smilla an. Wir nutzten die günstige Gelegenheit und stahlen uns davon.

»Hier, nehmt das mit.« Mel wartete in der Diele und steckte uns einen Rucksack zu. »Ein bisschen Proviant. Alles in Ordnung mit dir, Liebes?« Sie strich über Smillas Wange. »Du siehst ein bisschen blass aus. Geht es dir nicht gut? Du magst diesen Rummel nicht so, oder?«

»Danke, Mel. Ich brauche nur ein wenig frische Luft. In Schweden gehe ich auch fast jeden Tag wandern.« Sie rang sich ein Lächeln ab.

Wir packten die Kleinen ein, zogen uns in Windeseile an und verließen das Haus.

»O GOTT, ICH DREHE NOCH DURCH«, murmelte Smilla, kaum dass wir die Auffahrt erreicht hatten.

»Nur die Ruhe. Wir müssen nur noch heute überstehen, morgen fahren sie schon wieder.« Wie gestern zog ich wieder den Schlitten.

»Meine Nerven.« Sie sprach mit zitternder Stimme. »Wirklich, Matt. Ich bin kurz davor aufzugeben. Ich kann nicht mehr. Wenn noch einmal jemand mit der Kamera kommt und mich filmen will, laufe ich schreiend davon.«

»Niemand gibt auf. Ich bin bei dir.« Sie wirkte in der Tat, als würde sie gleich zusammenklappen. Kreidebleich und nervös. »Setz dich auf den Schlitten, ich ziehe euch beide. Vielmehr euch drei.«

»Sind wir nicht zu schwer?«

»Du sollst dich setzen.« Sanft drückte ich sie hinter Gabriel auf den Schlitten.

»Aber was sollen wir jetzt tun? Es ist so kalt. Die Kleinen können allerhöchstens eine halbe Stunde draußen bleiben, dann müssen wir wieder zurück. Und es geht wieder von vorne los!« Leise begann sie zu weinen. Woraufhin Gabriel ebenfalls weinte, auch wenn es sich eher anhörte, als würde er Smilla nur imitieren. Die Kleine weinte schließlich auch. Das klang allerdings echt.

Ein Stück zog ich die drei weinenden Gestalten durch den Schnee. Falls uns jemand beobachtete, würde er denken, ich quälte meine Familie.

Nach wenigen Metern hielt ich an. »Hey, alle mal herhören. Ich habe eine supertolle Idee!«

Gabriel stoppte sein künstliches Weinen wie auf Knopfdruck und sah mich interessiert an.

»Eine Idee?«, fragte Smilla und schniefte.

»Ja. Wir könnten ins Dorf fahren und uns dort die Zeit vertreiben. Es gibt dort ein paar Geschäfte und auch ein Café. Früher hatten sie dort leckere Waffeln. Na, was sagt ihr dazu?«

Gabriel grinste verschmitzt. »Waffeln. Mag ich.« Doch dann schüttelte er den Kopf. »Nein!«

»Was denn jetzt?«

»Hör nicht auf ihn, er meint es nicht so. Das gefällt ihm bestimmt, nicht wahr, Gabriel? Ja, das wäre schön.« Smilla wischte sich die Tränen ab und lächelte tapfer. »Ich muss mich zusammenreißen, die armen Kleinen bekommen schon

Angst. Aber wie sollen wir dorthin kommen? Wir können nicht meilenweit durch den Schnee stapfen.«

»Stimmt. Ich rufe uns ein Taxi. Es fährt uns ins Dorf und abends bringt es uns nach Snowhill zurück. Natürlich sage ich John vorher Bescheid.«

Zuerst bestellte ich das Taxi. »Holen Sie uns in Snowhill ab. Wir kommen Ihnen entgegen. Beeilen Sie sich!«

Dann rief ich John an. »Du, John, Smilla hat die spontane Idee bekommen, ein bisschen Shoppen zu gehen. Ja, im Dorf. Du weißt, wie Frauen sind ... Wenn sie sich etwas in den Kopf gesetzt haben ... Wir machen dort einen Bummel durch die drei Geschäfte und essen anschließend ein paar Waffeln. Kann spät werden. Mach dir keine Sorgen.«

»Klar, gute Idee.« Im Hintergrund schepperte es. John fluchte. »Seid froh, dass ihr nicht da seid. Hier spielen sich unschöne Szenen ab!« Wiederum schepperte es.

»Was ist denn da los?«

»Eine Kuh.« Er beendete das Gespräch.

Hatte er wirklich *Kuh* gesagt?

DER TAXIFAHRER BESAH mich mit zweifelnder Miene. »Sie schon wieder? Also jetzt übertreiben Sie es aber. Schicken Sie mich jetzt wieder weg?«

»Nein. Bringen Sie uns bitte nach Wingham.« Wir schnallten die Kleinen an und verstauten den Schlitten im Kofferraum.

Nach einer fast halbstündigen Fahrt erreichten wir das Dorf. So lange hatte ich noch nie für die fünf Meilen gebraucht. Der Taxifahrer war so vorsichtig gefahren, als wäre die Straße mit rohen Eiern bedeckt und nicht mit Eisklumpen. Stellenweise glitzerte die Straße vor Glätte und es gab zahlreiche Schneeverwehungen. »Sie holen uns um sechs Uhr wieder ab.«

»Werde ich auch gefragt?«

»Nein.« Ich grinste. »Seien Sie bitte pünktlich. Wir haben

Babys dabei. Äh, ich meine, ein Baby und einen ziemlich großen Jungen. Nicht wahr, Gabriel?«

Er nickte stumm. Wow, das erste Mal, dass er nicht Nein geschrien hatte. Vielleicht wurden wir ja doch noch Freunde?

WIR SCHLENDERTEN DURCH DAS STÄDTCHEN, Smilla und ich Hand in Hand. Auf dem Marktplatz bauten sie gerade einige der Holzhäuschen auf, die zum Weihnachtsmarkt gehörten. Daneben in einer kleinen Gasse befanden sich ein paar Geschäfte und Smilla blieb vor dem Schaufenster stehen. »Oh, schau mal, da gibt es Spielsachen.«

»Ja, die Läden sind vollgestopft mit allem möglichen Zeug für die Touristen. In diesem gibt es Spielsachen, Kleidung, aber auch Lebensmittel und Schnaps. Lass uns reingehen.«

Gabriel ließ sich sofort in der Spielecke für Kinder nieder und schob ein Auto. Wir schlenderten weiter durch den Laden, bis ich vor dem Regal mit den Spirituosen stoppte. »Alter schottischer Whisky, französischer Cognac und ein Mirabellenschnaps. Schon hab ich meine Geschenke für John, Caspar und Bailey zusammen. Willst du nichts kaufen?«

»Ich hab kein Geld dabei.« Sie lächelte verlegen. »Wusste ja nicht, dass wir einkaufen.«

»Aber ich habe welches dabei. Und eine Kreditkarte. Also kannst du ruhig deine Sachen aussuchen. Das ist doch eine prima Gelegenheit.« Ich nahm einen dunkelblauen Kaschmirschal aus dem Regal mit den Strickwaren. »Denkst du, er wird Marian gefallen?«

»Ganz bestimmt.« Sie fuhr mit der Hand darüber. »Er ist schön weich und passt sehr gut zu ihrem Haar.«

»Toll, dann nehme ich ihn und den gleichen in Beige für Mel. Und für dich in Knallrot?« Ich hielt den Schal an ihr weizenblondes Haar. »Wow, steht dir total gut. Gefällt er dir?«

»Rot mag ich sehr. Ja, er gefällt mir.« Sie lächelte.

»Und schon habe ich alle meine Weihnachtsgeschenke

beisammen. Weiß nicht, warum ihr Frauen immer so ein Theater deswegen macht und darüber stöhnt. Von wegen wochenlang durch die Geschäfte laufen und vor Stress beinahe zusammenbrechen. Das dauerte gerade mal zwei Minuten.« Ich neckte sie ein bisschen.

Sie lachte. »Typisch Mann.«

»Nur für dich habe ich noch nichts, abgesehen vom Schal.« Ich würde ihr gerne etwas richtig Tolles schenken und ihr damit eine Freude machen. Auch wenn ich keine Ahnung hatte, wie es mit uns weiterging. Sie wollte spätestens nach Silvester verschwinden und was dann mit mir passierte … Darüber wollte ich gerade nicht nachdenken.

»Danke, ich brauche nichts.« Sie lächelte mich an, ihre blauen Augen strahlten. »Du hast mir schon genug geschenkt, indem du so viel für mich tust. Wirklich, Matt.«

»Gut. Dann lass uns bezahlen und danach Waffeln essen. Schräg gegenüber liegt das Café.«

»Ja, wenn es okay ist, würde ich gern diese Sachen nehmen.« Sie legte eine bunte Holzrassel auf den Tresen und stellte einen Holzbagger dazu. »Das ist für meine Mäuseken.« Sie lachte die Verkäuferin an und tätschelte sanft auf Stellas Po im Tragesack.

»Das ist aber auch eine süße Rasselbande, die Sie und Ihr Mann haben.« Die Verkäuferin, eine ältere Dame mit grauem Kurzhaarschnitt, lächelte Stella an. »Goldig. Soll ich die beiden Spielsachen als Geschenke einpacken?« Sie wandte sich mir zu. »Und Ihre Sachen auch?«

»Ja, das wäre toll. Alles einpacken, bitte.«

Sie hielt uns für eine Familie. Weder Smilla noch ich korrigierten sie in ihrer Annahme.

❄

KAPITEL 28

Smilla

ES WAR SCHON DUNKEL DRAUSSEN, als der Taxifahrer uns in Snowhill vor dem Eingang absetzte und mit einem Hupen die Auffahrt entlang fuhr.

Matt klingelte an der Tür. »Falls sie noch filmen, gehst du sofort mit den Kleinen hoch.«

»Ja, Stella muss ohnehin trinken. Sie hat bestimmt einen Bärenhunger, nicht wahr, Maus?« Ich kitzelte sie am Kinn, prompt wollte sie nach meinem Finger schnappen. »Oh ja, sehr hungrig.«

»Ziehst du dann deine Gummibrüstchen an?« Matt lachte verschmitzt und ich musste ebenfalls lachen.

»Woher weißt du davon? Hat John es dir erzählt?«

Seine Augen funkelten belustigt. »Ja, das stelle ich mir echt witzig vor.«

»Du kannst es dir ja mal anschauen. Komm doch mit, wenn ich sie füttere. Magst du?«

Er setzte gerade zu einer Antwort an, als die Tür geöffnet wurde und John im Türrahmen erschien. Seine düstere Miene hellte sich zwar bei unserem Anblick auf, aber er wirkte trotzdem genervt. »Ah, da sind ja meine Schätzchen!«

»Was ist los, du siehst reichlich angefressen aus?«, fragte Matt.

»Angepisst trifft es eher.« John nahm Gabriel auf den Arm und knuddelte ihn. »Hattest du einen schönen Ausflug, Buddy?«

Gabriel brabbelte drauflos. »Waffeln … Auto … Schlitten.«

»Oh, wow, das klingt toll.«

»Du hast am Telefon eine Kuh erwähnt. Oder habe ich mich verhört?«, fragte Matt.

»Nein, hast du nicht.« John stieß ein unwilliges Grunzen aus. »Stell dir vor, sie haben einem Bauern eine Kuh abgeschwatzt und ihr ein Rentiergeweih aufgesetzt. Angeblich war sie zahm, das stimmte aber nicht. Sie wollten das arme Tier auch noch pink einsprühen, aber da war der Bauer dagegen. Marian sollte dann auf der Kuh reiten, mit einem Glitzerumhang und so einem Mist.« Er rollte vielsagend mit den Augen. »Die Kuh rannte laut muhend in die Küche, zum Glück ohne Marian auf dem Rücken, und hat einen Schrank zertreten. Mel war stinksauer. Außerdem lag alles voller Kuhfladen.« Er deutete auf den Boden und kicherte. »Duncan musste beim Putzen helfen, weil das gesamte Team rein zufällig eine Zigarettenpause einlegte und sich aus dem Staub machte.«

»Ach du Schande, was für ein Chaos. Tut mir ja leid für den armen Duncan.« Matt grinste bis über beide Ohren.

»Hektik pur. Seid froh, dass ihr nicht da wart.« John ließ seine Blicke zwischen uns hin und her wandern und lächelte. »Hattet ihr beiden denn auch einen schönen Tag?«

Matt winkte ab und sprach betont gelangweilt: »Ach ja, es ging so. Oder Smolland?«

»Ja, es war …« Ich suchte nach Worten. »Einigermaßen erträglich.« Dabei war ich heilfroh, dass Matt mich nach Wingham gebracht hatte, weit weg von den Kameras und dem nervigen Duncan. Im Café war es richtig schön gewesen.

Wie eine kleine Familie saßen wir zusammen, aßen Waffeln und tranken Kakao.

»Hm, das klingt nicht gerade begeistert.« John wirkte sichtlich enttäuscht.

»Daddy!«, krähte Gabriel, dann zeigte er nacheinander auf Matt und mich. »Mag ich nicht und Smilla!« Er patschte beide Händchen links und rechts auf Johns Wangen, packte richtig fest zu, und küsste ihn auf den Mund. Mehrmals hintereinander.

O Gott, er plauderte gerade aus, dass wir uns geküsst hatten! Im Café. Immer wieder.

»Was bedeutet das, Gabriel?« John sah ratlos von einem zum anderen. »Du hast beide lieb? Und Daddy auch? Oh, wie goldig von dir. Ist er nicht goldig, mein süßer Junge?« Mit stolzer Miene trug er Gabriel davon.

Wir sahen ihm hinterher und prusteten leise. »Fast wäre es rausgekommen«, sagte Matt.

»Ja, beinahe. Das war knapp.«

»Lange dauert es nicht mehr. Und? Wäre das denn schlimm?« Er drehte sich zu mir und lächelte.

Oh ja, denn dann kämen meine Lügen ans Tageslicht. Das wollte ich eigentlich sagen, doch sein Lächeln brachte mein Herz zum Rasen. Ich musste gegen den Impuls ankämpfen, ihn zu umarmen und zu küssen. »Nein, nicht schlimm.«

Wenn sich doch nur alles in Wohlgefallen auflöste und wir beide frei wären. Ich wünschte mir so sehr, dass wir alle Sorgen hinter uns lassen könnten.

❄

KAPITEL 29

Matt

Um zehn Uhr abends hatte ich eine enorme und abgrundtiefe Müdigkeit vorgeschützt, zu Johns und Baileys Entsetzen. Caspar hatte mit einem süffisanten Lächeln seinen Schnurrbart gezwirbelt, aber das war mir egal.

»Ich dachte, wir spielen eine Runde Karten und trinken mal richtig einen«, sagte Bailey.

John fragte entgeistert: »Seit wann gehst du mit den Hühnern ins Bett, Matt?«

»Seit Neuestem. Ist bestimmt die frische Luft, die mich so ermüdet.« Dann war ich fast schon die Treppe hochgerannt. Seit zehn Minuten überlegte ich, ob ich zu Smilla gehen sollte oder ob ich lieber wartete, bis sie zu mir käme.

Nebenan klopfte jemand an ihre Tür.

Verdammt, das konnte doch nur dieser blöde Schotte sein. Wenn er sie jetzt wieder stundenlang in Beschlag nahm! In Windeseile kroch ich durch den Schrank. Smilla war nicht im Zimmer, aber im Bad prasselte Wasser in die Dusche. Ich musste ihn sofort abwimmeln, am besten so, dass sie es nicht einmal bemerkte. Wiederum klopfte es.

Ich riss die Tür auf, sah eine Flasche Wein, zwei Gläser und – nicht wirklich überraschend – das dumme Gesicht von Duncan. »Erster! Äh, ich meine: hallo!« Ein Keuchen unterdrückend, lehnte ich mich betont lässig in den Türrahmen.

»Du bist da?« Verstört fügte Duncan hinzu: »Bei Smilla?«

»Ja, offensichtlich. Ich stehe hier, oder?« Mit einem Lachen schüttelte ich den Kopf über seine unsinnige Bemerkung.

»Du weißt, wie ich es meine«, sagte er todernst. »Ihr beide seid zusammen?«

»Yep.« Ich nickte ihm zu.

»Oh. Schon lange?«

Ich winkte ab. »Ach, schon ewig.«

»Aber wie kann das sein? Die Kinder sind noch klein. So lange arbeitet sie als Nanny doch nicht für die Familie. Woher kennt ihr euch denn?« Ganz schön schlau, der Gute. Aber ich war schlauer.

»Von früher. Wir haben zusammen studiert. In Schweden«, fügte ich hinzu. Und da ich gerade so schön in Fahrt war, tischte ich ihm eine überzeugende Geschichte auf. »Damals, als ich Austauschstudent war und bei meiner schwedischen Gastfamilie lebte. Sie war die Tochter der Gastfamilie und als ich sie zum ersten Mal sah: Boom, du weißt schon. Tja, so begann es.«

»Ja, wundert mich nicht. Ging mir ja ähnlich mit ihr«, murmelte er niedergeschlagen. »Also ist es etwas richtig Ernstes zwischen euch?«

»Oh ja, sehr ernst. Und wie.« Das war nicht einmal gelogen. Der Gedanke sorgte dafür, dass meine Knie weich wurden und mein Herz flatterte. Ich drehte meinen Ringfinger in der Luft. »Bling-Bling-Ernst.«

»Ihr seid … verlobt?«, fragte er mit bestürztem Gesichtsausdruck. Fast tat er mir leid.

»Pst, noch nicht, aber sehr bald. Behalte es vorerst für dich.«

»Ach so. Ja, sicher.« Hilflos stammelte er herum. »Entschuldigung, Matt. Wenn ich das gewusst hätte ...«

»Keine Ursache, aber jetzt weißt du es.« Ich nahm ihm die Flasche und die Gläser ab. »Sehr aufmerksam von dir. Ich möchte dir für den Wein danken, Duncan.« *Danken, Duncan* – das klang so wahnsinnig lustig, dass ich fast losgelacht hätte. Er fand es kein bisschen lustig.

»Ja, okay. Gern.« Die Enttäuschung ließ sein Gesicht meterlang wirken.

»Man sieht sich. Beim Frühstück. Ciao!« Schnell machte ich die Tür vor seiner Nase zu und prustete los, als hinter mir auf einmal ein Räuspern zu vernehmen war. Smilla stand mit verschränkten Armen im Türrahmen des Bads. Sie hatte alles mitbekommen?

»War etwas, Matt? Ich dachte, ich hätte ein Klopfen gehört.«

Kurz zögerte ich. Vielleicht war sie sauer, dass ich ihn weggeschickt hatte? Ein wenig übergriffig von mir, immerhin hatte er an ihre Tür geklopft und nicht an meine. Keine weiteren Schummeleien, es gab schon genügend andere Dinge, die ich ihr verheimlichte.

»Stimmt. Jemand hat geklopft, ich habe ihm geöffnet. Und dann ist er leider wieder gegangen. Duncan mit seinem Schloss in den Highlands. Er hat uns Wein gebracht. Ist das nicht nett von ihm?« Ich stellte die Flasche und die Gläser auf den Tisch.

Sie lachte. »Du hast ihn weggeekelt?«

»Hm, vielleicht. Ein bisschen.« Ich trat auf sie zu. »Schlimm?«

»Nein, überhaupt nicht schlimm.« Sie schlang die Arme um meinen Hals. »Ehrlich gesagt, habe ich gehört, was du zu ihm gesagt hast. Das zum Schluss fand ich ziemlich süß von dir.«

»Was denn?«

»Bling-Bling-Ernst.«

»Da hatte ich wohl meinen süßen Moment«, raunte ich.

»Schade, dass er schon wieder vorbei ist.« Sie sah mich an und lächelte.

»Das habe ich nicht gesagt.« Ich griff in ihr Haar und wickelte eine ihrer Haarsträhnen um meinen Finger. Sanft zog ich ihr Gesicht an meins und küsste sie. »Vielleicht hält er noch ein paar Minuten an? Ich kann ziemlich süß sein, wenn ich will.«

»Oh, da bin ich aber gespannt.«

Und wie süß ich sein konnte. »Moment, bin sofort zurück.«

❄

KAPITEL 30

Smilla

MATT VERSCHWAND IM SCHRANK, tauchte nach wenigen Minuten wieder auf und hielt ein Kästchen in der Hand.

»Seit über zwanzig Jahren liegt er in der Schreibtischschublade. Tadaaa, mein Geschenk für Agnetha.« Er öffnete das Kästchen und nahm einen Ring hervor, silbern mit einem blassroten Stein in Form einer Rose. Das Silber war fein gearbeitet, um den Stein wölbten sich blattförmige Verzierungen, die die Rose betonten. »Eine Handarbeit von einem Silberschmied im Dorf. Der Stein ist eine echte Koralle.«

»Oh, wie schön er ist. Besonders die Rose. Du hast das wirklich getan?« Ich lächelte über Matt, den romantischen Teenager.

»Ja, ich habe meine gesamten Ersparnisse dafür geopfert. Für mich selbst habe ich das schlichtere Modell gewählt.« Er zeigte auf einen zweiten Silberreif ohne Verzierungen.

Ich musste lachen, er ebenfalls. »Du hast es wirklich ernst gemeint?«

»Sicher, Agnetha. Äh, Smilla.« Er sah den Ring an, sein Blick wanderte zu mir, dann wieder zum Ring. »Ein paar

Monate zumindest. Ich war total verschossen in sie, hab meine Agnetha-Besessenheit wohl von meinem Vater geerbt. Da war es doch nur konsequent, dass ich sie heiraten wollte.« Er stieß einen gespielt traurigen Seufzer aus. »Doch eines Tages fand ich heraus, dass zwischen uns schlappe dreiunddreißig Jahre Altersunterschied lagen. Ich war fünfzehn und sie achtundvierzig. Und da gab ich mein Vorhaben schweren Herzens auf. Aber wer weiß, vielleicht kommt der Ring eines Tages mal zum Einsatz.« Er zwinkerte mir zu.

Er würde ihn mir doch nicht etwa anstecken? Mir wurde mulmig zumute. Arkady hatte mir immer wieder Schmuck geschenkt, teuerste Diamanten von mehreren Karat, schwere Armbänder und prunkvolle Colliers. Doch dieser schlichte silberne Ring mit der Rose erschien mir um so vieles begehrenswerter. *Eine Rose. Mitten im kalten Winter.*

Mit einem verschmitzten Lächeln legte Matt den Ring zurück ins Kästchen und schob es in seine Hosentasche. Beinahe hätte ich sehnsüchtig aufgeseufzt. Sein Lächeln löste ein Kribbeln an meinem ganzen Körper aus und es verstärkte sich noch, als er sanft über meine Wange strich.

Ich nahm ihn an der Hand und führte ihn zum Bett. »Wirklich sehr süß.«

»Wer jetzt?«

»Du natürlich. Aber ich kann auch sehr süß sein.« Ich verpasste ihm einen kleinen Schubs und er ließ sich rückwärts ins Bett fallen. Mit langsamen Bewegungen öffnete ich seine Hose und zog sie nach unten. Dann kniete ich mich über ihn, tauchte dabei tief in seine Augen ein und ließ ihn nicht aus meinem Blick.

»Hey, oh! Holla!« Erregung zeichnete sich auf seinem Gesicht ab.

»Ja.« Dann fiel ich über ihn her und zog seine Boxershorts nach unten. Zärtlich küsste ich seinen brettharten Bauch, jeder Kuss rutschte ein Stück tiefer.

»Was soll das werden?«

»Lass dich überraschen.« Mein Mund wanderte nach

unten und er stöhnte auf, als ich ihn überall küsste und ihn schließlich mit meinen Lippen umschloss.

»O Gott, ich bin im Himmel«, murmelte er. »Ich liebe es, wenn deine Haare auf mich fallen und mich überall kitzeln. Du bist mein Engel.«

Darüber musste ich kichern. »Ein ziemlich versauter Engel, oder?«

»Mmh, und wie. Da war doch noch etwas … Verhütung! Wir sollten unbedingt … Wir haben nicht verhütet, wenn jetzt etwas passiert ist? O Gott, Hilfe! Egal. Wow, ist das gut.« Er stammelte wirres Zeug.

Ich löste meine Lippen von ihm. »Keine Panik, ich habe eine Spirale eingesetzt.«

»Ah, Gott sei Dank.« Er seufzte, ob vor Erleichterung oder weil ihm gefiel, was mein Mund mit ihm anstellte. »Du musst wissen, ich will keine Kinder und …«

Das fiel ihm ja früh ein. Für einen Moment verspürte ich Enttäuschung, aber dann sagte mir mein Gefühl, dass das nicht stimmte. Auch wenn ich nicht wusste, warum er das behauptete.

»Und überhaupt sollte ich …«, fing er an.

Kam jetzt wieder diese *Ich sollte das alles nicht tun*-Nummer? Bevor er weiter solchen Unsinn redete, brachte ich ihn besser zum Schweigen. »Matt?«

»Ja?«

»Sei einfach still.«

Und dann sorgte ich dafür, dass er alle Engelein singen hörte.

❄

KAPITEL 31

Matt

WILDESTE LIEBESSPIELE DIE HALBE NACHT. Der beste Blowjob meines Lebens. Heftige Höhepunkte mit mühsam gedämpften Schreien. Und ganz viel Küsse und Zärtlichkeit. Als John die Kleine brachte, versteckte ich mich im Bad, nicht wirklich mutig, aber vorläufig ging es nicht anders. Zum Glück schlief Stella friedlich im Stubenwagen weiter und störte uns nicht. Als spürte sie, dass Smilla und ich uns brauchten und uns mit Zärtlichkeiten aufladen mussten. Gegen die Kälte draußen, die Kälte drinnen und überhaupt gegen die ganze Welt.

Wie spät mochte es sein? Halb fünf? Verschlafen tastete ich nach ihr. Der Platz neben mir war schlafwarm, aber leer. »Smilla, wo bist du?«

»Hier.« Sie stand am Fenster und starrte nach draußen in die Schwärze. »Kennst du das Gefühl? Du bist gerade irrsinnig glücklich und dann …« Sie stockte. »Trifft die Angst dich wie eine Keule. Die Angst davor, dass jemand kommt und dein Glück zerstört.«

»Ja, das kenne ich.« Ich schwang mich aus dem Bett. Verflixt, war das kalt. Mit der Decke um die Schultern stellte ich mich hinter sie, schlug die Decke über ihrer Brust zusammen und zog sie an mich. »Komm her, du frierst bestimmt.« Ich hüllte sie in die Wärme meiner Umarmung.

Ich teilte ihre Angst, denn meine sah ähnlich aus. In ihrer Vorstellung war es vermutlich ein einzelner Wagen, der sich durch die verschneiten Hügel näherte. Wie ein hungriges Tier fraß er sich durch den Schnee, still und unaufhaltsam.

Meine Version fiel schrill und ohrenbetäubend aus, mit kreischenden Polizeisirenen und Reporterteams mit Blitzlichtgewitter. Auch wenn die Vorstellungen sich stark voneinander unterschieden, ging von ihnen die gleiche Beklemmung aus. »Du hast Angst, er kommt, um dich zu holen?« Meine Wange schmiegte sich an ihre, meine Arme hielten sie noch fester.

Sie nickte. »Ja.«

»Das wird er aber nicht tun.« Ich presste sie an mich und versuchte ihr Zuversicht zu vermitteln.

»Doch, das wird er. Und dann …« Ein Zittern überlief ihren Körper, sie schluchzte auf. »Nimmt er mich wieder mit und sperrt mich ein.«

»Nein, das wird er nicht tun. Ich habe dir versprochen, dich zu beschützen.«

Sie warf sich zu mir herum und schlang die Arme um meinen Hals. »Das kannst du nicht, verstehst du das nicht? Er ist viel zu mächtig und er wird dir wehtun, wenn du dich ihm in den Weg stellst.« Ihre Tränen benetzten meine Brust. »Nein, etwas sehr Schlimmes wird geschehen, ich spüre es.« Ihr Weinen wurde immer verzweifelter.

Ich konnte ihre Bedenken nicht zerstreuen, denn ich teilte ihre ungute Vorahnung. Ohne zu wissen, woher sie kam. »Schsch, nicht mehr weinen, beruhige dich.« Ich hielt sie, bis ihr Weinen verstummte. »Du bist …« *Das Beste, was mir jemals passiert ist.* Aber das auszusprechen, traute ich mich nicht.

»Sehr wichtig für mich. Ich werde ganz bestimmt nicht zulassen, dass er uns auseinanderreißt.«

»Aber …«

»Kein Aber. Ich sorge dafür, dass du bei mir bleibst.« Wollte sie das überhaupt? Zögernd fügte ich hinzu: »Natürlich nur, wenn du das auch möchtest.«

»Ja, das möchte ich.«

»Smilla, ich lasse nicht zu, dass er dich mitnimmt, das verspreche ich dir. Um mein Versprechen zu erfüllen, gebe ich alles, was ich habe.« Viel blieb mir nicht mehr übrig, wenn dieser Erpresser fertig mit mir war. Höchstens mein Leben.

»Du versprichst es? O Matt.«

»Ja, das tue ich. Schau, wir haben die Eisblumen zum Schmelzen gebracht.« Mein Finger fuhr quietschend über die feuchte Fensterscheibe. »Mit unserer Wärme.«

»Mit unseren Küssen.« Ihr Finger quietschte neben meinem.

Mit unserer Liebe. Ich legte meine Hand auf ihre. Gemeinsam fuhren wir über die beschlagene Stelle und ich lenkte ihren Finger in einem großen Bogen zu einem Kreis. Zuerst wollte ich ein Herz malen, aber das wäre vielleicht unpassend? Den Kreis verzierte ich mit ein paar Linien.

»Was ist das?«

»Gabriel würde sagen, eine Babykuh. Es ist eine Rose. Für dich.« Mein Herz hämmerte aufgeregt an ihren Rücken und ihres pochte gegen meinen Arm. Eine Rose war fast so etwas wie eine Liebeserklärung. Vielleicht war es auch wirklich eine?

»Dankeschön, Matt.« Sie drehte sich zu mir um und presste sich fest an mich, barg ihr Gesicht an meinem Hals.

Rumoren war unten im Haus zu hören. Eine Tür klappte, Schritte knarzten übers Parkett. Vermutlich Caspar, der auf dem Weg zur Küche war. Fünf Uhr morgens war seine Aufstehzeit.

»Ich muss gehen. Sei nicht länger traurig, alles wird gut.« Mit dem Deckenzipfel wischte ich die Tränen von ihrem

Gesicht. »Schlaf noch ein bisschen. Bis später beim Frühstück, nervige Schwedennanny.« Ich drückte einen Kuss auf ihre Lippen.

Trotz vom Weinen dick verquollener Augen und roter Nase sah sie bezaubernd aus. »Ja, ich lege mich noch eine Stunde hin. Bis später, unfreundlicher Cousin.« Sie lächelte.

❄

KAPITEL 32

21. DEZEMBER

Smilla

MATT HATTE VERSPROCHEN, mich zu beschützen. Ich sollte ihm endlich gestehen, mit welchem Gegner er es zu tun bekäme. Aber dann würde er die Flucht ergreifen und mich fallenlassen wie eine heiße Kartoffel.

Nein, das würde er nicht tun. Niemals. Wenn wir miteinander schliefen, spürte ich, dass zwischen uns mehr war als nur Sex. Eine fast schon magische Verbindung bestand zwischen uns. Ich traute mich kaum, den Gedanken zuzulassen, geschweige denn ihn auszusprechen. Ich tat es trotzdem. »Liebe«, flüsterte ich in die Kissen. »Ich liebe ihn. Für alles, was er sagt und tut. Dafür, dass er mich beschützen und verteidigen will. Auch wenn er nicht ahnt, wie mächtig sein Gegner ist.«

Stella gab unwillige Geräusche von sich und ich nahm sie aus dem Stubenwagen heraus. Behutsam legte ich sie in mein Bett, deckte uns beide zu und rückte ganz nah an sie heran. »Lass uns ein bisschen kuscheln, kleine Maus. Du bist noch ganz müde«, murmelte ich beschwörend. Ihr fielen die Augen zu, doch sie kämpfte gegen den Schlaf an und riss sie wieder auf.

Ich sprach weiter auf sie ein, denn das mochte sie. »Weißt du was? Auch wenn ich weine und mich schwach fühle, gibt er mir nicht das Gefühl, dass ich wirklich schwach bin. Sondern ich spüre seine Stärke, die sich auf mich überträgt. Und seine Liebe spüre ich auch.«

Sie machte große Augen. »Ja, da staunst du. Ich auch.«

Behutsam strich ich über ihr Köpfchen. »Mit ihm zusammen kann ich mir alles vorstellen. Von hier fortgehen und ein neues Leben beginnen, dort wo uns keiner kennt. Auch wenn ich ein schlechtes Gewissen den anderen gegenüber habe. Und auch dir gegenüber, du süße Maus.«

Sie verzog den Mund, als verstünde sie es. »Ja, denn wenn ich Snowhill verlasse, werde ich dich nicht mehr sehen. Deinen Bruder nicht und die anderen auch nicht. Das stelle ich mir schrecklich vor.« Ich strich über ihre rosigen Wangen und hätte fast geweint. Ihre Augen schlossen sich, sie atmete tief aus und schlief wieder ein.

Das hatte ich bei meinem Plan nicht bedacht. Dass ich mich so an die Kleinen und an alle hier gewöhnte, dass ich sie nicht verlassen wollte. Aber es gab keinen anderen Weg.

Ich fiel in einen unruhigen Schlaf. Träumte von Matts leidenschaftlichen Küssen und seinen Umarmungen. Da stand auf einmal Arkady vor mir, bedachte mich mit seinem schwarzgoldenen Blick. »Du denkst doch nicht wirklich, dass du mir entkommen kannst?«

»Doch, das denke ich«, wisperte ich und wollte vor ihm davonlaufen. Doch er packte mich am Handgelenk und zog mich an sich.

Ein Klingeln ertönte und riss mich aus dem Traum. Oder gehörte das Klingeln noch dazu? Träumte ich oder war ich wach? Da begann Stella zu weinen und ich verstand, dass uns ein echtes Handyläuten aus dem Schlaf gerissen hatte. Ich tastete nach dem Telefon in der Nachttischschublade und nahm es hervor. Warum war es an? Dieser schreckliche Ausschaltknopf mit seinem Wackelkontakt war schuld!

»Hallo? Wer ist denn da?«, murmelte ich schlaftrunken ins Telefon. Gleichzeitig schob ich den Schnuller in Stellas Mund, damit sie nicht mehr weinte.

»Wo bist du? Sag es mir.« Eine sanfte Männerstimme.

»Ich … Wer … wer sind Sie?«

»Ich bin es. Du glaubst doch nicht wirklich, dass du dich länger vor mir verstecken kannst?«

»O Gott!« Schnell drückte ich das Gespräch weg, das Telefon entglitt meiner Hand. Mit einem Mal war ich hellwach und sprang mit einem Satz aus dem Bett. Doch meine Beine zitterten so stark, dass ich wieder ins Bett zurückfiel.

Arkady! Er war es gewesen.

❄

KAPITEL 33

Matt

Endlich, der Tag der Abreise des TV-Teams war gekommen. Insgeheim schlug ich drei Kreuze, Smilla wahrscheinlich dreihundert. Morgens früh hatten sie noch ein paar Szenen nachgedreht, dabei eine kostbare Kristallschale zertrümmert und Johns Nerven fast zum Zerreißen gebracht. Sie gehörte nämlich seiner Mutter und sie wäre fuchsteufelswild, wenn sie es entdeckte.

Zum Glück lag Smilla bis eben noch im Bett und war geschützt vor ihren Versuchen, sie doch in die Homestory einzubauen. Bis zum Schluss konnten wir verhindern, dass sie im Film auftauchte, und ich war sehr froh darüber.

Der große Tross hatte sich bereits verabschiedet. Nur Jamie, Duncan und der Reis-Onkel waren noch geblieben und warteten in der Eingangshalle. Mel wollte ihre Antwort auf die Anfrage für die Kochsendung verkünden und alle waren gespannt. Bailey wirkte hypernervös, trat von einem Bein aufs andere und schwitzte vor sich hin.

»Verdammt, warum hast du ihr keinen Antrag gemacht?

Dann müsste sie hierbleiben!«, zischte John Bailey zu und ich gab ihm Recht. »Genau, Bailey!«

»Nein, das wäre unfair, denn damit würde ich ihre Entscheidung in eine bestimmte Richtung lenken.« Er schüttelte traurig den Kopf. »Wenn es Mels Traum ist, diese Sendung zu machen, soll sie es tun. Ich besuche sie dann eben in London.« Er ließ einen tiefen Seufzer folgen.

Dann sprach Mel in die Runde. »Vielen herzlichen Dank, ihr Lieben. Ich fühle mich wirklich geehrt von eurem tollen Angebot, aber ich lehne es ab.« Sie sagte es so lapidar, als hätte sie ein Lutschbonbon zurückgewiesen und nicht einen lukrativen Vertrag. »Ehrlich gesagt, musste ich nur fünf Minuten überlegen, dann wusste ich schon die Antwort.«

Die drei starrten sie ungläubig an, doch Mel lachte nur. »Ja, ich weiß. Es ist viel Geld, aber ich bleibe lieber in Snowhill bei meinen Lieben.«

Jubel brandete auf. John und Marian umarmten sich vor Freude, Caspar reckte die Faust in die Luft.

»Schockschwerenot! Meine Mel gehört zu mir!« Bailey stürzte sich auf sie, packte sie in der Taille und wirbelte sie mit einem Lachen um sich herum. Ein langer Kuss folgte, bevor er sie wieder auf die Füße stellte.

»Ja, natürlich tue ich das, Bailey.« Sie zog ihr Kleid zurecht und lächelte ihn an.

»Oh, wie überaus schade. Vielleicht könnten wir zusammen ein Kochbuch auflegen, Mel?« Jamie lächelte tapfer seine Enttäuschung weg.

»Ja, warum nicht.« Mel nahm das Ganze lässig, obwohl sie vermutlich ein paar hunderttausend Pfund in den Wind geschossen hatte.

»Schade, Mel«, sagte Duncan. »Aber ich kann dich verstehen, nicht jeder mag diesen Fernseh-Zirkus. Und es ist ganz schön wild zugegangen in den letzten Tagen. Noch mal Entschuldigung dafür.« Er schüttelte ihr die Hand. »Falls du es dir anders überlegen solltest, melde dich.«

Rositelli rang sich ein »Äußerst bedauerlich« ab, dann

fuhr er fort, Marian zu bezirzen. »Wie schade, dass wir uns so selten treffen, liebe Marian. Aber ich bin so stark beschäftigt mit meiner Firma. Eine derartig erfolgreiche Firma zu führen, kostet enorm viel Zeit.«

»Ja, das finde ich auch schade.« Marian hielt Stella auf dem Arm, die Rositelli skeptisch betrachtete.

»Ich habe aber eine Idee, wie wir das ändern könnten.« Er strich Stella über die Wange. »Ich biete mich an, die Patenschaft für dieses zauberhafte Wesen zu übernehmen. Als Patenonkel von ihr würde ich natürlich alle Hebel in Bewegung setzen, sie regelmäßig zu sehen. Weihnachten, Ostern, Geburtstage, Namenstage und auch alle anderen Feiertage, die es so gibt. So hätten wir auch viel mehr gemeinsame Zeit miteinander.« Er lächelte strahlend. Mit einem eher sparsamen Lächeln fügte er hinzu: »Mit Familienanschluss an Ihren wunderbaren Ehemann natürlich und alle hier in Snowhill, diesem bezaubernden, fast schon verwunschenen Ort.«

John fiel das Lächeln aus dem Gesicht, Marian versuchte krampfhaft, ihres beizubehalten. Was für eine unangenehme Situation. Er war ihr bester Werbekunde, sie konnte ihm kaum sagen, dass ihr das ein Hauch zu viel Familienanschluss war. Er wollte alle paar Wochen hierher kommen? Das roch nach gewaltigem Ärger.

»Ach, du Schande«, flüsterte Bailey hinter mir. »Tu etwas, Matt.«

Ich räusperte mich und trat einen Schritt vor. »Es tut mir furchtbar leid, Mr Rositelli. Aber diese Ehre wurde bereits mir zuteil. Ich bin der Patenonkel von Stella.« Bevor er noch auf die Idee verfiel, er könnte einfach der zweite Patenonkel sein, fügte ich schnell hinzu: »Und Smilla ist die Patentante.« Ich stieß sie unauffällig an.

»Ja, genau so ist es«, flötete sie. »Das haben wir an einem der Nachmittage erledigt. Wir sind gar nicht in den Wald gegangen, wir kleinen Schlingel, sondern zum nächsten Dorf gelaufen und haben dort alles unterzeichnet. Beim Pfarrer. Die Urkunden für die Patenschaft. Leider mussten wir drei

Versuche dafür starten, weil Matt die Unterschrift an die falsche Stelle setzte.« Sie verdrehte die Augen. »Zum Schluss ging uns fast das Papier aus.«

»Ja, ich mal wieder. Zu blöd, um an der richtigen Stelle mein Kreuzchen zu setzen.« Ich hielt meine Hand mit ausgestreckten Fingern vor mein Gesicht. *Facepalm.* »Dass ich auf dem Rückweg die stockfaule Smilla auf dem Schlitten ziehen musste und fast den Berg nicht hochkam, lässt sie jetzt natürlich unerwähnt.«

Ein kurzes Schweigen trat ein.

»Oh, wirklich?«, stieß Marian hervor. »Ihr beide seid die Paten?«

»Ja. Wir wollten euch an Weihnachten damit überraschen.« Ich tauschte mit John einen schnellen Blick aus. Er unterdrückte ein Grinsen.

»Aber jetzt ist die Katze aus dem Säckchen«, fügte Smilla hinzu. »Matt hat die schöne Überraschung ruiniert. Typisch für ihn.«

»Familie und Freunde haben natürlich Vortritt.« Rositelli versuchte, seine Enttäuschung zu verbergen, was ihm aber nicht ganz gelang. »Frohe Weihnachten für alle. Wir sehen uns beim nächsten Risotto-Spot?« Formvollendet drückte er einen Kuss auf Marians Hand, verbeugte sich und verschwand nach Jamie und Duncan in der Stretchlimousine.

Kaum schloss sich die Tür hinter ihm, war ein kollektives Aufatmen zu vernehmen.

»Danke, Matt.« John legte den Arm um meine Schulter. »Das war Rettung in letzter Sekunde. In Gedanken sah ich schon den Typen die nächsten zwanzig Jahre am Tisch sitzen und Marian mit den Augen verschlingen.« Er stöhnte dumpf auf. »Ich wäre dermaßen ausgeflippt.«

»Keine Ursache. Hab es ernst gemeint. Ich werde gerne Stellas Patenonkel, wenn du mich noch willst.« Woher ich den Mut dafür aufbrachte, wusste ich nicht. Doch, es lag an Smilla. Meine Gefühle für sie beflügelten mich und ließen mich alles vergessen.

»Und ob ich das will, Matt. Danke, dass du dafür sogar deine Abneigung zu Smilla überwunden hast. Wow, das rechne ich dir hoch an.« In seinen Augen funkelte es auf einmal spöttisch. Nahm er mich gerade auf den Arm?

»Äh, ja. Was tut man nicht alles für seine Familie.«

Wir stellten uns nebeneinander wie die Orgelpfeifen auf und winkten dem abfahrenden Wagen hinterher. Kaum war er außer Sichtweite, sprach Bailey aus, was alle dachten: »Juhu, endlich allein!« Er klatschte in die Hände und wandte sich Mel zu. »Jetzt wird aber anständig Weihnachten gefeiert, das haben wir uns mehr als verdient. Nicht wahr, Mel?«

»Oh ja, ich werde gleich mal ein paar Plätzchen backen und einen schönen Gewürzkuchen anrühren.«

Er legte den Arm um sie und zog sie an seine Brust. »Ich freue mich so, dass du hierbleibst. Meine süße Mel, ich bin so glücklich.« Er küsste sie auf den Mund, dann auf die Stirn und auf die Augen.

Wow, Bailey. John und ich tauschten ein breites Lächeln miteinander aus. Er hatte wirklich Angst gehabt, sie würde Snowhill verlassen.

»Was tust du denn da, Bailey?« Sie kicherte verlegen.

»Meine Freude zum Ausdruck bringen.« Er deutete zur Auffahrt in Richtung des Tors. »Bereust du es schon, dass du ihr Angebot abgelehnt hast? Wenn wir uns beeilen, kriegen wir sie noch.« Er tat so, als wollte er ihnen hinterherlaufen.

Mel lachte schallend. »Ach was, ganz bestimmt nicht. Nachdem ich gesehen habe, wie stressig diese Filmerei ist, reicht mir diese eine Sendung. Das war mehr als genug.« Sie verdrehte vielsagend die Augen. »Außerdem wäre ich überhaupt nicht mehr zu Hause gewesen! Erst im Sommer wieder.« Sie schüttelte den Kopf. »Nein, nie im Leben.«

»Eine geradezu weise Entscheidung«, stimmte Caspar zu. »Tägliche Dreharbeiten, noch dazu im trubeligen London, das hätte dir nicht zugesagt, Mel.«

»Aber du hättest viel Geld verdient und wärst berühmt

geworden«, wandte Bailey ein. »Nicht, dass es dir doch noch leidtut?«

»Oh nein, das wird es ganz bestimmt nicht. Wisst ihr, am liebsten bin ich mit euch zusammen. Hier in Snowhill mit meiner Familie habe ich alles, was mir wichtig ist.« Sie wandte sich zum Haus. »Ich muss von drinnen das Tor öffnen. Sie warten bestimmt schon.«

Alle bewegten sich zum Hauseingang und stiegen die Stufen hinauf.

Alles, was mir wichtig ist. Wie gut ich Mel verstand.

Mit einem Lächeln sah ich Smilla an, doch sie erwiderte es nicht. Ein ängstliches Flackern lag in ihren Augen, die noch immer rotgeweint schienen. Oder schon wieder? Ich griff nach ihrer Hand, die sich kalt anfühlte. Kalt vor Angst? Mit einem Mal befiel mich ein ungutes Gefühl, das sich zur Beklommenheit steigerte. »Smilla, ist etwas passiert?«

Ihre Unterlippe zitterte, Tränen stiegen in ihre Augen. »Er hat mich angerufen.«

»Er? Wie kann das sein?«

»Ich weiß es nicht! Er hat die Nummer herausgefunden und ich habe das Handy nicht richtig ausgeschaltet. Im Halbschlaf bin ich rangegangen.«

»Oh nein, Süße.« Obwohl die anderen uns vielleicht dabei ertappten, wollte ich sie an mich ziehen, doch sie entwand sich meiner Umarmung. »Was hat er gesagt? Willst du mir nicht endlich verraten, wer er ist?« Wenn ich seine Identität kannte, wäre es einfacher, ihr zu helfen. Das Bild der Frau im Club stieg wieder vor meinen Augen auf. »Smilla, haben wir uns schon einmal gesehen, vor etwa einem Jahr?«

Sie schüttelte wortlos den Kopf und huschte ins Haus.

Kaum betrat ich die Eingangshalle, kam John aus der Küche und zog mich mit sich fort. »Hast du mal eben fünf Minuten? Wollte dir etwas zeigen.« Er schritt voraus und durchquerte das Wohnzimmer, dann ging er durch eine kleinere Diele. Das war der Weg, der zum später angebauten Ostflügel führte. Ich tappte hinterher, ein wenig enttäuscht über Smillas Weigerung, seinen Namen zu nennen. Sie war nicht die Frau aus dem Club? *Seltsam.* Meine kurzzeitige Euphorie bekam einen gewaltigen Dämpfer.

»Was willst du mir zeigen?« Überrascht sah ich mich in den weitläufigen Zimmern um. Überall herrschte gähnende Leere. »Du hast hier nicht renoviert?«

»Nein. Ich ließ nur die grundlegenden Sachen erledigen. Eine Heizung einbauen. Wasserrohre und Elektrizität verlegen. Für wen soll ich das machen?« Seine Stimme hallte in den leeren Räumen wider. »Ich habe im Westflügel schon zwanzig Zimmer. Selbst wenn wir eines Tages vier Kinder haben, bleiben noch genügend Zimmer für Besucher und wenn meine Eltern kommen.«

»Vier Kinder, da hast du dir was vorgenommen.«

»Ja, die Hälfte habe ich schon beisammen. Fehlen nur noch zwei, von mir aus auch drei.« Er grinste.

»Wow, sogar drei.« Ich stocherte mit dem Fuß im Staub und vermied es, ihm in die Augen zu sehen.

»Ich zeige dir den Ostflügel aus einem bestimmten Grund. Wenn du mal Bedarf an einer Wohnung haben solltest, vielmehr an einem Zuhause. Ich weiß nicht, wie deine Zukunftspläne aussehen. Du lebst in London, aber vielleicht nicht für immer?«

»Keine Ahnung, ich weiß es gerade nicht.« Ich stieß einen tiefen Seufzer aus. »Es ist ein bisschen kompliziert.« Was für eine Beschönigung. Ein Gefängnisaufenthalt war nicht nur kompliziert, sondern die Hölle. Zumal für einen Ex-Staatsanwalt.

»Alles okay mit dir, Matt? Du wirkst immer noch so angespannt, wenn auch um einiges glücklicher als bei deiner Ankunft. Schalt doch mal ab von deinem Job.« Er klopfte mir aufmunternd auf die Schultern.

»Stimmt, ich bin schon glücklicher.« Und wie glücklich ich war. Der Grund dafür hieß Smilla. Nur der Gedanke an sie ließ mich lächeln, trotz meiner Sorgen. Ich trat ans Fenster und sah über die verschneiten Wiesen. »Wirklich schön hier. Dahinten über den Weiden geht frühmorgens die Sonne auf, Nebelschwaden steigen aus den Niederungen, und die Sonnenstrahlen fallen direkt in einige der Zimmer. Kann mich noch gut daran erinnern, wie es früher war.« Als Kinder hatten wir in den leeren Räumen gespielt. Manchmal waren wir mit den Inlineskatern durchgefahren. Einmal sogar mit den Fahrrädern, aber da hatte Caspar uns rausgeschmissen.

John stellte sich neben mich. »Ja, es ist der Flügel für die Frühaufsteher, hat Dad immer gesagt.«

»Opas jüngerer Bruder hat hier gewohnt, nicht wahr?«

»Genau. Er kehrte nicht aus dem Krieg zurück, seitdem steht alles leer.«

»Ist eine halbe Ruine. Was das wohl kostet?«

»Ruinen kann man aufbauen.« Er wandte sich mir zu und sah mir eindringlich in die Augen. »Man kann alles aufbauen, wenn man nur will.«

Ich nickte ihm zu und rang mir ein Lächeln ab. Auch wenn ich mir wünschte, mir etwas Neues aufzubauen, hier bei ihm und den anderen. In Snowhill leben. Vielleicht mit Smilla. Eine Familie gründen. Es klang wie ein schöner Traum.

Doch Träume entsprachen nicht der Realität. Ich brauchte darüber nicht nachzudenken, denn meine baldige Verhaftung zerschlug alle Pläne. Wenn ich wenigstens dieses eine Problem abwenden könnte, aber dazu musste wahrscheinlich ein Wunder geschehen. Zusätzlich gab es noch das Scheidungsproblem, inklusive des Heiligabend-Problems, das mich verfolgte. Für einen Moment fühlte ich mich wie erschlagen von allem. Ich brauchte nicht nur ein Wunder, sondern einen ganzen Sack voll!

»Ach, da läuft sie wieder.« John nickte mit dem Kinn nach draußen, wo eine Gestalt im schwarzen Laufoutfit durch den Schnee jagte und pfeilschnell an uns vorbeipreschte, ohne uns zu bemerken.

»Wer ist das?«, fragte ich. Obwohl die Gestalt mir bekannt vorkam.

»Wer das ist? Smilla natürlich.« Er lachte.

»Sie läuft?«

»Klar. Jeden Tag, bei Wind und Wetter. Nur als der Schneesturm wütete, hat sie mal ausgesetzt. Aber sonst rennt sie immer. Ganz schön sportlich, die Kleine.« Er gab mir einen auffordernden Schubs, wahrscheinlich, damit ich etwas über sie sagte. Er wollte mir auf den Zahn fühlen und wissen, wie ich zu ihr stand.

»Sie läuft«, wiederholte ich und konnte nicht aufhören, ihr hinterher zu starren. Das hatte sie mir gegenüber nie erwähnt. Ich wusste auch, warum sie täglich trainierte: weil sie auf den Tag X vorbereitet sein wollte, an dem er hierher kam, um sie mitzunehmen. Damit sie vor ihm davonlaufen konnte. Und somit auch vor mir.

»Und zwar verdammt schnell«, sagte John. »Manchmal habe ich das Gefühl, sie hat ein Geheimnis. Irgendetwas bedrückt sie.«

»Aha.« Mehr fiel mir dazu nicht ein. Sie bewahrte dieses Geheimnis auch vor mir, indem sie mir seinen Namen nicht verriet. Und in mir wuchs das Gefühl, sie würde mich ohne Zögern im Stich lassen, um sich zu retten. Ein beschissenes Gefühl. Denn ich wollte, dass sie bei mir blieb. Auch wenn ich keine Ahnung hatte, wie ich das bewerkstelligen sollte, wenn ich im Gefängnis saß.

Der Druck in meinem Inneren stieg. Ja, wenn man alles immer in sich hineinfraß … Bailey hatte recht damit. Irgendwann hatte sich so viel angestaut, dass es einen gewaltigen Knall gab, der die Mauern in mir zum Einsturz bringen würde. Aber nicht hier und nicht heute.

Ich hielt das einfach weiter aus. So wie ich es immer getan hatte. Seit drei Jahren, aber auch schon zuvor, als meine Ehe den Bach runterging, langsam und unaufhaltsam. Was dazu führte, dass ich eines gewissen Tages meinen Schwanz nicht in der Hose behalten konnte und damit eine Katastrophe auslöste, die etwas Wunderbares zerstörte.

Mein Telefon bimmelte. Ohne hinzusehen wusste ich, dass es wieder eine dieser unverschämten E-Mails war. Die ich an jedem verdammten Tag bekommen hatte, seitdem ich hier war. Ich atmete ein, ich atmete aus. Der Druck wuchs trotzdem. *Am liebsten würde ich schreien!*

»Matt, alles okay?« Johns Stimme klang gedämpft wie durch einen Nebel zu mir.

Ein weiteres Bimmeln. Und in mir machte es leise *Pling*. Der Moment, in dem etwas in mir zersprang und mir die Konsequenzen meines Tuns gleichgültig wurden. Ich schnaufte wie ein Tier, nestelte mit zitternden Händen mein Telefon hervor. »Muss mal eben telefonieren.«

»Matt?«

Ich ignorierte Johns erschrockenes Gesicht, riss das bodentiefe Fenster auf und stürmte an ihm vorbei auf die verschneite Wiese. Ohne Jacke, in meinen Slippern, doch ich spürte weder die Kälte noch die Nässe, nur meine ungeheure Wut. Wie ferngesteuert drückte ich die Tasten und rief meinen Chef Marcus Stone an.

»Christmas, was gibt's?« Er sprach in seinem blasierten Tonfall. Dieser Arsch tat auch noch so, als hätte er mir nicht gerade wieder eine Nachricht gesendet!

»Was es gibt?« Ich brüllte sofort los. »Sie fragen mich allen Ernstes, was es gibt? Lassen Sie mich in Ruhe mit Ihrem Scheiß, ich habe das alles nicht getan, und das wissen Sie ganz genau. Was zur Hölle wollen Sie von mir? Und warum haben Sie diesen blöden Scheiß auch noch an Benson gesendet, diesen elenden Wichser? Sie wissen doch, dass er mich hasst! Warum haben Sie ihn da mit reingezogen? Musste das sein? Das ganze Jahr über arbeite ich mir den Arsch ab und das ist der verdammte Dank dafür?!« Ich brüllte, dass der Schnee von den Bäumen fiel, Vögel erschrocken aufstoben, die Sonne sich verdunkelte und ich keine Luft mehr bekam. »Verdammte Scheiße, kann ich nicht einmal in Ruhe Weihnachten feiern?! Ist das zu viel verlangt?« Eine Weile war nur mein Keuchen zu hören.

Er räusperte sich, dann sagte er: »Sie klingen überarbeitet, Christmas. Und ich habe keinen blassen Schimmer, wovon Sie reden. Tun wir einfach so, in Ihrem und in meinem Interesse, als hätte ich das alles nicht gehört. Frohe Weihnachten.« Er legte auf.

»Was?« Fassungslos starrte ich das Telefon an. Wie passte das alles zusammen? Er wusste überhaupt nicht Bescheid über die E-Mails? Oder tat er nur so?

Ich ließ mich rücklings in den Schnee fallen.

❄

KAPITEL 34

Smilla

ICH DREHTE MEINE ÜBLICHE RUNDE, als auf einmal lautes Gebrüll aus Snowhill zu mir herüberwehte. Meine Laufrunde war ohnehin fast beendet, ich war völlig durchgeschwitzt. Wer schrie denn da so? Verwundert schlug ich den Bogen zurück und lief auf das Geschrei zu.

Matt! Er stand mitten auf der Wiese und brüllte mit sich überschlagender Stimme in sein Telefon. Was war los mit ihm? Er war völlig außer sich, fuchtelte wild herum und schrie wie ein Irrer. Schlimme Schimpfwörter, von denen ich niemals gedacht hätte, dass er sie benutzen würde. »Elender Wichser!«, schallte es zu mir herüber. Dann lauschte er, klappte den Mund zu und sah ratlos auf sein Telefon. Schließlich ließ er sich rückwärts in den Schnee fallen und stand nicht mehr auf. Minutenlang nicht. Ich lief schneller zu ihm hin. Er würde sich erkälten im Schnee. Außerdem hatte ich das Gefühl, meine Anwesenheit würde ihm guttun.

»Hi Matti. Was tust du da?« Mein Atem ging stoßweise, als ich vor ihm stoppte und auf ihn hinuntersah.

»Smolland? Ach, ich liege einfach nur ein bisschen herum.« Ein undefinierbarer Ausdruck trat auf sein Gesicht. »Und du? Was machst du gerade Schönes?«

»Ich? Ach, auch nichts Besonderes.« Keuchend winkte ich ab.

»Ein kleiner Spaziergang? In den Wäldern von Snowhill?« Der Ausdruck in seinen Augen war eindeutig wütend. Ja, er war aus gutem Grund sauer auf mich. Mit keinem Wort hatte ich in den letzten Tagen erwähnt, dass ich trainierte. Verheimlicht hatte ich es zwar auch nicht direkt, aber ich sprach nicht mit ihm darüber. Und das war Mist.

»Mmh, ja.« Ich nickte und sein Gesicht verfinsterte sich. »Nein, ich war laufen«, gab ich zu. Wobei das offensichtlich war, immerhin trug ich Sportsachen, richtig teures Profi-Equipment, das *er* für mich gekauft hatte.

»Aha.«

»Und du hast nur ein wenig telefoniert?«

»Yep.« Er fuhr sich übers Gesicht und bedeckte seine Augen. »Nein, hab mich mit meinem Chef gestritten. Bin wahrscheinlich meinen Job los und so etwas in der Art. Ich habe dermaßen Stress am Hals, dass es mich ankotzt ohne Ende.« Er nahm seine Hand wieder weg und sah mich an.

»Das tut mir leid.« Ich holte tief Luft. »Und ich trainiere, falls er kommt, um mich zu holen.«

»Ich weiß.« Seine Augen schimmerten so wunderbar blau, dass mir ganz schummrig wurde. Enttäuschung stand in ihnen, vielleicht auch so etwas wie Angst? Davor, dass ich weglief, ohne ihm zu sagen, wohin. Mit einem Mal fühlte ich mich schäbig, denn er war bei mir geblieben, um mir beizustehen. Und ich Egoistin dachte nur an mich.

Dabei wollte ich bei ihm bleiben. Unbedingt. Falls ich doch überraschend wegmusste, sollte er die Möglichkeit haben, mich zu kontaktieren. Das hätte ich ihm schon längst anbieten sollen. »Du, Matt. Ich könnte dir meine Nummer geben. Für alle Fälle.«

»Für dein Handy, das du nie anschaltest? Damit ich dich nicht erreichen kann? Oder wie hast du dir das vorgestellt, Smolland?« Er grinste ein bisschen.

»Nein, so habe ich das nicht gemeint. Das weißt du auch.« Ich musste kichern. »Du könntest endlich von der Wiese aufstehen, bevor du dich verkühlst.«

»Du könntest dich zu mir legen. Ist total gemütlich hier, wenn auch schweinekalt.«

»Warte.« Ich zog den Zipper meiner Daunenjacke nach unten und streifte die Jacke ab, dann breitete ich sie auf dem Boden aus. »Rutsch auf die Jacke.« Er stemmte sich hoch, rollte sich ein Stück seitlich darauf, und ich legte mich neben ihn. Ganz nah schob ich mich an ihn heran und nahm seine Hand. Zusammen starrten wir in den knallblauen Winterhimmel. »Es ist schön hier.«

»Sag ich doch.«

Eine Weile sahen wir den Wolken zu, die über uns vorbeizogen. »Wäre doch nur Sommer. Wobei … wenn ich bei dir bin, fühlt es sich wie Sommer an, selbst mitten im kalten Winter.« Ich schluckte. Das war beinahe eine Liebeserklärung, zumindest eine winzige.

»Ja? Schön gesagt. Deine Küsse schmecken ebenfalls nach Sommer und dein Haar riecht danach.«

Seine Worte brachten mich zum Lächeln. »Ich laufe nicht einfach weg, Matt.«

»Versprochen?«

»Ja, versprochen.« Ich rollte mich zu ihm und strich über seine stoppelige Wange. Der Himmel spiegelte sich in seinen Augen und vertiefte das wunderbare Blau.

»Gut.« Er legte den Arm um mich und ich kuschelte mich an seine Brust. Eine Weile schwiegen wir. »Hast du heute Abend um zehn schon etwas vor?«

»Ja, ich habe ein Date mit einem gut aussehenden Mann. Natürlich nur, wenn er möchte …«

»Und was soll ich währenddessen machen?« Minutenlang

lachten wir über seine Antwort. »Sei nicht albern, Smolland.« Mit einem Seufzer zog er mich noch näher an sich. »Natürlich möchte ich das. Und das weißt du auch.«

»Ja, ich glaube, das weiß ich.«

❄

KAPITEL 35

22. DEZEMBER

Matt

Was für eine Nacht. Bis zum Rand angefüllt mit Smillas zärtlichen Küssen und einem warmen Glücksgefühl ums Herz, erwachte ich. Acht Tage mit ihr hatten mein komplettes Innenleben durcheinander gewirbelt und meine Welt auf den Kopf gestellt – wie wäre das erst in ein paar Monaten? Oder Jahren?

Mein Blick fiel auf die Datumsanzeige meines Handys und mein Hochgefühl erlitt einen empfindlichen Dämpfer. Noch zwei Tage bis Heiligabend. Schwer drückte der Sack ungelöster Probleme auf meinen Schultern.

Sofort schwirrte das gestrige Gespräch in meinem Kopf herum. Warum wusste mein Chef von nichts? Nein, das raffinierte Schlitzohr hatte nur so getan, und er war überzeugend gewesen. Sein Erstaunen klang echt, dabei log er, ohne mit der Wimper zu zucken. Er würde mir ganz bestimmt nicht verraten, wenn sie bereits eine Untersuchung gegen mich eingeleitet hatten, vielmehr durfte er das nicht. Von daher zählten seine Worte nicht. Aber etwas war mir aufgefallen und es rumorte in mir. Eine Besonderheit, die ich nicht genauer benennen konnte. Ich klickte die Nachrichten des Erpressers an und las sie, während ich im Zimmer auf und ab ging. Immer wieder, bis mir etwas ins Auge sprang.

Schwing deinen Arsch … Wie oft kam dieser Satz vor? Fünf Mal mindestens, eher öfter.

Wer hatte diese Redewendung auch immer benutzt? Sie kam mir so bekannt vor. Ein Verdacht stieg in mir auf, manifestierte sich und wandelte sich zur Gewissheit. Zur schlimmen Gewissheit. Als ich begriff, wer mich in den letzten Tagen drangsaliert und bedroht hatte, riss es mich förmlich von den Beinen. Wie ein Stein fiel ich aufs Bett.

Lauren. Das waren ihre Worte. Wie oft hatten wir darüber unsere Witze gemacht, sie, die wohlerzogene Lady, die nie ein Schimpfwort gebrauchte. Aber diese eine Redewendung liebte sie und nahm sie oft in den Mund. Vor allem in den ersten Jahren, als wir so verliebt waren. *Schwing deinen Arsch zu mir rüber, Matt.* In besonders heißen Situationen gesteigert zu einem *»Schwing deinen sexy-geilen Arsch zu mir rüber, Matt.«*

Lauren hatte mir das alles angetan? Sie war der mysteriöse Unbekannte, der mich nach London locken wollte und der nach meiner Weigerung meine Karriere zerstörte? Ich konnte es kaum glauben. Minutenlang saß ich wie erstarrt da, dann hob ich die Blockierung für ihre Nummer auf.

Zahllose Nachrichten rieselten herein, es hörte gar nicht mehr auf zu piepsen. Ein paar klickte ich an, doch ich hatte schnell genug davon. *Komm nach London. Sofort! Es ist wichtig. Und dringend!*

Mit einem Klick löschte ich alle weg.

Meine Karriere lag in Scherben, eine mehr als unangenehme Untersuchung stand mir bevor. Vermutlich landete ich im Gefängnis, zumindest vorläufig in Untersuchungshaft, bis meine Unschuld erwiesen war. Aber seltsam … hassen konnte ich sie nicht.

Ich wählte ihre Nummer für einen Video-Anruf. Schon nach wenigen Sekunden nahm sie das Gespräch entgegen, als hätte sie nur darauf gewartet. Ohne Begrüßung stellte ich sie zur Rede. »Was hast du getan, Lauren?«

»Matt!«, rief sie bei meinem Anblick erschrocken aus. Mir direkt in die Augen zu sehen, war ihr wohl unangenehm. Der Bildschirm wurde schwarz. Vermutlich presste sie das Handy an sich, man hörte schnelle Geräusche wie von Schritten. Dann tauchte sie hinter ihrem Schreibtisch auf, bei sich zu Hause, vor sich einen aufgeklappten Laptop. Schwer atmend, als wäre sie gerannt.

»Ja. Wer sonst?« Ich sollte wütend sein und sie anschreien, aber ich fühlte nur Trauer und Leere. Wie sah sie überhaupt aus? Das ehemals perfekt blondierte Haar wies einen zentimeterbreiten dunklen Ansatz auf. Ihr hübsches Gesicht wirkte aufgequollen, ihr Oberkörper unförmig, als hätte sie stark zugenommen. »Du hast das alles getan. Meine Karriere zerstört und diese ganzen Unwahrheiten in Umlauf gebracht.«

»Hat ganz schön lange gedauert, bis du es rausgefunden hast.« Ihr Ton war schnippisch, ihre Miene undurchschaubar. Sie zeigte keinerlei Schuldbewusstsein, nicht einmal im Ansatz.

»Warum, Lauren?«

»Ich musste das tun«, sagte sie lapidar. »Du willst einfach nicht machen, was ich dir sage.«

»Lauren, bitte …«

»Nein, hör auf mich zu beschwatzen!« Sie hob abwehrend die Hand. »Ich lasse dich verhaften, im Beisein deiner Familie, wenn du nicht endlich nach London kommst! Bestimmt bist du bei deinen Eltern, die wollte ich eigentlich aus allem raushalten.«

»Ich kann hier nicht weg! Das muss warten. Bis zum Frühjahr.«

»Matt, ich will die Scheidung! Dringend!« Sie kniff die Augen zusammen, als musterte sie die Tapete hinter mir an der Wand. Verdammt, sie war so klug. Wenn sie noch länger darauf starrte, wusste sie, wo ich mich versteckte. »Wo bist du? Etwa in …«

»Ich kann hier nicht weg, versteh es endlich!« Schnell drückte ich das Gespräch weg. Ob sie erkannt hatte, dass ich mich in Snowhill aufhielt?

Auch nach der Konfrontation verspürte ich keinerlei Hass ihr gegenüber, nur bodenlose Leere. Wenn sie eine eiskalte Erpresserin geworden war, dann weil ich sie zu einer gemacht hatte. Und wenn sie der Meinung war, ich verdiente das alles, für das, was ich ihr angetan hatte, dann sollte ich mich ihrem Richtspruch beugen und meine Strafe annehmen.

❄

KAPITEL 36

Smilla

Gegen Mittag kam Matt in die Küche und goss sich einen Kaffee ein. »Wo sind denn die anderen?« Er wirkte angespannt, mit fast schon düsterer Miene. O je, der Arme hatte bestimmt wieder Stress wegen seines verlorenen Jobs.

»John, Marian und die Kleinen sind draußen. Bailey schraubt in der Garage an den Autos, Caspar liest. Mel war völlig erschöpft vom Kochen und Backen der letzten Tage und hat sich hingelegt, aber zuvor hat sie reichlich Teig angerührt. Hast du Lust, mit mir zu backen?«

»Backen? Wir beide?« Ein Lächeln trat auf sein Gesicht.

»Das wäre doch lustig, oder?«

Er atmete tief aus. »Ja, lass uns etwas Schönes zusammen machen. Backen klingt perfekt.«

Ich öffnete den Kühlschrank und stöberte darin herum. »Wow, sie hat bestimmt zehn Sorten Teig vorbereitet. Eher zwanzig.«

Zusammen rollten wir den Teig aus und fertigten Plätzchen in allen möglichen Formen an. Sterne, Monde, kleine Rentiere, Herzen. Im Hintergrund dudelten Weihnachtslieder im Radio und allmählich stellte sich eine weihnachtliche Stimmung ein.

»Mel hat gesagt, es wäre Punsch da. Wir könnten uns welchen aufwärmen. Hast du Lust dazu?« Ich öffnete den großen Topf, der auf dem Herd stand. Orangenstücke, Zimtstangen, Nelken und Sternanis schwammen in einer nach Rotwein duftenden Brühe. »Mmh, Weihnachtspunsch. Der riecht aber lecker.« Ich grinste ihn an.

»Punsch? Oh ja, nur her damit.« Matts anfänglich bedrückte Gemütslage verbesserte sich sichtlich.

Bald köchelte der Punsch auf dem Herd, verströmte dabei seinen verführerischen Gewürzduft, und wir gönnten uns mehrere Gläser. Zwischendurch beschmierten wir Plätzchen mit Marmelade, pressten sie aufeinander und bestäubten sie mit reichlich Puderzucker. Kokosmakronen, Zimtsterne, Lebkuchen, die Plätzchenberge wuchsen – und mit ihnen der Promillegehalt in unseren Körpern. Wir leerten den kompletten Punschtopf, dann fielen wir über Mels Eierlikör her und kippten ein paar Gläschen, bis auch diese Flasche geleert war.

Mittlerweile kicherten wir nur noch haltlos, die Plätzchen wurden schief und krumm. Aus dem Radio klang der Song *»Driving Home for Christmas«*, und wir tanzten durch die Küche, Matt mit Puderzucker auf der Nase und Mehl im Haar. Und ich sah ähnlich aus. Atemlos vom Tanzen blieben wir stehen, sahen uns in die Augen und küssten uns. Genüsslich schleckte ich den Zucker von seiner Nase, er leckte über meinen Mund. »Mmh, du schmeckst nach Johannisbeermarmelade und Kokos.«

»Du auch.« Unsere klebrigen Lippen trafen sich zu einem schon etwas wilderen Kuss, es knisterte heftig.

»Warte.« Matt löste sich von mir, tunkte beide Hände in reichlich Mehl und presste sie auf meine Brüste, was auf meinem dunkelblauen Pulli reichlich seltsam aussah. Er prustete vor Lachen, ich stimmte mit ein.

»Was tust du da?« Um mich zu revanchieren, packte ich

ins Mehl und fabrizierte einen erstklassigen Handabdruck auf seiner Jeans, direkt auf seinem Schritt. Darüber lachten wir, bis wir keine Luft mehr bekamen.

»Hey, das sieht echt verboten aus.« Er griff wieder in die Mehltüte und tauchte die Hände ein. »Los, beug dich nach vorne. Bück dich!« Kichernd drehte ich ihm den Rücken zu und hielt mich an der Arbeitsfläche fest, als er seine Mehlhände auf meinen Po presste und nicht mehr losließ. »Ja, das gefällt mir!« Wir brachen vor Lachen fast zusammen.

Auf einmal öffnete sich die Tür. Bailey stand mit verdutzter Miene im Türrahmen und musterte unsere Mehlorgie.

»Oops! Was tue ich denn da?« Matt nahm die Hände von meinem Po, und wir stellten uns nebeneinander auf, kichernd wie Kinder, die bei einem übermütigen Streich erwischt worden waren. »Äh, wir backen nur ein wenig.« Er hustete und wischte sich mit dem Ärmel Mehl aus dem Gesicht. »Das Mehl … ist irgendwie eskaliert.«

»Stimmt, wir backen. Wir haben Mel ein wenig Arbeit abgenommen.« Ich klopfte ein paar Mehlspuren von Matts Pulli.

»Und auch etwas Punsch«, erklärte Matt und wuschelte sanft über mein Haar, wodurch noch mehr Mehl aufstäubte. »Mehl, überall.«

»Lasst euch bloß nicht stören.« Mit einem Grinsen zog Bailey die Tür wieder zu und wir brachen in Gelächter aus.

»Denkst du, er sagt etwas?« Ich pustete mir eine weiße Haarsträhne aus dem Gesicht.

»Ach was, das glaube ich nicht. Und wenn schon, ist doch egal.« Matt nahm mich an der Hand und zog mich zur Tür. »Haben wir noch Plätzchen im Ofen?«

»Nein, sie sind alle fertig. Was hast du vor?« Ich musste schon wieder so lachen, dass ich mich kaum mehr auf den Beinen halten konnte.

»Na, was wohl. Wir gehen ins Bett. Wir waren enorm fleißig und haben uns eine Pause verdient.«

»Eine Pause?« Der Ausdruck in seinen Augen versprach, dass es eine enorm heiße Pause werden würde. »Mmh, das klingt verlockend.«

»Ja.« Er ließ mich seine Zunge schmecken. »Eine sehr lange Pause.«

❄

KAPITEL 37

Matt

Betrunken landeten wir im Bett und fielen sofort übereinander her. Mehlwolken stäubten bei jedem Kleidungsstück auf, das wir uns gegenseitig auszogen, vielmehr vom Leib rissen. Gott, wir waren wie entfesselt. Trotz des hohen Promillegehalts gelang es uns, unsere betrunkenen Körper zu einer heißen Sexrunde zu koordinieren, immer wieder übermütig lachend. Selig lächelnd plumpste ich danach auf den Rücken, als sie sich über mich beugte.

Sie kicherte verwegen. »Komm, wir gehen in den Schrank. Lass uns ein Spielchen spielen.«

»Ein Spielchen? Bin dabei.«

Entschlossen nahm sie meine Hand, zog mich hoch und wir kletterten nacheinander in den dunklen Schrank. Ich setzte mich auf den Boden und sie rutschte auf meinen Schoß.

»Pass auf, du bist ein Rettungssanitäter, der mich nach einem Sturz von der Bühne aufgefangen hat.«

»Mmh, das klingt gut. Und wer bist du?«

Sie prustete los. »Ich? Agnetha natürlich. Du fährst mich

aber nicht ins Krankenhaus, sondern vernaschst mich in deinem Krankenwagen. Vielmehr im stockdunklen Schrank.«

»Mmh, ein Rollenspielchen. Ich mag deine schmutzige Fantasie, Agnetha.« Ich hob sie auf mich drauf und versenkte mich tief in ihr. Wir stöhnten beide auf. »O Gott, dieser viele Punsch und der Eierlikör. Ich hoffe, ich kann meinen Wagen geradeaus steuern.«

»Ich helfe dir schon beim Steuern.« Sie drückte mir einen Kuss auf den Mund und sprach mit verstellter hoher Stimme. »Aber ich habe mich bei meinem Bühnensturz stark verletzt. Du musst mich sofort ins Krankenhaus bringen, Sanitäter.«

»Ich denke nicht daran«, brummte ich bedrohlich. »Zuerst werde ich dich tüchtig durchvögeln, erst dann fahre ich dich ins Krankenhaus. Vielleicht.«

Sie kicherte. »Ganz schön eng in deinem Krankenwagen.«

»Oh ja, in deinem Glitzeranzug ist es auch ganz schön eng.« Ich keuchte, denn ich steckte bis zum Anschlag in ihr drin.

»Oh, das ist gut.« Sie seufzte auf. »Und was machst du mit mir, wenn ich aus dem Krankenhaus zurück bin?«

»Was heißt zurück? Ich behalte dich hier.« Ich schlang einen der herabhängenden Gürtel um ihr Handgelenk. »Denn du gehörst mir.«

»Was? Nein!« Ihre Stimme veränderte sich. »Matt.«

»Und ob, kleine Agnetha. Die Welt hat dich die längste Zeit gesehen. Ab jetzt wirst du in meinem Krankenwagen leben und nie mehr nach draußen kommen. Und du wirst die Welt auch nicht mehr zu sehen bekommen. Das war's mit deinen Auftritten, Agnetha.«

»Matt, hör bitte auf.« Es hätte mich alarmieren müssen, dass sie mich Matt nannte, aber ich war so in Fahrt …

»Du denkst doch nicht, dass du jemals wieder hier rauskommst?«, brummte ich, ganz in meiner Rolle als irrer Sanitäter. Dann packte ich ihr zweites Handgelenk, schwierig genug, und wollte den Gürtel auch darum binden.

»Nein, lass das!« Sie wurde mit einem Mal panisch und

schlug wild um sich. »Hilfe!« Ihre Augen waren vor Schreck geweitet.

»Sorry, ich …« Ich ließ sofort den Gürtel fallen. Sie hatte wirklich Angst? Mit hektischen Bewegungen schlug sie meine Hand weg, die sanft ihr Gesicht streicheln wollte, um sie zu beruhigen.

»Lass mich raus!« In ihrer Stimme lag ein Schluchzen.

»Sicher, die Tür ist offen. Was hast du, Smilla?«

Sie kletterte von mir herunter, stieß die Schranktür auf und krabbelte wie der Blitz davon. Nach einer Schrecksekunde folgte ich ihr, verblüfft über ihren abrupten Stimmungswechsel. Sie hatte sich in ihr Zimmer geflüchtet und lag bäuchlings auf dem Bett.

»Hey, alles okay?« Ich setzte mich neben sie und streichelte vorsichtig über ihr Haar. Ihre Schultern zuckten, sie weinte. »Tut mir leid, Süße. Was habe ich gesagt oder getan?« Sie schüttelte den Kopf. »Nicht reden? Darf ich mich denn zu dir legen?«

Auf ihr Nicken kuschelte ich mich neben sie und zog die Decke über uns. Es dauerte nicht lange, dann wandte sie sich zu mir um und flüchtete sich in meine Arme. Ich hielt sie fest. »Kein Schrank mehr, keine Rollenspielchen mehr, keine Fesselspielchen mehr.«

»Das war es nicht«, flüsterte sie.

»Was ich gesagt habe? Dass du mir gehörst?«

Sie zuckte zusammen. »Ja, nein. Ein bisschen.«

Schade, denn ich wollte, dass sie mir gehörte. Aber nicht als meine Gefangene. Sie sollte zu mir gehören als meine Gefährtin. Und vielleicht wollte sie meine Gefährtin sein, aber eben nicht meine Gefangene. »Dass du nie mehr die Welt sehen wirst oder die Welt dich?«, sprach ich mehr zu mir selbst.

Sie schluchzte laut auf. »Ja.«

Das hatte der Mann ihr angetan, vor dem sie geflüchtet war? Heiße Wut stieg in mir auf. »Das hat er zu dir gesagt?

Das wird nie passieren, Süße. Wenn jemand so etwas mit dir machen will … Dann bringe ich ihn um!«

»Ja.« Sie weinte in meinen Armen und ich wischte ihre Tränen ab, bis sie sich wieder beruhigte.

»Niemand sperrt dich ein, denn du bist mein süßer Schmetterling, der tanzen möchte und Luft zum Atmen braucht. Nicht wahr?«

»Ja. Und Agnetha.« Sie schniefte ein bisschen.

»Ja, so ist es. Möchtest du mich küssen, Agnetha? Du wirst nicht erraten, wer ich bin.«

»Wer denn?« Mit tränenverschleiertem Blick sah sie mich an, ein kleines Lächeln stahl sich auf ihr Gesicht.

»Stell dir vor, ich saß in der VIP-Lounge bei einem deiner Konzerte. Und da habe ich mich Hals über Kopf in dich verliebt. Ich bin Elton John.«

Sie lachte leise. »Wirklich?«

Ich hätte alles getan, um sie zum Lachen zu bringen. »Ja. Als ich dich tanzen sah, wollte ich mein altes Leben hinter mir lassen und nur noch mit dir auf Tournee gehen. Als dein Roadie, der für dich die Bühne aufbaut und im Hintergrund Klavier spielt, damit du vorne im Scheinwerferlicht tanzen kannst.«

»Elton John. Das gefällt mir. Das ist süß.« Sie drückte ihre Lippen auf meine. Wir küssten uns lange und zärtlich und dann liebten wir uns lange und zärtlich.

Obwohl diese Worte gefallen waren, sagte sie nichts dazu. *Mein süßer Schmetterling. Verliebt. Mein altes Leben hinter mir lassen.*

Vielleicht war ihr die Bedeutung meiner Worte gar nicht bewusst oder sie war ihr bewusst, und sie wollte nicht darauf eingehen. Das machte mein Herz schwer und auch, dass unsere Küsse zuerst salzig schmeckten, nach ihren Tränen.

Mein Herz wurde noch schwerer, wenn ich daran dachte, dass sie ihr Geheimnis vor mir verbarg, genau wie ich meins vor ihr. *Wenn die Schatten der Vergangenheit bis in die Zukunft reichen und sie verdunkeln …*

Aber wir konnten nicht vor der Vergangenheit davonlaufen, weder sie noch ich, und früher oder später würde sie uns einholen.

STUNDEN SPÄTER. Es war gegen Mitternacht, als wir allmählich wieder nüchtern waren. Unser gemeinsames Fehlen war bestimmt allen aufgefallen und Bailey wusste zu hundert Prozent Bescheid, was zwischen uns lief.

»Wir haben das Abendessen verpasst, kann das sein?« Smilla lag in meinem Arm, den Kopf auf meiner Brust.

»Das macht nichts.« Ich hatte dieses alberne Versteckspiel satt. Wir waren keine Teenager, die sich heimlich küssten und vor ihren Eltern verstecken mussten.

»Muss mal kurz ins Bad. Bin gleich wieder da. Eine kleine Runde können wir dann noch einschieben, bevor die Kleine um eins kommt. Okay?« Sie zwinkerte mir zu.

»Ja, beeil dich.« Ich drückte einen Kuss auf ihre Nase und sie flitzte nackt ins angrenzende Bad.

Versonnen sah ich ihr hinterher, ließ mich auf den Rücken fallen und verschränkte die Arme hinter dem Kopf. Mit jedem Mal wurde es inniger und schöner. Ob sie das auch so empfand? Warum fragte ich sie nicht einfach? Ja, das sollte ich tun, sobald sie wieder da war.

Ein Klopfen ließ mich erschrocken zusammenzucken, im gleichen Moment öffnete sich die Tür und John trat ein.

Fuck! Um in den Schrank zu springen, war es zu spät. Ich zog mir die Decke über den Kopf und betete, dass Smilla aus dem Bad käme, um ihn abzufangen. Auch wenn er sie dann nackt sehen würde und mir diese Vorstellung überhaupt nicht gefiel. Eben wollte ich noch, dass alle Bescheid wussten, aber nicht unbedingt auf diese Art!

John schlich auf Zehenspitzen ans Bett heran. »Smilla, bist du wach?«, flüsterte er. »Bailey hat gesagt, du wolltest ein bisschen lesen im Bett. Genau wie Matt. Bin ein bisschen früh dran, aber Marian meinte, es passt jetzt besser, weil Stella gerade tief schläft. In einer Stunde wird sie aus dem Schlaf gerissen und schreit bestimmt. Hallo, schläfst du?« Er kam leise näher. »Nicht erschrecken, ich bin es, John.« Vorsichtig zupfte er an der Decke, dann zog er sie von meinem Gesicht und stieß einen überraschten Laut aus. »Matt? Was machst du denn hier? Ich dachte, du liest in deinem Zimmer?!«

»Ich … äh … Oh! Ist das etwa nicht mein Zimmer?« In gespielter Verblüffung sah ich mich nach allen Seiten um. »Tatsächlich, bin falsch hier. Stimmt!« Ich zeigte zur Wand, dann an die Decke. »Die Tapete hätte mich drauf bringen können, die Lampe allerdings auch. Meine sieht ganz anders aus, das hätte mir auffallen müssen. So was, da hab ich mich wohl in der Tür geirrt. Gut, dass Smilla mich nicht erwischt hat, diese kleine schwedische Nervensäge. Sie hätte bestimmt einen mächtigen Aufstand gemacht. Na, dann werde ich mal lieber schnell verschwinden, bevor sie mich entdeckt.« Ich schob die Decke von mir und wollte aufstehen.

Er prustete los und drückte mich ins Bett zurück. »Hör bloß auf, du Blödmann! Willst du mich für dumm verkaufen?! Ich fasse es nicht!« Er lachte ungläubig. »Wie oft hast du gesagt, du magst sie nicht? Mindestens zwanzig Mal?«

»Wohl eher vierzig«, murmelte ich.

»Nicht, dass ich dir das geglaubt hätte. Hab doch mitbekommen, wie du sie mit den Augen verschlungen hast.« *Tja, nicht nur mit den Augen, John.* »Aber das hier ist echt ein Ding.« Er deutete unbestimmt im Zimmer herum. »Ihr beiden habt die ganze Zeit heimlich etwas miteinander? Und uns spielt ihr das bis aufs Blut zerstrittene Hund und Katze-Team vor? Also echt!« Er schüttelte vor Empörung den Kopf.

»Hm?« Ich suchte nach einer guten Ausrede, aber mir fiel absolut keine ein. Mein dümmliches Grinsen fror langsam auf meinem Gesicht fest und ich erkannte: Weitere Ausflüchte oder Lügen hatten keinen Sinn mehr. Kleinlaut gab ich zu: »Die ganze Zeit nicht. Es begann erst am dritten Tag. Mit einem Kuss.«

Er lachte. »Typisch Anwalt, immer eine Spitzfindigkeit parat.

Alter Heimlichtuer!« Er boxte mir auf den Arm. Ziemlich fest. »Das hättest du mir ruhig sagen können, ich hätte mich darüber gefreut. Du hast Geheimnisse vor mir? Will gar nicht wissen, was du noch alles vor mir verbirgst.« *Eine ganze Menge.* Er sah mir tief in die Augen, als könnte er dort die Antworten finden. »Und wie habt ihr das gemacht, dass man nachts keine Tür knarren hört?«

»Tja, also …«

Er schlug sich an den Kopf. »Der Schrank! Du bist immer durch den Schrank in ihr Zimmer gegangen?«

»Das erschien mir die beste Lösung«, sagte ich möglichst würdevoll. Obwohl ich mich fühlte wie ein dummer Junge. Ich hätte es ihm sagen sollen. »John, ich …«

»Ich fasse es nicht!« Er lachte, aber er wirkte auch enttäuscht. »Tja, wenn das so ist, Matt. Wenn du mit der Nanny schläfst, kannst du auch das Baby halten.« Mit einem breiten Grinsen legte er mir die Kleine auf die nackte Brust.

»Ich … aber … nein!«

»Zwei Minuten, Matt. Dein Patenkind, wie du gestern selbst erklärt hast. Dann stehe auch zu deinem Wort.« Er nickte mir zu und verließ das Zimmer.

O Gott. Wie ein Stein lag sie auf meiner Brust, mühlsteinschwer, wobei sie Wärme ausstrahlte, lebte und atmete. Dennoch fühlte es sich lähmend an. Es tat so weh, dass ich kaum mehr atmen konnte. Schweiß trat auf meine Stirn, brach an meinem Körper aus, aber ich musste die Arme um sie legen, damit sie nicht von mir rutschte. Und dann hielt ich sie, obwohl ich das nie wieder tun wollte, ein Baby halten.

»Smilla«, flüsterte ich. Die Minuten vergingen.

Ihre sanften Atemzüge vermittelten etwas Tröstliches, denn jeder leise Hauch sprach von Leben. Von Frühling, von Hoffnung und von Liebe. Und von der Zukunft, die Smilla und ich vielleicht zusammen verbringen könnten.

Doch das Baby in meinen Armen führte mich auch in die Vergangenheit zurück, zu den dunkelsten Stunden meines Lebens vor drei Jahren.

Das Quietschen der Bremsen, Laurens Körper auf der Straße. Die Fahrt ins Krankenhaus, mit Blaulicht und Sirene, als sie von einem Notkaiserschnitt sprachen. Lauren, die wie erstarrt auf der Liege lag und meine Hand wegschob.

Sie kam sofort in den OP, ich wurde zum Warten in den Gang geschickt. Hörte nebenan die Ärzte hektisch herumwuseln. Sich Anweisungen zubellen, ihre Stimmen wurden immer aufgeregter. Das durchdringende Schrillen von Alarmtönen. Dann wurde es still.

Der Zeiger der Uhr sprang um, der vierundzwanzigste Dezember hatte begonnen. Heiligabend. Das war bestimmt ein gutes Zeichen. Aber diese Stille ... Sie war kein gutes Zeichen. Ich sendete eine wahre Flut an Gebeten in den Himmel. Minutenlang saß ich dort, das Gesicht in den Händen vergraben.

Klackern von Schritten im Gang. Eine Schwester kam mit einem kleinen Bündel auf mich zu, gute Laune versprühend. »Ah, hier sind Sie. Ich habe Sie in einem anderen Wartebereich vermutet. Hier ist Ihr Baby.« Mit einem Lächeln drückte sie es mir in die Arme.

»Gott sei Dank, sie hat es geschafft.« Ich nahm sie entgegen, die Erleichterung fiel als tonnenschwerer Stein von meinem Herzen. Das Baby sah rosig aus, hatte blondes Haar genau wie ich, und wunderschöne blaue Augen. Ich kämpfte gegen die aufsteigenden Tränen an, fühlte eine tiefe Dankbarkeit in mir. Was für ein Glück! Doch nur Sekunden später schlich sich ein ungutes Gefühl in meine Freude. Da stimmte doch etwas nicht …

»Geschafft? Ja, alles verlief nach Plan.« Verwundert hob die Schwester die Schultern.

»Warum ist sie so groß und schwer? Sind sie bei Woche zwanzig nicht viel winziger?« Irritiert starrte ich das Baby an, das plötzlich fremd wirkte, weder mir noch Lauren ähnlich sah.

»Woche zwanzig? Was meinen Sie damit?« Zögernd

sprach sie weiter: »Das Baby ist zum errechneten Termin zur Welt gekommen. Kaiserschnitt wegen Steißlage.«

»Das ist nicht mein Baby!« Vor Schreck hätte ich es beinahe fallengelassen. Die Schwester griff beherzt zu und sah mich erschrocken an.

»Passen Sie doch auf!«

»Meine Frau. Der Notkaiserschnitt. Extreme Frühgeburt.«

»O Gott!« Eilig nahm sie das Baby aus meinen Armen und presste es an sich. »Es tut mir total leid. Ich ... ein Fehler in der Verwaltung. Man hat mir gesagt, Sie sitzen auf dem Gang und da habe ich gedacht ... Verzeihung, Sir.« Mit schreckensstarrer Miene drehte sie sich auf dem Absatz um und entfernte sich, das Baby nahm sie mit. *Als trüge sie mein Glück mit sich davon*. Und so sollte es sich auch bewahrheiten.

Im gleichen Moment traten zwei Ärzte mit ernsten Gesichtern auf den Gang und bauten sich vor mir auf. »Mr Christmas, wir haben schlechte Nachrichten für Sie.«

»Es war einfach viel zu früh.« Sie schüttelten bedauernd die Köpfe und meine Welt brach zusammen.

»Sag mal, Matti, hab ich da jemanden sprechen gehört?« Smilla trat aus dem Bad und wollte mit Anlauf ins Bett hüpfen. Erschrocken hielt sie inne. »Oh, sie ist schon da?!«

»Nimm sie weg.«

»Ja, ich nehme sie sofort von dir herunter.« Sie hob die Kleine hoch und legte sie in den Stubenwagen. »Es tut mir so leid, du wolltest sie nicht halten, oder?« Mit einem Deckenzipfel tupfte sie mir die schweißnasse Stirn ab. »Soll ich mich zu dir legen?« Auf mein Nicken kuschelte sie sich an mich und strich sanft über meine Wange. »Matti.«

Wie ein Ertrinkender warf ich mich in ihre Arme. Alle Dämme brachen, der Schmerz riss mich wie eine Woge um. »Ich hatte ein Baby, und es war wunderschön.«

»O Matt, was ist passiert? Erzähl mir alles.« Sie streichelte über mein Haar und ihre Wärme tröstete mich.

Stockend presste ich hervor: »Sie kam viel zu früh, in der zwanzigsten Woche. Sie war so winzig.«

Smilla hielt mich fest in ihren Armen. »Wie traurig, es tut mir so leid.«

»Es ist jetzt drei Jahre her. Meine Frau lief in ein Auto, als sie die Straße überquerte. Dann geschah ein Unfall und das Baby … Es war Heiligabend. Und als ich allein da saß, kam eine Schwester mit einem gesunden Baby und zuerst dachte ich …«

»O Gott! Sie haben dir das falsche Baby gegeben?«

»Ja. Niemals werde ich vergessen, wie ich sie in meinen Armen hielt und wie glücklich ich war, zwanzig Sekunden lang. Und wie tief ich abstürzte, als ich die Wahrheit erkannte.«

»Wie schrecklich, Matt. Es tut mir so leid.« Sie umklammerte mich fester, machte meinen Schmerz erträglich mit ihrer Anwesenheit. »Bleib bei mir heute Nacht. Ich möchte bei dir sein.«

»Ja.« Ich schmiegte mich in ihre weichen Arme, ließ zu, dass sie mich sanft küsste und dass ihre Tränen sich mit meinen vermischten. »Das ist das erste Mal, dass ich darüber spreche.«

»Oh, Matt. Die ganze Zeit hast du das allein mit dir herumgeschleppt? Gut, dass du es mir gesagt hast.«

Ihr Mitgefühl linderte meinen Kummer, ihre Zärtlichkeit legte sich wie Balsam auf mein Herz. Diese Wunde würde nie vergehen, aber vielleicht konnte ich zulassen, dass sie allmählich heilte?

Meinen Eltern hatte ich es damals kurz am Telefon mitgeteilt und später das Thema gemieden, aus diesem Grund besuchte ich sie immer seltener. Der Einzige, dem ich mich anvertrauen wollte, war John. Zuerst waren wir zerstritten, dann sprachen wir kein Wort bei unserem Treffen vor zwei Jahren. Das Schicksal hatte ihm übel mitgespielt, und er wirkte noch erstarrter als ich. Darum erzählte ich es nicht.

Jetzt hatte ich Smilla alles anvertraut. Fast alles. Das wirklich Schlimme konnte ich selbst ihr nicht gestehen, denn dann würde sie mich nicht mehr bedauern, sondern verachten. Vielleicht sogar hassen?

Ich allein trug die Schuld dafür, dass es überhaupt so weit gekommen war. Denn Lauren war vor mir davongelaufen, als sie auf die Straße rannte. Vielmehr vor dem, was sie gesehen hatte. Kurz zuvor, in meinem Büro.

❄

KAPITEL 38

23. DEZEMBER

Smilla

MATTS SCHLIMME GESCHICHTE, die er mir in der vergangenen Nacht erzählte, hatte mich zutiefst aufgewühlt. Auch am Morgen danach lag das bedrückende Gefühl von Trauer und Verlust auf mir. Wie mochte es ihm erst ergehen, da er seinen Schmerz all die Jahre mit sich herumgeschleppt und mit niemandem geteilt hatte? Mir hatte er sein Geheimnis anvertraut, und das verband uns umso stärker. Beim Frühstück saßen wir nebeneinander und hielten unter dem Tisch immer wieder verstohlen Händchen.

»Alle mal herhören!« John klopfte an seine Kaffeetasse, die Gespräche verstummten. »Wir haben uns eine besondere Überraschung ausgedacht, Bailey und ich. Nicht wahr?« Er sah Bailey auffordernd an.

»Ja, das haben wir. Speziell für dich, Mel.« Bailey deutete auf Mel und grinste.

»Und speziell für dich, Marian«, ergänzte John. »Als kleine Wiedergutmachung für die vergessenen Jahrestage.«

»Wovon redet ihr zwei?« Marian und Mel wechselten ratlose Blicke miteinander.

John und Bailey schmunzelten. »Wundert euch nicht, wenn es gleich im Minutentakt schellen wird. Die Schausteller kommen.«

»Welche Schausteller denn?«

»Die vom Weihnachtsmarkt«, erklärte John. »Er findet morgen in Wingham statt, aber wir konnten einige von ihnen überreden, zuerst in Snowhill ihre Stände aufzubauen. Damit wir hier unseren eigenen Weihnachtsmarkt haben. Es ist doch so kalt und die Kinder sind noch so klein. Bei den eisigen Temperaturen können sie nicht stundenlang draußen bleiben, vor allem Stella nicht.«

»Genau so ist es.« Bailey nickte zustimmend. »Und auch aus dem Grund, weil Marian nicht möchte, dass John an Weihnachten nach Wingham fährt, wegen der Sache mit dem Fluss.«

»Ein Weihnachtsmarkt? Extra für uns? Oh, das ist toll!« Marian klatschte begeistert in die Hände, dann fiel sie John um den Hals. »Danke, Schatz. Du weißt, ich liebe Weihnachtsmärkte.«

»Ich weiß, Süße. Das habe ich nicht vergessen.«

»Eine wunderbare Idee. Danke, Bailey, das habt ihr beiden gut ausgeheckt.« Mel nahm Bailey in die Arme und gab ihm einen Kuss.

Mit stolzem Unterton sagte Bailey: »Wir haben uns ganz schön ins Zeug gelegt und ein Kinderkarussell organisiert, einen Stand mit Glühwein und gebrannten Mandeln und diverse andere Buden. Im Laufe des Abends wird es zudem ein paar tolle Überraschungen geben.« Er rieb sich vergnügt die Hände.

»Ein paar Kumpels aus dem Dorf kommen.« John zwinkerte in Matts Richtung und führte seine Hand in einer kippenden Bewegung zum Mund, als würde er eine Flasche leeren. »Genau genommen alle. Sie waren total begeistert, als ich gesagt habe, dass du hier bist.«

»O Gott, das steuert auf ein mittelschweres Besäufnis zu«,

murmelte Matt. »Es wird bestimmt lustig, die Jungs von früher zu sehen.«

»Freust du dich auch, Smilla?« Marians Augen strahlten vor Begeisterung. »Du lernst einen typisch englischen Weihnachtsmarkt kennen. Bei euch in Schweden gibt es das nicht, oder?«

»Oh ja, ich freue mich. Nein, in der Art nicht. Wir könnten eine Runde auf dem Karussell fahren, Gabriel, das Mäuseken und ich. Vielleicht spielen sie *Dancing Queen?*«

»Da fahre ich doch glatt eine Runde mit«, sagte Matt. »Nicht, dass Smilla noch das Karussell kaputtmacht.«

»Hör bloß auf, Matt!« John lachte schallend. Nachdem er Matt in meinem Bett erwischt hatte, wusste er, dass unsere Abneigung nur Show war. Ob er Marian davon erzählt hatte? So wie sie gerade schmunzelte, ganz bestimmt. Bailey, der uns in der Küche erwischt hatte, wusste ebenfalls Bescheid, Mel schon länger und Caspar … Er hatte es vermutlich als Erster entdeckt. Eigentlich wussten es alle, aber niemand sprach es aus.

Wie lange es wohl dauerte, bis sie herausfanden, dass ich keine schwedische Nanny war? Ob sie wohl sehr wütend wären? Mir wurde schwer ums Herz und ich seufzte auf.

Matt drückte verstohlen meine Hand. *Alles wird gut,* bedeutete das. Er zeigte auf das Baby. »Vielleicht könnte ich sie mal kurz halten? Zur Probe, damit ich sie bei der Taufe nicht fallenlasse?«

»Ja, das wäre großartig«, sagte John und Bailey stimmte zu: »Spitzenidee, Matt. Kannst du schon mal üben. Für später.« Er grinste ein bisschen.

»Oh ja, wie schön. Der Patenonkel und sein Baby.« Mel zückte gerührt ihr Taschentuch.

»Ja, sicher. Warte, ich gebe sie dir.« Ich stand auf und legte Stella behutsam in seine Arme. Sie war wach und fuchtelte zuerst mit ihren Ärmchen.

Er atmete tief durch. »Sie ist ganz schön schwer. Muss ich ihren Kopf abstützen?«

»Nein, das kann sie schon alleine. Halt sie gut fest, damit sie nicht von deinem Schoß springt.« Ich griff seine Hände und drückte sie an ihren Körper. »Nicht zu fest und nicht zu locker. Ja, genau so.« Als ich mich wieder neben ihn setzte, ließ ich wie zufällig meine Hand auf seiner ruhen.

»Oho, toll.« Er lächelte, aber ich spürte seine Nervosität.

Stella lag entspannt in seinen Armen. Auf einmal krauste sie die Nase, als würde ihr auffallen, dass sie ihn gar nicht kannte. Sie musterte ihn eingehend, dann riss sie den Mund weit auf und lächelte ihn an. Richtig goldig. Sie fuchtelte wieder herum, erwischte ihren Daumen und nuckelte daran. Schließlich fielen ihre Augen zu.

»Gottchen, wie süß!«, flüsterte Bailey. »Darauf kannst du dir echt was einbilden, Matt.«

»Sie mag dich. Sonst würde sie nicht bei dir einschlafen«, bestätigte auch John.

»Tatsächlich? Gut«, brummte Matt. Einer nach dem anderen verließ das Esszimmer, nur wir blieben noch auf der Bank sitzen. »Ich dachte, ich wage es mal. Kann mich nicht lebenslänglich davor drücken, ein Baby zu halten. Oder?« Er wirkte aufgeregt, aber auch stolz, dass er sich überwunden hatte.

»Ja, das hast du sehr gut gemacht.« Niemand war in der Nähe und ich drückte ihm einen Kuss auf den Mund.

Auf einmal schallte Marians Stimme aus dem Wohnzimmer. »Kommt alle her! Die Homestory wird ausgestrahlt. Jetzt!«

»Oh, wirklich? Ich dachte, erst am Weihnachtsmorgen?«, fragte Mel verwundert.

»Nein, dieser Sendeplatz ist für Jamies Homestory reserviert. So berühmt bin ich auch wieder nicht.« Marian lachte.

»Lass uns rübergehen und den Beitrag ansehen. Oder?« Matt lächelte mir aufmunternd zu.

»Ja. Soll ich sie wieder nehmen?« Auf sein Nicken nahm ich Stella aus seinen Armen und wir gingen gemeinsam ins Wohnzimmer, wo alle gespannt Platz genommen hatten.

Duncan, mit einer lässig schiefsitzenden Nikolausmütze auf den braunen Locken, strahlte in die Kamera. Er hatte sich vor Snowhill postiert, eingehüllt in einen dicken Parka mit Fellbesatz. »Ho-ho-ho, liebe Zuschauer! Ich begrüße Sie herzlich zu unserem Weihnachts-Special aus den kuscheligen Cotswolds! Wir feiern Weihnachten bei Marian, dem zauberhaften Risotto-Girl, und ihrer wunderbaren Familie. Und als Stargast: Jamie Jeopardy. Viel Vergnügen!«

Weihnachtsmusik erklang. Marian rutschte das Geländer herunter und sprang fröhlich zur Tür, um Jamie hereinzulassen. Sie begrüßten sich mit Wangenküsschen, gingen in die Küche und beschlossen spontan, ein Steinpilzrisotto zu kochen. Ausgelassen lachend und in bester Stimmung.

Eine große Hand schob sich seitlich ins Bild und platzierte eine Tüte Reis von Rositelli auf der Kochinsel. Eine Stimme sagte: »Es gibt Reis, Baby, schüttel dein Haar.« Darauf folgte eine Blende auf Marians Gesicht und die Stimme flüsterte: *»Madonna, che bella!«*

John schrie empört auf. »Dieser blöde Heini, er kann es einfach nicht lassen!« Wir lachten alle.

»Ein ziemlich plumpes Produktplacement«, sagte Caspar mit hochgezogenen Augenbrauen. »Überhaupt ist dieser Herr kein Gentleman.«

Der Film lief weiter. Mel trat hinzu und backte lässig ein paar Bleche voller Plätzchen.

»Mel, du siehst großartig aus in deinen knackigen Jeans.« Bailey schlug vor Begeisterung auf die Sofalehne. »Und wie du alles im Griff hast, traumhaft.«

»Fast alles. Nur dich nicht, Bailey.«

»Tja, das wäre ja auch langweilig, oder?« Er zwinkerte ihr zu.

Es folgte die Szene am Frühstückstisch, bei der ich neben Matt gesessen hatte. Gespannt hielt ich den Atem an und war froh, als sie vorüber war, ohne dass ich darin auftauchte. Dann folgte die Szene, in der Marian und Jamie sinnierend in der Küche saßen, in dicke Pelzmäntel gehüllt. Am unteren

Bildschirmrand blinkte eine Einblendung auf. *Diese Pelze bestehen zu 100 Prozent aus synthetischer Faser!*

»Weihnachten und die Familie, was gibt's Schöneres?« Jamie trank ein Glas Punsch und Marian nickte ihm eifrig zu. Gemeinsam spazierten sie durch die Halle und bestaunten den grell geschmückten Tannenbaum. Auf einmal flitzte eine Kuh durchs Bild und ein Poltern ertönte.

»Mein kaputter Schrank, ich bin immer noch sauer deswegen!«, knurrte Mel.

Schlussszene. Marian und John saßen nebeneinander auf dem Sofa. John im Smoking, sagenhaft attraktiv, und Marian in einem atemberaubenden schwarzen Kleid. Dann trat Caspar ins Bild und brachte auf einem Tablett brennende Gläser. »Es ist angerichtet, Sir John und Lady Marian.«

Alle lachten und Matt sagte: »Typisch Caspar, auf dieses seltsame Butler-Sir-Spielchen verzichtest du nicht, oder?«

»Es war eine einmalige Gelegenheit und ich bereue nicht, dass ich sie ergriffen habe.« Caspar schmunzelte.

Auf dem Bildschirm zwinkerte John Marian zu. »Mein Herz steht lichterloh in Flammen für Euch, Mylady.«

»Und meins für Euch, Mylord.« Marian und John strahlten sich an und küssten sich.

Gott sei Dank, es war vorbei. Ich atmete auf, meine schlechte Vorahnung hatte sich zum Glück nicht bestätigt.

Jetzt sprach wieder Duncan: »Wir danken Marian für ihren wunderbar spontanen Einblick in ihr beschauliches Familienleben und wünschen allen ein frohes Weihnachtsfest. Liebe Zuschauer da draußen, vielleicht begegnet Ihnen an Weihnachten ebenfalls ein so wunderschöner Engel wie mir in Snowhill Manor.«

Es folgte eine Abblende aufs Haus, dann erschien in Großaufnahme ein Gesicht auf dem Bildschirm, umwabert von rosagoldenen Glitzerwolken, sprühenden Sternen und fallenden Schneeflocken. Zuerst unscharf, dann traten die Konturen hervor. Mein Gesicht! Ich hätte vor Schreck fast aufgeschrien. Es thronte über einem goldenen Engelsgewand, inklusive Engelsflügel.

»Smilla, der Weihnachtsengel, wie zauberhaft!«, rief Mel.

»O Gott!«, stieß ich hervor. Mein Gesicht verharrte auf dem Bildschirm, selbst als der Abspann lief, in dem alle Beteiligten namentlich erwähnt wurden, sogar die Kuh Bethany. Mittlerweile sah man mich in ganz England bestimmt schon seit Minuten. Mir kam es vor wie Stunden.

»Verdammt, dieser elende schottische Wi… chtel!« Matt schimpfte aufgebracht.

»Warum regst du dich so auf?«, fragte John verwundert. »Dich haben sie nicht gezeigt, wie abgesprochen. Der Film ist doch lustig geworden, oder, Marian? Die Kleinen haben sie nur von hinten gefilmt, weil ich darauf bestanden habe.«

»Ich finde es auch schön. Oder Smilla? Was sagst du dazu?« Verunsichert blickte Marian zu mir herüber. Wie vom Blitz getroffen kauerte ich im Sessel. Ich war nicht nur schockiert, sondern fast tot vor Schreck. »Gefällt es dir nicht, dass du am Schluss wie ein Weihnachtsengel über allem schwebst? Duncan sprach von einer tollen Überraschung für dich, ich wusste nicht, was er vorhatte. Jetzt bezweifle ich gerade, ob sie so gelungen ist.«

»Oh ja, voll gelungen. Vor Überraschung kann ich gar nichts sagen.« Ich rang mir ein Lächeln ab. »Da wird die schwedische Nanny noch berühmt auf ihre alten Tage. Und ein Fernsehstar.«

Matt stand brüsk auf. »Muss hochgehen und dringend eine E-Mail beantworten.« Er gab mir damit zu verstehen, dass wir miteinander sprechen konnten.

»Ich hole mir oben einen längeren Pulli. Mir ist ein wenig kühl um mein Popöchen. Bis gleich!« Ich sprang ebenfalls auf, drückte der verdutzten Marian das Baby in die Hand, und folgte ihm.

• • •

Matt bog gerade in sein Zimmer ab, als ich ihn einholte. »Smilla …« Er zog mich hinein, schloss die Tür und bewegte beruhigend die Hände auf und ab. Aber nichts konnte mich beruhigen.

»Mein Gesicht! Er hat mich gesehen, ich weiß es!« Vor Angst zitterte ich am ganzen Körper.

»Ich könnte diesen blöden Trottel Duncan umbringen!« Er nahm mich fest in seine Arme. »Schsch, beruhige dich. Nein, das hat er ganz bestimmt nicht. Welcher Mann schaut sich freiwillig eine Homestory an? Keiner! Das ist doch nur etwas für Frauen.« Immer wieder strich er über meinen Rücken, bis ich aufhörte zu zittern. »Bleib ruhig, alles wird gut.«

»Nein! Nichts wird gut!« Entschlossen befreite ich mich aus seinen Armen. »Ich muss sofort weg, verstehst du das nicht? Er wird hierher kommen. Vielleicht ist er schon auf dem Weg?« Geradezu kopflos stürzte ich aus seinem Zimmer und rannte in meins. Dort riss ich die Reisetasche aus dem Schrank und stopfte hastig alle meine Sachen hinein. Matt folgte mir, stellte sich in den Türrahmen und sah mir beim Packen zu.

»Du willst wirklich gehen?«

»Ja, was denn sonst?« Vor Angst fing ich an zu weinen, lautlos strömten die Tränen über meine Wangen.

»Vielleicht bleiben und ihm die Stirn bieten? Ihm deutlich sagen, dass du ihn nicht mehr liebst und noch wichtiger: dass du nicht mit ihm gehst. Wie fändest du das?«

Ich verzog das Gesicht und wich seinem forschenden Blick aus. »Das kann ich aber nicht. Er zwingt mich jedes Mal in die Knie und außerdem …« Mit einem Schluchzen wischte ich mir die Tränen weg.

»Du liebst ihn noch.« Es war keine Frage, sondern eine Feststellung. Es tat ihm weh, diese Worte auszusprechen und mir tat es weh, sie zu hören.

»Ja, aber nicht so, wie du denkst. Diese Liebe besteht nur aus der Erinnerung an früher, als es mit ihm wunderschön war. Denn das war es einmal. Ich habe ihn einmal sehr geliebt und er hat einen Platz in meinem Herzen. Für immer.«

Zweifel standen ihm ins Gesicht geschrieben. »Smilla, wenn man jemanden geliebt hat, empfindet man vermutlich immer etwas für ihn. Aber er hat dir so viel angetan, dich eingesperrt und klein gemacht.« Er dachte kurz nach. »Obwohl … mir geht es mit Lauren nicht anders.«

»Ja, das weiß ich alles, Matt. Trotz allem, was vorgefallen ist, kenne ich auch seine guten Seiten. Er hat sich sehr verändert, er war nicht immer so bestimmend und einengend. Ich wünsche ihm, dass er wieder glücklich wird. Mit einer anderen Frau. Diese Art von Liebe ist es.«

»Ich verstehe.« Er nahm mich an den Händen.

»Er ist die Vergangenheit. Das Schöne daran möchte ich in meinem Herzen bewahren. Ich will es mir nicht herausreißen müssen, denn meine Liebe zu ihm ist auch ein Teil von mir. Wenn ich sie abtöten müsste, würde ein Teil von mir sterben.«

»Das musst du auch nicht. So bin ich nicht.« Aus seinen Worten strahlte all seine Souveränität und Stärke und ich liebte ihn dafür. So sehr.

Zum ersten Mal lächelte ich. »Du bist die Zukunft. Wir sind die Zukunft, wenn du das möchtest.«

»Und ob ich das will. Smilla, wir könnten zusammen weggehen.« Spontan kamen die Worte über seine Lippen, dann verzog er das Gesicht, als wäre ihm etwas Unangenehmes eingefallen. »Nein … doch. Nein! Lass uns zusammen weggehen, das ist die einzige Lösung.«

»Du kommst mit?«

»Ja, noch heute Abend. Lass uns zuerst ein paar Stunden auf dem Markt verbringen, Baileys Überraschungen bestaunen und danach schleichen wir uns weg. Wir nehmen einen Zug, egal wohin, und tauchen unter.«

»Wie Diebe in der Nacht?«

»Ja. Wie Bonnie und Clyde.«

»Oh, wie schön!« Vor Freude fiel ich ihm um den Hals, er legte seine Arme um mich und hielt mich lange fest.

Wie diese Geschichte ausgegangen war, war allgemein bekannt. Aber jetzt gerade wollte ich nicht darüber nachdenken.

❄

KAPITEL 39

Matt

STUNDENLANG DRÖHNTE das Hämmern der Schausteller durch Snowhill, während sie ihre Bretterbuden zusammenbauten. Es war schon früher Abend, als sie die Buden in einem Halbkreis aufgestellt hatten. Das nostalgische Karussell mit den Holzpferden bekam den Ehrenplatz in der Mitte. Sanft wippten die Pferde auf und ab, leise Musik ertönte. Bailey hatte überall Lichterketten angebracht und alles war festlich erleuchtet. Über den kleinen Markt zog der Duft nach Crêpes und gebrannten Mandeln, Weihnachtspunsch, Pasteten und gebratenen Würstchen.

Fast alle unsere Freunde von früher aus den umliegenden Dörfern waren eingetroffen und hatten ihre Familien mitgebracht. Eine große Menschenmenge bevölkerte den Platz, kleine Kinder fuhren auf dem Karussell. Einige unserer Freunde trugen abgewetzte dunkelblaue Uniformen und Mützen, die Uniform der *Lonely Hearts*-Band.

O Gott, die Band. Sie hatten immer schauderhafte Musik gespielt, aber John und ich hatten sie tapfer zu allen

Auftritten begleitet wie echte Groupies. Aus dem einfachen Grund, weil wir mit ihnen herrlich feiern und uns sinnlos betrinken konnten. Offensichtlich war zum heutigen Abend ein Revival der Band geplant. Ich war gespannt.

»*Lonely Hearts,* Matt!«, schrie John über die Menge zu mir herüber und schwenkte grinsend die Mütze, die er einem Bandmitglied vom Kopf gerissen hatte.

»*Lonely Hearts,* John!«, schrie ich zurück und reckte den Arm in die Höhe.

Die Stunden vergingen. Immer wieder kam jemand zu mir, klopfte mir auf die Schulter.

»Matt, wie schön dich zu sehen!« Alle begrüßten sie mich. Daniel, Tim, Robin, Colin, und wie sie alle hießen. Was für eine tolle Weihnachtsparty.

Um mich herum wurde reichlich Weihnachtspunsch, Bier und Wein vernichtet, aber ich hielt mich mit dem Trinken zurück. Smilla und ich hatten Pläne, für die man nüchtern sein musste. Auch wenn es mir gerade unvorstellbar schien, dass wir uns ohne ein Wort davonstehlen wollten. John wäre zu Recht stocksauer, die anderen maßlos enttäuscht.

Smilla zog das Babyfon aus ihrer Jackentasche, über das man das Baby beim Schlafen überwachen konnte. Sie zeigte mir den Monitor, auf dem Stella friedlich schlummernd in ihrem Stubenwagen lag. »Wenn sie wach ist, hole ich sie. Dann kann sie mit mir eine Runde auf dem Karussell fahren«, scherzte sie, die Nase rot vor Kälte. »Bin froh, dass sie oben in ihrem Zimmer ist. Es ist wirklich bitterkalt.« Sie rieb ihre Hände, die in dicken Fellhandschuhen steckten, und stampfte auf den Boden, um sich die Füße aufzuwärmen. »Wo ist Gabriel?« Suchend schaute sie sich um.

»Bestimmt bei Marian. Ich hab sie eben bei den Mandeln gesehen.«

Mit feierlichem Gesicht trat Bailey in die Mitte, hinter ihm formierten sich die alkoholbedingt reichlich lädiert aussehenden Mitglieder der *Lonely Hearts*-Band und brachten ihre Instrumente in Stellung. Die Tuba, ein paar Trompeten und

Posaunen, mehrere Klarinetten und Saxophone. Daniel hielt den Schlägel für die dicke Trommel bereit.

»Mel, ich habe dir etwas Wichtiges zu sagen. Komm bitte zu mir, meine Liebe.« Bailey winkte sie zu sich heran.

Mel, sanft errötend, trat neben ihn. »Hier bin ich, Bailey. Was gibt's?«

»Moment! Zuerst kommt mein Lied.« Er wandte sich zur Band um: »Jungs! Denkt daran, was ich euch gesagt habe. Gebt alles! Eins, zwei, drei …«

Sie fingen an zu spielen und schmetterten einen seltsamen Song. Nach und nach wies er eine gewisse Ähnlichkeit mit *Last Christmas* auf. Es war tatsächlich *Last Christmas,* allerdings die schlimmste Version aller Zeiten, bei der sich sämtliche verstorbenen Musiker und Komponisten im Grab drehten wie die Kreisel. So stark, dass sie vermutlich die Erdumdrehung beschleunigten. War das ein Polka-Walzer-Tango-Mix? Ich musste mich wahnsinnig beherrschen, um nicht in schallendes Gelächter auszubrechen. Es war immerhin so etwas wie ein feierlicher Moment, und ich wollte ihn nicht kaputtmachen.

John sah das anders und bog sich vor Lachen. »Bailey, du hast mir mein Lied geklaut! Das ist Marians und mein Song!« Er hatte aber auch schon ganz schön getankt, klammerte sich an Marian fest und schwankte.

»Ich weiß.« Bailey musste sich anstrengen, um gegen die Musik anzuschreien. »Ist mir aber egal. Mir gefällt es.« Mit einem schnellen Blick zu mir fügte er hinzu: »Neuerdings.«

Da war es mit meiner Beherrschung auch vorbei und ich lachte los. Er hatte den Song aus tiefstem Herzen gehasst, immer schon. Einmal hatte er mich am Kragen gepackt und aus der Küche befördert, weil ich ihn drei Mal hintereinander abgespielt hatte. Vermutlich war ihm nichts Besseres eingefallen als dieses Lied. Aber die Idee zählte, er hatte für Mel einen überaus romantischen Song ausgesucht und sie freute sich.

»Bist du wohl still, Matt.« Smilla knuffte mir auf den Arm.

Die Band verstummte, ich ebenso. Ohrenbetäubender Applaus setzte ein, vermutlich weil alle froh waren, dass die Band mit Spielen aufgehört hatte.

»Danke, Jungs. Wow, das war ziemlich …« Bailey suchte nach Worten. »Speziell und sehr beeindruckend! Habt ihr toll gemacht!« Er grinste von einem Ohr zum anderen, dann nahm er seine Mütze ab und wurde ungewohnt ernst, fast schon verlegen. »Melanie Fisher. Ich habe dir nicht erst letztes Weihnachten mein Herz geschenkt, sondern schon viele Weihnachten zuvor, und du hast immer sehr gut darauf aufgepasst. Es wäre dir nicht im Traum eingefallen, es wegzuschenken wie diese blöde Kuh im Lied, äh, ich meine, die ein wenig unkluge Frau.« Er lächelte treuherzig. »Warum ich dir mein Herz geschenkt habe? Kann ich dir erklären: Es liegt nicht nur daran, dass du wahnsinnig gut kochen kannst. Oder dass du die schönste Frau weit und breit bist. Und dass du ein Herz aus Gold besitzt, und dich so lieb um mich und um uns alle kümmerst. Sondern dass du aus mir, dem alten Bailey, dem ehemaligen Schwerenöter und notorischen Schürzenjäger, einen besseren Mann gemacht hast, den Mann, der dich von ganzem Herzen liebt.«

Seine Stimme stockte, er räusperte sich. »Und wenn ich eins bereue, Mel, dann dass wir beide nicht schon viel früher zusammengekommen sind. Ich habe wertvolle Zeit verschwendet mit dummen und unwichtigen Sachen, dabei ist meine Zeit nur wertvoll, wenn du bei mir bist. Ja, Mel, du machst meine Zeit zu etwas ganz Besonderem. Jede Sekunde mit dir wird zu einem ganz speziellen und einzigartigen Moment. Und ich weiß mit absoluter Sicherheit, dass ich jede weitere Sekunde meines Lebens mit dir zusammen verbringen will. Darum frage ich dich hiermit …« Er nestelte in seiner Hosentasche und zog etwas hervor, so hell funkelnd und glitzernd, dass es bis zu mir herüber strahlte. Und dann kniete er sich tatsächlich vor sie in den Schnee. Er keuchte vor Aufregung, sein Atem stieg in kleinen weißen Wolken zu ihr hoch. »Melanie Fisher, willst du meine Frau werden?«

»O Gott, Bailey!« Mel schlug die Hand vor den Mund, starrte sekundenlang den Ring an, dann Bailey. »Ja, ich will!«

Langsam schob er den Ring auf ihren Finger, dann sprang er auf und umarmte sie. Sie küssten sich.

Riesenjubel brach aus. Die Band setzte wieder ein und spielte ein weiteres Weihnachtslied, auch dieses bis zur Unkenntlichkeit entstellt, eventuell *Jingle Bells*, in einem atemberaubend schnellen Marschtempo. Sie marschierten, die Posaunen und Trompeten im flotten Zweier-Takt hin und her schwenkend, um den Weihnachtsmarkt herum.

»Wow, er hat es wirklich getan.« Ich lachte und klatschte gleichzeitig. Was für ein herrlicher Antrag. Verrückt und wunderschön.

Smilla lachte neben mir. »Gott, war das süß von ihm. Ich muss gleich weinen.«

Alle stürzten auf Bailey und Mel zu, um ihnen zu gratulieren. Mitten aus dem Getümmel rief Bailey: »Und jetzt pass auf, Mel, nur für dich!« Er gab ein Zeichen. »Du kannst jetzt loslegen, Caspar!«

Böller krachten, Raketen schossen zischend in den schwarzen Nachthimmel und explodierten in einem roten, grünen und lila Farbenregen. Ein goldener Funkenregen rieselte auf uns herab und tauchte den Himmel in einen goldenen Schein. Ein Feuerwerk, und was für eins!

»Das ist so schön.« Smilla lehnte sich an mich.

»Ja, das ist es.« Es war mir gleichgültig, dass jemand uns sehen könnte oder Fragen aufkämen. Ich legte beide Arme um sie und zog sie an mich. Bailey hatte recht. Man sollte keine Sekunde seiner kostbaren Zeit verschwenden.

Eine Viertelstunde später war das Feuerwerk fast vorbei, nur vereinzelt schossen noch Raketen in den Himmel. Vom Herumstehen hatte ich kalte Füße bekommen.

»Ich werd mal hochgehen und dickere Stiefel anziehen. Schläft die Kleine noch?«

Smilla steckte das Babyfon wieder in ihre Jacke. »Ja, tief und fest. Hab gerade geschaut.«

»Bin gleich wieder da.« Und dann gab ich ihr einen Kuss.

»Ja, bis gleich.«

BESCHWINGT GING ICH INS HAUS, lief die Treppe nach oben und bog in mein Zimmer ab. Kurz sah ich aus dem Fenster nach unten auf den Markt zu Smilla, die wie ein wunderschöner Engel dort stand. Mit einem Lächeln winkte sie zu mir hoch.

Plötzlich ein Zischen, dann klirrte es in der Nähe. Wo kam dieses Geräusch her? Etwa von nebenan? Ich öffnete und sah hinaus. War das möglich? Ein paar Fenster weiter war eine verirrte Rakete eingeschlagen und jetzt drang Rauch hervor. Wessen Zimmer war das?

Von unten winkte Smilla aufgeregt. »Matti, die Kleine. Da!« Sie ruderte mit den Armen und zeigte auf das Fenster. Es war Stellas Zimmer.

Der Partylärm war ohrenbetäubend, Smilla schrie panisch, aber die Band übertönte ihre Schreie. Ich musste die Kleine sofort rausholen. So betrunken wie alle waren, dauerte es viel zu lange, bis jemand hochgerannt kam.

Kein Nachdenken, kein Zögern und auch keine Erinnerung, die meine Schritte lähmte. Ich blendete alles aus, rannte durch den Gang zu ihrem Zimmer, stieß die Tür auf.

Eisiger Wind wehte durchs Fenster und wirbelte schwarze Rauchschwaden auf, die von der brennenden Gardine aufstiegen. Stella schrie wie am Spieß. Ein Stück brennender Stoff tropfte auf den Stubenwagen herab und setzte dessen Vorhang in Brand. Jetzt brannte auch noch der Stubenwagen!

»Schscht.« Fest und behutsam zugleich, wie Smilla es mir gezeigt hatte, hob ich sie aus dem Körbchen. »Alles wird gut, Kleine. Hab keine Angst.« Ich sprach mehr zu mir selbst als zu ihr, doch es wirkte, ihr Schreien verstummte, und sie sah mich aus ihren großen blauen Augen an. Jetzt stülpte sie die Unterlippe vor, zog die Mundwinkel nach unten und machte ein ängstliches Gesicht. Ich presste sie an mich und zog meine

Jacke schützend über sie. »Nicht weinen. Ich passe auf dich auf.«

Nichts wie raus hier! Ich war schon auf dem Weg zur Tür, als ein leises Wimmern an mein Ohr drang, und mich zum Stehenbleiben brachte. »Verdammt, wer ist da?«, sprach ich in den immer dichteren Rauch. Jemand kauerte in der Zimmerecke. »Gabriel! Warum hast du dich hier versteckt?«

Den Grund dafür versuchte er hinter seinem Rücken zu verbergen: das Auto, das seit Tagen in meinem Zimmer lag. Deshalb war er vom Markt verschwunden, um es sich klammheimlich zu nehmen. »Schnell, Gabriel, wir müssen sofort raus!«

»Nein!« Seine Stimme klang trotzig, aber die Angst stand ihm ins Gesicht geschrieben.

Ich versuchte, ihn zu locken. »Nimm das Auto mit, das war doch so abgemacht. Es gehört dir.«

Doch er schüttelte stur den Kopf. Um uns herum brannte schon das halbe Zimmer, denn die brennende Gardine hatte auch ein paar Plüschtiere in Brand gesetzt.

Vor Panik hätte ich beinahe die Beherrschung verloren und ihn angeschrien. Aber dann wäre es ganz vorbei. Wie machte Smilla das immer? Sie gab klare Anweisungen und war der Boss. Der freundliche Boss. Ich kniete mich zu ihm hin. »Gabriel, du kommst jetzt sofort mit Onkel Matt mit. Weil ich es sage. Schluss mit den Spielchen und dem ganzen Quatsch. Das Zimmer brennt und wir gehen zu Daddy.« Fordernd streckte ich meine Hand nach ihm aus.

Er nickte, erhob sich mit tränenverschmiertem Gesicht und legte seine Hand in meine. Das Auto klemmte er unter seinen Arm.

»Schnell, lass uns laufen! Das wird ein Spaß!« Ich versuchte, meine Stimme fröhlich klingen zu lassen, obwohl mir die Angst die Kehle abschnürte. Das Feuer kroch züngelnd die Wand hoch und näherte sich bereits der Tür.

Wir rannten durchs Zimmer. Mit dem Fuß trat ich die Tür auf, dann ab durch den Flur, die Treppe hinunter. Die Kleine in meinem Arm wurde immer schwerer, meine Beine fühlten sich wie Pudding an. Die schlimmste Gefahr hatten wir hinter uns gelassen und sofort fing mein Gehirn an, Zweifel zu streuen, ob ich das wirklich konnte, ein Baby retten. Aber ich musste die Kleinen zu Smilla bringen, nur dort waren sie in Sicherheit. Ein paar Männer stürzten in die Halle. »Jemand muss oben löschen. Ich …« Meine Stimme war nur noch ein Röcheln.

»Ist gut!« Sie stürmten an mir vorbei die Treppe hoch.

John kam in die Halle gerannt, gefolgt von Marian, Bailey und den anderen. »O Gott, Matt! Hab von unten den Rauch gesehen.« Sein Gesicht war schreckensstarr. »Die Kleinen!«

»Ich hab die Kinder …« Ich hielt ihm Stella entgegen, und er nahm sie in die Arme. Dann knickten meine Beine ein wie Streichhölzer und ich landete auf dem Hosenboden. »Wo ist Smilla?«

Bailey und John beugten sich über mich, redeten auf mich ein. Wie durch einen Nebel nahm ich wahr, dass sie mich unterhakten und aus der Halle führten.

Auf einmal saß ich in der Küche, ohne zu wissen, wie ich dorthin gekommen war. Um mich herum Wortfetzen.

»Feuer ist gelöscht. War nicht so schlimm. Die Vorhänge und der Stubenwagen sind allerdings hin. Ein paar Plüschtiere auch und die Tapete zum Teil.«

Daniel trat hinzu. »Bin zwar Gynäkologe und kein Kinderarzt, aber ich habe meine Arzttasche im Auto und kann die Kinder abhören.« Er, John und Marian gingen mit den Kleinen ins Esszimmer. Kurz darauf kehrten sie zurück.

»Alles bestens. Gut, dass sie so schnell aus dem Zimmer gebracht wurden. Für so empfindliche kleine Lungen ist jede Minute weniger wichtig. Ich kann gerne einen befreundeten Kinderarzt anrufen. Nur zur Sicherheit.«

»Ja, tu das bitte«, sagte Marian.

Wie erstarrt kauerte ich da, während ihre aufgeregten Worte an mir vorbei rauschten.

»Mein Gott, ich bin schuld. Mit meinem Antrag.«

»Nein, ich. Wenn ich mir nicht einen besonders tollen Antrag gewünscht hätte, wäre das alles nicht passiert.«

»Ach was, es ist ganz allein mein Versagen. Die letzte Rakete hätte ich nicht abfeuern sollen. Aber sie lag da und ich wollte dem Ganzen die Krone aufsetzen.«

»Ich habe gar nicht auf Gabriel aufgepasst. Ich dachte, er ist bei Smilla. Und nach Stella hab ich auch nicht geschaut.«

»Und ich habe die Kleinen nicht bei mir gehabt. Dabei bin ich als Nanny verantwortlich für sie.«

»Ich hätte nicht so viel Rotwein trinken sollen, dann wäre mir sofort aufgefallen, dass die Rakete ins Fenster einschlug. Gott, was bin ich für ein Rabenvater.«

Sie trösteten sich gegenseitig und nahmen einander das schlechte Gewissen, verringerten es bei jedem Einzelnen. Wenn Schuld sich auf so viele Schultern verteilte, war sie viel leichter zu ertragen. Nur meine Schuld teilte niemand mit mir. Ich trug sie ganz allein.

Der Druck in meinem Inneren wuchs mit jeder ihrer Äußerungen. Brach sich Bahn in meinem Körper und schoss in meine Augen. Tränen, seit Jahren ungeweint, brannten wie Feuer hinter meinen Lidern und ließen sich nicht länger zurückdrängen. Ich schlug die Hände vors Gesicht.

»O Mann, Matt. Du bist ja völlig fertig. Dabei hast du alles richtig gemacht.« Bailey wuschelte mir aufmunternd durchs Haar.

»Hier, trink.« Mel stellte einen Schnaps vor mir auf den Tisch. »Der Schock setzt mit Verspätung ein.«

»Soll Daniel dich auch untersuchen?« Marian beugte sich zu mir herab und umarmte mich fest. »Oh, Matt, danke.«

»Nein, es geht schon«, presste ich hervor.

Was eben passiert war, hatte einen Riss in meinem Inneren verursacht und all die Gefühle freigesetzt. Schmerz, Schuld, Trauer. Was vor drei Jahren geschehen war, drängte mit aller

Macht an die Oberfläche. Ich wollte nur noch allein sein. Mit Smilla.

Ich tastete nach ihr, sie nahm meine Hand. »Komm mit, Matt. Ich bringe dich nach oben.« Sie wandte sich an John. »Ich bleibe heute Nacht bei ihm. Geht das wegen Stella, John?«

»Ja, sicher, auf jeden Fall«, sagte John.

»Smilla und Matt, hab ich es mir doch gedacht«, murmelte Bailey, als wir die Küche verließen.

»Haben wir das nicht alle?«, antwortete Caspar. »Und wie wunderbar sich das gerade fügt.«

»Ja, so ist es«, sagte Mel.

❄

KAPITEL 40

Smilla

ZUSAMMEN GINGEN wir nach oben in mein Zimmer. Matt befand sich in einem noch schlimmeren Zustand als gestern und kauerte sich wortlos unter die Bettdecke. Was für ein Schock! Haarscharf waren wir an einer schrecklichen Katastrophe vorbei geschrammt und Matt hatte sie verhindert.

»Willst du mir nicht alles sagen, Matt?« Ich setzte mich neben ihn aufs Bett und nahm seine Hand. Mit der anderen strich ich über sein Haar.

»Du musst los«, klang es erstickt.

»Es ist zu spät. Jetzt fährt kein Zug mehr.«

»Lügnerin.«

»Ja. Nein. Es ist wirklich zu spät, ich kann jetzt nicht weg.« Auch wenn ich viel riskierte, wenn ich bei ihm blieb. Ich konnte ihn nicht im Stich lassen, nicht wenn es ihm so schlecht ging.

»Warum fährst du nicht?«

»Ich will bei dir bleiben.«

Er hob die Hand von seinen Augen, sie waren ganz gerötet. »Warum?«

»Weil ich …« Ich nahm meinen ganzen Mut zusammen. »Weil ich dich liebe, Matt. Wir gehören zusammen.«

Seine Stimme wurde fast unhörbar. »Wenn du erfährst, was ich getan habe, wirst du mich nicht mehr lieben.«

Ich schlüpfte unter die Decke und kuschelte mich an ihn. »Das ist Unsinn. Du bist über dich selbst hinausgewachsen und hast die Kleinen aus dem Zimmer gebracht. Das war sehr mutig für jemanden, der Babys nicht gerne anfasst.«

»Ich hatte solche Angst, ich lasse sie fallen.« Unter meiner Hand spürte ich sein Herz rasen, er schnappte nach Luft. »Und da weinte auf einmal Gabriel. Beinahe hätte ich ihn übersehen und dann …«

»Das hast du aber nicht. Du hast das toll gemacht, ich bin so froh darüber. Ich darf gar nicht darüber nachdenken, was alles hätte passieren können.«

»Ja, etwas sehr Schlimmes. Das man nicht einmal aussprechen mag.«

»Und ich bin als Nanny verantwortlich für die beiden. Das hätte ich mir nie verziehen.«

»Ich verzeihe es mir auch nicht.« Ein erstickter Laut.

»Was denn, Matt?«

»Was damals passierte.« Er würgte die Worte hervor, als würde er an ihnen ersticken. »Unser Baby. Ich bin schuld, dass es zu früh auf die Welt kam.«

Vor Schreck zuckte ich zusammen. »Warum bist du schuld? Ich dachte, es war ein Unfall?«

»Ja, schon, aber ich bin verantwortlich dafür, dass Lauren wegrannte.« Er holte tief Luft. »Ich habe sie betrogen und sie hat mich dabei erwischt.«

»O Matt!« Seine Worte ließen mich den Atem anhalten. Daher das alles … Seine Aussage, er hätte mit allem abgeschlossen. Jetzt verstand ich sie.

»Ja. Es klingt nicht nur schrecklich, es war auch schrecklich. Ich denke jeden Tag daran.«

Er klang so verzweifelt und voller Trauer, dass ich noch

näher herrückte und mich an seine Brust schmiegte. »Willst du mir nicht alles erzählen? Bitte, Matt.«

»Ja, gut.« Nach einer langen Pause sprach er weiter. »Früher, als Student, habe ich ganz schön über die Stränge geschlagen, viele Frauen gehabt, heftig getrunken, auch mal gekifft. Aber dann lernte ich Lauren kennen und beendete diese Phase. Ich schwöre dir, ich habe sie nie betrogen. In all den Jahren nicht. Glaubst du mir das?« Er suchte meinen Blick.

»Ja, sicher glaube ich dir.«

»Wir waren sieben Jahre zusammen, bis wir endlich heirateten. Und irgendwie ... Ein Jahr später war die Luft aus unserer Ehe raus. Als sie mir eines Tages sagte, sie hätte mir etwas Wichtiges zu verkünden, dachte ich, sie verlässt mich. Aber dann erzählte sie mir, dass sie schwanger sei. Ich konnte es kaum glauben. Natürlich habe ich mich auch gefreut, ich wollte immer Kinder, aber so insgeheim hatte ich mit unserer Ehe schon abgeschlossen. Es lief nicht mehr viel im Bett, es war geradezu ein Wunder, dass sie schwanger geworden war. Ja, dann wurde mir diese Kollegin aus Frankreich zugeteilt. Zuerst habe ich mich gegen die Anziehung gewehrt, die sie auf mich ausübte, immerhin wurde ich Vater. Ich hätte überglücklich sein müssen, dass wir ein Baby bekamen, doch stattdessen fühlte ich mich einsam und leer. Lauren war ständig unterwegs trotz ihrer Schwangerschaft, fast an jedem Abend hatte sie Geschäftsessen und jedes Wochenende Besprechungen. Ich war immer nur allein zu Hause und wir entfernten uns jeden Tag mehr voneinander.«

Er geriet ins Stocken, dann sprach er weiter. »Schließlich passierte es ... Ich küsste meine Kollegin im Büro und dann, ich weiß bis heute nicht, was in mich fuhr, lag sie plötzlich vor mir auf dem Schreibtisch und ich zog ihr das Höschen aus. Auch wenn es nicht dazu kam ... Ich wollte mit ihr eine schnelle Nummer auf dem Schreibtisch schieben. Ich hatte die Hose schon unten.« Er hielt sich wieder die Augen zu. »O Gott, es war so furchtbar, Smilla.« Er keuchte sekundenlang.

»Und was passierte dann?«

»Die Tür ging auf und meine Frau spazierte herein.«

»O Gott!«

»Ja. Niemals werde ich Laurens erschrockenes Gesicht vergessen. Sie sah mich sekundenlang an, meine Kollegin schrie auf. Von Lauren kam kein Wort, sie schloss leise, fast schon rücksichtsvoll die Tür. Als wollte sie mit allem nichts zu tun haben. Ich war geschockt, es dauerte ein paar Minuten, bis ich mich gefasst hatte und ihr nachrannte. Sie lief vor mir weg, der Unfall passierte. Und jetzt weißt du, warum ich mich von allem ferngehalten habe. Von Sex, Frauen, einer möglichen Beziehung, Familie und Kindern. Weil ich es nicht verdient habe, glücklich zu sein. Ich habe alles zerstört. Ich ganz allein.«

Seine Worte wühlten mich auf und taten mir unsagbar weh. »Es war ein Unfall. Auch wenn sie geschockt darüber war, was sie gesehen hatte. Sie hätte mit dir reden müssen. Warum ist sie nicht geblieben und hat dir eine Szene gemacht? Das hätte doch jede Frau getan?«

»Ach, Smilla, nimm mich nicht in Schutz, das habe ich nicht verdient.«

»Doch, du hast alles verdient. Alles an Liebe. Und du hast es auch verdient, glücklich zu sein!«

»Du scheinst es nicht zu verstehen. Ich wollte sie betrügen, meine schwangere Frau.«

»Ja. Und das war ein Fehler. Aber kein Fehler, dass man sich deswegen sein Leben lang Vorwürfe macht und nie mehr glücklich sein darf.« Immer schneller redete ich auf ihn ein. Er konnte sich doch nicht den Rest seines Lebens dafür bestrafen?

»Doch, das denke ich schon. Immerhin habe ich damit verursacht, dass unser Baby zu früh auf die Welt kam.«

»Aber doch nicht mit Absicht, Matt! Du hast das doch nicht gewollt! Du konntest nicht wissen, was passiert. Sonst hättest du es nicht getan, oder?«

»Nein, natürlich nicht, aber …«

»Was ist mit deiner Frau? Sie kann doch nicht einfach auf die Straße laufen? Und was ist mit dem Autofahrer? Er fuhr bestimmt zu schnell. Er hat auch Schuld!« Ich sprach immer verzweifelter, weil alles an ihm abprallte und er entschlossen war, sich den Rest seines Lebens für das zu bestrafen, was er getan hatte. Und weil das auch bedeutete, dass wir nicht zusammensein konnten. Nicht unbeschwert glücklich, sondern immer mit dieser Hypothek, dass er das alles nicht verdiente. Dieser Gedanke würde alles zerstören. Unsere Beziehung und auch unsere Liebe. Ich brach in Tränen aus.

»Smilla, bitte …«

»Aber ich liebe dich!« Ich warf mich an seinen Hals und klammerte mich an ihn.

»Du liebst mich? Trotz dieser schlimmen Sache?«

»Ja.« Ich weinte hemmungslos und benetzte ihn mit meinen Tränen. »Verstehst du es denn nicht? Du hast heute etwas so Wunderbares getan und dich so großartig verhalten, so mutig und tapfer. Und dafür liebe ich dich. So wie du bist. Mit all deinen Schwächen und Fehlern und auch mit deiner Vergangenheit.«

»Du liebst mich wirklich?«, flüsterte er, als könnte er es nicht glauben.

»Ja, das tue ich. Für alles, was du bist. Und jetzt bestrafst du nicht nur dich dafür, was vor drei Jahren passiert ist. Sondern auch mich. Und uns.«

»Smilla …«

»Denkst du nicht, du hast genug gelitten, in den letzten drei Jahren? Und jetzt soll das so weitergehen, für den Rest deines Lebens. Und auch meines Lebens?«

»Oh, Smilla, ich …«

Jetzt weinten wir beide. »Das ist nicht fair«, schluchzte ich.

»Ja, ich weiß. Es tut mir leid. Das Geschehene hat ein Loch in mein Herz gerissen und ich habe es mit Steinen und Eis gefüllt, aber jetzt … seitdem ich dich kenne, kann ich das nicht mehr.«

»Weil du dich nach Liebe sehnst! Lass es uns mit Liebe

füllen. Bitte, tu es mir zuliebe, wenn du es nicht dir zuliebe tun kannst.« Ich küsste ihn, ein salziger Kuss voller Tränen und Verzweiflung. »Zuliebe. Weißt du, was das bedeutet?«

»Ja, aus Liebe.«

»Liebst du mich?«

»Ja, ich liebe dich. Sehr.«

Ich hielt sein Gesicht in meinen Händen. »Du kannst nicht in die Vergangenheit zurück und sie ändern. Das geht leider nicht. Aber du kannst jetzt alles besser machen. In der Gegenwart und in der Zukunft.«

»Ich habe aber Angst, dass ich wieder etwas falsch mache. Einen schlimmen Fehler begehe.«

»Vielleicht begehe ich einen? Wer kann das schon ausschließen? Wir wollen uns immer alles sagen und ehrlich zueinander sein, dann passieren auch keine Fehler.«

»Glaubst du daran?«

»Ja, ich glaube an uns. Ganz fest. Gibst du uns diese Chance? Bitte, Matt.«

Er stieß einen tiefen Seufzer aus, als wäre eine schwere Last von ihm abgefallen. »Ja.«

»Ja?« Ich umschlang ihn, so fest ich nur konnte. »Ich bin so glücklich, wenn du bei mir bist. Mit dir ist alles viel schöner und leichter. Du weißt, dass ich auch meine Schwächen habe. Ich war viel zu weich, habe mich immer wieder überreden lassen und bin nicht für mich eingetreten. Du machst mich stärker. Wenn du bei mir bist, traue ich mir alles zu.«

»Und du machst mich weicher. Mir selbst und auch anderen gegenüber. Das tut mir gut. Du tust mir gut.«

»Ja. Wir tun uns gegenseitig gut.«

Wir küssten uns wiederum. Ich fühlte seine Hand, die über meine Taille glitt, von dort unter meinen Pulli. Ich berührte seinen Bauch und unsere Küsse wurden drängender. »Ich möchte dir nahe sein. Findest du das unpassend?«

Er schüttelte den Kopf. »Ich möchte dir auch nahe sein. Küss mich, meine Süße.«

Das Schreckliche hinter uns lassen. Das Schöne feiern.

Die Bitterkeit durch die Süße mildern.

Die Tränen mit Küssen trocknen.

Den Schmerz mit Liebe lindern.

Er streifte mir meinen Pulli aus, ich zerrte ihm seinen über den Kopf, gegenseitig zogen wir uns die Hosen aus.

»Die Zukunft beginnt jetzt«, flüsterte ich. »Und morgen früh laufen wir davon.«

»Ja, das tun wir.«

Er hatte mir sein größtes Geheimnis anvertraut. Morgen würde ich ihm meines erzählen. Dass ich die Geliebte eines Mannes gewesen war, den viele Menschen für einen Verbrecher hielten.

So hatte ich noch nie zuvor Liebe gemacht. So sanft und behutsam und voller Zärtlichkeit. Wenn man aufrichtige Nähe zuließ, vergrößerte sie sich mit jedem Kuss. Innige Küsse voller Vertrauen, leidenschaftliche Küsse voller Hingabe. Ich würde ihn niemals fallenlassen und er mich nicht.

Völliges Auflösen ineinander. »Smilla.« Er sagte meinen Namen.

»Camilla, ich heiße Camilla.«

Er lächelte. »Was für ein schöner Name. Und schwedisch.« Das Blau seiner Augen bohrte sich in meine. Immer tiefer war er in mir. Nicht nur unsere Körper waren so eng miteinander verbunden, dass sie zu einem verschmolzen. Auch unsere Herzen und unsere Seelen.

»*Kvinna.*« Er strich über mein Gesicht. »Frau.«

»Ja«, flüsterte ich.

»*Man.*« Er nahm meine Hand und presste sie an seine Wange.

»Mann?«

Er nickte und legte seine Hand auf mein Herz. »*Kärlek.*«

»Brust? Herz?«

»Liebe.«

❄

KAPITEL 41

24. DEZEMBER

Matt

In hellgelben Strahlen fiel die Sonne ins Schlafzimmer und kitzelte mich an der Nase. Es dauerte ein paar Sekunden, bis ich mich sortiert hatte, dann traf mich die Erinnerung an die vergangene Nacht mit voller Wucht. *Sie weiß alles und sie liebt mich trotzdem – mein Herz explodiert vor Glück!* Ich lag hinter ihr, ihr Rücken presste sich an meinen Bauch, meine Hand ruhte auf ihrer Brust.

»Matti«, flüsterte sie im Schlaf.

»Ja, ich bin hier.« Ich schmiegte mich an sie und vergrub meine Nase in ihrem duftenden Haar.

»Letzte Nacht mit dir … Es war wunderbar.«

»Ja, das war es.« Zärtlich küsste ich ihre Schläfe, mein Herz floss über, und ich raunte ihr zu: »Willst du mich heiraten?«

Sie hob ein Augenlid und lächelte. »Ja, ich will.« Dann fiel es wieder zu.

»Oh, wie schön, Liebling. Ich freue mich. Muss nur ein paar Formalitäten erledigen und dann …«

»Ja, ist gut.« Sie nickte.

Wir wollten uns alles sagen, das hatten wir letzte Nacht abgemacht. Es wurde höchste Zeit, dass ich meine Karten auf den Tisch legte, auch wenn sie richtig mies waren.

Mich überfiel das dumpfe Gefühl, dass ich das gestern Abend hätte machen sollen. *Machen müssen!* Aber ich hatte es nicht getan, weil sie so süß zu mir gewesen war, liebevoll und voller Verständnis. Und weil ich alles Hässliche hinter mir lassen wollte. Wenigstens für eine Nacht.

Ich kratzte meinen ganzen Mut zusammen. »Allerdings muss ich dir ein paar winzige Details erläutern. Es könnte sein, dass wir uns in der ersten Zeit nicht so viel sehen.« O Gott, was für eine Beschönigung. Ich würde im Gefängnis sitzen, vielleicht mehrere Jahre lang. Und danach? Hätte ich keinen Job. Als Vorbestrafter würde ich auch keinen mehr bekommen, höchstens noch als Straßenkehrer, als Anwalt auf keinen Fall. Meine Karriere war vorbei, ich war erledigt. Das wollte ich ihr wirklich zumuten? Sie hatte etwas Besseres verdient. Was hatte ich mir nur dabei gedacht, sie zu fragen, ob sie meine Frau werden wollte? Konnte man einen Antrag auch wieder rückgängig machen?

»Oh, warum denn das, Matti?« Sie räkelte sich, dann nahm sie meine Hand und drückte einen Kuss auf die Innenfläche.

Wiederum setzte ich an. »Es gibt ein paar Kleinigkeiten, die ich dir erklären muss. Also, pass auf, Smilla.«

»Du machst es ja spannend.« Sie kicherte in die Kissen. »Musst du beruflich wieder nach Schweden? Ich könnte mitkommen, nein, anders: Ich komme auf jeden Fall mit. Hab nur keinen Pass. Matt, ich muss dir unbedingt etwas sagen …«

»Schweden? Eher schwedische Gardinen«, murmelte ich. *Tu es endlich, Matt! Lass die Hosen herunter.* »Nein, ich muss dir zuerst etwas sagen. Meine Scheidung ist … nun ja, nicht so wirklich offiziell. Vielmehr bin ich …« Ich holte tief Luft, um es auszusprechen: nicht geschieden.

Da erschallte eine weibliche Stimme von unten aus der Halle. »Hallo? Ist denn hier niemand? Wo seid ihr denn alle?« Wer war das? Mel war es nicht, Marian auch nicht. *Die Stimme kenne ich doch! Und sie verheißt nichts Gutes.*

»Schwedische Gardinen? Was bedeutet das?« Mein wunderschöner Engel öffnete die Augen und drehte sich zu mir um. »Deine Scheidung ist was?«

Wieder tönte es aus der Halle: »Hallo?!«

»O Gott! Nein!« Lauren! Mit einem Satz sprang ich aus dem Bett. Sie war gekommen, um ihre Drohung wahrzumachen: mich verhaften zu lassen, im Beisein von Smilla und meiner Familie.

»Wer ist das, Matt?« Smilla bedachte mich mit einem verwunderten Blick. »Leg dich wieder hin. Sollen die anderen sich darum kümmern.«

»Nein, ich muss sofort runter.« Ich schlüpfte in die Boxershorts, griff nach Jeans und Sweater und streifte beides über. Von unten war aufgeregtes Stimmengewirr zu hören. Bailey und ein Mann unterhielten sich. Caspar? Nein, diese Stimme klang anders.

Schritte näherten sich, dann klopfte jemand an. »Matt, kannst du bitte kommen?« John!

»Smilla, ich muss dir ein paar Kleinigkeiten erklären«, wiederholte ich nun schon zum dritten Mal. Vorsorglich bewegte ich die Hände auf und ab, um sie zu beschwichtigen. »Aber flipp bitte nicht aus, denn es ist …« Nicht so, wie es aussieht? Doch, und zwar ein riesengroßer Schlamassel. Bullshit hoch zehn! »Ein wenig kompliziert.«

»Was gibt es denn? Klingt ja ganz schön geheimnisvoll.« Sie gähnte und fuhr sich durch ihre verwuschelte blonde Mähne. »Matt, ich wollte dir endlich sagen, mit wem ich zusammen war. Sein Name …«

Wiederum ein Klopfen. »Matt?« Johns Stimme klang drängender.

Ich antwortete ihm nicht. »Nein, warte, Smilla, die Sache

ist folgendermaßen. Ich und meine Frau, nein, anders. Meine Frau und ich …«

»Exfrau«, murmelte sie.

»Hm, also genau genommen ist sie nicht so wirklich …«

Da öffnete sich langsam die Tür. »Sorry, ihr beiden, ich schaue auch nicht hin.« Johns Kopf tauchte im Türrahmen auf, er hielt sich die Augen zu. »Ich störe euch nur ungern, aber unten wartet Lauren mit einem jungen Typen. Sie sagt, es ist dringend. Das Baby kommt. Früher als erwartet.«

»Das Baby?« Mir gefror das Blut in den Adern. »Was denn für ein Baby?«

Smilla setzte sich ruckartig im Bett auf. »Ein Baby?«

»Äh, ich weiß jetzt nicht so genau Bescheid, Matt.« John machte ein peinlich berührtes Gesicht und linste mit einem Auge in meine Richtung. »Korrigier mich bitte, wenn ich falsch liege, aber da sie deine Frau ist, wie sie behauptet … Na ja, da wird es wohl auch dein Baby sein?« Er hüstelte verlegen.

Smilla stieß einen schrillen Schrei aus. Wie eine Rakete schoss sie aus dem Bett und riss die Bettdecke mit sich. »Deine Frau und dein Baby?!«

»Ich, äh … nein! Das eine stimmt mit Sicherheit nicht. Und das andere kann ich dir erklären. So irgendwie.«

»Tut mir leid, Matt«, sagte John betreten. »Wenn es nicht so dringend wäre, hätte ich euch das lieber erspart. Du musst sofort runter kommen. Du bist nicht zufällig auch Hebamme, Smilla? Sieht aus, als hätte es jemand sehr eilig.« Er zog die Tür wieder zu.

»Deine Frau!«, flüsterte sie.

»O Süße, bitte glaub mir. Ich wollte es dir gerade sagen, eben in diesem Moment. Ich schwöre es!« Mein Herz pumpte literweise Adrenalin durch meine Blutbahn. Lauren war schwanger? Warum wusste ich das nicht?

Geschockt sah Smilla mich an, einen Ausdruck abgrundtiefer Enttäuschung auf dem Gesicht, dann riss sie sich aus ihrer Erstarrung und schlüpfte in fliegender Hast in Jeans und

Pulli. »Spar dir deine Erklärungen. Hast du sonst noch ein paar Überraschungen für mich?«

Schimpf und Schande in sämtlichen Zeitungen des Landes? Ein jahrelanger Aufenthalt in einer schmuddeligen Gefängniszelle. Von anderen Gefangenen durchs halbe Gefängnis gejagt, weil ich einige von ihnen persönlich eingelocht hatte? »Ich befürchte, ja. Und es sind keine schönen.«

Sie sendete mir einen brennenden Blick, der mich bis ins Mark versengte. »Will ich alles nicht hören. Elender Mistkerl!« Sie rannte aus dem Zimmer. Kurz blieb ich geschockt stehen, dann rannte ich hinterher.

»Smilla, jetzt warte doch bitte!«

Wir stürzten nacheinander auf die Galerie. Tatsächlich warteten Lauren und ihr Freund unten in der Halle. Dort hatten sich bereits alle versammelt und schauten mit erstaunten Gesichtern zu uns hoch.

»Smilla, bitte!« Ich griff nach ihrer Hand, aber sie ließ es nicht zu.

»Nein, lass mich los!«

Ich wollte sie festhalten, um sie zu beruhigen. Wir rangen miteinander, doch sie entwand sich mir und lief flink die Stufen hinab. Wütend zischte sie mich an: »Fass mich bloß nicht an, Matt!« Abwehrend streckte sie die Arme aus, die Augen stählern vor Zorn.

»Ah, endlich, Matt«, stöhnte Lauren. »Das wurde auch höchste Zeit.«

»Wie kannst du schwanger sein?« Verstört deutete ich auf ihren kugelrunden Bauch, der die Ausmaße einer Wassermelone besaß. »Ich sehe dich alle paar Wochen im Büro. Wo kommt dieser Bauch plötzlich her?«

»Na ja, das war ich.« Ihr Freund Thomas trat neben sie und legte den Arm um sie. »Wir leben seit einem Jahr zusammen. Schon vergessen?«

»O Gott, danke! Halleluja!« Vor Freude über sein klares Statement riss ich jubelnd die Arme in die Höhe. Smilla würde ein bisschen weniger wütend auf mich sein. Hoffentlich. »Glaubst du mir jetzt, Smilla? Ich war es nicht!«

»Nein? Wirklich nicht?« Zweifelnd sah sie von mir zu Lauren, die ihr zunickte.

»Ich schwöre es!«

»Aber sie ist deine Frau!« Ihre Lippen bebten, sie kämpfte dagegen an, in Tränen auszubrechen. »Ihr seid verheiratet, aber du hast gesagt …«

»Ja, schon, aber …« Ich druckste herum. Warum hatte ich mich nicht scheiden lassen?! Ich könnte mir gerade in den Hintern beißen.

»Hoffentlich nicht mehr lange, Matt.« Lauren ließ sich auf den Stuhl fallen, den Mel für sie gebracht hatte und ihr zurecht schob. »Danke, Mel.« Sie wischte sich übers Gesicht und holte tief Luft. »Ich bin mit den Kräften am Ende. Nicht nur, dass ich hochschwanger durch Schnee und Eis zu dir kommen muss, ausgerechnet heute. Am Heiligabend.« Ihre Lippen bebten, ihre Stimme wurde dünn. »Was muss ich noch alles tun, damit du dich endlich von mir scheiden lässt?«

Ein lautes Raunen ging durch die Halle.

»Äh, nichts.« Betreten sah ich zu Boden. Hätte ich das alles bloß früher geklärt, aber meine Reue kam zu spät.

»Es stimmt also, du bist überhaupt nicht geschieden? Und du willst auch nicht geschieden werden? Liebst du sie noch? Ist es deshalb?« Smillas Stimme zitterte, dann schluchzte sie auf. »Ja, warum auch sonst?«

»Also das Ganze ist ein wenig kompliziert. Wir haben darüber gesprochen, Smilla. Es geht um Schuld und um die Vergangenheit, die man nicht loslassen kann. Ich habe versucht, dir alles zu erklären. Aber …« Was für ein Müll. Ich hatte sie angelogen, nicht mehr und nicht weniger.

Smilla sank wie ein Häufchen Elend auf der Treppe in sich zusammen. In einer verzweifelten Geste schlug sie die Hände vors Gesicht und weinte hemmungslos. Mit jeder Sekunde fühlte ich mich schrecklicher.

»Scheiße, Matt. Was tust du mit dem armen Mädchen?«

Bailey stemmte erbost beide Hände in die Hüften. »Schau sie dir an, sie weint!« Ja, das sah ich doch! Und es zerriss mir das Herz.

»Was soll das, Matt?« John schüttelte den Kopf. »Du verhinderst die Scheidung und uns erzählst du etwas ganz anderes? Das verstehe nicht einmal ich!«

»Ja, Matt. Ich hoffe, du hast eine gute Erklärung.« Selbst Marian war sauer.

»Du hast Smilla die ganze Zeit etwas vorgemacht? Nicht nett«, murmelte Mel. »So ganz glauben kann ich das allerdings nicht.«

»Da predige ich euch seit dreißig Jahren unablässig Gentleman-Benehmen, und so etwas kommt dabei heraus?« Caspar zeigte auf Lauren, auf mich und auf Smilla. »Mir scheint, ich habe gründlich versagt.«

Wie die Inquisition standen sie vor mir. Gleichgültig, wie ich mich zu ihren Vorwürfen äußerte, es würde nicht überzeugend klingen.

»Ich will dich nie mehr wiedersehen, du elender Lügner.« Smilla hielt sich weinend die Augen zu.

In mir brach alles zusammen. »Das ist vermutlich das Beste, ich lande eh bald im Gefängnis.«

»Gefängnis?« Ihr Kopf ruckte hoch.

»Ja. Wobei ich unschuldig bin, aber das wird mir niemand glauben.«

»Äh, was ich mich die ganze Zeit frage … Wo ist denn dein schwedischer Akzent geblieben?« Mel sah fragend von mir zu Smilla.

»Schwedischer Akzent?« Lauren sprach mit müder Stimme. »Wo soll der herkommen, sie ist keine Schwedin. Denn was ich mich die ganze Zeit frage, nicht, dass es mich etwas anginge, was hat ein Staatsanwalt mit der Geliebten von Arkady Smirnov zu schaffen?«

Smilla wurde kreidebleich und klammerte sich an der Stufe fest. »Du bist Staatsanwalt?«

»Du bist die Geliebte von Smirnov?«, gab ich perplex

zurück. Und da vervollständigte sich meine Erinnerung. *Ihr Gesicht in der Menge.* Aufgrund eines anonymen Tipps hatten wir in einem von Smirnovs Clubs eine Durchsuchung vorgenommen und bergeweise Akten beschlagnahmt. Natürlich ohne Ergebnis, er war einfach zu clever. An diesem Abend feierte er seinen Geburtstag in der VIP-Lounge des Clubs und hielt diese Frau in seinem Arm. Mein Kollege Bob musste seine Stimme gegen die laute Musik erheben. *»Das ist seine Geliebte. Bildschön, oder? Sie tritt nur selten in der Öffentlichkeit auf, er soll tierisch eifersüchtig sein, aber heute hat er sie mitgebracht. Ich könnte sie stundenlang anschauen.«*

Smilla schluckte hörbar. »Ex-Geliebte«, flüsterte sie.

»Tja, und ich bin demnächst Ex-Staatsanwalt. Bitte, Smilla, lass dir erklären …«

»Nein!« Sie schüttelte den Kopf, sprang auf. Wie der Blitz rannte sie quer durch die Halle, riss die Eingangstür auf und verschwand. Ein eisiger Wind blies herein. Sie war einfach in den Schnee gerannt? Auf Socken?

Fassungslos sah ich ihr hinterher. »Wo will sie denn hin? Sie hat nicht einmal Schuhe an.«

»Du hast gewusst, dass sie keine Schwedin ist?«, kombinierte John ziemlich schlau.

»Ja, sicher. Von Anfang an.«

»Scheiße, Matt, was geht hier vor? Wer ist dieser Smirnov?« Bailey traf mit seiner Frage einen wichtigen Punkt: jemand, mit dem nicht zu spaßen war. Jetzt verstand ich auch ihre Angst. Leider zu spät.

»Jemand, der gefährlich ist. Ich erkläre es euch später.« Im Nu durchquerte ich die Halle und steuerte auf die Tür zu. »Wenn ich mich beeile, erwische ich sie noch. Muss sofort hinterher!«

»Nein, hiergeblieben! Zuerst klären wir etwas anderes.« Thomas trat dazwischen und knallte die Tür vor meiner Nase zu. Entschlossen packte er mich am Arm und schleifte mich wieder in die Mitte der Halle. »Ich habe endgültig die Nase voll von dir, Christmas! Ich bin dieses Theater mit dir so leid, das kannst du dir nicht vorstellen. Lass dich endlich von ihr scheiden, damit ich sie heiraten kann!« Er packte fester zu, als ich es ihm zugetraut hatte.

»Theater? Soll das ein Witz sein?« Ich deutete auf Lauren, die wie die personifizierte Unschuld dort saß und sich nicht einmal entschuldigte für den Terror, den sie mit mir veranstaltet hatte. »Sie hat mich ruiniert und jetzt ist auch noch mein Mädchen weg!« Letzteres war viel schlimmer als meine zerstörte Karriere.

»Puh, es sind zum Glück nur Senkwehen. Geburtstermin ist erst in sechs Wochen.« Lauren hielt sich den Bauch und wischte sich den Schweiß von der Stirn. »Ganz schön heftig. Bitte hör auf, mich so zu stressen, Matt. Ich bin hochschwanger, nimm mal ein wenig Rücksicht!«

»Ich? Dich stressen? Das sagst ausgerechnet du?« Ich stieß ein künstliches Lachen aus. »Smilla ist weg!« Mir wurde schlecht vor Angst. Wie sollte ich das wiedergutmachen? Ich hatte sie angelogen und sie damit tief verletzt.

»Oh, Matt.« Lauren seufzte schwer. »Ich kenne dich so gut. Du überlegst, ob du die Beziehung zu ihr lieber beendest, um deine Karriere nicht zu gefährden. In der Hinsicht kann ich dich beruhigen, Smirnov wird nicht länger überwacht, er ist vom Schirm. Sie werden nie etwas bei ihm finden. Vermutlich ist er wirklich unschuldig.«

»Wie kannst du so etwas sagen?« Ich fuhr sie an. »Du weißt nicht, was ich für sie empfinde. Ich liebe sie! Außerdem welche Karriere denn? Die hast du doch erfolgreich zerstört mit deinen Intrigen. Wann kommen sie, um mich abzuholen? Ich höre gar keine Polizeisirenen.« Mein hysterisches Lachen schallte durch die Halle.

»O Gott, jetzt dreht er völlig durch.« Bailey rollte vielsagend die Augen.

Mel trat neben mich und legte die Hand auf meinen Arm. »Willst du vielleicht einen Tee, Matt? Zur Beruhigung?«

Ich schüttelte stumm den Kopf, während meine Gedanken sich nur um Smilla drehten. Wo war sie hingelaufen? Wenn

Smirnov wirklich unterwegs zu ihr war ... Jemand wie er besaß die finanziellen Mittel, einen Menschen verschwinden zu lassen und in einem goldenen Käfig festzuhalten. Skrupel besaß dieser Mann auf jeden Fall keine.

»Das klingt alles verzwickt. Lasst uns das in der Küche klären, bisschen ungemütlich hier, oder?« Caspar ging voraus und wir folgten ihm.

Nachdem alle außer mir Platz genommen hatten, denn ich lief ruhelos auf und ab, fragte Bailey: »Wer holt dich jetzt ab, Matt? Hab ich nicht verstanden.«

»Die Polizei! Wer denn sonst?!«

Lauren stöhnte und hielt sich wieder den Bauch. »Niemand kommt, Matt. Erzähl es ihm bitte, Thomas.«

»Sicher, Schatz. Pass auf, Christmas: Alles war nur ein Fake.« Ein Lächeln trat auf sein Gesicht, dann fasste er besorgt nach Laurens Hand. »Geht es, Liebling? Sollen wir lieber ins Krankenhaus fahren?«

Ich stoppte meine Lauferei. »Ein Fake? Was meinst du damit?«

»Die E-Mails, die Antworten. Einfach alles.« Er nickte mir zu. »Es wurden niemals Infos weitergegeben. Du hast überhaupt keine Mails von deinen Vorgesetzten bekommen. Wenn du ihnen geantwortet hast, ging die Nachricht nur an ihre gespiegelten E-Mail-Adressen raus. Es gibt keinen Untersuchungsausschuss und auch kein Disziplinarverfahren.«

»Alles war gefälscht? Wer hat das getan?«

»Ich. IT-Experte, sagt dir das etwas?« Er sah ein wenig stolz aus.

Ich konnte es nicht fassen. »Meine Karriere ist nicht beendet? Ich komme überhaupt nicht ins Gefängnis?«

»Nein, ist sie nicht. Nein, auch das nicht.«

»Aber ich habe Stone angerufen, ihn angeschrien und beschimpft.« Mit einem Stöhnen ließ ich mich auf den erstbesten Stuhl fallen.

»O Gott, Matt. Warum hast du das denn getan?« Lauren machte ein entsetztes Gesicht.

»Keine Ahnung. Bin irgendwie explodiert.« Beinahe hätte ich laut gelacht über diese Ironie. Kein Wunder, dass er nichts verstanden hatte. »Warum betreibst du diesen ganzen Aufwand? Ach so, ich verstehe. Damit …«

»Ja! Damit du dich endlich scheiden lässt! Wir wollten heiraten, bevor das Baby kommt!«

»O Gott!« Ich stöhnte dumpf auf. »Hättest du mir das nicht einfach sagen können?«

Sie stieß ein gequältes Lachen aus. »Sicher. Wie denn? Du hast seit Wochen meine Nummer blockiert.«

»Aber warum lässt du dich denn nicht scheiden, Matt? Sorry, ich verstehe es nicht.« John trat neben mich und legte mir die Hand auf die Schulter. Es fühlte sich tröstlich an.

»Ich konnte das alles nicht hinter mir lassen. Unsere Ehe nicht und auch nicht die Vergangenheit.« Ich holte tief Luft, um es endlich auszusprechen. »Ich bin schuld daran, dass vor drei Jahren unser Baby starb. Als Frühchen.«

Ein geschocktes Schweigen trat ein.

»Nein, bist du nicht«, sagte Lauren endlich. »Wir beide sind schuld.«

»Ich allein trage die Verantwortung dafür«, murmelte ich dumpf. »Denn ich wollte eine Affäre mit meiner Kollegin beginnen, und du hast mich in flagranti erwischt, als ich sie im Büro küsste. Und deshalb bist du …« Ich starrte auf den Tisch, um das Entsetzen in ihren Gesichtern nicht sehen zu müssen.

»Ja, ich bin kopflos über die Straße gerannt und das Auto konnte nicht mehr rechtzeitig stoppen. Aber Matt, ich hätte besser aufpassen müssen. Außerdem …« Sie zögerte.

Ich hob den Kopf. »Was noch?«

»Du musst es ihm endlich sagen, Lauren. Tu es, auch für mich. Für uns. Streich mich nicht länger aus der Vergangenheit heraus, bitte!« Thomas sah sie beschwörend an und nahm ihre Hand.

»Also gut.« Sie atmete tief ein, dann stieß sie hervor: »Ich hatte damals schon eine Affäre mit Thomas. So, jetzt ist es raus. Ich lernte ihn kennen, kurz nachdem ich schwanger wurde. Anfangs gingen wir nur ein paar Mal miteinander Essen, denn ich wollte das alles nicht, ich schwöre es dir, Matt. Ich habe mich dagegen gewehrt, aber wir kamen uns trotzdem näher. Und dann haben wir uns geküsst.« Sie stockte, dann sprach sie weiter. »Es gab keine gemeinsame Zukunft für uns, immerhin war ich verheiratet, und ich fühlte mich mies wegen dieser Sache. Ein paar Tage vor dem Unfall hatte ich mich von Thomas getrennt, schweren Herzens, aber ich wollte unserer Ehe noch eine letzte Chance geben. Aber als ich dich sah, wie du deine Kollegin geküsst hast, wusste ich: Es war ein schrecklicher Fehler. Ich hätte mich niemals von Thomas trennen sollen, sondern von dir. Denn mich ließ das alles kalt, es berührte mich kein bisschen. Unsere Ehe war längst vorbei, das verstand ich in diesem Moment. Was mir wirklich wehtat, war die Trennung von Thomas. Darum bin ich weggelaufen und über die Straße gerannt. Nicht wegen dir, Matt.« Sie umklammerte hilfesuchend Thomas Arm.

»Sag es ihm, bitte«, drängte Thomas.

Ihre Stimme zitterte. »Ich … ich wollte schnell zum Flughafen. Denn Thomas hatte Hals über Kopf ein Jobangebot in den USA angenommen, um über mich hinwegzukommen. Ich wusste, wann sein Flug startete, und er war bereits auf dem Weg zum Gate. Ich wollte ihn unbedingt aufhalten, damit er bei mir blieb. Ja, und dann passierte der Unfall.«

Sprachlos schüttelte ich den Kopf. Es war alles anders gewesen?

»Ich lag dann im Krankenhaus und konnte ihn nicht erreichen.« Sie weinte leise, er legte den Arm um sie und strich über ihr Haar. »Erst ein Jahr später haben wir uns wiedergesehen, und da war ich bereits zu Hause ausgezogen. Also erzähl mir nichts von deinen Schuldgefühlen, Matt. Meine sind viel schlimmer, denn ich habe das alles verursacht.«

»Damals schon eine Affäre?«, brachte ich mühsam hervor.

»Ja. Wir haben uns auseinandergelebt, und ich habe mich in ihn verliebt. Also sag nicht, dass es allein deine Schuld war.

Es war genau so gut meine. Und wenn jemand mit Schuldgefühlen zu kämpfen hat, dann ich. Hätte ich mich damals von dir getrennt, als das mit Thomas begann, dann wäre das alles nicht passiert. Und dann wäre das Baby …« Sie kämpfte mit den Tränen.

»Oh, Lauren.« Ich ging zu ihr und nahm sie in die Arme. »Es tut mir so leid. Wenn ich das doch nur früher gewusst hätte. Warum hast du mir das nicht erzählt?«

»Ich hab mich so geschämt«, flüsterte sie. »Was passierte, kam mir wie eine Strafe vor. Das habe ich die ganze Zeit gedacht. Ich konnte mit niemandem darüber sprechen. Es war zu schlimm.«

»Es war ein Unfall, Lauren. Niemand kann etwas dafür.«

»Denkst du das wirklich?«

»Ja, das denke ich. Eine Verkettung unglücklicher Ereignisse.«

»Ich fühle mich ebenso schuldig«, sagte Thomas. »Ich habe Lauren unter Druck gesetzt, indem ich England verließ. Natürlich habe ich mir gewünscht, dass sie sich für mich entscheidet und dass sie mir irgendwann folgt. Aber dass es zu diesem Unglück kommt, konnte ich doch nicht ahnen.«

Eine Weile trat Stille ein, nur Laurens leises Weinen war zu hören, dann flüsterte Mel: »Was für eine schlimme Geschichte. Ihr tut mir alle so leid.«

Caspar räusperte sich. »Da schließe ich mich an. Wir haben alle schon Fehler begangen, mit mehr oder weniger schweren Konsequenzen. Man muss sich seinem Versagen stellen, es ertragen und trotzdem weitermachen, was die schwierigste Aufgabe überhaupt sein kann. Man ist mehr als dieser eine Fehler, auch wenn er schwerwiegend war. Wenn er zu etwas nützlich sein kann, dann dafür, dass man Folgendes erkennt: Man trägt die Verantwortung dafür, dass man weiterhin das Gute sucht, in sich selbst und in anderen. Das ist nicht leicht, aber eine andere Alternative gibt es schlichtweg nicht. Sich selbst zu verzeihen, dafür dass man menschlich ist, mit all seinen Schwächen, Fehlern oder seinem

Scheitern, ist das Schwierigste überhaupt. Unsere dunkelsten Stunden dürfen uns nicht in die Knie zwingen und in einen Abgrund führen. Sondern wir müssen sie mit Würde tragen und sie als Antrieb dafür nehmen, unser Bestes zu geben und nach dem Licht zu streben. Nach Liebe, Wahrheit und Schönheit. An jedem neuen Tag.«

»Ich hätte es nicht annähernd so gut ausdrücken können«, sagte John.

»Ja, wirklich schön gesagt, Caspar.« Bailey nickte ihm zu.

»Wo sind die Papiere? Ich will unterschreiben.«

»Hier.« Thomas klappte eine Mappe auf und hielt sie mir unter die Nase. »Alles in vierfacher Ausführung, gleichzeitig die Zusicherung, dass du nicht der Vater des Ungeborenen bist. Sonst geht der ganze Stress wieder von vorne los. Hier, hier und hier.« Er tippte auf ein paar Stellen und drückte mir einen Stift in die Hand. Ich setzte meine Unterschriften darunter. *Jetzt bin ich es endlich. Geschieden.*

Mit einem Kopfschütteln sagte ich zu ihm: »Gespiegelte E-Mail-Adressen, ich glaube es nicht. Ich hab dich wohl ziemlich unterschätzt.«

»Ich weiß, das passiert mir öfter.« Er grinste.

»Pass gut auf sie auf.«

»Was sonst, Christmas? Ich liebe sie.«

»Viel Glück euch beiden.« Mein Blick fiel auf Laurens Bauch. »Euch dreien.«

»Bist du mir böse, Matt?«, fragte sie. »Ich habe dich ganz schön drangsaliert in den letzten Tagen. Es tut mir leid.«

Ich atmete tief durch. Einmal Hölle und zurück, so lautete die Kurzzusammenfassung der vergangenen Tage. Doch der Druck, unter den sie mich gesetzt hatte, brachte etwas Wertvolles hervor. »Nein, bin ich nicht. Du hast mir gewaltig Feuer unter dem Hintern gemacht, aber es bewirkte auch etwas Gutes.«

»Wirklich?« Sie sah mich fragend an.

»Ja. Ich habe erkannt, was mir wirklich wichtig ist. Und das ist nicht mein Job. Sondern Smilla.«

Kurz drauf verabschiedeten sie sich, um einen Abstecher ins nächste Krankenhaus einzulegen. Nicht, dass es sich doch um echte Wehen handelte.

Als die Tür sich hinter ihnen schloss, stand ich sekundenlang wie erstarrt da. Wenn Schuld sich auf mehrere Schultern verteilte, blieb für jeden Einzelnen eine kleinere Last zu tragen.

Dass sie damals eine Affäre miteinander gehabt hatten, erleichterte mich. Natürlich war ich nicht glücklich darüber, dass Lauren mich betrogen hatte, und mein schwerer Fehler wurde damit nicht ausradiert. Aber jetzt wusste ich, dass ich mir meine Einsamkeit in dieser Ehe nicht eingebildet hatte. Ich hatte mich verloren gefühlt, genau wie sie. Dass sie zum Flughafen wollte und nicht in Panik vor mir davongelaufen war, als wäre ich ein Monster, machte das Ganze ein wenig erträglicher für mich. Das Geschehene verlor nicht seine Tragik, aber ich war einer von drei Menschen, die sich falsch verhalten hatten – und nicht länger der Einzige.

Eine Hand legte sich auf meine Schulter und riss mich aus meinen Gedanken. »Matt, das ist bestimmt eine schwierige Situation für dich.« Caspar stand hinter mir. »Aber was hast du in Bezug auf Smilla vor?«

»Ich muss ihr hinterher!« Zögernd fügte ich hinzu: »Sie ist nicht nur wegen mir weggelaufen. Wir wollten uns letzte Nacht davonstehlen und untertauchen, wir hatten die Taschen schon gepackt. Aber dann geschah der Zwischenfall mit dem Feuer und wir konnten nicht weg … Sie hat Angst, dass Smirnov sie in der Homestory gesehen hat und auf dem Weg hierher ist, um sie zurückzuholen.«

»Mein Gott, die Homestory ist schuld!« Marian schlug die Hand vor den Mund und schluchzte auf. Lähmendes Entsetzen legte sich über alle.

❄

KAPITEL 42

Smilla

SCHLUCHZEND STÜRMTE ich aus der Halle und rannte geradewegs über die dicht verschneiten Wiesen davon. Weg, einfach nur weg! Matt hatte mich angelogen, er war überhaupt nicht geschieden und arbeitete ausgerechnet als Staatsanwalt?! Vor Schreck war ich fast die Treppe hinuntergefallen. Jetzt wussten alle, dass ich sie angelogen hatte und weder eine Schwedin noch eine Nanny war. Vor ihren entsetzten Gesichtern lief ich auch davon.

Immer schneller flogen meine Füße über den knirschenden Schnee, ich spürte die Kälte nicht einmal. Minutenlang rannte ich weiter, bis meine Füße wehtaten, zuerst an den Knöcheln, wo die teilweise harschigen Schneeplatten in meine Haut schnitten, dann vor Kälte. Auf Socken in den Tiefschnee zu laufen … Nicht meine beste Idee. Doch ich hielt trotzdem nicht an, falls Matt mich verfolgte. Aber das tat er nicht einmal! Vor lauter Weinen bekam ich Seitenstechen und trudelte mit letzter Kraft auf die Ausläufer eines Wäldchens zu. Der Waldboden tat meinen Füßen gut, denn zwischen den Bäumen lag weniger Schnee. Nicht weit von hier musste die

Straße verlaufen, die nach Wingham führte, und somit auch der Fluss.

Eine Weile irrte ich ziellos umher. Was sollte ich tun? Meine Lage war aussichtslos. Zurück nach Snowhill konnte ich nicht, auf Socken zu fliehen war schier unmöglich, doch ich musste dringend hier weg. Es war nur eine Frage von Stunden, bis Arkady mich holen kam.

Da tauchte zwischen den Bäumen eine kleine Hütte auf, vermutlich ein Unterschlupf für Förster oder Wildhüter. Die aus Brettern grob zusammengebaute Tür war mit einem Vorhängeschloss gesichert, und ich schlug mit einem Stein so lange dagegen, bis es zerbrach. Bibbernd vor Kälte trat ich in die Hütte ein, die nicht besonders komfortabel eingerichtet war. Einen Raum mit Tisch, Klappbett und Ofen, mehr gab es nicht. Die Temperatur drinnen entsprach fast der Außentemperatur, aber wenigstens besaß die Hütte einen trockenen und somit schneefreien Boden. Gut für meine Füße.

Auf der Suche nach etwas Brauchbarem schweiften meine Blicke durch den Raum. An einem Haken hingen mehrere karierte Holzfällerjacken, die sauber aussahen und ich zog sie alle übereinander an. Auf dem Klappbett in der Ecke lag eine zusammengefaltete Decke, die ich mir zusätzlich umhängte. Nur für meine Füße fand ich nichts. Ich spürte sie kaum noch. Kein gutes Zeichen. Zuerst zögerte ich, aber dann zündete ich in dem gusseisernen Ofen ein Feuer an. Nur für ein paar Minuten. Was nützte es mir, wenn ich mich verstecken konnte, aber meine Füße erfroren? Unablässig rannen die Tränen über mein Gesicht, als ich mich aufs Bett setzte und die Füße an den bullernden Ofen hielt. Mein neues Leben. Meine Zukunftspläne. Alles vorbei.

Bei John, Marian und den anderen konnte ich mich nie wieder blicken lassen, bestimmt waren sie total sauer. Und Matt … Hätte ich ihm nur vorher Arkadys Namen genannt. Das wollte ich heute Morgen, aber es kam nicht mehr dazu. Als er ihn hörte, wurde er kreidebleich und erinnerte sich daran, dass wir uns schon einmal gesehen hatten. Ich las es von seinem Gesicht ab. Vor fast einem Jahr, als sich im Club unsere Blicke über den ganzen Raum trafen und ich mir für einen Sekundenbruchteil wünschte, ich wäre die Frau an der Seite dieses gut aussehenden Fremden. Und ich könnte mit ihm weggehen, dorthin, wo mich niemand kannte. Aber weder damals noch heute würde mein Wunsch in Erfüllung gehen.

Zumindest war Matts Frau nicht von ihm schwanger, sondern von ihrem Freund. Aber alles andere war gelogen? Auch Matts Liebe? Nein, das glaubte ich nicht, obwohl die Enttäuschung tief in mir brannte. In der vergangenen Nacht hatte ich seine Liebe gespürt, sie war echt. Jeden Tag hatte er mir ein Stück mehr vertraut und mir schließlich sein schlimmstes Geheimnis anvertraut, während ich ihm nicht einmal Arkadys Namen preisgab. Er wollte mir heute Morgen erzählen, dass er verheiratet war. Mit einem Mal war ich mir ganz sicher.

Was hatte er damit gemeint, dass er ins Gefängnis musste? Wie schrecklich! Warum bloß? Ob es mit seinem Job zusammenhing? Auch darüber hatte er mit mir nicht gesprochen. Heimlichkeiten, auf beiden Seiten. Aber ich war der größere Feigling von uns beiden.

Alles schlug über mir zusammen und ich fiel entmutigt auf das Klappbett. Arkady würde niemals aufgeben und mich in Ruhe lassen. Beim Hinsetzen fühlte ich das Handy, das noch von gestern in der Hosentasche steckte. Ich nahm es hervor, fühlte mich klein und schwach. Am besten sollte ich ihn anrufen und mich von ihm abholen lassen, dann hätte ich es wenigstens hinter mir. Doch dann dachte ich an Matt, den ich nie mehr wiedersehen würde. Und die Babys auch nicht. Dabei liebte ich meine kleinen Schnuffel über alles. Und alle anderen in Snowhill würde ich auch nie mehr sehen. Ich schlug die Hände vors Gesicht und weinte, bis keine Tränen mehr kamen.

Vielleicht gab es doch eine Lösung? Als Staatsanwalt könnte Matt mir vielleicht dabei helfen, in ein Zeugenschutzprogramm aufgenommen zu werden und unterzutauchen?

Aber dann fiel mir ein, dass Arkady niemals etwas Illegales getan hatte, zumindest nicht vor meinen Augen. Was hinter meinem Rücken ablief, konnte ich natürlich nicht ahnen. Somit war ich wertlos für die Polizei, ich könnte ihnen keinerlei Informationen anbieten. Ja, er hatte mich unterdrückt und mir nicht erlaubt, seine Villa zu verlassen, aber dafür würde ihn kein Richter der Welt verurteilen oder ins Gefängnis bringen. Denn ich hatte niemals versucht, die Polizei zu alarmieren, ich ließ mir alles gefallen und blieb bei ihm, allenfalls nahm ich ein paar halbherzige Fluchtversuche vor.

Und wenn er den Menschen etwas Böses zufügte, die mir zu einer Familie geworden waren?

Es gab nur einen Weg: Ich musste einen möglichst großen Abstand zu Matt und Familie Christmas einlegen, damit ihnen nichts geschah. Ich würde alles hinter mir lassen und irgendwo untertauchen, doch zuvor musste ich in Snowhill meine Sachen mitnehmen, vor allem meine Winterstiefel. Ohne sie kam ich nicht weit.

Ich entdeckte ein paar alte Handtücher und riss sie in Fetzen, dann wickelte ich sie um meine Füße und sicherte die Fetzen mit einem Haargummi. Vielleicht sollte ich Matt in Snowhill einen Abschiedsbrief schreiben? Wenigstens ein paar Zeilen, in denen ich ihm mitteilte, dass ich ihn liebte. Und dass ich verstand, dass er mit der Verweigerung seiner Scheidung an der Vergangenheit festhielt, die für ihn so schmerzlich war.

Ob mir wohl Zeit dafür blieb? Bestimmt rechneten sie nicht damit, dass ich zurückkehrte. Sie durften mich nicht festhalten, ich hatte nichts Böses getan! Es gab nur einen Menschen, der mich an sich gekettet und festgehalten hatte.

Mittlerweile war es Abend geworden und ich trat im Schutz der Dunkelheit aus der Hütte. Tausend Gedanken schwirrten durch meinen Kopf. Wie käme ich unbeobachtet in mein Zimmer? Auf keinen Fall durfte ich durch die Halle gehen, die Gefahr dort erwischt zu werden, war viel zu groß. Dumm nur, dass der einzige Weg nach oben durch die Halle führte. Wenn sie alle beim Abendessen saßen, hatte ich vielleicht eine Chance. Oder ich könnte durch das zerbrochene Fenster in Stellas Zimmer einsteigen? Wenn ich mich die Regenrinne hoch hangelte und die Plastikplane aufriss, die Bailey provisorisch angebracht hatte, könnte es klappen.

Die Luft war kühl und klar, es roch nach Schnee und Tannennadeln. Ein fahlgelber Mond war aufgegangen, ein paar trübe Sterne blinkten am Abendhimmel. Heiligabend. Und ich musste mich im Wald verstecken wie eine Verbrecherin. Wiederum stiegen Tränen in meine Augen, ich wischte sie mit dem Handrücken weg, als ein anderer Duft dazukam und sich mit dem würzigen Nadelgeruch mischte. Zuerst wirkte er fremd und verstörend, er passte nicht hierher. Doch als ich ihn länger einatmete, diese Mischung aus Bergamotte, Patchouli und Rose, wurde er mir vertraut. Ich kannte diesen Duft – trotzdem gehörte er nicht hierher. Meine Knie wurden weich, meine Beine gaben beinahe unter mir nach. Das Rasierwasser, das ich unter Tausenden wiedererkannt hätte. Seins. Arkady war hier.

Ich schwankte zwischen dem Impuls, kopflos loszurennen und mich in die Dunkelheit zu flüchten oder die Tür zuzuschlagen und mich in der Hütte zu verschanzen. Im gleichen Moment zeichneten sich die Konturen einer Gestalt in der Dunkelheit ab. Jemand trat aus dem Wald hervor, dunkel und gefährlich, mit den eleganten Bewegungen eines Raubtiers. Mir gefror das Blut in den Adern. Er war es wirklich.

Bei meinem Anblick stutzte er, dann breitete er mit einem strahlenden Lächeln die Arme aus. »Camilla! Endlich habe ich dich gefunden, mein Püppchen. Frohe Weihnachten!«

Mit einem schrillen Schrei rannte ich davon.

❄

KAPITEL 43

Matt

STUNDENLANG HATTEN wir das Areal um Snowhill abgesucht, John, Bailey und ich. Caspar stand am Fenster und dirigierte uns mit energischen Handbewegungen herum, als wäre er der Boss und wir seine Butler. Es begann zu schneien und der frische Schnee bedeckte Smillas Spuren, die vom Haus weggeführt hatten. Zu allem Übel brach die Dämmerung überfallartig herein und tauchte die weißen Wiesen in alles verschluckende Schwärze. Selbst mit der Taschenlampe, die ich oben aus dem Zimmer geholt hatte, war keine eindeutige Spur mehr zu erkennen. Trüb wie eine Funzel leuchtete die einstmals strahlendhelle *Ficklampa,* denn die Batterie ging zur Neige.

»Kurze Lagebesprechung. Kommt bitte alle her.« Ich winkte John und Bailey zum schützenden Hauseingang.

»Verdammt, Smilla ist wie vom Erdboden verschluckt.« John keuchte vor Anstrengung und beugte sich nach vorne, um nach Luft zu schnappen. »Uns bleiben höchstens fünf oder zehn Minuten Tageslicht. Wenn wir nicht bald etwas von ihr finden, eine Spur oder wenigstens einen Hinweis …«

»Sie kann nicht weit sein.« Bailey schlug die Arme am Körper zusammen und hüpfte auf der Stelle, um sich zu wärmen. »Verflixt, ist das kalt. Kenne die Gegend wie meine Westentasche. Wo soll sie sich denn verstecken? Es gibt keinerlei Möglichkeiten in der Nähe.«

Mel trat aus dem Haus und betupfte sich die Augen, die schon ganz rotgeweint waren. »Das arme Mädchen. Ohne Schuhe. Und sie hat nicht einmal eine Jacke an. Meine arme Kleine.«

»Sie tut mir so leid. Was muss sie durchgemacht haben?« Marian biss sich nervös auf die Lippen. »Dabei wirkte sie immer so fröhlich und hat sich nie etwas anmerken lassen.«

»Euch gegenüber nicht. Mir schon.«

Mel schniefte. »Manchmal habe ich mir schon gedacht, dass sie etwas bedrückt. Wenn sie aus dem Fenster schaute, kam sie mir so ängstlich vor.«

Jetzt schniefte auch Marian. »Bitte, ihr müsst sie schnell finden und zurückbringen. Nicht nur, weil sie eine so tolle Nanny ist. Ich hab sie total gern.«

»Wir werden sie finden, davon bin ich überzeugt.« Bailey versuchte, Zuversicht zu vermitteln.

»Ihr seid doch hoffentlich nicht sauer?« Ich schaute in die Runde. »Bis heute wusste ich nicht, mit wem sie zusammen war. Nur, dass sie vor ihm davonlief. Ich wollte sie vor ihm schützen, indem ich sie nicht verriet. Und außerdem … habe ich mich in sie verliebt.«

»Nein, sind wir nicht«, sagte John. »Wir haben alle schon mal gelogen.«

»Ich zwar nicht, aber grundsätzlich verstehe ich, dass man aus einem Verdrängungsmechanismus heraus die Wahrheit leugnet.« Caspar mal wieder. Dass er sein ganzes Leben lang noch nie gelogen hatte, glaubte ich ihm sogar.

»Ja, so wie ich. Mit meiner angeblichen Scheidung.« Ich stieß einen abgrundtiefen Seufzer aus.

»In deinem Fall war es wohl eher Wunschdenken.« John nickte mir zu.

»Meine Güte, was hast du mit Gefängnis gemeint, Matt?« Bailey sah mich fragend an. »Das verstehe ich immer noch nicht. Die letzten Tage habe ich mir echt Sorgen um dich gemacht.«

»Lauren hat mich reingelegt mit gefälschten E-Mails. Ich dachte, ich wandere ins Gefängnis. Zum Glück hat sich dieses Problem in Luft aufgelöst, aber das erzähle ich euch ein anderes Mal.«

»Da, seht mal!« Bailey schaute starr an meinem Kopf vorbei und deutete aufgeregt in die Ferne. »Rauch! Da ist doch diese kleine Hütte im Wäldchen. Jenkins aus dem Dorf vermietet sie manchmal an Jäger. Dass ich an die nicht gedacht habe. Smilla hat dort Schutz gesucht und sich ein Feuer gemacht. Lasst uns sofort hinfahren. Es wird dunkel und überhaupt …« Er machte ein besorgtes Gesicht. »Hab gerade ein mieses Bauchgefühl.«

Das hatte ich auch. Und zwar so stark, als hätte mir jemand mit der Faust in den Magen geboxt. Meine Intuition flüsterte mir zu, dass Smirnov auf dem Weg hierher war. Vielleicht war er sogar schon da? Dieser gerissene Hund dachte sich bestimmt, dass sie Snowhill verlassen hatte, um sich vor ihm zu verstecken. Wenn er ebenfalls den Rauch entdeckte … Ich fühlte Smillas Angst bis hierher, und sie lähmte mich.

»Komm jetzt, Matt. Steh nicht da wie angewurzelt.« John zerrte mich am Arm zur Garage. »Lasst uns schnell zur Hütte fahren und sie abholen, danach rufen wir die Polizei.«

»Steigt ein, Jungs. Die nehme ich mit, sicher ist sicher.« Bailey schloss den Waffenschrank in der Garage auf, nahm die Schrotflinte hervor und packte sie in den Kofferraum.

»O Gott, passt bloß auf euch auf!« Mel lief ins Haus und kehrte mit Smillas Fellboots zurück. »Wartet! Nehmt das mit!«

Kaum hatten wir Platz genommen, startete Bailey den Motor.

»Bleibt bloß vom Fluss weg!«, schrie Marian. »Vor allem du, John Christmas!«

Mit aufheulendem Motor brausten wir los, passierten das Tor und rasten über die Landstraße, so schnell es nur ging.

»Dieser Exfreund von ihr ist also gefährlich?«, fragte Bailey.

»Was heißt gefährlich? Das weiß keiner so richtig. Er wird immer wieder mit illegalen Machenschaften in Verbindung gebracht. Wir sind seit Jahren hinter ihm her, aber man kann ihm nichts Illegales nachweisen. Es gibt eine richtige Smirnov-Dynastie, seinen Vater, seine vier Brüder, mehrere Onkel, unzählige Cousins. Der Vater war vor dreißig Jahren für die Russenmafia tätig, aber dann ist er aus Russland ausgewandert, die Familie lebt seitdem in England und überall auf der Welt verstreut. Angeblich hat er sich von der Mafia losgesagt. Ob das stimmt, weiß keiner so richtig. Das nehmen sie ihm übel und verfolgen ihn und seine Familie. Auch das unter Vorbehalt. Vielleicht ist das auch nur ein Trick und die perfekte Tarnung für die Smirnov-Familie, um weiterhin für die Mafia tätig zu sein? Keiner weiß das genau. Dieser Smirnov ist hochintelligent, sehr geschäftstüchtig, enorm reich. Aber er scheint auch ein Psychopath zu sein, denn immerhin hat er Smilla in seinem Haus gefangen gehalten. Wenn er sie in die Hände bekommt, sehe ich sie nie wieder.«

»Fahr schneller, Bailey. Los!«

»Ich mache ja schon, der Schnee nimmt mir die Sicht.« Bailey stellte die Scheibenwischer auf höchste Stufe, sie surrten quietschend auf und ab, trotzdem sah man fast nichts.

»Wo sind wir überhaupt?«

»Dahinten beginnt das kleine Wäldchen, durch das die Uferstraße verläuft.« Bailey nickte mit dem Kinn geradeaus. »Und da unten …« Er nickte nach rechts.

»Ist der Fluss«, murmelte John. »Scheiße, ich kann es kaum glauben. Schon wieder ist Heiligabend und schon wieder steuere ich auf den Fluss zu? Irgendetwas stimmt doch mit mir nicht. Ich und der Arden, die endlose Geschichte.« Er lachte gequält auf.

»Keine Sorge. Wenn nötig, schlage ich dich am Ufer k.o., damit du nicht auf die Idee kommst, aufs Eis zu treten.« Bailey lachte grimmig.

»Da, was ist das?!« John riss den Arm hoch und deutete auf die Straße.

Unvermittelt vor uns tauchte im fast undurchdringlichen Schneegestöber eine Gestalt am Straßenrand auf und sprintete in wenigen Metern Entfernung über die Straße. Sie verschwand auf der anderen Straßenseite, im Wäldchen, das zum Fluss führte.

»Smilla!« Bailey trat voll auf die Bremse. »Das war sie. Los, ihr nach. Ich hole die Schrotflinte!«

Nur Sekunden später hetzte ein Mann hinter ihr her. Kurz erkannte man sein Gesicht, dann riss er den Arm hoch gegen das Scheinwerferlicht und spurtete ihr nach. Smirnov!

»Verflucht, das ist er. Dieser Scheißkerl. Ich bringe ihn um.« Mein Herz raste vor Angst, als ich aus dem Wagen sprang und ihm hinterher jagte. Er würde sie mir wegnehmen und ich könnte ihr nicht einmal sagen, wie leid mir das alles täte. Ich würde sie nie mehr küssen und nie mehr berühren können. Sie würde mich nie mehr streicheln und dabei leise Matti flüstern. Das beklemmende Gefühl in meinem Herzen breitete sich in meinem ganzen Körper aus. Nein, das alles würde nicht passieren, denn ich würde nicht zulassen, dass er sie mitnahm. Ich würde sie ihm entreißen und dann … würde ich ihn töten. Damit er sie endlich in Frieden ließ. Ich hatte ihr versprochen, sie vor ihm zu beschützen.

Meine Füße trommelten über den Waldboden. Neben mir keuchte John, Bailey rannte hinterher. Jetzt erinnerte ich mich auch daran, wo wir waren. Tausendmal war ich als Kind hier entlang gelaufen, Smirnov nicht. Diese ganzen Abkürzungen und geheimen Pfade, ich kannte sie.

Bestimmt wollte sie zum Fluss und sich ans andere Ufer

retten. Wir waren die Tage hier spazieren gegangen und sie kannte sich ein bisschen aus. Nicht so gut wie ich, aber besser als er.

Lauf zum Fluss, Liebling. Vielleicht erreichten meine Gedanken sie irgendwie.

»Zum Fluss! Da, die Abkürzung.« John deutete nach rechts, wo sich ein schmaler Weg auftat, der direkt zum Arden führte. Einträchtig liefen wir nebeneinander her, wie früher als wir Kinder waren. Nur dass es jetzt um Leben oder Tod ging. »Gib alles, Matt«, zischte er.

Ich nickte. Meine Lungen pfiffen aus dem letzten Loch, schmerzendes Seitenstechen setzte ein, vermutlich weil ich vor Angst verkrampfte. Aber keine Sekunde dachte ich ans Aufgeben, im Gegenteil, ich legte noch einen Zahn zu. Bei diesem Tempo erreichten wir vor ihnen den Fluss, konnten Smilla abfangen und dann müsste Bailey mit seiner Schrotflinte den Mistkerl erschießen!

Die Minuten vergingen, die Bäume standen in diesem Bereich des Waldes so eng, so dass wir hintereinander rennen mussten. Der Schneefall verstärkte sich. Und plötzlich, bei diesem irren Lauf, dachte ich daran, dass heute Weihnachten war. Den ganzen Tag hatte ich nicht daran gedacht, aber jetzt. An Weihnachten passierten doch immer Wunder, oder? Jetzt wäre Zeit für eins. Ich stieß ein Stoßgebet aus. *Bitte, lass sie uns vor ihm erreichen. Und lass nicht zu, dass ich sie verliere. Nicht heute.*

Keuchend erreichten wir unser Ziel, vor uns schimmerte der zugefrorene Arden im fahlen Mondlicht, silbern und schön. Eine tückische Schönheit, denn das Eis war nicht überall gleichmäßig dick gewachsen. Unzählige Strudel lauerten im Wasser und sorgten für ein stellenweise brüchiges Eiskorsett.

Im gleichen Moment tauchte Smilla oben an der Böschung auf und kletterte hinab. Gott sei Dank, sie lief uns geradewegs in die Arme.

Hinter uns waren Schritte zu vernehmen. »Meine Güte,

Jungs, seid ihr schnell. Bin nicht nachgekommen. Aber jetzt bin ich da.« Bailey wischte sich den Schweiß von der Stirn. Dann schulterte er das Gewehr und nickte uns zu.

Oben brach Smirnov durch das Dickicht und rannte ebenfalls den Abhang hinab, flink wie ein Raubtier. Er schloss immer dichter zu ihr auf und näherte sich ihr in atemberaubender Geschwindigkeit. Sie sah sich um, stieß einen schrillen Angstschrei aus und lief umso schneller.

»Smilla!« Ich sprintete ihr über die vereiste Wiese entgegen, die den Fluss von der Böschung trennte. »Hierher! Komm!«

»Matt!« Sie geriet ins Straucheln und fiel auf den Po, die letzten Meter der Böschung rutschte sie auf dem Hosenboden herunter, schnell rappelte sie sich wieder auf. Smirnov war dicht an sie herangekommen, streckte seine Hand nach ihr aus und hätte sie beinahe am Fuß gepackt. Er war ausschließlich auf sie konzentriert, hatte er uns überhaupt wahrgenommen? Ich warf mich dazwischen und riss sie an mich, nur wenige Meter von ihm entfernt. Mit einem Aufschluchzen fiel sie in meine Arme. »Matt!«

»O Gott, Baby, ich hab's geschafft. Bin bei dir.« Und bevor etwas dazwischenkam: »Ich liebe dich.« Keuchend hielt ich sie an mich gepresst und spürte ihr Herz an meinen Brustkorb hämmern.

»Du hast mir nicht die Wahrheit gesagt«, schluchzte sie. »Und jetzt …« *Ist er da.*

»Ja, ich weiß, es tut mir so leid.« Ich stieß alles hervor, was sie unbedingt wissen musste. Dankbar dafür, dass ich die Gelegenheit dafür bekam. »Verzeih mir bitte. Ich bin geschieden. Ich liebe dich.«

»Was soll das? Wer seid ihr?« Smirnov hielt keuchend an und schaute verwundert von einem zum anderen. Er war groß und breitschultrig, ein Stückchen kleiner als ich, aber vermutlich tausendmal trainierter. Seine kantigen Gesichtszüge, die schwarzen mandelförmigen Augen, die wütende goldene Blitze auf mich schossen – darauf fuhren bestimmt jede Menge Frauen ab.

»Wir sind ihre Familie. Sie gehört zu mir.« Ich löste meine Arme von Smilla und schob sie hinter mich. John und Bailey postierten sich neben mir. Wie eine Wand standen wir zu dritt vor ihm.

»Du gehst jetzt dahin, wo du hergekommen bist!« Bailey fuhr ihn scharf an. »Und das sage ich dir nur einmal.« Er klopfte auf sein Gewehr.

»Ist übrigens mein Grundstück, auf dem du stehst«, knurrte John. Okay, das war gelogen, aber es klang gut.

Smirnov lachte ungläubig. »Was denkt ihr euch überhaupt? Wisst ihr nicht, wer ich bin?«

»Und du?«, grollte ich. »Was denkst du dir dabei, meine Frau zu verfolgen?«

»Deine … was?« Er trat näher und sah mir ins Gesicht. »Ach, der Herr Staatsanwalt.« Seine Züge verzerrten sich vor Wut. »Wusste ich es doch! Du hattest etwas mit ihm, die ganze Zeit!« Das war an Smilla gerichtet, die hinter mir ängstlich in Deckung ging.

»Nein, das stimmt nicht«, wisperte sie. »Das ist nicht wahr, Arkady.«

»Du weißt gar nichts, Smirnov!« Ich rückte einen Schritt näher. »Fahr nach Hause, solange du noch kannst.«

»Und lass dich hier nie wieder blicken«, fügte Bailey hinzu.

Smirnov brach in schallendes Gelächter aus. »Denkt ihr etwa, ich wäre allein gekommen?« Er hob die Arme und klatschte in die Hände. Von der Böschung herab und von überall her bewegten sich mindestens zwanzig Männer auf uns zu und kreisten uns ein. Seine Bodyguards, eine berüchtigte Schlägertruppe. Einige der grimmigen Gestalten trugen Fackeln und bildeten einen unheimlichen Fackelzug.

»Scheiße!«, entfuhr es John.

»Ist doch egal. Hab die Flinte dabei und werde sie auch benutzen.« Bailey klopfte wieder auf das Teil.

Für einen Moment herrschte Schweigen.

»Nein, das bringt nichts.« Smilla tauchte hinter meinem Rücken auf. »Sie sind in der Überzahl, Matt. Ich gehe mit ihm, dann lässt er euch in Ruhe.«

Smirnov streckte die Hand nach ihr aus. »Komm jetzt, Camilla!«

»Nein, auf keinen Fall.« Ich schlug seine Hand weg und seine Augen verengten sich.

»Bitte, Matt, ich habe Angst, dass er euch etwas antut.« Sie klang mutlos und ängstlich. Kaum war er da, ließ sie sich von ihm kleinmachen.

»Du willst nur aus Angst mit mir gehen?« Smirnov wirkte kurz verblüfft. »Du weißt nicht, was du sagst. Wenn wir wieder zu Hause sind, fällt es dir wieder ein. Du bist aus Liebe mitgegangen, denn du liebst mich. Du hast es nur kurz vergessen. Vielmehr bist du gerade verwirrt.«

Ich blieb stur. »Nein! Sie ist nicht verwirrt und sie kommt nicht mit. Sie liebt mich.«

»Liebe? Erzähl mir nicht so einen blühenden Unsinn, Anwalt.« Seine Kieferknochen mahlten. »Liebst du ihn, ist das wahr?«

»Ja. Ich liebe ihn und ich will bei ihm bleiben.« Sie nahm meine Hand und sprach mit fester Stimme: »Ich bin vor dir davongelaufen, weil ich nicht mehr mit dir zusammensein wollte, Arkady. Begreif das endlich! Und jetzt will ich es noch weniger. Ich liebe Matt und ich bleibe bei ihm, selbst wenn er ins Gefängnis muss.«

Ungläubig stieß er hervor: »Du willst lieber mit jemandem zusammensein, der im Gefängnis sitzt? Als mit mir in meiner Villa zu leben?«

»Ja«, wisperte sie. Dann rief sie lauter: »Ja! Genau so ist es!« *Wie süß von ihr!* Sie war so mutig, am liebsten hätte ich sie dafür geküsst.

»Camilla, du weißt nicht, was du redest!« Er stieß eine Kanonade von Flüchen aus und winkte sie zu sich heran.

»Komm jetzt, meine Geduld neigt sich dem Ende zu. Offensichtlich bist du wirklich verwirrt.«

Was sollte diese *Du bist verwirrt*-Nummer? Langsam begriff ich, wie er sie zermürbt hatte.

»Sie will nicht! Respektier das!« Ich schob Smilla wieder hinter meinen Rücken.

»Was willst du tun, Anwalt? Mich zwingen?« Er lachte hart auf.

»Ich … ich kämpfe mit dir um sie. Hier und jetzt.«

»Nein, Matt, bitte nicht.« Sie klammerte sich an mich. »Du weißt nicht …«

»Doch, ich weiß, was ich tue!« Wenn er sie noch länger bequatschte und diese Psycho-Nummer mit ihr abzog, würde sie noch nachgeben. Ich zog meine Jacke aus und warf sie zu Boden.

»Hältst du das für eine gute Idee?«, zischte John.

»Ja.« Ich hatte mich noch nie um eine Frau geschlagen. Höchstens mit Worten und da war ich immer als Sieger aus der Sache hervorgegangen. Aber um Smilla würde ich kämpfen, wenn nötig bis zum letzten Atemzug.

Smirnov lachte amüsiert. »Dann lass uns kämpfen. Wenn du gewinnst, kannst du sie mitnehmen.«

»Glaub ihm nicht.« Sie klammerte sich noch fester an mich. »Auch wenn du gewinnst, wird er mich nie gehenlassen. Wir werden alle sterben.«

»Heute wird nicht gestorben, immerhin ist heute Weihnachten.« Meine Worte sollten Zuversicht verbreiten, aber sie klangen eher verzweifelt.

»Wie lauten die Regeln, Anwalt?«

»Keine Regeln. Es wird gekämpft, bis einer am Boden liegt und um Gnade winselt. Und ich werde das nicht sein.« Ich schwang genauso große Reden wie er.

Er lachte und zeigte auf seinen durchtrainierten Körper. Kein Gramm Fett, nirgendwo. »Kickbox-Meister. Kung-Fu-Meister. Jiu-Jitsu-Meister. Ein bisschen Karate, Boxen, die anderen Sportarten lasse ich lieber weg, es dauert sonst ewig, bis ich alles aufgezählt habe. Und du?«

Kurz verschlug es mir die Sprache. Mit großspuriger Geste deutete ich auf den Wald. »Waldmeister.« Dann zum Fluss: »Eismeister. Darf ich bitten? Der Kampf soll auf dem Fluss stattfinden. Da kann ich besser sehen, wenn das Blut aus deinem Mund aufs Eis tropft. Das gibt so schöne rote Flecken auf dem Weiß.«

Seine Augen verengten sich. »Du hast ein großes Maul, ich werde es dir stopfen. Also gut.« Er stapfte auf mich zu, streifte mich absichtlich hart mit der Schulter und ließ mich seinen stählernen Körper spüren. Er war nicht nur durchtrainiert, er bestand ausschließlich aus Muskeln. Und ich hatte mir die letzten Tage den Bauch mit Mels Klößen und Dampfnudeln vollgeschlagen. Gegen diese Kampfmaschine hatte ich nicht den leisesten Hauch einer Chance. Doch, wenn ich unfair kämpfte.

Er stoppte neben mir, sein heißer Atem wehte mir ins Gesicht. Mit einem Blick auf Smilla raunte er mir zu: »Ich verprügele dich, bis nur noch ein Häufchen Blut und Knochen von dir übrig bleibt. Dann nehme ich sie mit und ficke sie die ganze Nacht, bis sie meinen Namen schreit. Denn ich allein weiß, was ihr gefällt. Deinen Namen hat sie morgen schon wieder vergessen. Du wirst sie nie wiedersehen.« Im Gehen riss er sich seinen wadenlangen Daunenmantel vom Leib und schleuderte ihn zu Boden. Er liebte dramatische Auftritte, das war unübersehbar. Inzwischen waren seine Bodyguards eingetroffen, finstere Gestalten mit Schultern wie Kleiderschränke, und beleuchteten mit ihren Fackeln den Fluss.

Mit geschmeidigen Bewegungen stapfte Smirnov übers Gras fast bis zur Flussmitte und begann dort mit seinen Lockerungsübungen. Er tänzelte auf der Stelle, ließ seine Fäuste nach vorne schnellen und rollte seinen Kopf nach links und rechts, bis es knackte. »Bin bereit. Wo bleibst du?«

»Kannst du das nochmal machen? Dieses Getanze. Sieht

gut aus, wenn das Mondlicht durch die Bäume auf deinen Körper fällt.« Ich folgte ihm aufs Eis, hielt aber einen relativ großen Abstand zu ihm. Aus gutem Grund.

Er stutzte. »Was soll das? Drückst du dich?« Sein lautes Lachen schallte durch die Stille. »Er ist feige, dein Liebhaber, Camilla. Zuerst fordert er mich heraus und dann will er nicht kämpfen?« Wiederum tänzelte er und sprang dabei auf und ab.

»Bisschen weiter nach links vielleicht?« Mit einer Handbewegung zeigte ich ihm die Stelle, wo er tanzen sollte.

»Willst du nur meine Zeit verschwenden?« Er rückte den gewünschten Meter nach links, wurde dabei immer wütender, und sprang auf dem Eis wie Rumpelstilzchen. Es knackte. Das Eis bog sich unter seinen Bewegungen.

»Hey, Matt«, flüsterte John neben mir. »Das Eis …«

Ich stieß ihn an. *Sei still!* Und zu Smirnov: »Sieht ganz schön schwächlich aus. Sind deine Beine aus Gummi?«

»Schlappschwanz!« Er federte kraftvoll auf und ab, dann lachte er höhnisch in Smillas Richtung. »Da hast du dir einen schönen Feigling ange…« *Kracks.* Das Eis brach. Ein Loch tat sich unter ihm auf, überrascht riss er die Augen auf – und versank mit einem dumpfen Laut im Fluss. Ein Gluckern. Er war weg.

Totenstille, unterbrochen von Smillas Schrei: »Arkady!«

»Ach, du Scheiße!«, rief Bailey. »Er ist eingebrochen.«

Seine Männer stießen überraschte Schreie aus. »Wo ist er? Was hast du mit ihm gemacht?« Zögerlich bewegten sie sich aufs Eis, schoben sich langsam voran und hielten einander an den Händen, um nicht ebenfalls im Eisloch zu versinken.

»Verdammt, Matt. Ich hab's geahnt. Und jetzt? Ist das dein Ernst?« John packte mich am Arm.

»Ja, ist es. Er ist weg. Zum Glück.« Ich starrte auf das dunkle Loch in der Eisdecke.

Smilla schrie immer lauter: »Arkady!«

»Du kannst ihn doch nicht umbringen!« John schüttelte mich.

»Doch, kann ich. Du hast doch gerade gesehen, dass ich das kann.« Stoisch deutete ich auf das Loch im Eis, aber mein Herz pumpte mein Blut gefühlt doppelt so schnell wie normal durch meinen Körper. Ich hatte soeben einen Menschen getötet und es fühlte sich, nach der ersten Erleichterung, weniger gut an als ich gedacht hatte.

»Aber du bist Staatsanwalt!«

»Es war seine eigene Schuld. Er hat uns bedroht und Smilla auch! Unsympathisches Arschloch.« Bailey war ganz auf meiner Seite. »Obwohl du dafür wirklich ins Gefängnis wandern wirst, Matt.«

»Ins Gefängnis? Oh. Shit.« Das hatte ich wohl ein wenig verdrängt. Ich wischte mir übers Gesicht, um wieder zu mir zu kommen.

»Matt, was hast du getan?« Smilla riss an meinem Arm. Tränen strömten über ihr Gesicht.

»Er hätte dich nie gehen lassen, du wolltest doch, dass er dich in Ruhe lässt.«

»Ja, aber nicht, dass er stirbt!« Sie weinte verzweifelt.

»Scheiße, Matt. Tu etwas!« John sprach immer eindringlicher auf mich ein. »Dass er tot ist, ist keine Lösung.«

Smilla schluchzte. »Wie konntest du so etwas tun? Er ertrinkt.«

»Da fallen mir auch diese ganzen Verwandten von ihm ein, Matt.« Bailey wirkte beunruhigt. »Hast du nicht erzählt, er hat Brüder, Onkel, Cousins …«

»Ja, das hat er.« Sie würden mich, nein, uns, massakrieren. Mein kurzes Triumphgefühl wandelte sich zu lähmendem Entsetzen. Das hatte man davon, wenn man mal spontan reagierte, man beging einen Mord. Noch dazu vor zwanzig Zeugen.

Verdammt, ich konnte es nicht mal als Unfall hinstellen, denn ich hatte ihn dazu aufgefordert, zu tanzen. An genau dieser Stelle, von der ich ahnte, dass das Eis dort dünner war. Tauwasser stand auf ihr, ein paar grüne Halme schauten hervor. Ich hatte ihn reingelegt, so einfach war das. Smilla weinte herzzerreißend. Da fielen mir ihre Worte ein, als sie über ihre Liebe zu ihm sprach.

»Das Schöne möchte ich in meinem Herzen bewahren. Ich will es mir nicht herausreißen müssen, denn meine Liebe zu ihm ist auch ein Teil von mir. Wenn ich sie abtöten müsste, würde ein Teil von mir sterben.«

Wenn er starb, starb auch ein Teil von ihr. Man musste kein Wahrsager sein, um zu prophezeien: Wenn Smirnov durch meine Schuld starb, war es vorbei mit Smilla und mir. Nicht nur er würde in diesem Fluss ertrinken, sondern auch unsere Liebe.

»Fuck!« Ich streifte meine Schuhe ab.

»Was soll das werden?« Bailey sah mir entsetzt beim Ausziehen zu. »Was hast du vor?«

»Was wohl? Ich hole ihn zurück.« Auf Socken schlitterte ich zum Loch, um das die Russen in gebührendem Abstand herumstanden und mit ihren Fackeln hineinleuchteten. »Lasst mich durch!«

»Und jetzt? Er kann nicht gut schwimmen!« Der Größte von ihnen keuchte vor Aufregung.

»Sicher kann er das!«, protestierte sofort ein anderer, ein wahrer Koloss mit zerzaustem graubraunem Bart. »Er mag es nur nicht. Was sollen wir tun? Sein Vater … seine Mutter.« Tatsächlich standen Tränen in seinen Augen.

»Ich tauche. Bleibt mit euren Fackeln da stehen, damit ich sehe, wo ich wieder hin schwimmen muss. Aber nur drei von euch, sonst brecht ihr auch noch ein!« Der Koloss reichte mir seine Hände und ließ mich langsam in den Fluss hinab. Als das eisige Wasser auf meine Beine traf, stieß ich einen Schrei aus. »Scheiße, ist das kalt!«

»Matt! Nein!« Smilla schrie wie von Sinnen und wollte auf mich zustürmen. John hielt sie fest und redete beruhigend auf sie ein.

»Das gibts doch nicht!«, schrie Bailey. »Komm sofort zurück!«

»Wenn einer das schafft, dann Matt.« John nickte mir zu.

»Versuche es wenigstens. Aufgeben kannst du immer noch.« Nein, Aufgeben war keine Option.

Tief atmete ich ein, dann tauchte ich mit wenigen kräftigen Stößen hinab. Auf den Grund des Arden. Das eiskalte Wasser nahm mir die Luft weg und ich hatte die Dunkelheit unterschätzt, die mit zunehmender Entfernung von der Oberfläche immer dichter wurde, undurchdringlich und schwarz wie Teer. Verdammt, wo war dieser blöde Mistkerl? Zum Dank würde er mich wahrscheinlich erschießen lassen. Ich sah nichts! Aber John hatte recht. Ich war Anwalt, kein Mörder.

Zu viele Dinge, die ich nicht einkalkuliert hatte. Die Dunkelheit, die Strömung und dass ich die Orientierung verlor. Im ersten Versuch würde ich es nicht schaffen. Ich brauchte eine Lampe. Keine Zeit verschwenden, so funktionierte es nicht. Sofort machte ich kehrt und schwamm zum Loch zurück. Tief holte ich Luft und keuchte in die kalte Winterluft. »Meine Taschenlampe. Schnell. In der Jacke.«

Bailey hastete mit ihr übers Eis. »Hier, Matt!«

Mit klammen Fingern schaltete ich die Lampe ein und klemmte sie zwischen meine Zähne. Sie flackerte. Verdammt, wenn die Batterie jetzt schlappmachte! *Bitte, halt durch.* Das war auch an ihn gerichtet. Smirnov. Ich wollte nicht, dass er starb. Nicht hier und nicht heute!

Zweiter Versuch. Wie viel Zeit war vergangen, seitdem er eingebrochen war? Eine Minute oder zwei? Für jemanden, der unterm Eis eingeschlossen war, eine halbe Ewigkeit.

Keine Ahnung, wohin er abgetrieben sein könnte. Wieder kehrte ich ergebnislos zur Oberfläche zurück und schnappte keuchend nach Luft. Die Russen standen mit versteinerten Gesichtern auf dem Eis oder am Ufer. Wenn sie ohne ihren Boss nach Hause fahren müssten … Nein, das würden sie schlichtweg nicht tun. Sie würden mich nach ihm tauchen lassen, bis ich ihn fand.

»Die Strömung, John. Welche Richtung? Ich weiß gerade nicht …«

»Da.« Er deutete nach links. »Er müsste in diese Richtung abgetrieben sein.«

»Stimmt.« In dieser Richtung lag auch das Dorf. Ich klemmte die Taschenlampe wieder zwischen die Zähne, pumpte meine Lunge mit Sauerstoff voll und tauchte zum dritten Mal. Meine Zuversicht schwand. Wenn es nicht klappen würde? Panik ließ mein Herz schneller schlagen, aber Panik konnte ich jetzt nicht gebrauchen. Ich zwang mich zur Ruhe, während ich mit der Strömung schwamm und meine Beine mich vorantrieben.

Das Herz schlug mir bis zum Hals, Schmerzen hämmerten hinter meinem Brustbein. Ich hatte mich total überschätzt und die Situation unterschätzt. *Ich hole ihn da raus.* Klar, es war ja auch so einfach! Nur dass ich ihn nicht fand und keine Ahnung hatte, wo er steckte. Normalerweise müsste er sich weiter oben befinden und gegen die Eisdecke hämmern. Aber vielleicht war er schon ertrunken?

Ich schickte ein Stoßgebet zum Himmel. *Lass mich ihn finden! Bitte!* Doch dann merkte ich, dass mir die Luft ausging, und ich war ein großes Stück vom Loch entfernt. Ich musste sofort zurück. Mit jedem Tauchgang schwanden die Chancen, ihn lebend hier rauszuholen.

Wie oft konnte ich das wiederholen, ohne selbst gesundheitliche Schäden zu riskieren? Ich spürte meinen Körper vor Kälte kaum mehr. Am Ende würde es mir noch wie John ergehen. Er hatte Glück gehabt und war aus dem Koma erwacht, aber vielleicht hatte ich keins?

Zwei, drei Züge noch, dann musste ich umkehren. Der Druck in meiner Lunge nahm zu und damit das fast unwiderstehliche Bedürfnis, tief einzuatmen. Verdammt, hier war er auch nicht. Ich schwamm eine Wende, um den Rückweg anzutreten, als meine Finger ein Stück Stoff unter mir streiften. Smirnov! Mit geschlossenen Augen trieb er im Wasser. Sein Körper war schlaff. Er war tot. Oder? Auf alle Fälle ohnmächtig.

Mit aller Kraft riss ich ihn vom Grund hoch, umklammerte ihn mit einem Arm. Meine Beine pflügten durchs Wasser, doch er kam zu sich und wehrte sich gegen meinen Klammergriff. In wilder Panik schlug er um sich, die Augen weit aufgerissen, wir kämpften miteinander. Verdammt, was hatte der Typ für eine Kraft. Selbst halbtot überwältigte er mich fast.

Ich riss die Lampe aus dem Mund und drosch damit auf ihn ein. Ich gab es ihm so richtig, und er hatte jeden einzelnen Schlag verdient. *Nimm dies, dafür dass du ihr Angst gemacht und sie eingesperrt hast, elender Mistkerl! Mieses Schwein!* Nur meine fast berstende Lunge bewahrte ihn davor, dass ich ihm alle Zähne ausschlug. Schließlich sackte er in sich zusammen und ich packte ihn. Der Rückweg war noch schwieriger mit dieser Last und meine Kräfte schwanden. Keiner von uns beiden würde es schaffen. Ich nicht. Er nicht. Wir würden beide elendig absaufen.

Smilla … Bitte, ich will nicht sterben. Ich liebe sie! Ich will alles mit ihr. Eine Zukunft, eine Familie, Kinder. Ich sehne mich so danach. Bitte! Der Gedanke an sie setzte meine letzten Reserven frei. Und fast schien es, als würde hinter mir etwas durchs Wasser schießen und mich mit aller Macht nach vorne schieben. Eine ungeheure Energie, magisch und warm. Liebe, in ihrer reinsten Form. Sie flutete mein Herz, ließ mich die letzten Meter schaffen. Nur ein paar Züge noch, oben schimmerten schon die Fackeln fahlgelb am Einstiegsloch.

Mir wurde schwarz vor Augen, als wir endlich den rettenden Ausstieg erreichten. Hände streckten sich uns entgegen. Ich drückte Smirnov hoch, sie rissen ihn aus dem Wasser empor.

Nach ihm tauchte ich auf, saugte die rettende Winterluft in meine Lunge und stieß einen Schrei aus. Sie packten mich, rissen mich aus dem Fluss und zerrten mich ebenfalls aufs Eis. Keuchend lag ich sekundenlang da, spuckte Flusswasser und rang nach Atem. Mein Kopf dröhnte, meine Lunge war kurz vorm Explodieren. Wie durch einen Nebel nahm ich wahr, dass sie mich an den Armen übers Eis zogen und mich ans rettende Ufer warfen. Neben Smirnov. Er lag da wie tot.

»Matti! Gott sei Dank!« Smilla warf sich hysterisch weinend auf mich und umklammerte mich. »Ich hatte solche Angst. Was ist mit ihm, ist er tot?«

»Nein, glaube nicht.« Ich keuchte, vor meinen Augen flimmerte es. Tatenlos standen seine dämlichen Leibwächter um ihn herum und glotzten. Alle zwanzig. Ich rappelte mich halb vom Boden auf und schlug mit beiden Fäusten auf seine Brust. Ein Mal, zwei Mal. Und noch ein paar Mal. »Los, atme!« Keine Reaktion.

Ich presste meinen Mund auf seinen, pumpte Sauerstoff in seine Lunge, obwohl ich selbst kaum atmen konnte. Abwechselnd Faustschläge auf sein Herz. Und noch einmal Mund zu Mund-Beatmung. Da endlich bewegte er sich, krümmte sich seitlich zusammen und spuckte jede Menge Wasser aus. Er tat einen tiefen Atemzug, gefolgt von einem Röcheln.

Keuchend lagen wir nebeneinander im steinhart gefrorenen Gras. Über uns blinkten die Sterne. Mattgold auf dunkelblauem Grund. Heiligabend. Vor drei Jahren hatte ich meinen kleinen Engel verloren und dieses Jahr würde ich meine Liebe verlieren. Denn jetzt würde Smirnov Smilla mitnehmen. Gab es denn kein Happy End für mich oder so etwas wie Glück? Was musste ich noch alles tun?

»Gut gemacht, Matt.« John kniete sich neben mich und fiel mir um den Hals. Sein Kopf lag auf meiner Brust, direkt neben Smillas. Weinte er? Es klang danach. »Gott, bin ich froh. Ich dachte schon …«

Ich strich über sein Haar, Tränen strömten über meine Wangen. Ja, Smirnov war gerettet. Und jetzt fing der ganze Scheiß von vorne an. Ich hatte nichts gewonnen.

»Matt, mein Junge.« Jetzt heulte auch noch Bailey, ging vor mir in die Knie und umarmte mich.

Der ältere Leibwächter, der Koloss mit dem graubraunen Bart, stand über Smirnov gebeugt und tätschelte dessen Gesicht. Vielmehr die Wange, die ich nicht mit der Lampe zu

Brei geschlagen hatte. »Arkady, Arkady!« Immer wieder sagte er seinen Namen und wischte sich über die Augen. Smirnov wechselte zwischen Stöhnen, Husten und Ausspucken. Unablässig sprach der Koloss auf ihn ein und warf Blicke zu mir herüber. Ich verstand kein Wort.

»Steh auf, der Boden ist eiskalt.« John reichte mir seine Hand und zog mich hoch. »Du musst sofort aus den nassen Sachen raus.« Er zog seine Jacke aus, dann seinen Pulli. »Nimm meinen Pulli, Bailey gibt dir seine Hose.«

»Genau, gute Idee.« Bailey zog seine Jeans aus, darunter kamen seine langen Unterhosen zum Vorschein. Fast hätte ich gelacht.

»Sieh mal einer an. Bailey trägt immer noch die gleichen Liebestöter. Wie vor fünfundzwanzig Jahren.« John feixte, dann zog er seine Steppjacke über sein Shirt.

»Wetten, dass es immer noch dieselben sind?«, brachte ich hervor. Mein Herz raste vor Anstrengung. Mir war speiübel und eiskalt. Sterne tanzten vor meinen Augen. Und was für ein komisches Ding war das eben im Fluss gewesen, das mich angeschoben hatte? Wahrscheinlich hatte ich mir das nur eingebildet.

»Jungs, wenn ihr schon wieder blöde Witze machen könnt, ist der alte Bailey beruhigt. So bist du wenigstens in trockenen Klamotten, Matt.«

»Danke.« Meine nassen Sachen landeten im Gras, ich streifte ihre Sachen über.

Smilla legte mir die Jacke um die Schultern. »Zieh sie schnell an, Matti.« Sie half mir beim Anziehen und machte den Reißverschluss zu. Ich war vor Kälte mittlerweile fast steif gefroren. Am Boden ging die Unterredung weiter, der Koloss hielt immer wieder drei Finger hoch.

»Was meint er damit?«, raunte ich Smilla zu.

»Er sagt, drei Mal bist du herabgetaucht«, flüsterte sie. »Er sagt, du hast dein Leben riskiert.«

Smirnov rappelte sich ächzend vom Boden auf. Er sah ganz schön lädiert aus. Seine Nase blutete, sein Auge war halb zugeschwollen. Morgen hatte er bestimmt ein schönes Veilchen und auch ein paar ordentliche Blutergüsse. »Verdammt, ich dachte, ich sterbe. Ich sah schon ein beschissenes helles Licht auf mich zukommen. Und Jesus.«

»Ja, das habe ich auch gedacht.« Ich begriff erst jetzt, wie gefährlich das alles gewesen war.

»Danke. Du hast mir das Leben gerettet. Und jetzt stehe ich in deiner Schuld. Auch wenn du mich hereingelegt hast. Trotzdem stehe ich in deiner Schuld, du hättest mich dort unten sterben lassen können.« Sein intaktes Auge leuchtete schwarzgold.

»Ja, hätte ich.«

Er schluckte. »Wir sind jetzt miteinander verbunden, ob du willst oder nicht.«

»Will ich nicht.« Ich schüttelte den Kopf. Mit ihm verbunden sein? Wäre ja noch schöner.

»Doch, das ist so.«

»Es ist … wegen ihr. Ich habe es für sie getan. Nur für sie.«

»Egal warum, du hast es getan.« Er sah von mir zu Smilla.

»Was passiert jetzt?«

»Ich fahre nach Hause, wie du es mir geraten hast. Ich hätte gleich auf dich hören sollen.« Er fasste sich an die Nase. »Was hast du mit meiner Nase gemacht? Scheiße, ich glaube, sie ist gebrochen. Jeder Knochen in meinem Körper tut weh. Mir ist kalt. Was ist das für ein verfluchter Ort?« Er zeigte um sich herum. »Schau dir diesen Fluss an! Dünnes Eis, überall. Ich komme nie wieder hierher.« Er stieß ein gequältes Lachen aus.

Ich wusste, was er damit sagen wollte. Er ließ sie hier, bei mir. Ohne dass er es aussprach.

Auch Smilla verstand, was seine Worte bedeuteten. Sie machte einen Schritt auf ihn zu und legte einen Arm um ihn, aber ihre Hand hielt meine fest umklammert. Ein letzter Kuss, flüchtig auf seine Wange gedrückt. Smirnov versuchte, seine Enttäuschung zu verbergen, aber sie stand ihm ins Gesicht geschrieben. Ich hatte ihn zerstört, nein, dass sie ihn verließ, zerstörte ihn. Sie flüsterte ihm etwas zu.

Er nickte, sagte mit rauer Stimme: »Danke, das wünsche ich dir auch, Camilla.« In diesem Moment wirkte er wie ein echter, wenn auch tropfnasser und verprügelter Gentleman.

Mein Blick fiel auf Smillas Füße, um die sie irgendwelche seltsamen Fetzen gewickelt hatte. Sie war in diesen Lumpen vor ihm davongelaufen? Sie fror bestimmt entsetzlich.

»O Gott, Süße. Deine armen Füße. Komm her zu mir.« Ich legte die Hände um ihre Taille und hob sie hoch, auch wenn ich kaum mehr stehen konnte. Aber mein Mädchen lief nicht mit nackten Füßen durch den Schnee. Sie schlang Arme und Beine um mich, barg ihr Gesicht an meinem Hals.

Smirnov sah es mit versteinerter Miene, ein seltsamer Ausdruck trat in seine Augen, dann rang er sich ein Lächeln ab. »Du bist ein guter Kämpfer, Anwalt. Unfair, aber am Ende doch wieder fair. Ich hoffe, ich treffe dich nie wieder.« Er wischte sich das Blut von der Nase und spuckte aus. »Verdammt, meine Zähne.«

»Gleichfalls.« Mein Lächeln fiel noch schiefer aus als seins. Mir war so arschkalt, dass ich nicht einmal mehr zittern konnte. »Gib mir ihren Pass. Du hast ihn bestimmt dabei.« Als Kontrollfreak hatte er ihn mit ziemlicher Sicherheit eingepackt.

Er nickte mir zu. »Jurij holt ihn und bringt ihn zu eurem Auto.«

»Gut.« Ich machte einen Schritt an ihm vorbei, doch er legte die Hand auf meinen Arm.

»Warte bitte. Camilla?« Seine Stimme ließ seine ganze Niedergeschlagenheit erkennen. Ich drehte mich um, damit sie ihn ansehen konnte, wenn er mit ihr sprach. »Es tut mir leid.« Mehr sagte er nicht.

»Ja, ich weiß«, flüsterte sie.

Einer seiner Männer hängte ihm den Daunenmantel um die Schultern. Er sah mich ein letztes Mal an, dann stapften sie in ihrem seltsamen Fackelzug zur Böschung.

»Er lässt mich wirklich gehen?« Sie umschlang mich noch fester.

»Ja. Er weiß, dass er dich verloren hat.« Leise weinte sie an meinem Hals, ihre warmen Tränen rannen über meine kalte Haut. »Warum weinst du?«

»Ich hatte solche Angst um dich. Und weil ich so froh bin.«

»Ja, ich bin auch froh. Und dankbar.« Die Erleichterung ließ mich fast in die Knie gehen. Wir stolperten die Böschung hoch. John und Bailey schoben mich von hinten an, damit ich besser vorankam.

»Soll ich Smilla tragen?«, fragte John und Bailey: »Oder ich? Du bist bestimmt total platt.«

»Danke, ich trage mein Mädchen selbst.«

»Schon klar.« Bailey legte den Arm um mich und zog mich mit jedem seiner Schritte ein Stück die Böschung hoch, John auf der anderen Seite ebenso. »Mein Gott, ich dachte, mein Herz bleibt stehen. Wie hast du das geschafft?«

»Weiß nicht. Kann nicht mehr denken. Mir ist kalt.«

Oben an der Straße wartete der Koloss und überreichte mir Smillas Papiere. »Soll ich dir deine Sachen schicken, Camilla?« Es war ungewohnt, ihren richtigen Namen zu hören.

»Danke, Jurij. Nein, ich brauche das alles nicht mehr.« In ihrer Stimme schwang ein Lächeln.

Ein Stück weiter entfernt standen zwei Bodyguards und hoben zum Abschied grüßend die Hand. Smilla winkte ihnen zu, wir stapften weiter zum Auto. »Kannst du noch, Matt?«

»Ja. Wer war das?«

»Oleg und Beau. Manchmal habe ich den leisen Verdacht, sie ließen mich an dem einen Tag absichtlich weglaufen.«

»Wirklich? Das war nett von ihnen. Mehr als das.« Wir waren am Auto angelangt, Bailey öffnete die Tür, und ich ließ Smilla auf den Rücksitz herab.

Er öffnete den Kofferraum und kramte ein paar Decken hervor. »Hier, hängt euch die um.«

»O Mann, Matt.« John umarmte mich. »Kann gar nicht beschreiben, wie froh ich bin.«

»Ja. Und ich erst. Begreife es auch nicht richtig.« Dick eingemummt kletterte ich auf die Rückbank zu Smilla, die ebenfalls eine Decke umgewickelt hatte.

»Oh, tut das gut.« Sie schlüpfte in ihre Stiefel und atmete hörbar auf.

Bailey schwang sich hinters Steuer und ließ den Wagen an. »Wir düsen sofort nach Hause. Ihr beiden gehört umgehend in die Badewanne. Menschenskinder, du hast ihn richtig fertiggemacht. So etwas hat er noch nie erlebt, seinem Gesicht nach zu urteilen.«

Ich legte den Arm um Smilla und zog sie an mich. »Ja, wenn einer sich an meinem Mädchen vergreifen will, sehe ich rot.« Verdammt, mir war zum Heulen. Ich kam nicht ins Gefängnis, ich hatte niemanden umgebracht und mein Mädchen saß neben mir. *Und das alles an Heiligabend.*

Sie griff nach meiner Hand und rückte näher heran.

❄

KAPITEL 44

Smilla

Mit einem rumpelnden Geräusch setzte sich der Wagen in Gang und fuhr Richtung Snowhill. Endlich verließen wir diesen schrecklichen Ort, an dem beinahe eine Katastrophe geschehen war. Und jetzt war ich frei? Ich konnte kaum glauben, dass Arkady mich wirklich gehen ließ.

Während er mich vom Wald bis zum Fluss jagte, redete er trotz des hohen Tempos unaufhörlich auf mich ein. »Bitte, Camilla, bleib stehen. Ich muss dir etwas Wichtiges sagen. Halt bitte an, Camilla!« Aber ich lief umso schneller. Nein, ich wollte nichts mehr von ihm hören. Seine Worte spielten keine Rolle mehr.

Fast hätte er mich erwischt, doch da war auf einmal Matt aufgetaucht, dicht gefolgt von den anderen. Ich war so glücklich darüber – zehn Sekunden lang. Denn dann verfielen sie auf die glorreiche Idee, um mich zu kämpfen. In Arkadys Augen standen finstere Entschlossenheit und unbändiger Siegeswille. Er würde Matt besiegen, ihn vielleicht sogar töten? Wenn er an seinen mehr oder weniger illegalen Kämpfen teilnahm, hatten die Bodyguards danach manchmal getuschelt, dass der Gegner am Ende halbtot gewesen war. Arkady hatte nicht einmal eine Schramme davongetragen.

Doch dann ließ Matt ihn im Fluss einbrechen, nur um kurz darauf hinterherzuspringen. Ich wurde vor Angst fast wahnsinnig, wollte zu ihm laufen und John musste mich festhalten. Immer wieder sendete ich flehende Stoßgebete zum Himmel. Die Angst zwang mich in die Knie, ich fiel in den Schnee, ohne die Kälte zu spüren.

Als Matt zum dritten Mal hinabtauchte, sagte Bailey: »John, das kann er nicht unbegrenzt wiederholen. Wenn er nicht bald aufhört, wird es nicht gut ausgehen.«

»Ja, ich weiß.« John zitterte vor Anspannung, genau wie ich.

Mit jeder Sekunde wuchs in mir das schreckliche Gefühl, dass ich Matt verlieren würde. Er blieb viel länger unten als die zwei Male zuvor. Was, wenn es schiefgegangen war? Ich betete noch inniger und sendete meine ganze Liebe zu ihm. *Bitte, ich wünsche es mir so sehr. Eine gemeinsame Zukunft, eine Familie, Kinder. Ich liebe ihn, bitte lass ihn wieder auftauchen.*

Da endlich brodelte das Wasser am Eisloch, schlug Wellen und spritzte auf. Zuerst kam Arkady zum Vorschein, in sich zusammengesackt wie tot. Sie zerrten ihn hoch und zogen ihn aufs Eis, wo er regungslos liegenblieb. Dann stieg Matt mit einem Schrei aus den Fluten empor.

»Matt!« Mein Freudenschrei gellte durch die Nacht.

»Das ist ein Wunder.« Bailey wischte sich die Tränen aus dem Gesicht und John stieß erleichtert hervor: »Gott sei Dank!«

Ich stürzte zu Matt, um ihn zu umarmen und nie mehr loszulassen. Auch jetzt, als wir nach Snowhill fuhren, hielt ich ihn die ganze Zeit fest. Immer wieder rieb ich über seine Brust und über seine Arme, um ihn aufzuwärmen.

»Smilla?« Er zitterte vor Kälte. »Ich habe gute Nachrichten. Erstens: Ich bin geschieden.«

»Wirklich?«

»Ja. Ich habe die Papiere unterschrieben. Zweitens: Ich

muss nicht ins Gefängnis. Aber dass du trotzdem mit mir zusammensein wolltest, finde ich total süß von dir.«

»O Matt!« Ich umarmte ihn noch fester.

»Drittens: Die Sache vor drei Jahren, mit Lauren und dem Baby, verlief ein wenig anders. Das erzähle ich dir in aller Ruhe.«

»Wie schön!« Ich barg mein Gesicht an seinem, wärmte seine kalte Wange mit meiner auf. »Das ist ein richtiges Weihnachtswunder.«

»Eher ein Sack voll Wunder!«, rief Bailey vom Steuer und drückte übermütig auf die Hupe.

John drehte sich mit einem Lächeln zu uns um. »Das habt ihr zwei voll verdient, diesen Weihnachtswundersack.«

»Seltsames Wort, John«, sagte Matt und alle lachten.

Nach einem kurzen Stopp am Tor fuhren wir die Auffahrt entlang.

»Seht mal, Mel hat die Beleuchtung angeschaltet, damit wir den Weg nach Hause finden. Ist das nicht schön?« Bailey nickte mit dem Kopf zur Seite.

Snowhill erstrahlte in vollem Glanz. Überall blinkten Lichterketten, in einem der Fenster leuchtete ein großer goldgelber Stern. Es war Heiligabend, der schönste Heiligabend meines Lebens.

»Wunderschön«, flüsterte ich.

»Meine Eltern sind da. Klasse, sie haben es rechtzeitig geschafft.« John zeigte auf die vor dem Haus parkenden Wagen. »Oh, deine auch, Matt. Könnten wir uns darauf einigen, dass wir nur einen harmlosen Spaziergang gemacht haben?«

»Klar! Matt ist dabei ausgerutscht und in den Fluss gefallen.« Bailey lachte.

»Meine Eltern? Warum? O Gott! Ja, bin mit allem einverstanden.« Matts Zähne schlugen aufeinander.

Als wir die Tür aufschlossen, stürzten Caspar, Marian und

Mel aus der Küche und stießen bei unserem Anblick Jubelschreie aus. »Da seid ihr ja. Alle!«

»John, endlich!« Eine elegant gekleidete Frau mit silbernem Bob, bestimmt Johns Mutter, eilte auf ihn zu und umarmte ihn. Ihr folgte ein großer, breitschultriger Mann mit kurzem grauen Haar, der John ebenfalls in die Arme schloss. Die Ähnlichkeit zwischen beiden war verblüffend, das musste sein Vater sein.

»Wo habt ihr so lange gesteckt, John?«, fragte sie.

»Mum, Dad, schön, dass ihr da seid. Wir waren zu einem Spaziergang draußen. Matt wurde übermütig und ist im Eis eingebrochen.«

»Ja, ich mal wieder. Mit meinen dämlichen Aktionen.« Matt grinste schief, ich drückte seine Hand noch fester.

»Im Eis?« Marian wurde kreidebleich. »O Gott, ihr wart am Fluss? John, du hast versprochen …« Ihre Stimme zitterte.

»Alles ist gut, Schatz.« John nahm sie in die Arme. »Erzähle ich dir gleich, okay?«

Ein weiteres Paar trat in die Halle, Matts Eltern. Seine Mutter war eine zierliche Person im kleinen Schwarzen mit einer mondänen Hochsteckfrisur. Von seinem Vater hatte Matt die große und breitschultrige Statur geerbt. Nur die grauen Schläfen deuteten darauf hin, dass er auf die sechzig zuging.

Matt umarmte beide. »Hallo Mum, hallo Dad. Was für eine Überraschung.« Er holte tief Luft. »Es gibt Neuigkeiten: Lauren und ich sind glücklich geschieden. Sie bekommt ein Baby und heiratet bald. Und das ist Smilla, die Nanny.« Er schob mich ein Stück nach vorn.

»Smilla? Das ist aber ein lustiger Name.« Matts Vater lächelte mich an. »Stammen Sie aus Schweden, meine Liebe?«

»Äh, nicht so ganz.« Ich holte tief Luft. »Ich … ich heiße Camilla Lawrence, mein Kosename innerhalb der Familie lautet Smilla. Und eine Nanny bin ich nicht so wirklich.« Verlegen suchte ich Marians Blick. »Es tut mir leid, dass ich …«

»Das muss es nicht!« Marian, die Stella im Tragesack bei sich trug, umarmte mich. »Oh doch, das bist du. Die beste Nanny auf der Welt. Ich bin so froh, dass du wieder da bist, Smilla.«

»Ich ebenfalls.« Auch Mel schloss mich in ihre Arme. »Ach, Liebes, du hast dich nicht getraut, uns die Wahrheit zu erzählen. Jetzt ist alles geklärt und du bleibst bei uns?«

»Ja, das ist es. Ich bleibe, wenn ich darf.«

»Natürlich, was für eine Frage.« Caspar nickte mir mit breitem Lächeln zu, doch dann rief er: »Ach, was soll's. Es ist Weihnachten!« Geradezu übermütig schloss er mich in seine Arme. Seine offensichtliche Freude brachte mich fast zum Weinen.

»Danke, Caspar.«

Dann kam Gabriel angerannt und krähte durch die Halle: »Meiner Smilla!« Alle lachten, als er meine Beine umschlang.

»Gabriel!« Ich strich über seine Locken und kämpfte umso stärker gegen meine Tränen an.

»Meine Verlobte Smilla«, fügte Matt hinzu. Mein Kopf ruckte zu ihm hinüber. Heute Morgen hatte er mich gefragt, ob ich ihn heiraten wollte und ich hatte Ja gesagt. In den chaotischen letzten Stunden hatte ich das total vergessen. »Oder, Smilla?«

»Ja, das bin ich.« Wir lächelten uns an.

»Kaum geschieden, schon verlobt? Du verschwendest keine Zeit, mein Sohn.« Matts Vater küsste mich auf beide Wangen. »Herzlich willkommen in der Christmas-Familie. Ich freue mich sehr. Philipp für dich, meine Liebe.« Er musterte kurz meine seltsame Verkleidung mit den Holzfällerjacken und der Decke darüber.

»Äh, ja, ich bin ein wenig … underdressed.« Ich lächelte verlegen.

»Ach was, wir sind doch hier unter uns.«

»Oh, ihr seid verlobt? Da freue ich mich noch mehr. Nenn mich Rosalyn, Liebes.« Matts Mutter umarmte und küsste mich ebenfalls. Dann bedachte sie meinen Bauch mit einer

Art Röntgenblick, als überlegte sie, ob sie demnächst Großmutter werden würde.

»Ja, mittlerweile verschwende ich keine Sekunde mehr, Dad.« Matt griff nach meiner Hand, zog mich hinter sich her und wir stiegen die Treppe hoch. »Wir legen uns kurz in die Badewanne, sind aber pünktlich zum Essen wieder unten.«

»Verständlich, mein Sohn. Du siehst ziemlich durchgefroren aus. Nicht, dass du dich erkältest.« Dann wandte Philipp sich an Johns Vater. »Danke für die Einladung, Jeremy. Und das zu Weihnachten! Das hätte ich nicht von dir erwartet. Ich habe mich sehr darüber gefreut.«

Johns Vater machte einen ratlosen Eindruck. »Ich, äh … gern geschehen. Ich freue mich auch, Philipp.«

John trat zwischen beide und klopfte ihnen auf die Schultern, dann zwinkerte er in Matts Richtung. »Schön, dass ihr gekommen seid. Das wird ein tolles Weihnachtsfest, vertraut mir.«

Wir stapften weiter die Treppe hoch. Vielmehr schob ich Matt nach oben, der bei jeder Stufe laut ächzte. »John hat meine Eltern eingeladen. Warum bloß? Dieser Fuchs führt etwas im Schilde. Na, wir werden es bald erfahren.«

»Deine Eltern sind sehr nett.«

»Ich bin mir sicher, sie mögen dich auch. Ich glaube, meine Mum hat insgeheim schon die Babys durchgezählt.«

»Was denn für Babys?« Ich musste kichern, weil ich den gleichen Eindruck gehabt hatte.

»Die Babys, die ich dir demnächst mache. Wenn ich wieder fit bin. Also in den nächsten zehn Minuten … eher nicht.«

IM ZIMMER FIEL Matt mit vor Anstrengung verzerrtem Gesicht aufs Bett und stöhnte auf. »O Gott, ich kann nicht mehr.«

»Warte, bin gleich bei dir!« Ich lief ins Bad und ließ Wasser in die Badewanne einlaufen, dann half ich ihm beim Ausziehen. Danach zog ich mich ebenfalls aus.

»Freust du dich, dass ich geschieden bin und ein freier Mann?« Er streckte alle Gliedmaßen von sich. Alle fünf. Ich musste über seinen Anblick kichern.

»Nicht ganz, denn du gehörst mir.« Stürmisch warf ich mich auf ihn drauf und küsste ihn.

»Ich bin nicht mehr frei?«

»Ex-akt.« Ich lächelte ihn an und versank in seinen wunderschönen Augen.

Er gab mir einen schwachen Klaps auf den Po. »Vorsicht, du Frechdachs.«

»Du fühlst dich total kalt an. Komm schnell ins Bad.« Ich zog ihn hinter mir her und bugsierte ihn in die gefüllte Badewanne, dann stieg ich dazu.

»O ja, tut das gut. Gott, ist das herrlich!« Er seufzte genüsslich auf und streckte sich aus.

»Hab extra viel Schaum gemacht.« Mit dem Rücken zu ihm quetschte ich mich zwischen seine Beine. »Kannst du mich festhalten, bitte?«

Er schlang seine Arme um mich und zog mich zu sich heran. »Fest genug?«

»Noch ein bisschen fester«, murmelte ich. Eine ganze Weile saßen wir einfach nur da, uns umarmend und sanft über Gesicht und Arme streichelnd, dabei leise Koseworte flüsternd. Immer wieder ließ ich heißes Wasser nachlaufen, damit Matt sich aufwärmen konnte.

Schließlich stöhnte er zufrieden auf. »Mmh, herrlich. Langsam fühle ich mich wieder wie ein Mensch und nicht mehr wie ein wandelnder Eiszapfen. Nochmal fürs Protokoll, dass ich mich nicht scheiden lassen wollte …«

»Du musst es nicht erklären, ich verstehe es.« Ich drückte einen Kuss auf seinen Arm. »Du hast das wegen der schlimmen Sache getan, du wolltest nicht loslassen …«

»Ja, so ist es. Jetzt habe ich losgelassen, denn ich brauche meine Hände für einen Neuanfang.« Er packte sie auf meine Brüste und brachte mich damit zum Lachen.

»Ich habe dich angeflunkert, denn ich erinnerte mich sehr wohl daran, dass wir uns schon einmal gesehen haben.«

»Ich weiß.« Er streichelte mich sanft. »Mach dir keine Gedanken mehr, das liegt hinter uns.«

»Ich bin glücklich und dankbar, dass alles so gekommen ist und dass wir beide hier sind.« Ich drehte mich zu ihm um, kletterte rittlings auf seinen Schoß und stahl mir einen Kuss. Und gleich noch einen.

»Überglücklich. Was hast du vor?« In seinen Augen glitzerte es verführerisch.

»Auch wenn sie mit dem Essen auf uns warten … Lass uns ein bisschen zu zweit Weihnachten feiern. Wenigstens noch fünf Minuten nur für uns allein, ja?«

»Quickie?«, seufzte er und da war er schon tief in mir. »Oh, ich glaube, mir wird gerade noch heißer.«

»Oh ja, mir auch.« Ich grinste ihn frech an. »Ich bin Agnetha, die auf ihrem Elton reitet. Er ist ihr kleines Einhorn und wollte davonlaufen, aber sie hat ihn eingefangen.«

»Wenn schon, dann großes Einhorn.« Er grinste zurück. »War es nicht umgekehrt? Das Einhorn hat Agnetha eingefangen, die vor ihm davonlief?«

»Das kann auch sein.« Zärtlich strich ich über sein Gesicht, überschüttete ihn mit Küssen und kostete seine weichen Lippen. »Ich hatte solche Angst um dich, als du immer wieder getaucht bist. Du hast dein Leben riskiert für ihn.«

»Für uns. Im Fluss ist etwas Seltsames passiert. Vielleicht habe ich mir das nur eingebildet? Eine Kraft hat mich angeschoben, gerade als ich dachte, dass wir es nicht schaffen und ertrinken. Es fühlte sich an wie Liebe.«

»Das war bestimmt meine Liebe zu dir.«

»Und meine Liebe zu dir.« Wir überließen uns ganz dem sanft schaukelnden Rhythmus unserer Körper. »Und wie soll ich dich jetzt nennen, Süße? Smilla oder Camilla?«

»Ich möchte lieber deine Smilla bleiben, das gefällt mir besser.« Eine Weile hörte man nur das sanfte Plätschern des Wassers, das durch unsere Bewegungen aufgewirbelt wurde.

»Du, Matt? Ich werde vielleicht immer ein bisschen Angst haben, dass unsere Liebe so übermächtig wird, dass sie uns verschlingt.«

»Das wird sie nicht. Ich passe auf uns beide auf. Es ist eine schöne Liebe, in der wir beide atmen können. Unsere Liebe ist kein Gefängnis.«

»Ja, das stimmt.«

»Smilla, ich werde vielleicht ein bisschen Angst haben, einen dummen Fehler zu begehen.«

»Das wird nicht passieren. Ich passe auf uns beide auf. Unsere Liebe ist unser magischer Schutzzauber. Wir handeln in Liebe und solange wir das tun, ist alles gut.« Unsere Augen verhakten sich ineinander, in seinen spiegelte sich seine Liebe zu mir. Und in meinen sah er meine Liebe zu ihm.

»Ja, das werden wir.« Er strich zärtlich über mein Haar. »Ich liebe es, wenn dein Haar wie ein goldener Vorhang über mich fällt. Dann gibt es nur dich und mich, die Welt ist weit weg.«

»Nur uns beide und sonst niemanden.« Ich legte meine Stirn an seine. »Ich liebe dich, Matt.«

»Ich liebe dich, Smilla.«

»Und ich liebe das große Einhorn zwischen meinen Schenkeln.« Ich lachte leise und küsste ihn auf den Mund.

»Mmh, das gefällt dem Einhorn. Reit schneller, Agnetha. Hopp!« Mit einem Lachen versetzte er mir einen Klaps auf den Po.

»Oh ja, das tue ich«, keuchte ich. Und dann brachten wir das Badewasser gewaltig zum Brodeln.

❄

KAPITEL 45

Matt

Nach unserem Badewannenquickie nahmen Smilla und ich mit einem breiten Lächeln im Esszimmer Platz. Dort saßen alle festlich bekleidet am Tisch und Mel servierte die Vorspeise. Mein Vater fing schon wieder an, mit Johns Vater zu diskutieren. »Du weißt, dass es nicht in Ordnung war, Jeremy!«

»Aber er hat es so entschieden, Philipp! Ich habe nur seinen letzten Willen respektiert, mehr nicht.«

»O Gott, geht das schon wieder los.« Ich stöhnte dumpf auf.

»Ruhe jetzt!« John schlug mit der Faust auf den Tisch, dann klopfte er an sein Glas. Gabriel ahmte ihn nach, rief ebenfalls »Ruhe jetzt!« und schlug energisch auf die Platte seines Hochstuhls.

Leises Gekicher, dann trat Stille ein.

»Ich habe etwas Wichtiges zu verkünden. Wisst ihr, euer Gezanke geht mir seit dreißig Jahren auf den Keks und mittlerweile steht es mir bis obenhin.« John machte eine eindeutige Geste an seinem Hals. »Dieser blöde Streit um Snowhill und die Firma hat sogar die Freundschaft zwischen Matt und mir belastet. Fast hätte uns diese Zankerei auseinandergebracht, aber zum Glück haben wir uns darauf besonnen, wie sehr wir uns schätzen.« Alle schauten bedröppelt und er fing an zu lachen. »Keine Angst, ich will keinen neuen Streit entfachen, indem ich über euch schimpfe, schließlich ist Weihnachten.«

»Genau. Und das Essen wird kalt, also leg einen Zahn zu, John.« Bailey zwinkerte ihm zu.

»Mach ich, Bailey. Ich war so glücklich, als Matt nach Snowhill kam. Er ist mein engster und bester Freund, und ich habe festgestellt, wie sehr er mir gefehlt hat. Auch wenn er mich mit seinem Mädchen ganz schön beschummelt hat, aber Schwamm drüber.« Er knuffte mir auf den Arm, so dass mir ein Schmerzenslaut entfuhr. »Oh, das war ein bisschen zu fest, oder? Sorry.« Er lachte, dann wurde seine Miene ernst. »Er hat auch etwas anderes für mich getan. Für uns alle. Geistesgegenwärtig ist er in das brennende Zimmer gerannt und hat die Kinder gerettet. Das werde ich ihm nie vergessen. Ich danke dir, Matt.« Seine Stimme klang wackelig und er räusperte sich.

»Ja, Dankeschön, Matt. Das vergesse ich auch niemals.« Marian schniefte.

»Oh ja, Matt, die Kleinen. Gott, was da alles hätte passieren können.« Johns Eltern nickten mir mit ernster Miene zu.

»Das hätte doch jeder getan«, brummte ich ein bisschen verlegen. Smilla drückte meine Hand und schmiegte sich an mich.

»Und darum habe ich einen Entschluss gefasst. Nicht nur wegen Matts mutigen Eingreifens, sondern auch weil er für mich der Bruder ist, den ich nie hatte. Schon vor dem Feuer habe ich mir das alles überlegt und mit Caspar besprochen. Nicht wahr?«

»Ja, so ist es.« Caspar nickte bestätigend.

»Ich habe darum beschlossen, dass Opa Christmas' letzter Wille nicht länger respektiert wird. Ich weiß bis heute nicht, was ihm dabei eingefallen ist.« Er wandte sich mir zu und legte seine Hand auf meinen Arm. »Matt, ich schenke dir hiermit offiziell die Hälfte von Snowhill und auch die Hälfte von *Christmas Decorations*.«

Totenstille, dann brandete Gemurmel auf.

»Wie bitte? Du willst was tun?«, stieß ich hervor.

»Ja, ich gebe dir die Hälfte. Einfach weil es gerecht ist und weil es so sein soll.« Er zeigte in Richtung unserer Väter. »Ihr seid Brüder. Warum sollte der eine so viel mehr bekommen als der andere? Nein, das mache ich nicht länger mit.« Mit einem Seufzer hob er die Augen und richtete sie zur Decke. »Opa Christmas, es tut mir leid, über Tote soll man nicht schlecht reden. Aber das war der größte Blödsinn aller Zeiten. Es war ungerecht und ich werde deinen Irrtum korrigieren.«

»Du meinst das wirklich ernst?« Ich starrte ihn ungläubig an.

»Und ob! Mein Handeln ist nicht ganz uneigennützig. Ich tue das auch, weil ich mir von Herzen wünsche, dass ihr beiden hierbleibt, du und Smilla. Und wenn du den Ostflügel renovieren möchtest, brauchst du dafür auch Geld. Das ist ja eine halbe Ruine. Darum auch die Hälfte der Firma. Die habe ich ja schon mal verschenkt …« Er lachte verlegen. »Dieses Mal bin ich mir sicher, dass es die richtige Person trifft. Vor allem: Alles bleibt in der Familie und das finde ich gut. Und überhaupt …« Er stand auf und hob sein Glas. »Frohe Weihnachten euch allen!«

Ich war sprachlos. Mein Vater sah John mit großen Augen an. »Du willst die Hälfte von Snowhill verschenken?«

»Yep, so ist es beschlossen. Alles ist bereits notariell festgehalten, es fehlen nur noch die Unterschriften von Matt.«

Johns Vater wirkte wie vom Donner gerührt, auf das Gesicht seiner Mutter trat ein Lächeln.

»Klasse, John!« Bailey war der Erste, der sich gefasst hatte.

»Einfach großartig. Du hast ja so recht. Das predige ich seit Jahrzehnten, endlich macht mal einer, was ich sage.«

»Ein wahrer Gentleman. Ein klein wenig hat vielleicht auch mein guter Einfluss zu dieser wahrhaft weisen Entscheidung beigetragen, Sir?« Caspar lächelte.

»Und ob, Caspar. Steter Tropfen höhlt den Stein.«

Johns Vater löste sich aus seiner Erstarrung. »Das ist wunderbar. Ich hätte das tun sollen, aber ich war vermutlich zu verbohrt und auch zu feige dafür. Danke, John.«

Ich sprang auf und umarmte ihn. »Das ist unglaublich. Ich … das kann ich nicht annehmen, John.«

»Doch, das kannst du. Es ist nur gerecht.«

»Was für ein Geschenk. Ich glaube, ich habe eine Flasche Whisky für dich gekauft. Bisschen armselig dagegen, oder?« Wir lachten beide.

»Da musst du noch etwas drauflegen, Matt. Mindestens ein Paar Socken.«

»Ich bin überwältigt.« Die Freude ließ mich laut auflachen. »Wir können hierbleiben, Smilla und ich? Das ist wunderbar.«

»Ja, das finde ich auch.« Wir hielten uns lange in den Armen.

Ich sah es genau wie er. Er war der Bruder, den ich nie hatte. »Danke, John. Für alles. Ich habe ohnehin überlegt, umzusatteln. Hab keine Lust mehr auf Verbrecherjagd, ich möchte lieber das Schöne um mich haben.«

»Du könntest Christbaumkugeln entwerfen«, schlug er mit einem Lachen vor.

»O Gott, wie die wohl aussehen würden? Besser nicht.« Ich wandte mich Smilla zu. »Mir fällt schon etwas ein, zusammen mit Smilla. Machst du mit?«

»Ja, bei allem.« Sie warf sich mir an den Hals und ich presste sie fest an mich.

»Wir beide in Snowhill, ist das nicht großartig?«

»Ja, das ist es.« Sie strahlte mich an. »Wir leben hier und ich kann bei meinen Mäuseken bleiben und bei allen.«

»Hilfe, jetzt ist die Weihnachtsgans angebrannt!« Mel

rannte mit einem schrillen Schrei in die Küche, dann hörte man sie erleichtert sagen: »Wenn man ein bisschen Haut abschneidet, geht es noch.«

»Später, Mel. Lasst uns zuerst einen Toast aussprechen.« Ich reckte mein Glas in die Höhe. Alle standen auf und erhoben ihre Gläser. »Opa, zum Schluss ist alles so gekommen, wie es ursprünglich hätte sein sollen. Es hat nur ein klein wenig länger gedauert.«

»Ja, fast vierzig Jahre länger.« John neben mir fing an zu lachen und ich stimmte mit ein.

Ich prostete ihm zu. »John, wenn wir eins von dir lernen können, ist es Folgendes: Wenn wir in Liebe handeln, wird am Ende alles gut. Auf dich, John!«

»Auf dich, Matt!«

»Auf Snowhill! Und auf Weihnachten!«, rief Bailey.

»Auf die gesamte Christmas-Familie, Mel, Bailey und Caspar!«, rief Marian.

»Meiner Smilla!« Gabriel hob seinen Saftbecher und alle lachten.

»Und auf meine zukünftigen Enkelchen.« Meine Mutter konnte es nicht lassen.

Dann feierten wir ein rauschendes Weihnachtsfest, wie es in Snowhill noch keins gegeben hatte. Mit viel Wein und noch viel mehr Trinksprüchen, die kein Ende nehmen wollten.

Und in der darauffolgenden Weihnachtsnacht mit ganz viel Liebe.

❄

KAPITEL 46

26. DEZEMBER

Smilla

Früh am Weihnachtsmorgen. Draußen herrschten Dunkelheit und klirrende Kälte. Doch wir waren schon angezogen, huschten lautlos im Zimmer umher und unterhielten uns nur flüsternd.

»Du meinst, wir sollen das wirklich tun?« Ich schlüpfte in meine dicken Fellboots.

»Ja. Unbedingt. Oder hast du es dir anders überlegt?« Matt band sich den Schal um und stellte das Gepäck an die Tür. Er zwinkerte mir zu.

»Natürlich nicht. Und die Kleinen? Da habe ich schon ein schlechtes Gewissen.«

»Johns Eltern sind da, meine Eltern auch. Du denkst doch nicht, dass du nur den Hauch einer Chance hast, an sie heranzukommen? In den letzten Tagen hast du Stella kein einziges Mal auf den Arm nehmen können.«

»Ja, das stimmt. Vermutlich eher nicht.«

»Na also.«

»Hast du es dir auch gut überlegt? Immerhin kennen wir

uns erst zwölf Tage.« Ich schmiegte mich an ihn und er zog mich in seine Arme.

»Oh ja. Die besten zwölf Tage meines Lebens. Chaotisch, lustig, verrückt, heiß, gefährlich und einfach nur wunderschön.« Er hob mich hoch, ich schlang meine Arme und Beine um ihn.

»Und erst die Nächte«, flüsterte ich und versank in seinen wunderschönen Augen.

»Ja, die Nächte.« Er machte ein paar Schritte rückwärts und wir fielen wieder ins Bett. »Die sind ganz besonders schön.«

»Das finde ich auch.« Wir tauschten ein paar Küsse miteinander aus, zuerst sanft, dann mit jedem Kuss hungriger. Und wie jedes Mal, wenn wir uns küssten, schlugen die Wogen schnell höher. Meine Hände fuhren unter seinen Sweater, berührten seine nackte Haut, seine glitten unter meinen Pulli und liebkosten meine Brüste. Wir wälzten uns im Bett, als etwas unter meinem Kopf knisterte. »Der Zettel!«

»Mmh, Baby.« Er strich mit der Hand über meine Wange. »Wenn wir jetzt weitermachen, funktioniert unser schöner Plan nicht. Caspar ist ein Frühaufsteher. Viel Zeit bleibt uns nicht.«

»Ja, ich weiß.«

»Dann komm, jetzt schlafen alle noch.« Er half mir beim Aufstehen und strich den verknitterten Zettel glatt. Dann deponierte er ihn wieder auf meinem Kopfkissen.

Wir sind durchgebrannt. Kommen an Silvester wieder zurück.
Smilla & Matt

Von Beginn an waren ständig Menschen um uns herum gewesen, Tag und Nacht, und wir wollten uns für ein paar Tage davonstehlen, um ungestört zu sein. Nur wir zwei.

»Hast du die Ringe eingepackt?«

»Ja, natürlich.« Er grinste, dann zog er das Kästchen aus der Hosentasche hervor. »Sie haben lange genug auf ihren Einsatz gewartet.«

»Und wo fahren wir hin? Verrätst du es mir jetzt?«

»Wohin wohl? Drei Mal darfst du raten. Das dürfte eigentlich nicht so schwer sein, du schwedische Supernanny.« Sein breites Lächeln ließ mein Herz höher schlagen.

»Doch nicht etwa …?« Ich schlug die Hände vor den Mund, um meinen Jubelschrei zu dämpfen.

»Ein Kurztrip nach Schweden, genau. Und als Mr und Mrs Christmas kommen wir zurück. Freust du dich?«

»Ja, sehr.«

»Dann komm, nervige Schwedennanny.«

»Ja, unfreundlicher Cousin.«

Hand in Hand schritten wir die Treppe hinab, um Snowhill zu verlassen. Schon bald kehrten wir zurück und unser gemeinsames Leben würde hier weitergehen. Ich konnte es kaum erwarten.

Der Schnee knirschte unter unseren Füßen, als wir eilig über die Auffahrt schritten. »Oh, wie schön«, flüsterte ich. »Schau mal!«

Am Horizont ging gerade die Sonne auf, glühte als orangeroter Schimmer über dem Schnee und verdrängte mit ihren goldenen Strahlen die Schatten der Nacht.

»Ja, wirklich schön. Lass uns dem Taxifahrer entgegengehen, bevor er am Tor läutet und alle aus dem Bett wirft.« Matt hängte sich meine Tasche um, nahm seinen Trolley in die eine und mich an die andere Hand. Wir liefen die Auffahrt entlang. »Lauf, Smilla! Da hinten kommt er schon.«

Wir sprinteten los und rannten lachend durch den Schnee, immer schneller liefen wir. Bis ich das Gefühl hatte zu fliegen.

❄

EPILOG

FAST EIN JAHR SPÄTER

Matt

»SCHAU MAL, wen ich dir hier bringe, Liebling.« Auf leisen Sohlen trat ich ins Schlafzimmer. Aber ich war nicht allein.

»Wen denn?«, fragte Smilla verschlafen aus den Kissen blinzelnd. »Ich möchte keinen Besuch, bin nicht einmal richtig gekämmt.«

»Eine sehr hungrige junge Dame.«

»Kenne ich nicht«, murmelte sie und schloss die Augen wieder.

Ich unterdrückte ein Lachen. »Bist du dir sicher? Vielleicht sollten wir auch eine Nanny einstellen? So ein sexy junges Ding mit blonden Zöpfen.«

Prompt riss sie die Augen auf und funkelte mich böse an. »Untersteh dich. Bin nur gerade so müde …«

»Ja, ich weiß. Aber sie hat solchen Hunger, nicht wahr?« Behutsam legte ich unsere kleine Tochter in Smillas Arme. Sofort drehte sie hektisch suchend ihr Köpfchen und riss den Mund weit auf.

»O mein Baby«, flüsterte Smilla und legte sie an ihre Brust. »Kann noch gar nicht richtig begreifen, dass sie da ist.«

»Ich auch nicht.« Wenn ich an ihre Geburt dachte, wurde ich sofort wieder in diesen emotionalen Ausnahmezustand versetzt. Riesige Aufregung, die nackte Nervosität, ganz viel Angst und als sie endlich da war, das pure Glück bis hin zur Euphorie. Seitdem sie vor fünf Tagen geboren wurde, schwebte ich auf Wolke sieben, obwohl ich insgesamt höchstens eine Stunde geschlafen hatte.

»Autsch, tut ganz schön weh. Das hat mir niemand gesagt«, quetschte Smilla zwischen zusammengebissenen Zähnen hervor.

»Marian hat gesagt, wenn es sich entzündet, sollst du Quark drauf schmieren.« Das klang mehr als seltsam. Hatte sie das wirklich so gesagt? »Oder war es Hüttenkäse?«

»Und dann habe ich richtige Quarktaschen oder was?« Smilla lachte. »Das sieht bestimmt lustig aus.«

Ich beugte mich zu ihr herab und küsste sie, lehnte meine Stirn an ihre. »Ich bin so stolz auf dich. Du hast das toll gemacht.«

»Du auch.« Sie grinste ein bisschen. Ja, ich war fast in Ohnmacht gefallen. Kein Grund zu grinsen.

»Hab mich echt bemüht«, brummelte ich.

»Weiß ich doch, Liebling. Ich fand's süß, dass du in Ohnmacht gefallen bist.« Sie kicherte leise.

»Bin ich gar nicht! Mir wurde lediglich kurz schwarz vor Augen, weil ich den ganzen Tag nichts gegessen hatte und … Ja, ich bin ohnmächtig geworden, aber nur für drei Sekunden.« Wie gut, dass es im Sitzen passierte und ich nur seitlich in Smillas Schoß kippte. Die Hebamme hatte mich mit einem kalten Waschlappen aufgeweckt und mich wie ein Rottweiler angeknurrt, ich sollte mich gefälligst zusammenreißen. Daniel, der als Gynäkologe dabei war, hatte gelacht und gesagt: »Na, Matt, kleiner Powernap?«

Smilla, die wusste, warum ich vor Angst fast überschnappte, hatte mich getröstet: »Alles wird gut. Mach dir keine Sorgen, Matti.«

So war es auch gewesen. Es war eine unkomplizierte Geburt, hier zu Hause in Snowhill.

Jetzt musste ich auch darüber schmunzeln. »Ist sie nicht wunderschön?« Zärtlich fuhr ich über das kleine Köpfchen mit dem flachsblonden Haar.

»Ja. Soll ich dir etwas verraten? Ich muss weinen, wenn ich sie länger ansehe.« Prompt fing Smilla an zu schniefen.

»Ja, ich weiß. Geht mir genau so.« Ich kämpfte gegen die Tränen der Rührung an, die in meine Augen stiegen.

»Sie ist einfach perfekt.«

»Ja. Genau wie du, Liebling.«

»Und du.«

»Wir.«

Nachdem wir heimlich durchgebrannt waren, und als Mr und Mrs Christmas zurückkamen, gab es einige Veränderungen in unserem Leben.

Ich entschuldigte mich bei meinem Chef für meinen Ausraster, und er nahm die Entschuldigung an. Dennoch reichte ich mein Rücktrittsgesuch ein. Zeit, etwas Neues zu beginnen. Ein paar Wochen reisten wir herum, besuchten Smillas Familie in Frankreich und blieben dort eine Zeitlang. Aber Smilla bekam solche Sehnsucht nach den Kleinen, dass wir bald nach Snowhill zurückkehrten. Dort organisierten Caspar und Bailey den Umbau des Ostflügels, damit wir zumindest über ein intaktes Zimmer verfügten. Im Laufe der Wochen kamen weitere hinzu, bis alles fertig war in unserem neuen Zuhause.

Im Frühjahr fand Mels und Baileys Hochzeit statt, bei der wir uns anschlossen und sie in eine rauschende Doppelhochzeit verwandelten. Auch um die wegen unseres Durchbrennens leicht verstimmte Familie zu versöhnen und mit allen zusammen zu feiern. Meine Schwester Carolyn erschien trotzdem nicht.

Unvergesslich der Auftritt der *Lonely Hearts*-Band, die

Dancing Queen zum Besten gaben. Zumindest behaupteten sie, es wäre *Dancing Queen.* Ebenso unvergesslich, dass Gabriel unsere Ringe nicht rausrücken wollte, die er nur nach vorne bringen sollte. Und damit auch noch wegrannte.

Kurz darauf stellten wir fest, dass ein Christmas-Baby unterwegs war. Das jagte mir zuerst gewaltige Angst ein, aber Smilla war zuversichtlich, dass alles gutgehen würde. Und sie sollte recht behalten.

An ein paar Tagen in der Woche arbeitete ich als Jura-Dozent an der Uni, an den anderen leitete ich mit John unsere gemeinsame Christbaumkugel-Firma. Ansonsten trafen John und ich uns mit den Kumpels aus dem Dorf regelmäßig zum Sport. Natürlich auch im Pub.

Smilla hielt weiter Kontakt mit der Supernanny aus den USA und absolvierte mehrere Prüfungen, eine sogar vor Ort. Seit einigen Monaten durfte sie sich offiziell als Nanny bezeichnen, mit entsprechendem Zertifikat, und wenn sie weitere Fortbildungen besuchte, hatte sie die Möglichkeit, selbst Nannys auszubilden.

Die Tür zum Schlafzimmer öffnete sich. »Dürfen wir reinkommen? Ihr habt gesagt, ihr wollt heute endlich den Namen verkünden?« Marian streckte den Kopf herein, sie hielt Stella auf dem Arm. »Und wir sind so gespannt.«

»Ja, sicher, kommt alle herein.«

John, Gabriel, Caspar, Mel und Bailey drängten sich um das Bett.

»Oh, wie wunderschön sie ist.« Mel drückte ein Taschentuch an ihre Augen. »Jedes Mal wenn ich sie anschaue, bin ich gerührt. Sie ist so hübsch, genau wie ihre Mama und ihr Papa.«

»Bist du nicht immer gerührt, Liebling?« Bailey schmunzelte. »Aber ich muss zugeben, ich bin es auch.«

»Total goldig. Hätte ich dir gar nicht zugetraut, Matt. Wie

gut, dass sie Smilla gleicht und nicht so aussieht wie du.« John zwinkerte mir zu und ich grinste.

Gabriel stapfte heran, stützte die Ellenbogen aufs Bett und legte den Kopf in die Hände. Verliebt sah er die Kleine an. Dann nahm er ihre winzige Hand in seine. »Mein Baby.«

Alle lachten. »Aber das ist doch nicht dein Baby«, sagte Marian mit weicher Stimme. »Es ist Smillas und Matts Baby.«

Er hielt ihre Hand fest. »Doch! Das ist mein Baby, hab ich gesagt!« Er war ganz vernarrt in die Kleine, schon vom ersten Moment an.

»Und wie soll die kleine Maus nun heißen, Matt?«, fragte Caspar.

Smilla und ich lächelten uns an. »Wir haben uns überlegt, dass ihr Name an die Zeit erinnern soll, als ihre Mum noch ein schwedisches Kindermädchen war.«

Smilla nickte. »Und ihr Name soll zeigen, dass für uns beide eine dunkle Zeit vorüberging, als wir uns begegneten.«

»Er bedeutet nämlich die Strahlende und Lichtbringende«, ergänzte ich.

»Ja, wie heißt sie denn jetzt? Ich platze gleich!«, rief Bailey und alle lachten.

»Lucia.«

»Oh, wie schön. Ein toller Name.«

»Eine vorzügliche Wahl«, lobte Caspar.

KURZ DARAUF WAREN wir wieder allein und lagen aneinander gekuschelt im Bett. Unser Baby lag auf meiner Brust, Smilla in meinem Arm.

»Denkst du noch oft an die erste Zeit zurück, als wir uns hier trafen. Vor einem Jahr?« Ich drückte einen Kuss auf ihr Haar.

»Ja, sicher. Jeden Tag. Vor allem, da in wenigen Wochen Weihnachten vor der Tür steht.«

»Oh, schon wieder? Kommt mir gerade so vor, als wäre

Weihnachten erst gestern gewesen. Denkst du manchmal an ihn? Du kannst es mir ruhig sagen.«

»Ja, sicher. Du denkst bestimmt auch mal an Lauren?«

Ich nickte. »Klar, sie ist sehr glücklich mit Thomas und ihrem Söhnchen. Das freut mich.«

Smirnov hatte mir in den vergangenen Monaten ein paar Mal eine Nachricht geschickt. In der ersten gratulierte er zur Hochzeit. In der zweiten von Anfang des Jahres wirkte er verwirrt: *Hast du außer mir schon mal einen Mann geküsst, Anwalt?*

Meine Antwort fiel eindeutig aus. *Ich habe dich nicht geküsst, sondern wiederbelebt, du Idiot!*

Ich hatte die Nachrichten Smilla gezeigt. Sie fand seine Frage auch äußerst rätselhaft, über meine Antwort lachte sie schallend.

Sie atmete tief aus. »Manchmal frage ich mich schon, wie es ihm ergangen ist.«

»Tja, das ist dann wohl eine andere Geschichte.«

»Nicht unsere.«

»Nein, nicht unsere.« Ich strich dem Baby über den Kopf. »Magst du deinen Ring eigentlich noch?« Ich deutete auf den Silberring mit der Rose, den sie immer trug.

»Ja, das ist mein Lieblingsring. Und ich will keinen anderen.«

»Hm, das ist aber schade. Dann muss ich den hier wohl umtauschen?« Ich zog den Ring hervor, den ich für sie ausgesucht hatte, einen Eternity-Ring aus Platin, in den man Diamanten einsetzen konnte. Ein glitzernder Stein war schon vorhanden. »Der Stein steht sinnbildlich für unsere Tochter.«

Sie machte große Augen. »Oh, der Ring ist für mich?«

»Ja, für wen denn sonst.« Ich stupste sie sanft auf die Nase und streifte den Ring über ihren Finger. »Ich danke dir für unsere Tochter. Für jeden einzelnen Tag und all die schönen Momente. Und für deine Liebe.«

»Danke, Matt. Er ist wunderschön. Und er passt auch gut

zu meinem Lieblingsring. Da ist aber noch viel Platz.« Sie lächelte mir zu.

»Ja, ich weiß. Vielleicht kommt im Laufe der Jahre das eine oder andere Steinchen hinzu?«

»Ganz bestimmt.« Sie lächelte und schmiegte sich an mich. »Danke für alles, was du für mich getan hast vor einem Jahr und seitdem an jedem einzelnen Tag. Danke für immer, Matt.« Unsere Lippen trafen sich zu einem langen Kuss.

»Für immer klingt sehr gut für mich.«

Wir sahen nach draußen auf die Wiesen Snowhills, wo es angefangen hatte zu schneien. Leise rieselten die ersten Schneeflocken herab. Genauso sanft und leise, wie die Liebe in unsere Herzen gerieselt war.

ENDE

DANKSAGUNG

An dieser Stelle sende ich ein herzliches Dankeschön an meine weltbesten Korrektorinnen Sophia und Céline. Trotz Krankheit, Zeitnot und Stress habt ihr keine Mühen gescheut, meinen Text zu verbessern! Wie zwei kleine Pac-Man habt ihr euch durch den Text geschlängelt, gnadenlos jeden Fehler aufgespürt und ihn dann erbarmungslos aufgefuttert, äh, eliminiert! ;-)

Vielen Dank für eure konstruktive Kritik. Ihr seid meine Wundermedizin gegen den gefürchteten maulwurfsähnlichen Tunnelblick, der mich jedes Mal befällt, nachdem ich einen Text beendet habe. Tausend Dank dafür, dass ihr das seht, was ich nicht mehr wahrnehme! <3

Ein ganz herzliches Dankeschön geht an meine liebe Freundin Claudia Hödl für ihre tolle Leistung als Testleserin. Danke für deine klugen Anmerkungen und Hinweise auf Unstimmigkeiten im Text, liebe Claudia! <3

Ein dickes Dankeschön sende ich an meine liebe Familie, die mich erträgt, wenn ich monatelang wie ein Neandertaler in meiner Schreibhöhle kauere und nur zum Essen rauskomme. ;-) Ihr muntert mich auf, wenn ich mal wieder kollabiere. Ich sage nur: dickes Fell! Ihr hört mir zu, gebt mir kluge

Ratschläge und treibt mich an. Ihr glaubt an mich und ihr motiviert mich. Dankeschön dafür, meine Liebsten! <3

Last but not least richte ich ein herzliches Dankeschön an euch, meine lieben Leser! An euch da draußen, die meinen seltsamen Humor teilen, die meine Protagonisten genau so sehr lieben wie ich und die auch meine Geschichten lieben! Danke für alles! Ich kann gar nicht zum Ausdruck bringen, wie sehr ihr mich ermutigt und zum Strahlen bringt. Hej hej, bei uns in Schweden sagt man: »Eine Autorin ohne Leser ist wie ein Elch ohne Geweih.« ;-)

Bleibt mir bitte gewogen, der nächste Roman kommt bestimmt bald. Ich hoffe, ihr hattet viel Spaß beim Lesen dieser verrückt-süßen-dramatisch-lustigen und romantischen Geschichte. Tausend Dank an euch, rote Rosen, jede Menge Schoko-Nikoläuse und Lebkuchen!

Ich wünsche euch von Herzen fröhliche Weihnachten und ein tolles neues Jahr 2020 mit viel Glück und Liebe.

Alles Liebe, Eure Liv!

IMPRESSUM

Cover-/Umschlaggestaltung: Buchgewand Coverdesign |
www.buch-gewand.de

Verwendete Grafiken/Fotos:
Design worlds – shutterstock.com
Rimmagraf1 – depositphotos.com
tomert – depositphotos.com
nickylarson – depositphotos.com
cajoer – depositphotos.com
AntonMatyukha – depositphotos.com
Taranukhin – depositphotos.com
EMJAY SMITH – shutterstock.com

Kontakt: Liv Maxx
c/o AutorenServices.de
Birkenallee 24
36037 Fulda

Printed in Poland
by Amazon Fulfillment
Poland Sp. z o.o., Wrocław

69848812R00249